燕山魂

葛玉清　张文祥·著

文化艺术出版社
Culture and Art Publishing House

目 录

뤼

大雪，把群山压得如同快喘不上气的老人。狂风发出长长短短的呼啸，这声音尖厉无比，能刺破天空。躲在山弯弯里温柔些的，则吹着哨子回旋，有的索性卷着雪毯顺着山垭口，拐弯抹角地在树林间穿行。这些响动不仅压过了狼嚎虎啸，还惊动了撒着欢儿的"白毛风"。这"白毛风"将巴掌大的雪片，组合成横行肆虐的刀阵，上下翻飞，显示着它无与伦比的强劲。

驼队悄无声息地在风雪中艰难前行，老驼们在没膝的雪地上蹚出一条路，但这条路很快被风雪铺平。

付志民把狗皮帽子压得更低。刚才过山垭口时，有两匹老驼落在了后面。白毛风把付志民和几个伙计呛得直打趔趄。付志民埋下头，屏住呼吸，又返回拽着那两匹懒得迈步的老驼前行。

老驼们鼻孔喷着白气，这缕缕白气和阵阵白毛风一块乱舞，浓浓淡淡变幻的雪影，变换出无数个动态的人形，让人头脑难以清醒，并生出几分迷幻。

付志民眼前出现两个月前舅舅送他们时的情景，他劝舅舅把这两匹老驼留在家里，省得路上操心。可舅舅说："咋！它们跟了我快二十年，你倒嫌弃了？"

刚刚五十岁出头的舅舅，几十年在拉骆驼的风雪路上跋涉，倒像七十多岁的老人，可谁说他老相，他是不服气的。但是不服归不服，那个哮喘病还是让他不得不放弃这趟生意。舅舅没儿子，有些家底也没个传承，就全部寄托在付志民身上。

"这回到坝上除了收羊毛，还捎带着收一些蒙古国的银壶、马褡子啥的，今年再跑这回，明年就不让这两匹老驼跑了。"舅舅边说边给老驼系铃铛。一阵猛咳，让他咳没了许多和付志民要说的送行话，付志民便开始了这次单独带队的"出征"。

驼铃叮叮当当地在镇街上响起，没走多远，只见舅舅招着手从灰土狼烟中追来："小子，记住了，回来快过滩洼地时把骆驼铃铛都摘下来。"

"哦，记着啦。"付志民回过头答应着。

今天早上过滩洼地前，付志民按照舅舅的嘱咐，摘了骆驼们脖子底下摇动着的铃铛，队伍悄没声儿地就过了滩洼地。可是山垭口的风雪让他领教了这坝上寒冬的凛冽。

"前面就是小站村，今晚只能在那儿歇脚了。"走在队伍前面的一个老伙计向后面喊，这声音在雪团中打着滚儿钻进大家的耳朵。

"好！今晚就在这儿歇了。"付志民说。他想在这里让大伙儿睡个囫囵觉，再过三四天到了承德，把这批货送完，就可以回家和老婆孩子过年了。

两个小伙计看到那几间小草房，好像看到了希望，可是脚下却越发地不听使唤。

"跑了多少趟坝上，从来没见过这么邪乎的天气。"

"天闹幺蛾子有时有响，人要闹幺蛾子可就没治了。"

"听说这一带闹土匪……"

"闭上你的乌鸦嘴!"老伙计冲两个小伙计骂。

说也怪,拐过山弯突然风小了,小站村也到了。

这是一个只有六户人家的小村子,四面是山,一条冰河在山中间穿出了一趟明晃晃的冰溜子。冰溜子和一条小路并行着伸向村外,这也是村子唯一的出口,顺着这出口看去,山与山离得远了,山间的荒原开阔了许多,这让付志民看到了希望。他感到前胸后背暖暖的。两个月前,驼队路过承德,在小树林的菜地,彪子硬把这件羊皮坎肩塞到他的马褡子里,说:"拿着,指定用得上。"一路上,这件皮坎肩让他感到贴着心的暖和。

小站村几处小草房不规则地卧在雪地上,如同饿脱相的银狐狸,几个窗户洞像瞪着的眼睛,看着这支蠕动的队伍。

夕阳把这一道道移动着的影子拉得越来越长,雪地上也拉出了一趟乱糟糟的脚窝窝。

"望山跑死马,看着房子好半天了,硬是走不到。"小伙计急得有些不耐烦。

"少废话,还是没累着你。"老伙计说着也不由得在老驼屁股上推了一把。

越来越近的草房,让付志民想起了媳妇淑贞和刚过周岁的儿子小平。他看看快下山的日头,心想,这会儿说不准他们娘儿俩在镇街口望着呢。他摸摸肩上褡裢里的奶疙瘩,想着小平吃奶疙瘩时的样子。他眯缝着眼睛,左手在脸上抹了一把,心里想着,到了承德得好好泡个澡,刮刮胡子,利利索索地见他们娘儿俩。

太阳很快落到山的背后,天昏暗下来。狂风卷着残雪和干枯的树叶在天空中飞舞,四周的山峦发出怪兽般的呼叫。小山村在昏暗中更显出它所经历的磨难,茅草屋似在狂风中颤抖,屋檐上的一缕缕茅草随风舞动，挣扎着飞向天空。

　　这是一排较为齐整的土坯茅屋，茅屋四周被残雪环围，更显几分寒意。茅屋一侧，立着十几根粗木桩。客栈内已经有一拨儿刚刚从坝上下来的拉驼人，他们是平泉八沟镇上的。平泉，是个不小的镇子，那年月除了马，就数骆驼值钱了，于是拉骆驼成了一门儿好生意。由于生意好，也被土匪们惦记，运气不好时，碰上土匪，可是折人亏本的事儿。八沟镇的这些人，很会听戏听音儿地聊天讲故事，京剧《玉堂春》中有句台词说："就剩下热河、八沟、喇嘛庙拉骆驼的了。"于是，他们七拐八拐地找说法，认定戏里的那个苏三就是他们八沟的。

　　付志民带领的这支人困驼乏的队伍，终于来到了小客栈前。

　　"我们都老胳膊老腿的了，走不动了。"老伙计一边从老骆驼背上往下搬东西，一边对老驼们说。几个伙计也忙着往木桩上拴骆驼。

　　天渐渐暗下来。都是老熟人了，见付志民的驼队来，小客栈的老板和老板娘像来了亲戚，忙着做饭、端菜、上酒。

　　"半个多月没见个人影了，今天可是个好日子，平泉八沟的骆驼队刚从坝上下来，这会儿你们又来了，可让我们小店热热气儿。"小老板跳着脚儿来到当院，双手举过头顶，把压住了眼睛的毡帽头往上推了推，露出细眯眼儿。他这一高兴，眼睛更成了一条缝儿。

　　"快进屋，进屋，炕热着呢。"大眼睛老板娘一脚门里一脚门外地热情招呼着客人。由于兴奋，她那面颊上的两团"冻里红"，更红更艳，两颗镶金门牙，更给这一脸的好景象增添了几分色彩。

老少伙计们手脚麻利地干着自己的事情。

付志民拎着麻布口袋，一把一把地把盐粒挨个儿送到骆驼们的嘴里，吩咐着小伙计："给马上点豆饼。"

"放心吧，老大！"小伙计从褡裢里拿起一块豆饼向后院马厩走去。

土炕上围坐着的人们让煤油灯晃得东倒西歪。

"这天儿，撒泡尿都冻成了棍儿。"一个小伙计抱着膀儿缩着脖儿，带着一身寒气跑进客栈。

"老大，大伙等着敬你呢。"老伙计从棉门帘子缝儿探出头喊着。

"就来，就来。"付志民在堂屋借着八仙桌上的马灯，核对着早上庙宫村尹老板写给他的账单答应着。

在客栈前院，骆驼们安静地吃草，老骆驼可能实在太累了，卧在地上打盹儿。

过去每到这个小客栈，平泉八沟拉骆驼的人都会给同行的伙计们编故事，每回的故事中，都把《玉堂春》里的人物讲得活灵活现，说他爷爷的爷爷去山西洪洞县城拉骆驼时，南京的都走了。他爷爷的爷爷看着苏三可怜，就专程跑到南京给王景隆送信儿，可是没见着，苏三为了感谢他爷爷的爷爷，就把头上的簪子给了他爷爷的爷爷，他爷爷的爷爷又把簪子传给了他爷爷，他爷爷路过承德时，这簪子让汤玉麟的大兵给抢了。听客们哪儿管爷爷不爷爷的，最关心的是这簪子能不能换一匹骆驼，为此经常是争执不休。说起换物品，付志民想起舅舅的吩咐，让他路过承德时，用坝上的皮毛换些口里的布匹回去。

突然，不远处的山梁上，冒出十几个骑马的人，他们有的披着白色斗篷，有的披着麻袋片。飞雪卷着人马直扑而来。

"在这儿!"身披麻袋片的一土匪指着驼群说。

"上!"头戴狐皮帽、身披白斗篷、面目狰狞的男子挥动着手臂,"就这一把了,能捞啥算啥!"

"对!只要跑出热河地界,天王老子也拿我们没办法。"

马蹄飞踏,残雪四溅,搅动起一片混沌,也预示着一场惨烈。

"土匪来啦!"

"来土匪啦!"

茅屋里的人们慌忙四处逃散,站立着的骆驼们嘶叫挣扎,卧着的骆驼们惊慌站起。

付志民听见前院的声音,趴在墙垛子上张望,"不好,来土匪了!"他想起昨天在庙宫村打尖时,听当地人说,这些天不知从哪儿来了一股土匪,见啥抢啥。被解放军打得四处乱窜,这些土匪窜哪儿哪儿遭殃,很是凶残,特别是那个叫"抓里飞"的土匪头子,扔出去的飞镖像长了眼睛,指哪儿奔哪儿去。付志民想,这样硬拼可不是个法子。突然一个黑影闪到墙角,仔细看,是客栈小个子老板。

小个子老板声音颤抖着说:"你快到龙头山镇上叫人,那里刚刚驻扎着一支解放军的剿匪队,快、快去叫人。"

付志民悄悄拉出正在嚼豆饼的大黑马,飞身而上,消失在暮色中。

小客栈里充斥着叫骂声、怒斥声、抢夺物品声,土匪们翻抢东西,一片混乱。两个拉骆驼的伙计和几个土匪争夺物品,珠宝、银圆从红木盒中蹦出,伙计们不顾一切地扑上去,和土匪们扭打在一起⋯⋯

另一间屋子,土匪头子正打开一个酒壶,闻到诱人的香味，几个土匪跑进来。

"大哥分点。"

"一块儿喝。"

付志民骑马向龙头山镇飞奔。

龙头山说是个镇，也就是一个只有几十户人家的村子，前年他和舅舅的骆驼队从坝上拉货物下来，曾经在这里歇过脚。所以，他对这条路不太陌生。转眼间，付志民即来到镇街上，他提紧缰绳，黑马仰头嘶叫。

街边的几间民房中闪着亮光。

听到马的嘶叫声，几个身穿军装的人从屋子里跑出来。

付志民紧张地边比画边说："长官，这是剿匪队吗？"

一位年长些的人说："老乡，别急，慢慢说。"

"快、快，土匪到小站村打劫了！"

另外两个人说："好！送上门来了！"

大家不由分说，从马厩中牵出马匹。

"小张，你和小关留守，其余的同志我们走。"话音未落，十几个人飞身上马，瞬间，马队消失在暮色中。

小客栈院外，骆驼们四散着奔跑，扬起的残雪在寒风中翻卷。

土匪们把装满的褡裢扔上马背，准备上路。

突然一阵旋风似从天上袭来。

混乱的打斗场面，马匹嘶叫的声音，枪声响起，几个土匪应声倒下。剿匪队员们一次次躲过寒光闪闪的镖枪，两个土匪飞身上马，向山坡上的白桦林飞奔。一个剿匪队员紧追不舍，随着两声枪响，两个土匪滚下雪坡。白桦林中的枪战、格斗，一时间混成一片，躲在柴火垛后面的小店老板和"冻里红"吓得抖成一团。客栈里的人们，有的屏住呼吸猫在炕沿底下，有的躲在院墙根儿，大气不敢出。

客栈外，一个土匪慌忙往骆驼背上装东西。突然，"抓里飞"骑马而来，扔出套马绳，一头年轻有力的骆驼被牢牢地套住，嘶鸣声刺破夜空。于是，两个土匪带着抢夺来的物品飞身上马，钻进密林。

白桦林中又传出一阵枪声，一个剿匪队员的腿被击中……

"快！把他抬下山。"

"是！武队长，你要小心！"两个剿匪队员跑了上来。

此时"抓里飞"怕暴露目标便收起枪，躲在一棵老桦树后面，准备逃跑。

"武队长，一个土匪向北山跑了。"一个队员说。

"你带上两个人追！一定要把他们一网打尽。"武队长下着命令。

"抓里飞"从老桦树后探出头来，掏出匕首……

"武队长！小心！"一个解放军战士的喊声未落，只见队长踉跄着抱住一棵大树……

远远跟在剿匪队后面，帮助照应马匹的付志民想：这个土匪肯定是"抓里飞"！他不顾一切地向队长跑去。

突然，他的脖子被一根拇指粗的绳圈套住，"抓里飞"飞身上马，被卷在雪团里的付志民快速把一只手臂伸进绳套，准备拉开，但是绳圈越收越紧，一条臂膀和脖子被套在同一个绳圈里，雪地上拖出一条深深的印迹……

上部·兄弟

盛夏的一个傍晚，暴雨停歇。乌云还未散去，西边天际一抹灰亮，山城浸在风雨突袭后的寂静中。

　　从宫墙外向避暑山庄看去，是层峦叠嶂的山岭和苍劲挺拔的古松。山庄外，散落着一片北方特有的民居，或青砖灰瓦，或土坯石墙，似叙说着曾经辉煌的历史与战火岁月的侵蚀。

　　刚刚经受过黑云压城的丽正门与德汇门，更显肃穆庄严。两座门之间，是一条不宽而弯曲的东西走向的胡同，胡同两边，随房就势地又伸出七八条小小的巷子。这胡同与小小的巷子，如同一棵平躺在地上的古树，人们踏在上面，似会踩出丰富而遥远的音符。

　　避暑山庄被青灰砖石砌成的宫墙环抱起来，宫墙有几处坍塌，但仍显示出皇家的威严。

　　德汇门东侧的宫墙下，有一个乾隆年间扩园时修建的水闸，闸有五个出水孔，人们就叫它"五孔闸"。此时，五个闸口洞开，水流不顾一切地拥挤着、翻卷着，堆积涌动出一条小河，河水泛着细碎的浪花，沿着一条一人高、几米宽的大青石水坝向南流淌。这清澈的水流钻过一座石拱小桥，再奔流里许，即汇入武烈河中。据说，从五孔闸涌出来的水向南奔流的这一里多地，就是世界上最短的河——热河，也是热河省这个地名的由来。

离五孔闸里许，水坝东侧的河边有一石屋，水流从石屋的两个闸口一进一出，日夜不停循环往复地穿行着。石屋里有一平躺着的水磨，老人们说，这水磨在石屋中央躺了二百多年。这是一座只有北方才有的平形水磨，百十块尺把高、半尺宽的厚厚的隔板上各有两个木榫，每个木榫好像都找准了各自的位置，牢牢地镶进平躺在水磨中间的硕大木转盘上，每块木板和谐有力地推着水流转动，负责任地把一股股清流拨进木槽间。于是，清澈的溪流奔向房子外面的石渠。石渠又分出几个口子，每个口子都有一个小小的闸门，清流便向自己应该去的方向流去，而最多的是流到附近小树林中的菜地。

小树林里，生长着杨树、柳树、槐树和几棵松柏树，宛如一个天然的大家庭。树林中间是一条弯弯曲曲的小路，小路两边是三四亩菜地，一条水渠又把菜地分割成几个不太规则的几何形，菜畦、苗圃分布其中。在菜地西侧，靠着水磨房立着一座小小的茅草屋。站在小屋前东望，可以看到一座起伏连绵南北走向的丘陵，好像一面屏障。其间一个巨大无比的圆脑袋形山峦，如同盘腿而坐的罗汉，圆圆的脑袋下面是大而鼓的肚子，两手搭在"山椅"两侧的扶手上，静静地注视眼前的景象。山下一条清澈得如银色带子的河流向南奔淌，这就是一百多年前能行走大船的武烈河。据说，清朝皇帝曾经坐着龙船逆流而上，船行六十里，到常年水温在四十五摄氏度的"龙泉"洗浴。虽然这是当地的传说，但是，这条河的确给小城带来了灵气。

天色已晚，茅草小屋的门摇晃了几下后打开了，走出一个明显有腿伤的男子，岁月在他额头上过早地刻了几条沟痕，而棱角鲜明的四方脸庞上一双有神的眼睛，透着几分机敏。他眯缝着眼睛，看看快要落山的太阳，盘算着几天来的劳作与收入。这些天，从早上天不亮就有推着独轮车的小摊贩，断断续续地到他地里买菜。他舍不得花钱雇人，独自把摘菜、打尖、起水萝卜的事承担了下来。他坐在茅屋前的石碾上，看着刚堆放好的水萝卜、豆角、青菜，边揉腿边盘算着，明天打发二十个独轮车没问题。

这时，从罗汉山方向连蹦带跳地跑来一个小伙子，短短的灰布上衣，似乎只能盖住肚脐眼，宽宽大大的好像永远也提不到腰上去的黑粗布裤，被一条红布带系着，让人感到时刻有掉下来的危险。他肩上背着黑、灰、黄等颜色混合在一起的褡裢，唱唱咧咧地走来："彪子哥！给两个水萝卜，蘸酱吃呗。"叫彪子的菜农依旧坐在茅屋前的石碾上想心事儿。

这个"红腰带"小伙子当地人都叫他"瓜皮"，他的实名叫那文生，是真正的镶黄旗，祖上的祖上因为有一手栽树种花的手艺，每年春天都会随皇上的大驾来到避暑山庄，从名分上说，是"上林苑监"下属的"右监正"，正经八百的五品官。康熙皇帝修建避暑山庄三十六景的那些年，庭院里从南方移来的绿植和各个大殿里摆放的盆景，均归他们那家管理，树干直冲云霄的桧柏、展示忠贞爱情的连理柏、道教仙木楸子树、清奇苍古的白皮松，还有虬枝缠绕的龙爪槐，这些珍奇佳木在塞外的皇宫别苑扎了根。特别是当年那些花匠们还精心培育出藩属国进献的西洋花卉，让万寿菊、紫茉莉、晚香玉、西番莲等十几种奇花异草，按照节气在皇家庭院里现身。为此，宫廷画家们还出了一套域外观赏植物的画册。那文生记得最清楚，这画册叫《海西集卉》。后来园子越来越大，这宫中植树造林的任务也越来越重，这支"宫廷绿化队"就一代一代从那家传下来。从康熙到乾隆皇帝，光修园子就达上百年，那家率领的绿化队伍也在不断繁衍生息，发展壮大。后来，那家的人把家眷也陆陆续续从北京接到了热河。一百年里，其他为皇家服务的各等职业的人们，也陆陆续续从京城迁来，使这个原本只有二十几户人家的小村庄，发展成一个小小的城市，而这城市是围着皇家园林兴建起来的。这些随着祖上来到热河的人基本上都是满族八旗的后代，他们血液中流淌有豪迈气质，但也不乏一些人还保留着游手好闲的毛病。

在皇帝建园子的那些年，园子里年年要植树造林，这支植树队伍招募了许多当地的庄稼人，从东北和关里往热河运送树苗，还在避暑山庄的万树园开辟出苗圃园，为避暑山庄打下了绿化根基。再后来，建外八庙那些年，这支"宫廷绿化队"更是红火，夏天工忙的时候，有几百人的劳动队伍。因为是皇家园林，谁也不敢砍树，在人们看来砍树与杀头是一回事。避暑山庄有二十华里的宫墙围着，当地人都把皇上住过的园子叫作"离宫"，因为这座远离京城的宫里住着皇帝，是龙脉延伸的地方，理所当然地也应该叫宫。每年园子里的山绿了的时候，春天就来了；漫山遍野的桃花、杏花、梨花开了的时候，皇上就快来了。后来，英法联军侵略中国，皇上逃到避暑山庄不说，还破例在这儿过了一个冬天，再往后，就不再来了。但是当年跟着皇上来的八旗子弟和他们的家眷们可不愿意走了，踏踏实实地在这个风水宝地生活，繁衍后代，让小城的人口多了起来，他们各司其职，为小城的发展做了许多事情。

那文生站在刚收了一半的萝卜地边上，把灰布夹袄的袖子

16

一挽，瞄准了一个露着半拉的红萝卜，蹲下就拔。这时候，坐在茅屋前石头礅上的彪子才发现那文生的到来。

他有些吃力地站起身，眉头紧锁地走过去说："你个那文生呀那文生，让我说你什么好，我这么忙，你不帮我一手指头，成天价蹭吃喝，快一边去！"

"哎！杨万新呀杨万新，你还真别说，我吃你一个小萝卜，还给你满处吆喝，把菜贩子都引到你的菜地来，让你多了些个买卖，要不你这菜都得烂在地里。就凭这，你还得搭我交情呢。"他眯缝着眼儿，扬着一张小白脸儿，边说边拔萝卜，两手齐努力，一个大水萝卜出了土，一屁股坐在了身后的水渠里，水花四溅。

"好你个瓜皮，看我今天敢打你不。"杨万新笑着半真半假地向他比画。

"别、别，谁让你的萝卜好吃呢。"那文生不顾快要彻底湿了的黑布裤子，蹲在水渠边洗萝卜。

那文生顾左右而言他地说："我老舅儿子要结婚，让我帮着选日子，我给算了一卦，还真巧了，男属兔，女属蛇，这是蛇盘兔呀！好婚姻。八月初八谈婚论嫁，生儿连生仨。你看看，我算得好不？"他把洗好的萝卜装在褡裢里，在黑裤子上把手擦干。

这时杨万新似听非听，放下手里的活儿，走到地里又拔了几个萝卜，洗干净塞进那文生的褡裢里说："再装几个，省得再来给我说书，今天你喝多了，早点回去睡一觉醒醒酒。你能算出来志民走了几个月，啥时候能回来？"

"等我回去看看万年历，算好了告诉你。"那文生正了正肩上的褡裢，心满意足地朝小南门走去，褡裢里的萝卜在他前胸与后腰间摇晃着……

杨万新拖着残腿坐在水磨房前那棵躺倒了多年的枯榆树上，两眼盯着水渠里向远方游走的一片大杨树叶，他觉得自己也像这漂泊的叶子，心里一阵凄凉。

杨万新的老家在山东，祖祖辈辈都是农民，贫穷落后好像撇不掉的烂茅草，"凄惨"两个字总是写在穷苦人的生活里。杨家人憨厚老实，乡里乡亲们谁家有了丧事都会请杨家出人帮忙。慢慢地，杨家做起了杠房生意，谁家死了人，少不了要吹吹打打地闹出些动静，也算是亲人对亡者的哀送、友人对驾鹤西行者的祈福。什么《千张纸》《十跪父》《哭七关》《悲离情》等，都是白事上吹奏的曲子。

杨万新从记事起就跟着大人到杠房上了。可这是个走到哪儿都被人瞧不起的活儿，穷人家死了人，没钱请杠房；有钱人家死了人，排场大，嫌弃也大。有一回庄上土财主过世，把事都办完了，那几个小老婆为分老太爷的一坛银子打了起来，小老婆嫌分得少，挥舞着剪子打架，混乱之中把自己捅死了。财主家的大老婆硬是把罪过推到杠房身上，说是办大丧前，没给阎王殿供香，说杨万新的爷爷吹唢呐时断了一次音儿，结果一分钱都不给。杨万新知道，那天全家人已经几天没吃过粮食了，菜团子撑不住爷爷的病身子，饿得实在是吹不动了。那时候，穷人办丧事没钱，给富人办丧事又挣不着钱。

"咱不能眼瞅着一家子人饿死啊。"

爷爷和几个叔叔四处找乐器家什，专门给办红事的演，爷爷还给起了个名字，叫"红闹火"，因为人们都爱讲个吉利。很快，十里八乡办红事的人家都来请，赶上正月十五、中秋还请去做社火，爷爷吹的唢呐也出了名。几年后，爷爷看杨万新胸宽膀圆，说话底气足，一心想把吹唢呐的本事传给他。杨万新很是用心，十三四岁时就能吹些成段的曲子了。

可是，好景不长，日本鬼子来了。有一回，翻译邱皮子找到爷爷，说皇军长官闲得无聊，想听"红闹火"的曲子。那天早上，爷爷正给徒弟们抄写"工尺谱"，邱皮子把爷爷叫到院子里说："皇军长官听戏听腻了，明天正午，皇军长官吃饭时想听听你们班子的演奏。你们可听好了，如果演好了，皇军有赏。"

爷爷说："长官，不是我们不去演，是早就定好了的，明天要出堂会。"

邱皮子把青蛙眼睁得贼大，说："你一把年纪了，可知道皇军的厉害，皇军老子你们都不放在眼里，这可是找死的事呀！"

爷爷说："什么黄呀白呀的，我们只做红事。"

邱皮子喊道："不听话是不？等着，有你们好受的。"说完扬长而去。

那天晚上，爷爷和几个叔叔商量，邱皮子碰了钉子一定在日本人那儿交不了差，还会再来，如果给他们演了，不仅挣不着钱，还会砸了"红闹火"的牌子，十里八乡的百姓都会说咱是软骨头，被人看不起。几个人合计了半天，也没什么好主意。

爷爷擦拭着唢呐说："就是打死也不能给小鬼子演。"

"对，不能演！"

"可是，鸡蛋不能往石头上碰啊，我们也得想个办法。"

爷爷说："看来我们得离开这个地方了。"

"但是我们能去哪儿呢?"决定突然,一时谁也说不出个方向。

　　爷爷说:"这年月,兵荒马乱的,我们走着找吧,中国这么大,总该有我们立脚的地方。"

　　深夜,爷爷把唢呐仔细包好系在杨万新的腰间,嘱咐道:"这是咱祖上的传家宝,我爹没留下家产,只有这么个宝贝。有了这个宝贝,不管走到哪儿,都能混口饭吃。"

　　从那时起,爷爷的宝贝就像拴在了杨万新的心上。

　　漆黑的夜晚,几个人悄悄出村,从小路翻过了山梁。他们走了一整天,太阳快要落山的时候,又累又饿,实在走不动了。他们在邻县郊外的一个桥洞下休息,还没坐稳,来了两辆小鬼子的汽车,爷爷发现杨万新腰间的唢呐露出了一个边,连忙用袖子盖住,可是已经来不及了,唢呐在夕阳下晃出了亮光。跑下来几个小鬼子,咿里哇啦乱叫,后面跟着一个翻译,他喊着让人们上汽车,帮助运粮食。一个小鬼子上来就抢绑在杨万新腰间的唢呐,爷爷一看急了,上前护住孙子。小鬼子看拿不到手,用枪托往爷爷头上重重地打去,爷爷倒在血泊里。这时,几个叔叔被小鬼子和伪兵押上了汽车。这个小鬼子蹿上来想夺唢呐,翻译凑上前,在小鬼子耳边嘀嘀咕咕:"这是一个不好的东西,谁有了它会有灾难。"小鬼子也只好作罢。翻译指着杨万新对车上的小鬼子队长说:"这个孩子小,干活没力气,对咱们毫无用处。"小鬼子队长摆摆手,汽车扬长而去。

　　爷爷倒在血泊中,杨万新脱下衣服给爷爷包头上的伤口。爷爷断断续续地说:"小儿,我这回怕不行了,你上天津杨柳青找你爹去吧。我在杠房上干了一辈子,你妈月子里生病没钱医治,死了。我就让你爹跟着杨柳青的表哥学点手艺。你到了那儿……见了你爹，就说是从山东临邑杨村来的……你爹看见这唢呐就……记住，不是太平年月，千万不要再吹它……"

爷爷含恨去世。

杨万新在爷爷身边守了一天一夜，也哭了一天一夜。后来一个老乡看他太可怜，弄了几张板皮子帮着他把爷爷埋了。这家人也不富裕，杨万新在他家做点零活儿。几天后，他告别那家好心人，往天津走。到了杨柳青，没想到那里也成了小鬼子横行霸道的地方，运河里是小鬼子押运的船只，船上是他们从各地抢夺来的货物。他记着爷爷的话，父亲是跟着一个表哥到杨柳青学习画年画的，于是，他一条街一条街地走，一个店铺一个店铺地打听，但还是没打听到父亲的音信。

杨万新在天津杨柳青没找见父亲，只能四处找活儿干，帮人家打短工。那年他只有十六岁，虽然是一副典型山东汉子的体型，但是由于营养不良，个子还没长起来，膀宽而瘦，胸阔而薄。可是，论干活他不知道惜力，哪家有了起粪、挑沟、和泥的活儿，他都干得妥妥帖帖。杨柳青街是沿着运河建起来的，河上行走的尽是挂着日本膏药旗的船只。

有一天，漕运码头来了几条运粮船，运河边上停着十多辆日本鬼子的大卡车，船身靠不了土堤河岸。每条船上搭了一条尺把宽的木板，一队队背着大麻袋的卸粮人，慢慢地从颤巍巍的木板上走过。在大而重的粮袋下，谁也看不到他们的脸，他们走过之处只能看见滴下来的汗水。

那天，杨万新正给一个大户人家扎灵帐，这家三姨太要横，拿吞金子吓唬人，没承想，竟成了真事儿。只听街上乱哄哄地喊叫："帮皇军卸粮有赏！""能干活的都出来！"说话间，几个伪兵和两个日本宪兵进了院子，不由分说，连推带搡地把杨万新拉到了河岸边。几十个男人多是上了些年纪的老人，杨万新被一个伪兵推到河岸边，让他和新抓来的几个人站成一排。只见又驶过来一条船，舱门打开，伪兵命令他们把这一船麻袋包扛上卡车。脚下的木板颤着，肩上二百多斤的麻袋压得人喘不过气来。虽然已经到了阳春三月，但是杨万新记着爷爷的话，他要找到一个妥帖的地方把唢呐藏好，所以他不肯脱下棉袄，腰里别着唢呐。他汗如雨下，眼睛被汗水蒙住。人们的脚步越来越慢，宪兵、伪军们的叫喊声越来越急，走得慢的人被枪托撑打着，不时有人滚落在河里。他想，天多热这棉袄也不能脱。他咬紧牙，踩着颤悠悠的木板到了卡车上，把麻袋包放下。

突然，他看到一个小伙子刚出船舱，麻袋包被舱门上的铁皮刮开了一个口子，顷刻间金黄的稻谷洒向河中，随即形成一片黄色的"布幔"，随着河流翻转漂移。突如其来的情况让杨万新吃了一惊，眼前的景象让他想起他为那个三姨太扎的黄色的灵帐。"啊！这么多稻谷！"扛麻袋的男子十八九岁的模样，穿着肩上破了一个洞的黑布褂子，腰间一根麻绳系着老粗布棉裤。他抓紧了麻袋洞口勉强止住了流淌的稻谷。一个伪军叫着："你小子找死呀！"这时，站在河堤上的两个小鬼子端着枪跑过来，指着河中漂动着的稻谷乱叫，不由分说，一枪托打在了小伙子的腰间。小伙子紧握着麻袋洞口的手松开了，稻谷瞬间倾泻而下。这时杨万新一个箭步从搭在卡车上的木板上跳下，飞跑过去，一把抓住了麻袋，阻止了稻谷继续倾泻。当他把大半袋稻谷拖到岸上时，小伙子已经被小鬼子打入水中。只听那个伪军说："长官别累着，留着他还是个好劳力。"杨万新顾不得这些，跑下河堤，把小伙子从水中拉起。

河面上泛着惨惨的光，船只的抖动和小鬼子的叫骂声，以及伪军们训斥劳工们的声音混杂一处，倒映在水中的泛着鹅黄嫩绿的柳枝被搅得上下抖动，一会儿清晰，一会儿一片混沌。小伙子的额头鲜血流淌，紧锁着的眉头和那直直的鼻梁、喷着怒火的眼睛让杨万新感到，这是一个有钢骨的哥们儿。他从棉袄下摆处撕下一条布为小伙子包扎起来。

　　"小鬼子不让我们中国人吃大米，这是他们要往军营拉的。"小伙子小声说。

　　这时小鬼子在河堤上举着枪乱叫。一个伪军跑过来喊道："还不快点干活，你们想往枪口上撞呀。"杨万新和小伙子又回到搬麻袋的队伍中。

　　夕阳西下，残阳的余晖洒向水面，船队离岸，汽车发出轰轰的响声，运河被卡车车尾喷出的黑烟笼罩。鬼子、伪军们用绳子把十多个强壮些的青年绑好连起来，陆续推上汽车，又用黑布蒙上了他们的眼睛。

　　汽车在崎岖不平的山路上走了很久很久，也不知开了多远，停到一个山洼里。被扯下黑布的人们，眼前灰蒙蒙一片，只有远远近近大大小小的山峰如蹲守着的怪兽。

　　杨万新揉着被绳索勒出血的手腕问身边的小伙子："这是哪儿？"

　　小伙子说："上个月我就是从这儿逃走的。这个地方叫寺庙沟煤矿。"

　　小伙子告诉杨万新，他叫付志民，家在内蒙古的喀喇沁旗，离这儿几十里地。

　　"小鬼子和伪军认出你怎么办？"杨万新小声问。

　　"我们几个人是趁鬼子换防时跑的，现在的小鬼子和伪军认不出我。"

他们被推到一个很长很破很黑、很多人挤在一处的四面漏风的房子里，"哐当"一声，大铁门被关上，人们从睡梦中惊醒。

"志民，你咋又回来了？"声音从他们脚边草垫子上传出，志民拉着杨万新就地在老工友身边坐下……

寺庙沟煤矿在一个山坳坳里，如果不是坑口边架着的木架子和那堆在小广场上的煤堆，谁也不知道是个煤矿。矿口外的小山坡处卧着一个岗楼，白日里可以看到鬼子兵晃动的刺刀，铁丝网从这山爬上那山，又落入那条沟，一直延伸，把几座山围住。

杨万新躺在付志民身边，漆黑的屋梁上总像是有一个人趴在那儿往下看，闭上眼睛更像在眼前，这让他想起在爷爷为有钱人家办丧事时，走在队伍前面的"黑无常"。他不敢合眼，紧紧握着腰间的唢呐，静听付志民和工友们的鼾声。当熹微的晨光从棚子的缝隙钻进来的时候，他才看清，原来屋梁上是一个像黑了半边脸似的大树疙瘩。

门开了，伙夫挑着两桶拌着橡子面的菜粥进来，刚喝了几口，伪军吆喝着让大家下井。几个小鬼子端着带刺刀的枪四下里巡视。进坑口几十米便是过脚面的冰冷刺骨的水，煤袋子压得人们难以呼吸。矿坑边，进进出出的背煤工人衣衫褴褛，漆黑的脸上只能看出两只眼睛。中午时分，一个像工头似的人，给刚刚走出矿坑的工人发黑窝窝头。

"干的是牛马活儿，吃的是猪狗食，浑蛋小日本儿！"付志民拳头握得紧紧的。

"小声点。"一个工友告诫他。

"这么下去我们都得死在这儿。"

付志民说："我们还是想法儿跑吧。"

工头听见有人讲话，回过身来训斥道："你们吃饭还不消停！"一脚踢飞了志民手中的窝头。

志民站起身，强忍怒火与工头对视。杨万新一步上去横在他们中间，一把抓住工头举着鞭子的手腕，几个工友同时站起。工头感到寡不敌众，大喊："反了！反了！你们……"急急逃走。

大山里的春天还有些寒意，杨万新把怀里的唢呐系好，生怕它从破棉袄中露出。一个小鬼子听到这边有动静，端着枪走过来喊叫。

工头也跟着喊叫："听见了吗？皇军让你们快下井干活去！"

"现在这些工人越来越不老实了，你和弟兄们看紧点，我好上皇军那儿给你们请赏。"一个伪兵对工头说。

"是，长官。"

就这样，他们熬过了一个漫长的夏秋，又熬过惨烈的冬季，眼看着矿工兄弟一个一个地死去，矿北头的乱尸洼的上空，经常有成群的老鹰盘旋和乌鸦哀叫。

矿上看得越来越严了，这让付志民他们总也找不到逃跑的机会。

夜晚的矿工棚里黑暗潮湿。白天，一辆大卡车不知又从哪里拉来十多个工人，本来就拥挤的工棚更加拥挤，大家不能同时睡下，杨万新和付志民靠在门口坐着。

稻草地铺发出窸窸窣窣的声音，两个工友摸索着来到他们跟前，从嗓子眼里挤出声音说："今天又死了两个兄弟，拉后山了。咱们跑吧。"

付志民说："小声点。"

看着查岗的伪兵从门前走过，蹲在地上的几个人的脸几乎贴在一起，付志民说："这一年下来，就死了几十个兄弟。我们不能在这里等死，这儿离我舅舅家几十里地，小时候舅舅带我拉骆驼从这儿走过，在离这不远的地方还有一个山洞，我舅舅说，他在那里躲过土匪。这回我们往那里走。"

这是一个伸手不见五指的夜晚，四个人影在黑暗中猫腰前行。矿区门口，站岗的伪兵在打盹儿，山坡上的岗楼如同一头悄无声息的黑兽。按照付志民的说法，白天他借小便的机会，在一个山洼处看到铁丝网下面是一片化冻的软土，也是岗楼看不到的地方。他们用手抠土，杨万新的小唢呐派上了用场，土挖得快了。付志民让两个身体瘦小的工友先走，他们又往深挖，终于顺利地爬出铁丝网。

山洼外是化冻不久的小河，在黑夜里闪着一丝光亮。他们顾不得找那两个人的去向，杨万新只顾跟着付志民跑跑停停，边跑边藏。不一会儿，来到了另外一座山上。山里果然有一个洞，又累又怕的两个人大口喘着气，被惊起的一群鸟扑打着翅膀飞起。

付志民说："我们得尽早离开这儿。"

"不知道那两个人跑哪儿去了。"

"管不了那么多了，我们走吧。"

此时，天将放明。突然，后面传来喊叫声："快看，在那儿呢！"

"追！"其中还夹杂着日本鬼子的叫骂声。

两人一会儿在枯乱的草丛中跑，一会儿藏在乱石后面，但追赶的人越来越近。一个伪兵喊："站住！再不站住开枪啦！"

付志民说："咱俩分开跑吧，不能都让他们打死。"

于是两人分头跑，付志民躲在一个山崖下，小鬼子从头顶跑过。

只听后面的伪兵大叫："看，在对面山坡上。"只听几声枪响，杨万新倒在乱草窝里，唢呐滚落到山涧。

小鬼子得意地对跑上来的两个伪兵说："死啦死啦的没有？"举起手摆了两下，示意他们上对面山上看看。

两个伪兵跑过一条沟，又爬上对面的山梁，找到躺在草窝里的杨万新。杨万新的右腿被打伤，鲜血把草地染红了一片。

一个伪兵端起枪，另一个伪兵说："放他一马，还省颗子弹呢。"两人对视了一眼，走了。

小鬼子追着一只兔子，兔子被打中，小鬼子跑上去拾起，哈哈大笑，问跑回来的伪兵："死啦死啦的没有？"

伪兵们说："报告长官，死啦死啦的。皇军的枪法真准！"

小鬼子看着眼前竖起的四根大拇指，又是一阵得意的笑。几个人扬长而去。天空中传来飞鸟凄惨的叫声。

付志民从山崖下攀上山梁，不顾一切地向杨万新倒下的方向跑去，在一片乱石堆边找到了晕过去的杨万新。他扯下一条衣袖，为杨万新包扎伤口。在这荒山野岭中，付志民背着他艰难地行走。

一天，他们在一个破庙里避雨，付志民刚在早已没有被人跪过的垫子上把杨万新安顿坐下，突然从佛龛下的破洞处钻出一个人来，有些短小的灰褂子下面是宽大的黑布缅裆裤，白皙的脸上镶着一对小眼睛，因为脸过于白，嘴唇也显得过于红。看上去此人不到二十岁。

小伙子伸了个懒腰，提溜起趿拉得后跟满是泥点的黑布鞋子，看着面前的两个人发愣，"你们哪儿来的？"小伙子有些傲气地问。

付志民有些不放心，赶紧告诉他，他们想上承德找亲戚，走夜路时山上的滚石把兄弟砸伤了。

"哎！正好我也回承德，咱们一路走吧，还有个伴儿。"两人对视了一下，答应了。

小伙子凑上前小声说："你们不知道，我从大表姑家帮助办完表姑父的丧事，回来的路上，遇见一溜一溜的小鬼子卡车，上面拉着小鬼子，有的还拉着粮食行李。听说他们要跑啦。"

"往哪儿跑？"

"他们老家让飞弹炸到海里了，哇哇地往回跑，还到处乱抓人。要不是我腿快，一个蹦子钻到乱石窝里，也被他们抓走了。"

小伙子告诉他们，他叫那文生，小时候，因为他太淘气，大家就叫他"瓜皮"。他听说两个人还没有一个准确的去处，便热情提议："你们上承德，那里南来北往的人多，也好讨生活。"

这让两个人心里有了奔头，也让付志民又想起堂哥堂嫂为了占他父母留下的老屋，逼着他到外面找活儿干，被抓到煤矿做劳工的事。他对那文生说："不瞒你说，我们俩都是走哪儿哪儿是家的人。"

话音没落，那文生很是高兴："那就别说了，你们就去承德吧！"

于是，三个人走走停停，几个时辰过去，只走了不到十里地。那文生哪里有这样的耐心，眼看着日头偏西，他说，前面有一个村子，村外也有一座破庙，可以歇脚。分手时，那文生从褡裢里取出两个玉米面饼子塞在付志民手里说："我得先走了，出来好几天，家里那口子该饿死了。"

付志民说："那你真是得快点回家，我们慢慢走，随后见。"

那文生刚走了几步，突然想起几天前从承德出来时，时常看到小鬼子往城外拉东西的汽车，本家一个哥哥就是被小鬼子抓去拆避暑山庄里的珠源寺铜殿，标完号、装完箱后给抓走了，至今也没个下落。想到这儿，他又返回来叮嘱："过了双峰寺要更加小心，那里经常有小鬼子的汽车，抢东西抓人。"两个人心领神会，目送着那文生远去的身影。

在风餐露宿的几天里，他们只敢走小路，饿了撸几把老榆钱，嚼几片榆树叶，吃一把苦苦菜，渴了喝几口山涧水。

为了躲避小鬼子，双峰寺附近的朝阳洞成了他们藏身的地方，又过了几天，他们终于来到了承德街上。

这是一个被丘陵四面围合的盆地，城东是腆着大肚子盘坐着的罗汉山，憨憨痴痴坐观城西方圆十里散落着的民舍，以及萧条的街市；城南是云雾缥缈的山峰，山的顶端似扣着一顶唐僧帽子的褐色岩石，端端地任云朵擦拂；北面是一道灰色的坍塌不齐的高墙与争相探出来的古树，高墙内是依稀可见的隐在山石古树中的残亭楼阁。

来到关外这样一个地方，对杨万新来说一切都是新奇的。特别是在大山罗汉的肚皮底下滚滚南流的大河边，让他想起关内的家乡，想起四散的家人，怎么也不会想到自己竟漂泊到这么远的地方。他又累又饿，坐在不知何年被洪水推到一处的石堆边，看着水流发呆。他顺着罗汉山的正前方望去，这就是志民哥一直念叨的承德！一条随山就势的土街，街两侧是低矮的茅草房，间或几处饱经沧桑灰瓦覆盖的房子。街上的行人可数，偶尔有进城送山货的农人推着独轮车，那吱吱扭扭的声响单调枯燥，脚下的尘土追着他们的鞋子一路小跑。这儿哪里有一点点大城市的风光？"志民哥就会吹牛。"他心里这样想。不过，他突然觉得，这里是如此的平静，天空也好像清朗了一些。莫非真的如志民哥所说，这里是一方福地了？

这时付志民兴高采烈地跑来："小鬼子跑啦！"

"真的？"

"真的，是真的。"

"千真万确？"

"千真万确！"

两个人第一次相拥一起。一个烧饼从志民腰间滚落。

"快、快吃吧。"

"哪来的？"

"甭问那么多，反正不是偷的。"

听说日本鬼子跑了，杨万新心里既高兴，又五味杂陈，爷爷死在小鬼子手里，一家人四散，不知现在何处。他的腿又被小鬼子打伤，漂泊关外，不知哪里才是自己的家。

付志民看他满眼的泪水，宽慰道："现在应该高兴才对，这回咱们再也不怕被小鬼子抓劳工了，也可以光明正大地进城走走了。"

他们看看日头已经偏西，晚上的住处还没有着落，顾不得许多，向城里走去。河西岸是一条南北走向、青石砌成、前后看不到头的拦河大坝，当地人叫它"迎水坝"。夏天河水暴涨，这条坝就和纹丝不动的长龙一样，拦住洪水，保护城市。

刚从水坝上下来，就看见三五成群的高个子大兵在街上走动，付志民拉着杨万新溜着街边前行，小声说："听说他们是帮助我们打日本鬼子的苏联红军。"这让杨万新少了一些胆怯。

在一个有着几座高大房子的大院门口，他们看到那文生正和几个人讨价还价："这是我家祖上传下来的，还是皇上的赐品，不信你们看，这里可写着'乾隆制造'。"

只见那文生把手里的一只尺把高的八角口插花瓶来了个底朝天，这时瓜皮帽、光头顶、小分头、蓬乱如草的脑袋们都凑了上来，把那文生团团围住。

"哎哎哎！别挤别挤，给我弄碎了你们可赔不起啊。"那文生大声喊着，抱着瓶子从人堆里钻了出来。一抬头，看见付志民和杨万新，"哎，你们来啦！"说话间他连忙把瓶子塞进一个红布包，又把红布包塞进肩上的褡裢口袋。凑热闹看瓶子的几个人有些扫兴地四散开去。

那文生把付志民和杨万新领到自己的家。这是一处典型的北方小院，凭它能够坐落在小南门街上，就体现出当年的气派。这条街上大多是从北京迁来的住户，有的在清朝还有着一官半职，房子也有些讲究，由于小城实在太小了，房子也就比不上京城的。虽然经历过一场场战乱，但是大户人家的派头不会轻易磨灭。可是，这个小院却比不得其他人家，断壁残垣包不住三间残瓦颓椽，刻有"云彩勾"和"梅花形"的瓦当掉了一地，也不知碎在何年。小院中长满了杂草，草中有的顶着小花，有的已经过早地干枯，草地上有一条踩出的丈余长小路，堂屋的门歪扭着，好像碰一下就会分家瘫痪。推开屋门，一缕尘土从屋顶上露出的荆条席间哗啦啦地泻下，一股霉味和着烟火燎过的煳味扑鼻而来。屋内更是一片狼藉，墙壁是黑的，堂屋的灶台是黑的，土炕是黑的，堆在炕上的杂七杂八团团件件是黑的。

"欢迎两位光临寒舍。"那文生小心地放下褡裢，从炕上扒拉出一块屁股大的地方后说，"请坐、坐，请坐。"

屋梁上传来小鸟的鸣叫声。刚刚适应了黑暗的两个人抬头望去，只见一个发黄而精致的鸟笼子悬在屋梁下，小鸟见有人来，雀跃地扑棱着翅膀。

"嘘……"那文生向小鸟吹了一下口哨，"家里就我们两口儿。"

两人互相看看，笑了，不知该如何应承。

付志民说："那老弟，你给我们找个能避避风挡个雨的地方就行。"

"让我想想哈。"那文生拍拍脑袋说，"哦，我想起来了，几年前，我家一个远房二大爷因为抽大烟，把祖宗留下的家底败光了，无家可归，大伙儿就以让他看水磨为名，给他在水磨边上盖了个茅草房。前年秋天，二大爷说去口里找他老姑家的表舅，再也没见回来。要不你们到那个茅屋先住下，以后的事儿以后再说。"

那天傍晚，那文生把付志民和杨万新领到水磨边的茅草屋。这也是一个仅能躺下两个人的地方，一铺快要坍塌的土炕，四面透风的土墙，屋顶上快要掉光的茅草，但是这竟让两个人感到无比的满足。那天晚上，他们铺着那文生抱来的一团看不出什么颜色、认不出绣着什么图案、辨不出什么怪味的锦缎被子，总算伸直了腰腿美美地睡了一觉。

清晨，避暑山庄的五孔闸打开，上游来水，水磨开始快速转动，飞鸟鸣叫，付志民和杨万新开始修理房子。志民十几岁时，就过上了东家推磨、西家和泥，靠力气挣饭吃的日子，什么重活儿都难不倒他。杨万新帮他打下手，几天工夫，房子就修理得差不多了，他们又找来一些茅草把房顶铺得严严实实。

承德街里人多为满族，祖上都是专门为皇帝服务的。他们每年春天为皇上来承德打前站，秋天皇上回京再做收尾。离宫别苑也需要人来看守，为了让留守的人安心，皇上就让他们把家眷带来。这些人看承德也是个适合安居的好地方，就踏踏实实地安顿下来，成了这里的永久居民。所以他们对这两个外地人的到来很是欢迎，再加上两个小伙子也热心助人，推磨、拉车、和泥、打坯，样样干，给不给钱也不计较，有了不少好人缘。

志民家乡在赤峰的喀喇沁旗，离承德二百多里。他从小没有了父母，跟着哥哥长大，但是自从哥哥把嫂子娶进家，他就成了多余的人，也是没有家的人了。

杨万新更是如一片树叶，从山东漂到关外这个他从来没听说过的地方。街里人都知道他们的坎坷经历，都说他们是"大难不死，必有后福"，承德人信这个，所以从不把他们当外人。两个人商量，以后哪儿也不去，就把根扎在这儿了。

天渐渐暗下来，水磨隔板均匀地运转，打起一排排细碎的水花。茅草房用木条钉起的门在秋风中一会儿关闭，一会儿打开，这里是付志民和杨万新共同生活了一年多的地方，也是他们的家。

刚来到承德的时候，万新因为腿伤还不能走远路，志民让他在家里养伤，哪里都不要去，对他说："咱们人生地不熟的，世道也不太平，伤好了以后咱们再琢磨去处。"万新心存感激地应承着。

"我打听了，这街上有药铺，今天挣了钱我给你带药回来。"志民出门时对杨万新说。

那一个月，每天志民早出晚归，都会带些吃的，隔三岔五地买些药，为万新洗伤口换药。很快，万新的腿伤好转，疼痛见轻，也可以干活了，但是志民还是不让他出外干活儿。

万新和志民合计："你出外干活儿，我把这树林子里的空地弄弄，还能赶上种一茬菜。"

就这样，志民每天到城里打短工，万新在小树林空旷的地方开荒，硬生生开出一块小菜园。万新计划着再开出几亩，就能补贴家用了。

一天，万新沿着武烈河南行，准备到韭花山村买菜种。河水奔流到半壁山下，转了一个大大的弯儿，河水打着漩涡，蜿蜒而湍急地相互冲撞着。当浪花拥挤着转过山弯后，便进入开阔的河床，水面一下子平静下来。他想，这水也有灵性呢，到什么境况就会显摆出什么样子。这时，他远远地看到一个架子车朝河边移动，准备在一处比较平缓的地方过河，架子车上堆着小山似的物品，车下只露出架车人的两只脚。一入水，这人的腿即被利石划伤，随即，他腿边出现一道红色水流。万新紧走了几步，赶上了架子车，帮助推上河堤。

"谢谢啦！"拉车人感觉到有人帮助，脚下轻松了许多。他回头看时，两个人都愣住了。"你……你……你来干啥？"还是志民先开了口。

万新泪水夺眶而出，说："志民哥，让你一个人受这么大的苦……"

"咱们不是说好了，生死兄弟，不分你我嘛。"

一个月明星稀的夜晚，他们在茅草屋前的石碾上摆了两个烧饼，满了两盅酒，明月作证，清酒洒地，"患难之交结兄弟，福祸相依念冰心"。从此他们成了真正的结拜兄弟。

志民靠勤恳劳作赢得了百姓的好感，都愿意把赚钱的机会给他。万新种出来的各种菜蔬也精细实惠，从不做亏心的买卖。

一次，一位上了年纪的老妇从地里买走四个大萝卜，刚下堤坝，就被一个满脸横肉的赖子撞倒。这赖子借着一身的酒气，朝着刚爬起来还没站稳的老人就是几拳，一只翡翠扳指从他那枯瘦如柴的大拇指上滑落，只听"当啷"一声，扳指砸在了坝根的大青石上。

赖子喊道："妈呀！完了！完了！你把我的宝贝毁了！"他扯着嗓子吼叫。

只见寸许长的扳指已经摔成了两半儿，但这扳指仍然显出它的温润。赖子脸煞白，小眼睛瞪得像要喷出血，"你个老东西，赔我的扳指！"说着一个巴掌抢上去，老妇被打倒在地。

路过的人停下脚步，有的同情老人的境遇，有的感叹精美扳指的损坏，有的凑上前伸着头看赖子手中的两个半拉子宝贝。

《燕京岁时记·厂甸儿》有这么一段专门介绍扳指的记载："红货在火神庙，珠宝晶莹……而红货之内以翡翠石为最尊，一扳指翎管，有价至万金者。"显然，这只翡翠扳指可不是一般的红货。这只扳指白中透着晶莹水滴，水滴间若隐若现散绕着淡黄淡绿浅藕条色分明的游丝，扳指边缘的云纹勾间镶着七八颗宝石，虽然年代久远已发不出光亮，但一看就是值钱的宝物，亦是一件绝对上上等的艺术品。

这时老人慢慢爬起，发髻散落，扯破的衣襟搭在膝盖处。老人用衣袖抹拭了一下嘴角的血，怒目圆睁骂道："你个无赖，今儿个姑奶奶和你拼了！"说着拔下头上的银簪子，准备搏斗一场。但是老人两只手腕被赖子死死地抓住，动弹不得。

赖子吼道："老太婆！你给我听好了，这是我八辈祖宗传下来的，今天和你没完！"

老人脸涨得通红，灰白的头发散开在肩头飘动，一双大脚叉开，稳稳地站立，灯芯绒鞋面上两个元宵大小的红绒球也不再蹦跳，在场的人都吓呆了。

杨万新听到水坝这边的吵闹声，提着铁锹跳上水坝，看到眼前的一切，血涌上头顶，大喝一声："放手！"

在场的人几乎同时转过头，只见杨万新高举着铁锹跳下水坝，"看我打你个死赖头！"他抡起铁锹虎虎生风。赖子放开老人，大喊："杀人了！杀人了！"

赖子把老人又一次推倒，杨万新举锹拍他，但没打着，于是紧追上去，朝赖子的背上重重地拍了一铁锹，"看你还敢欺负人不？"

"不敢不敢，不敢了。"赖子夺路而逃。

在场的人扶老人坐在大青石上，老人不停地喘着粗气。这时刚刚在二仙居听完书的那文生路过此地，一向好看热闹的他扒拉开人群把头凑过来一看："格格姑，您坐这儿干啥？"

人们你一句他一嘴地叙述着刚才的经过，那文生气得咬牙切齿："看我怎么收拾他！"

杨万新捡起赖子逃跑时掉在地上的半个扳指，拎着铁锹来到老人面前。老人理了理散开的头发，塞进黑线织成的网箍

36

里，别上银簪子。

"是不是鲁智深转世？这铁锹赛过那水磨镔铁禅杖，真可谓'禅杖打开危险路，戒刀杀尽不平人'啦。"那文生一阵感叹，人群里发出一阵笑声。杨万新只知道古时候有个鲁智深能倒拔垂杨柳，哪知道什么杖不杖的。

"啥时候了还卖弄！"还没完全平静下来的格格姑对那文生说。她想站起身，但还是没站稳，又坐下。

杨万新伸出大巴掌，半个扳指展在他手心里，只见那文生跳着脚蹦了起来，拿到自己手里，"哎！这不是我的扳指吗？是赖子给国民党开汽车那会儿从我手上撸走的，说戴几天就还，和他要，他说丢了。完了完了。"

"你心疼扳指是真，啥物件比命大？今天不是这位小伙子，我这条老命差点没了。还不谢谢人家。"格格姑对侄子那文生说。

"我俩谁跟谁呀！"那文生不以为意。

格格姑气得瞪了他两眼，"你这叫没人味！"

那文生赶紧给杨万新赔上了笑脸，"谢谢！谢谢大义之人！"

天色渐晚，人们四散而去，那文生握着半个扳指，心里那叫一个不是滋味，他扶着老人朝小南门走去。杨万新如同打了胜仗，心里很是满足。

小城故事本来不多，但是只要一有点风吹草动，总会变换着样地相传。在送菜回来的路上，志民就听说水磨边的坝根儿底下发生了一个"扳指事件"，或者说是格格姑怒斥赖子皮，亦有说是鲁提辖锹拍二赖子。总之，志民也深为万新的仗义行为感到光荣。

从那天起，承德那条街上都知道杨万新也是个会发飙的有血气的人，让那文生讲起来，更多了几分夸张：赖子无端欺老妇，铁锹有眼遇彪人。那文生如同说评书，讲得有鼻子有眼儿。从此，万新多了一个绰号，人们都叫他"彪子"，其中完全是尊重的成分，人们也连带着把志民叫"民子"。万新觉得这名儿还真不错，"彪子咋啦，对坏人就得发飙。咱山东人就这脾气！"自从这个名字传开后，万新倒更加神气起来，志民也自然接受了人们对自己的简称。

在志民的照顾下，万新的腿伤基本上好了。在承德人的心里，早已接纳了这两个壮小伙子，不管哪家有需要出力气的活儿，就会有人站在小树林边的水坝上喊："民子！彪子！帮我家山墙抹抹泥巴。""民子、彪子！我家阴沟堵了，帮我掏掏。"很快他们结识了小城里的很多朋友，熟悉了每个角落，生活得倒也平静充实。

一天早上，他们为德胜门外的一个大户人家送菜，志民推着独轮车，万新在前面拉。远远地一队骆驼走来，铃铛声也由远而近，这让民子感到十分亲切。卸好了菜，他们在小南门口买了两个吊炉烧饼，坐在石桥墩上吃。只见一位腰系皮绳、下缚裹腿的长者熟练地给骆驼们卸下嚼头，上好草料。这让民子想起了拉骆驼的舅舅。他走近前，一下子呆住了，"舅舅！真的是舅舅！"

长者抬起头，看着眼前的民子也愣住了，定了定神儿说："你是志民？走这么多年怎么就不给家里个音信?!"

民子简单叙述了这几年的经历，拉过彪子说："他就是救过我命的兄弟杨万新。"

舅舅坐在骆驼褡裢上，抽出腰间的烟袋锅，从泛着油黑的烟袋里挖旱烟末，又掏出火柴在鞋底上擦着，点好，猛吸了几口，眯缝着眼睛半天没说话。

两个人站在原地一动不动。

舅舅问道："你们就在这儿不走了？"

"是、是。哦，不是、不是。"民子不知道如何回答。

"你们就这么过下去？"

"是，我们现在过得挺好。"彪子有些着急，抢过了民子的回话。

舅舅在石头上用力磕了磕还冒着蓝烟的烟袋锅，啪啪响。民子心里咚咚跳。

"你们想和我拉骆驼去吗？"舅舅又问。

两人相互看了看，没有作声。

"我看你们在这儿也没个正经事，我这里也缺少人手。"

"舅舅，彪子腿受过伤，坝上太冷，恐怕顶不下来。"民子说。

"那你也得跟我走，你妈活着时一再嘱咐让我关照你，可几年不见人影，这回你一定得跟我走。明天我们就上坝上拉货。"

这一夜，民子和彪子怎么也不能入睡。民子起身走出屋，坐在水磨边，烟斗在暗夜中一闪一闪，水流有节奏地哗哗响。彪子也跟着走了出来，在民子身边坐下。

"我家家境贫寒，四岁那年父母都去世了，开始我跟着十岁的哥哥，东一家西一家地弄口吃的，就这样好歹挨着日子过。八岁那年，舅舅看我可怜，也看我有了点力气，把我接到他家。舅舅帮别人拉骆驼，常年在外。下田犁地、挑担、锄地，我什么都干，可舅妈从没给过一个好脸儿，时常是干了一天活儿回到家，锅灶上早收拾得干干净净，我就只能饿一宿。十六岁那年，乡保长说有运送粮食的活计，饭管饱，还发衣服。我就偷偷跟着他走了。没想到，他把我们村上的几个人交给了人贩子。人贩子把我们带到码头上，给日本鬼子干活。二百多斤的麻袋、弹药箱，没日没夜地扛，一天只给三个窝头。后来又把我们押送到煤矿当劳工，我豁着命跑出来，可还是没逃出小鬼子的魔掌。现在我们才真正有了自由，苦日子也熬出了头。"

"本来想着我们就一块儿在这里生活，可现在我又身不由己了。我走了，你形影孤单，腿又有伤，真让人放心不下。"民子的声音有些颤抖。彪子一声不吭。

"要不，明天我藏起来。"民子说。

"不行，不行，承德就这么大点儿地方，哪儿能藏得住。"彪子鼓起了勇气说，"你放心地去吧，舅舅是你的亲人，长辈的话得听。他现在有了自己的驼队，需要人手，你每年从承德路过几次，我们总能见着面。"说到这儿，两个人早已是泪流满面了。

他们无一丝睡意，呆呆地坐着，静静地听着，小虫窸窸窣窣，流水汩汩潺潺……

东方既白，小城新的一天开始了。

德汇门边的迎水坝下，十一匹骆驼吃饱喝足，摇晃着脑袋，脖子底下的铃铛叮叮响，有的上下嘴唇不停地移动，牙缝里发出"喳喳喳"的响声，香味十足似的。

民子肩上背着一个帆布袋子，彪子提着一布袋格格姑家刚打好的吊炉烧饼。

正在给骆驼系拉绳的舅舅看着地上的两个人影，头也不抬地说："来啦。"

"嗯。"民子应了一声，帮助舅舅给骆驼系好了驼绳。

叮叮当当声音响起，骆驼们昂首阔步。

天放亮，小城来来往往的人多了起来。

那文生哼着小曲咬着烧饼走来，看见驼队前面的民子喊道："哎哎……民子，咋回事？"他追着跑了几步，民子向他摆了摆手，再也不回头。

那文生发呆了几秒，看见大杨树底下正用衣袖擦眼睛的彪子，跑过去小声问："民子走啦？"

彪子点了点头，朝小树林走去。那文生跟在后面不停地问："为啥？为啥？"

自从民子走后，彪子一个人维持生计，承德人不欺生，心肠热，好帮助人，只要买菜，不管远近，有的绕道都要到彪子的菜地来买。彪子知道大家的好，更厚道地卖。那文生成了菜地的常客，就是从不帮助干活。他觉得自己识文断字，泥地里干活有损老祖宗的遗风。但是有他在，也为彪子解了许多闷儿。

一天，那文生气喘吁吁地跑来，朝彪子喊："刚才在小南门外，听一个当兵的说，观彩楼又来了一批苏联红军，明天要一筐萝卜，外加二十棵白菜。我赶紧告诉你，这个买卖不错。"说完，掉头就跑。忽然他又转过身跑回来，说："哦，对了，他们还要一筐土豆，做什么'沙拉'。哎，反正就是土豆。"他刚准备跑走，又回过头说："你装好车，我叫个人来帮你。"话音没落，便急急慌慌地没了踪影。

一会儿工夫，彪子把要送的菜收拾停当，腰上的粗麻绳束得紧紧的，准备出发。他心里明白，那文生说叫人来帮忙，实在是聊天的话。他又开马步，两只大手紧握车把，摆出一个人形的"大"字，木头轮子的独轮车上，左边一筐萝卜、一筐土豆，右边一筐青叶白帮大白菜，吱吱扭扭地朝城西南的观彩楼走去。刚过五云桥，突然腿伤处一阵钻心的疼痛，豆大的汗珠吧嗒吧嗒地掉，他心里明白，一定是膝盖窝又在作怪了。去年修整水渠时，犯过一次，刚刨出几块滚水石，腿就即刻动弹不得，眼看着膝盖窝里钻出一个尖尖的东西，在肉间、皮下闹着妖似的，疼痛难忍。当志民把他扶上独轮车推到医院时，这个鬼东西竟不见了，疼痛也消了。医生说，这是一块骨脱离物，一般情况下会固定在一个地方，就不会疼痛，通过外力游走出来时，则会疼痛不已，如果一出来即进行手术，就解决了内患。但是医生告诉他，还有一块镶嵌在腓骨中间的弹片，几乎没有取出的可能。那次的一劫总算没动刀没见血就过去了。可眼前，又是难过的一道坎啊。

他咬紧牙关，把车停稳，倚着五云桥头的石栏杆用袖头子抹汗。突然那文生大呼小叫地跑来："我就知道你准走这条道。本来上格格姑家相媳妇，可那媳妇的孩子病了没来成。格格姑让我上你地里买点菜，我告诉她，你往观彩楼送菜去了。你猜咋着？我好模样儿地又挨格格姑一顿训斥，她说：'你就让他一个坏腿的人爬那高坡？还不快去帮他推车！'"那文生抹了一把脸上的汗水接着说，"我这个姑哇，真不知道里外人了，你看看，你看看，为了追你，我这新裤子都溻了。"他看彪子没有要推车的意思，说："待着干吗？走哇。"

"腿又闹妖了，一时半会儿走不了。"彪子很是无奈。

"哎！说好了要给你找个帮忙的人，让我给忘了。"那文生拍拍自己的脑袋，"我这是上了年纪，好忘事儿。"

"来来来，我给你揉揉，兴许就好了。"那文生说着蹲下身就在彪子腿上胡乱揉搓起来，彪子疼得大滴大滴的汗珠往下掉，不停地砸在那文生的脑袋上。"你哭啥，老大不小的没出息。"那文生真的以为彪子是疼哭了。

那文生的话倒惹得彪子笑了起来。原来，那文生这通乱揉搓，竟让"小妖"归位了，彪子立刻感到不那么疼了。那文生站起身，看彪子把腿活动了几下又推起了车子，大街上又响起吱吱吱的声音。

那文生像个木头人似的呆呆痴痴站在原地自言自语道："是我给你揉好的？不可能啊，这这这，不可能啊！"忽然他想起红石砬曾经有一位百岁满族老太太，专门拿捏骨头上的事儿，年轻的时候还被请到宫里，给几个骑马射箭摔坏胳膊腿儿的阿哥、陪臣们治过病呢。想起这，那文生心花怒放，脚下如踩了棉絮，走起路来轻飘飘的，"是彪子让我练了手，我也成了半个郎中啦！"他小跑着追上彪子，"站下站下，我帮你拉。"那文生扯下独轮车前面拴着的拉绳，往肩膀上一扛，低头猫腰，两腿绷紧弓着膝，稳稳当当地迈开了脚步。顿时，彪子感到车子轻了许多。

由于半个月没下过雨，路上的浮土铺满，本来就随时会移位的浮土被四只脚蹚出了一条飘动的黄色云团。

"快看！那文生拉上车啦。"

"我说今天怎么太阳从西边出来了呢！"

"快看西洋景啦！那大人拉小车，一会儿就滚坡。"

街上的人七嘴八舌，指指点点，笑着闹着，好不热闹。

"你们这些吃饱撑的，就会说风凉话，帮衬人是咱承德人的本分！"一位老者对那文生竖起了大拇指。

观彩楼坐落在小城西南方一个高高的山坡上，从市区望去，好像是摆在山顶上的盒子。这盒子南北走向，南部山坡高，建了两层；北部地势低，建了三层。一条小路，好像从南营子大街南端支出去的一条向山顶攀爬的树藤。据说，这座小楼是1938年侵华日军为作会所修建，日本鬼子占领东北后，把承德作为向关内延伸的一个通道，高级别的日本军官和一些访客来承德，这里就成了接待他们的地方。最初，日本人叫这座小楼为"兴亚塾"，因为地势高，不仅可以看到四面的奇山秀景，还能一览全市的风貌。

那文生拉了一会儿，气喘吁吁起来，"彪子兄，咱们还是歇会儿吧。"

彪子也感到有些累，"也行，歇一会儿铆足了劲儿，一口气就上去了。"

那文生一屁股坐在路边的石头上，彪子把车停好，半坐半靠地倚在车扶手上，看看日头，已经有三竿子高。那文生抬头看看观彩楼，突然问彪子："你看这楼像啥？"

"像个大药匣子。"彪子有一搭没一搭地回答。

"哈哈！你这就孤陋寡闻了吧。"于是，那文生打开了话匣子，"你好好端详端详，这个楼像不像一口棺材？"

"像！像！还真是像！"彪子恍然大悟。

"小鬼子侵略咱承德的时候，怕被游击队摸了，就选高耸的地方给当官的盖房子，好方便瞭望把守。承德的工匠们越修越觉得这个楼像棺材形，加上人们对小鬼子的痛恨，大伙背地里就叫它'棺材楼'。没承想大家的笑声被一个日本军官听到了，问翻译：'他们在笑什么？'翻译说：'他们说，这楼址的风水好，盖得也漂亮。'你猜怎么着？那军官高兴坏了，当时就给工人发了工钱。打那以后，人们都把这个楼叫'棺材楼'。日本鬼子投降后，承德人对美好生活充满了希望，就给这个楼取了个谐音，叫它观彩楼。不信你一会儿到它跟前看看，不但能看到整个离宫和外八庙，还能看到棒槌山、蛤蟆石、罗汉山、僧帽山，还有更远处的天桥山，好看着哪！"那文生说着说着，站起身手舞足蹈，拉起绳子往肩膀上一搭说，"走喽！"

彪子的独轮车吱吱扭扭地又响了起来。

第二年深秋，民子带着几个拉骆驼的徒弟在承德歇脚，这也是自打他走后第一次回承德。他把队伍简单安排了一下，径直来到小树林，正在码白菜的彪子看见民子的到来惊喜万分，两个人拥抱在一起。

"可见着啦！"

"回来啦！"

秋阳高照，两个人在水磨边坐下。

"这么长时间你去哪儿啦？一走就没有了音信，想得我好苦啊！"彪子说。

"哎，别提了，自从跟着舅舅回去后，舅舅怕我恋着承德，就让我和两个伙计专门跑东北线，拉了几趟骆驼，倒是赚了不少钱，除了给舅舅治病，剩下的都让舅舅换成了花花绿绿的金圆券、银圆券，为了防贼，码在一口大缸里埋在当院。可这些花纸越来越不值钱，舅舅气得大病一场。他思量着让我替他再跑一趟坝上，以后骆驼店就歇了，不再干这担惊受怕又受累的事了。"

"哦，对了，我还得告诉你一个大事。"民子的话和掩不住一脸的兴奋，让彪子的眼睛睁得老大。

"回去后，舅舅就给我说了一个媳妇，叫淑贞，是舅妈姥姥家远房表姑的姑娘，自小没爹没妈，舅妈得了痨病，是她在跟前伺候了两年，舅妈临去世，把她托付给舅舅。就这么着，我们成亲了。"

"好事！好事！"彪子的嘴咧得老大，笑得很是开心。

"今年春天，淑贞还给我生了个儿子，叫小平，我们求个平安就好。"

彪子高兴地站起身，说："我有侄子啦！今天得好好庆贺庆贺。"

志民往小桌上放下三块大洋说："这是拉骆驼挣的，你收下。"

这一天，那文生又破例了一回，起得早，因为他睡梦里仿佛听到了骆驼的叫声。他小时候骑过骆驼，坐在两个驼峰中间，好像靠着两个棉花堆，那叫一个暖和。大蒲团似的骆驼蹄子踩着点儿似的，走得那个稳当，他的小身子在四个大蒲团似的驼掌优雅匀称的移动下，摇摆晃动，那个神气劲儿让他一辈子都想着。

那些年，他叔公和别人合开了一个大车店，大车店门口还开了一个小杂货铺，每逢有驼队路过，给骆驼备盐是少不了的买卖，每次他叔公给驼队送盐巴，就是那文生最高兴的事儿。驼队的伙计们总会拉出一峰老实稳重的骆驼，把他举到驼峰中间，在下面牵着驼绳，从德汇门沿着迎水坝，一直到二市场，走上两个来回，七八里地下来，可是让他尝到了飘飘欲仙的滋味儿。过后，他就跑到格格姑家，从筐篓里偷偷拿出两个烧饼，撒腿就跑，把烧饼塞到让他骑骆驼的伙计手里。有时赶上天气不好，驼队一待就是十天半月，为了不让骆驼丢了脚力，也为了让骆驼消消食，伙计们就拉着它们转上几圈，这是那文生最高兴的事情，也让格格姑每天大呼小叫地，找她那好像长了腿儿的几个烧饼。后来他再想骑一骑骆驼，可驼队的伙计们说什么也不答应了。格格姑说，他长大了，哪有一个大人还骑骆驼瞎溜达的？再后来，他叔公被国民党抓夫，没有了音信，大车店也成了国民党的兵营。骆驼队不来了，慢慢地，那文生也断了骑骆驼的念想。等世道平稳了一些，骆驼队又回来了。那文生曾经想加入驼队，但是人家看他像个总也长不大的孩子，不收。格格姑也说，他根本吃不了那个苦，于是他也收起了这个心思。

那文生胡乱抹了把脸，出了家门，在小南门胡同口，他就看到迎水坝下站着的十几匹骆驼，两排高大的杨树下是为骆驼备草料的伙计们的身影，地上摆放着几个大筐箩和一堆大皮口袋。

秋日的晨光初现，格外明亮，这光一束束地从大杨树间穿透，射在骆驼们的身上，骆驼们长长的影子就投在小小的广场上。这一切对那文生来说是那样的熟悉，他想到了杳无音信的叔公，想到了童年往事，想到了民子被舅舅拽去拉骆驼。"这个驼队是不是从赤峰喀喇沁旗来的？我得去打听打听。"那文生一溜小跑，来到政府刚刚恢复起来的"民众大车店"，被国民党兵糟蹋的房屋门窗还没全部修好，过去的热闹和闻惯了的烟草味道也体会不到了。他问店里的伙计，果然是从喀喇沁旗来的。骆驼队的伙计们说，民子昨晚没回来，那文生扭头向小树林的菜园跑去。

彪子和民子正在水磨房边洗脸，见那文生来，三个人又是一番欢喜。

"有劳大驾，帮我买瓶山庄老酒。"彪子对那文生说。

"那可是我们乾隆爷喝过的酒啊!"

"那更得喝。哦,对了,再麻烦你帮我到翡翠楼要两个菜,咱们庆贺庆贺!"彪子叮嘱。

"啊呀!今天彪子兄可让我们开荤了!"兴高采烈的那文生抓起小桌上的一枚银圆跑走了。

驼队在承德休息了两天,民子说,坝上寒冬来得早,不能多耽搁。

天刚蒙蒙亮,彪子急忙起身,他忽然想起那文生描述过坝上如飞刀的白毛风、能埋住人的积雪。他翻出去年在集市上买的皮坎肩儿,向迎水坝边的大车店跑去。

骆驼被伙计们拉出大车店,铃铛随着它们头的摇晃叮当作响。

彪子把坎肩儿塞进民子的褡裢里说:"坝上冷,用得上。"

民子说:"等拉完这趟骆驼,我带着淑贞和小平来看你。"

"好好好!这就好!太好了!"彪子只是一个劲地高兴。

晨光熹微,古树桥头,彪子目送民子高大的身影渐渐消失在雾霭之中。

日子一天一天过去,对彪子来说是那样的平淡。可是每天从街上过的兵车和那些毫无士气的国民党兵,让他心里有些不安,毕竟现在还是打仗的年月啊。爷爷说过,见了兵就低头,千万别充大个儿。有几次给国民党军营里送菜,几车菜钱愣是要不回来,还挨了几枪托。从此,他见了兵就躲。

初夏的一天,那文生大喊大叫着又跑到菜园:"彪子!彪子!听说了吗,隆化那边打得可邪乎了,看这架势,国民党兵是要玩儿完啦!败兵如狼,咱得加点小心,汤玉麟逃跑那会儿,从我家抢走不少宝贝。"

"我一个种菜的，也没啥宝贝可抢，倒是你得小心点才是。"

"听说共产党的兵是好兵，叫解放军，他们来了咱欢迎。"

不久，解放军的部队进入承德，小城迎来了第二次解放，承德民众夹道欢迎。解放军把南营子大街扫得干干净净，小南门的石板路面也和洗了差不多，眼前的一切，让彪子感到换了一片新天地。

他掰着指头想，民子走了六个多月，怎么还不回来，是不是遇上什么事了？他心里满是疑惑。

一日，彪子正在菜地浇水，那文生带着一个人走来，告诉彪子，这人是从内蒙古那边来的老乡，知道一些民子的事儿，彪子连忙放下手里的活计。

"志民现在在哪儿？"

老乡说："唉，别提了，听说他们从多伦往回走时遇上了土匪，土匪打死了几匹骆驼抢走了不少东西，志民也被他们拖走了。后来他舅舅到处打听，说是志民被土匪打死了。"

彪子手中的萝卜掉了一地，木木地站着一动不动。

从那天以后，彪子大病了一场，三四天水米不进。那文生请来了解放军部队里的医生，在救护所里输了几天液，才把彪子救了过来。救护所的同志把彪子送回家那天，还给了他一笔生活费。

从此，彪子的菜园失去了往日的生机。

水磨房边，彪子如往常一样，每天总要在水渠边坐上一会儿，他目送着流水中被吹落的树叶呆呆不语。

七月里的一天，那文生跑来仍然是一路大喊大叫："彪子兄！找你的。是我把她带来的。"

彪子打量着面前的女子，不、不，是一位有身孕的女人。一身不合体的蓝粗布裌子，黑布裤，鞋子上沾满了泥，胳膊上挎着蓝花布包袱，苍白瘦削的脸盘，一双好像随时都在流泪的大眼睛，没有血色的薄嘴唇上托着微微上翘的鼻子，脑后胡乱盘着的发髻好像更增加了窄小肩膀的压力。

彪子问："你是？"

那文生抢过话说："她说是来找志民的。"

女人有气无力地说："我叫淑贞，是志民家的。"

"啊？"彪子神色有些慌张，不知所措，"你、你是淑贞嫂子？你是怎么从内蒙古过来的？要走二三百里地呢。快快，屋里坐。"

"我去买两个烧饼，上回请民子吃饭还剩着钱呢。"那文生一路小跑走了。

淑贞放下包袱急不可耐地问："兄弟，志民在哪儿？"

彪子一时不知怎么回答，"你怎么来的？对，你怎么上承德来了？"

淑贞喝了一口水说："志民走后一个多月，舅舅就病倒了，说我伺候他怕人笑话，找好了伺候他的人后，我只好带着小平回志民哥哥家。多了两个吃饭的，哥嫂横竖看不上我们娘儿俩。熬了几个月，他们看我快生养了，说志民在承德不回来了。我是一路打听着来了承德，走了一个多月了。兄弟，你可一定帮我找到志民啊。"

"小平在哪儿呢？"彪子急切地问。

"志民哥哥说付家就这一条根，得给他们留下。"说着淑贞又泪流不止。

这时那文生拿着两个烧饼跑来，"热乎的，快吃吧。"

彪子和那文生走出小屋，商量着办法。

"得给她找个住的地方。"彪子有些着急。

"让我想想，让我想想。"那文生一拍脑袋，"对了，我格格姑家有一间放杂物的小空屋，和格格姑商量商量先住那儿。"

两个人往小南门走。格格姑是个爽快人，听说来住的又是民子媳妇，更不在话下。三个人七手八脚忙活了一阵，总算为淑贞找了个安身的地方。

在承德，格格姑也算个名人。格格姑长得端庄大方，白白净净的圆脸盘儿，一双好像能把人看透的大眼睛，蒜头鼻子下是红润且棱角分明而周正的嘴。小时候因为个子长得比一般女孩高，又有男孩子的性格与力气，格格姑十多岁就跟着叔叔给宫里打吊炉烧饼。每天早上起来，她就把一双大脚蹬进绣着牡丹花样的鞋子里，洗漱完毕，挎起柳条编的大篮子，向丽正门和德汇门中间专门运送粮食的仓门走。一开始，内务府上专门派人来取，后来熟了，她也时常直接往宫里送。每当这个时候，她就趁机把园子游个遍。

汤玉麟部队撤退的时候，匪兵们在小南门街上挨家挨户抢东西。一天，她听到屋外人马闹腾着跑来跑去，推开门看时，一个匪兵进来，抓起烧饼就跑。格格姑可不管这一套，举着热乎乎的翻烧饼的铲子就拍，这兵扔下烧饼，抱头就跑。还有一回，她看到匪兵们揣着从宫里偷来的玉如意、景泰蓝花瓶、青花龙盘等物件在街上换吃的，她一看，这还得了，这些东西可是从北京运来给皇上享用的啊，世道变了，变得太不着调了！于是，她和叔叔商量，把烧饼做得大大的，多加芝麻酱，和这些匪兵换宫里的宝贝。就这样，什么各种材质的如意、画着戏人的弹瓶、云彩勾纹的青花盘、入水游龙的金边花碗、锦缎裹着的带着红木轴的古画都入了她的手。看着这些物件，格格姑心想，可不能让这些宝贝丢了，将来怎么向后人交代呀。于是，她小心翼翼地把东西藏好，还是照常做着自家的烧饼。

淑贞向格格姑述说了自己的身世，让格格姑流下一泡一泡眼泪，也赢得了格格姑的无限同情。她家那只芦花鸡下蛋，也开始吃上了小米，生下的蛋全部成了淑贞的补品。这也让彪子放心不少。不久，一个婴儿在格格姑家小屋的炕上出生，这让没儿没女的格格姑满心欢喜。她对彪子说："这孩子怪可怜的，生下来就没有爹，你把他收下，让他认你为爹吧。"格格姑停了一下小声对彪子说，"淑贞这孩子命苦，我问了医生，说她得了痨病，看来也难治好。"

听了这一席话，让刚刚放下心的彪子又好像打翻了五味瓶，不是个滋味。民子哥没了，淑贞嫂子又得了不治之症，再怎么难，也得把这个孩子养育好。孩子满月那天，彪子摆了一桌满月酒，在格格姑和那文生等几个人的见证下，淑贞代替孩子郑重地向彪子认了干爹，格格姑为了给孩子讨个吉利，起名叫"拴住"。这让住在小树林菜地边、茅草小屋里的彪子更多了一份牵挂，每天卖完菜回来，他都要到格格姑家看望拴住，用余下来的钱给淑贞抓汤药。

那些天，淑贞一遍一遍地向彪子和格格姑询问民子在哪儿，急着要见民子。两个人商量，在淑贞生养前千万不能告诉她实情，于是就说是民子有拉骆驼的本事，坝上来人请他再去拉一趟骆驼，过两三个月就回来。淑贞听了也安下心来。可是瞒过了初一瞒不过十五。一天，格格姑和彪子商量："时间越长，盼性越大，淑贞来承德已经快五个月了，这些天淑贞开始到街上打听民子啥时候回来，怕是瞒不住了。"

那天早上，格格姑看着淑贞喝了碗疙瘩汤，吃下半个烧饼，慢条斯理地说："人这一辈子啥事都会遇上，遇上什么事儿都得能扛过去，所以……我看你是个刚强人，也能扛住，这人啊不认命也不行……"格格姑咬了一口烧饼，烧饼只顾在嘴里打转，说不下去了。

淑贞一时还没听出个四五六，因为几个月来格格姑讲的那些惨兮兮的人和事儿太多了。

按照格格姑的安排，彪子一早就来到烧饼铺。格格姑话音刚落，蹲在店铺门口的彪子站起身进屋，格格姑和彪子四目对视。

"嫂子，我打听到民子哥了。"

淑贞的眼睛立刻亮了起来。

"多伦老乡说……去年冬天……"

"他在哪儿？"淑贞有些急不可耐。

一向快言快语的格格姑这时再也憋不住了："他让土匪绑走了，后来……后来让、让、让土匪打死了。"

淑贞一下子晕了过去。格格姑赶快下地从大水缸里舀了瓢水，噙在嘴里往淑贞脸上喷。彪子吓得不知如何是好，"我上卫生队叫人去。"

格格姑不敢让彪子离开，向小伙计喊："封上炉，快快送卫生队。"

淑贞被送到卫生队输了十多天液，格格姑索性放下烧饼店铺的事，天天几趟抱着孩子让淑贞喂奶。看着怀里的孩子，淑贞自言自语道："你还是没把你爹拴住，你太小了。"

彪子把淑贞接回格格姑家小屋的那天，格格姑炒了几个菜，还温了一壶酒，说："淑贞这闺女没家没业的，带个孩子到哪儿都难活，这几个月我们也处出了感情，我老了，也没个一男半女的，今天我就认下你这个闺女。"格格姑扶起跪在地上的淑贞，两人抱在一块儿，痛痛快快地哭了一场。

拴住一天天长大，淑贞和格格姑寸步不离精心养育。彪子三天两头买好吃的、小玩具送过去，拴住牙牙学语，冒出的第一声就是"大、大，爹爹"，虽然孩子是无目的地发声儿，也让彪子高兴了好几天。

一晃一年多过去了，又到了秋季。彪子送菜回来时天色已晚，他刚回到小树林的茅草小屋，突然门外传来熟悉的声音："彪子！彪子！"这声音虽然有些沙哑，但分明是民子的声音呀！他急忙跑出小屋，只见水磨边站着一个男人。

他赶忙向前走了几步，只见此人腰间系着草绳，破衣烂衫露着胳膊肘，裤腿撕得条条缕缕，长长的头发在肩头遮住了半边脸颊。整个一个叫花子的模样！可是直觉告诉他：眼前的人分明就是民子呀！

"民子！是你吗？"彪子声音有些颤抖。

"是！我是民子呀！"

彪子不顾一切地向前跑，"你你你，这是真的！是真的吗？"

两人抱在一起，任秋风落叶在肩头、在脸上吹打。

小屋里，土炉中火苗一蹿一蹿地吐着舌头，炉子上的菜粥翻着黑绿色的波浪，彪子从小篓里捏了一大粒盐放在绿浪中，又把两块玉米饼子掰成小块放在锅里，听民子的讲述……

不知过了几个时辰，受了惊吓的两匹骆驼陷在尺把深的雪地里，八条腿死活不往前迈了，"抓里飞"跳下马，骂骂咧咧，他把骆驼背上堆得像小山似的物品扶正勒紧，骆驼们仰起头喷粗气。另外两个土匪赶紧下马上前。

这时，"抓里飞"好像才看到马后面拖着的人："还不快点！把他解开，死了就扔下，活着让马驮一段，缓过来，让他拉骆驼。"他没好气地朝骆驼的肚子上踹了一脚，"十一个弟兄，就剩下你们这两个孬种。""抓里飞"瞪着充了血似的两只鹰眼，骂两个土匪。

"飞哥！他还喘气！"两个土匪把志民从雪堆里拉出来，扔在了马背上。人、马、骆驼继续前行。

志民慢慢苏醒，脖子上的勒痕钻心地疼，血迹已经凝固，右臂还保持着与头相向的姿势，他把僵硬的右手插进马脖子下的鬃毛里。不一会儿，手不那么僵硬了，肚子里有了些温度。他忆起了几个时辰前发生的事情。他双脚在大毡靴头里活动了一下，意识到自己没有残废。晨雾锁住了远处的大山，锁住了茫茫雪海，唯一没有锁住的是他尘封往事的回忆……

彪子看着锅中翻滚着的菜粥，呆呆地听着，不让噙在眼眶里的眼泪流下。

"那个时候我已经冻僵不能骑马，他们就把我绑在一匹闲置的马背上，连夜向北跑。越走天越冷，只有贴在胸口的皮坎肩儿让我身体有点热乎，可我的两只脚好像没了似的。

"又走了两天，到了多伦地界，他们怕被人发现，住在一个小村子里，我被扔到屋里的草窝子时，才发现我的右脚趾已经被冻烂了。那晚我疼得睡不着，听'抓里飞'和另外两个人商量，这里附近有一个内蒙古的骑兵队，把国民党的军队都赶到东边去了，他们说，要碰上就更完了，得赶快往西北方向跑。

"一路上，我拖着残脚给他们烧洗脚水，给马喂料。快到二连浩特时，被内蒙古骑兵队追上，没等'抓里飞'和两个土匪上马，只见骑兵队甩出几个绳套，把他们拖起来就走。骑兵队的人看我一直蹲在地上不吭气，好像知道我和他们不是一路人，又看我有伤，就把我交给一个牧民家。这家人挺善良，牧民老哥还用蒙药为我疗伤，可我们语言不通。一个多月后，伤好一些，我给他们留下藏在皮坎肩里的两块大洋，往南走，我只知道，只有往南走才能回到家。刚出巴彦淖尔的沙地，好不容易到了赤峰界，被一支国民党军队抓了壮丁，说是要到东边打仗。

"他们也不管有伤没伤，有一个算一个，就这样，我又被他们拉到了长春。国民党军队哪里打得过解放军，我这个没有摸过枪的也成了降兵。解放军宽大处理，放我们回家。上个月回去一看人去屋空，乡亲们说前年淑贞到承德找我，一去就没有了音信。"

"有！有！有信儿！淑贞和孩子好好的！"彪子迫不及待地说。

"他们在哪儿？"民子更是急切，心一下子跳到了嗓子眼儿。

"天太晚了，明天一早你就见到了。"

夜深沉，两只粗碗中的菜粥，奄奄一息的炉火，漆黑的水壶，两个人打土坯垒起来的土炕，门外传来水磨永不停歇的乐曲，对民子来说，这里的一切是那样的熟悉，不同的是自己已经成了走不了长路的残疾人，不禁又是一阵伤感。但是听了彪子的讲述，让他既看到了生活的希望，也更加感到他们兄弟之间的情分胜过那深邃无垠的天空。

彪子为志民能活着回来感到无比高兴，他听着志民那熟悉的鼾声，回忆着志民的讲述，也让他想起二仙居白宝镶先生说的《天降神兵剿土匪》那段评书，里面讲的不就是武队长的事吗？其中还有志民到龙头山报信儿的情节。但是听志民讲到这位武队长被"抓里飞"的飞镖刺中，心里那叫一个不是滋味，不知这武队长伤在了哪儿，伤得重不重。因为自从承德迎来第二次解放，老百姓都把解放军看成了守护神，就说那个医疗救护站，救治了多少从没看过病的百姓。难怪格格姑总是说："咱们承德人就是有福气，玉皇大帝都往咱这儿派神兵呢。"

一大早，那文生跑来说格格姑要两棵白菜，两个人撞了个满怀。那文生倒吸了一口气，退了两步定在水磨屋前，"你你你，还还还……"他右手食指指着民子，呆站了好一阵子。

"别愣着啦！是真的，民子没死。"彪子用力在那文生的膀子上拍打。

"吓死我了！"那文生长长地舒出了一口气。

格格姑门口照例飘着镶着黄边的招牌幌子，招牌上"吊炉烧饼"几个字清晰可见。格格姑忙着包好烧饼，把几个学生打发走，从坐在台阶上晒太阳的淑贞怀里接过孩子说："回屋躺会儿吧。"

淑贞起身朝小南门胡同口望去，突然愣住了，三个越来越近的人中，她看到一个熟悉的身影，"志民！"她大声喊，脱口而出的两个字音儿还没落下，便两眼一黑，瘫软在地。几个人紧跑上前，把淑贞扶到屋里。格格姑被这突如其来的阵势吓呆了，拴住哇哇大哭，现场乱作一团。几个人手忙脚乱地凉水喷面、按压人中、撸胳膊拍打，一通忙活后，淑贞终于醒了。民子扶她坐起，看着这么多人围着，淑贞有些不好意思，她拉住民子的手说："这是真的？你还活着？你到哪儿去了？"淑贞的声音如同蚊子。

民子把耳朵贴近淑贞的嘴只顾点头，只顾流泪。

"活着！活着！这不是个真的大活人吗？"格格姑的声音好像能穿透屋顶，"今天可是个大喜的日子呀！"

"炮儿！快上二仙居买一只烧鸡、二斤猪头肉、一个大肘子，好好庆贺庆贺！"

炮儿接过钞票，挎上篮子跑了出去。这个炮儿耳朵不聋，只是不会讲话。

1933年3月，日本鬼子从东北长驱直入侵略热河，一进承德就杀人放火，日军为了庆祝占领热河的胜利，把烧毁避暑山庄德汇门内的勤政殿作为盛典。格格姑知道，这勤政殿可是过去皇上处理大事的地方。哎！世道乱了，小鬼子来了，老百姓可怎么活！救火的人们的奔跑、小鬼子的狂笑叫喊混成一片，躲在屋里的格格姑想不了这么多，看到外面黑烟滚滚，不一会儿就感到灼浪扑来，她跑到院里，只见仅半里远的德汇门里喷出黑烟和冲天而上的火焰。"这帮龟孙子不得好死！"格格姑骂声刚停，就听到小南门胡同口传来小孩儿的哭声，她冲出院门，朝哭声传来的地方跑去，她顾不了什么地方响起的炮声，抱起孩子就跑。从此，她身边就多了一个七八个月大的男孩。格格姑给小男孩起了个名字——"炮儿"。

看着炮儿消失在胡同口的身影，那文生笑着揶揄道："格格姑啥时候这么大方啦！"

格格姑抱起拴住朝那文生喊道："少废话！快回去找两件衣裳给民子换上。"

"哎，好嘞！今天我们开荤啦！"那文生一溜烟地朝家里跑，翻箱倒柜了一通，找出父亲的几件旧衣服。

一晃半个多月过去了，淑贞身体明显见好，天气也一天天见凉。一天，民子跛着脚又来到小树林，彪子正给新挖的储菜窖上铺秸秆，盖上草席。

民子说："彪子兄弟，天气凉了，我和淑贞商量好了，趁上冻前回老家，把舅舅的老屋收拾一下，也得安个家了。"

彪子给小火炉添了一把草，小屋顿时暖和起来。"孩子怎么办呢？"彪子问。

"这些天，我看得清楚，格格姑真是疼孩子，捧手上怕摔着，含嘴里怕化了，晚上格格姑不搂着，拴住就不睡觉。"

"可不嘛，搂了一年多了，孩子已经离不开格格姑了。"

"刚才，我把想带淑贞回老家的事儿和格格姑一说，老人家就一直抹眼泪。"民子语速有些慢，"我们想……我们商量……老人实在舍不得孩子，那就把孩子留下。况且我现在这个样子，淑贞得了绝症，孩子回去也跟着我们受罪。"

"这样好！这样好！"彪子忙不迭地肯定了这个主意，"你们只管放心，一百个放心，孩子离不开格格姑，我每天去看孩子，我毕竟还是拴住的干爹，我们一准会照顾好孩子。"

彪子心里像明镜似的，淑贞拖着个痨病身子，身体虚弱，没有带孩子的能力。志民脚有残疾，不能过度负重劳累，况且还有小平需要抚养。

彪子的态度让民子感动，心里五味杂陈，身边的这些人非亲非故，不沾半点血缘，但这情八辈十辈也还不完啊。这几天感谢的话他总是不由得挂在嘴上，更是发自心里。可是却引来了格格姑的老不高兴："看你总是把我们往远了推，天底下的人本来就是一家，后来，才因为天底下那些宝贝物件和那些个享受的事儿，让强人夺走了，他们富了，剩下的人穷了，我们穷人自然就更成一家了。人这一辈子呀，总会遇到那些个难呀、那些个灾呀啥的，这就得靠大伙的相互帮衬。"

格格姑铲出一炉烧饼，放下铲子，红头涨脸地说："哎！尽说些个没用的，回去好好过日子。有空就来看孩子，也看看我们。现在世道好了，你和淑贞记住，承德还有你们这个家。"

格格姑的一席话，让正在收拾东西的淑贞更是一个劲儿地抹眼泪。志民拉着淑贞走到格格姑面前"咕咚"跪下，"格格姑，您的恩情我们记在心里，您就是我们的亲娘。"

这一举动把格格姑吓了一跳，"好好好，快起来，快起来。"格格姑也抹起了眼泪。

深秋的夜晚，塞外寒霜来得早，霜变雪，是转眼之间的事儿。风吹着细碎的雪花，打在行人的脸上，德汇门城楼蒙上了薄薄的雪纱。

明天就要走了，淑贞喝完汤药睡了，志民来到小树林。彪子给炉中加了把柴，火苗跳跃着。两人对坐，谁也不说话，火光映着两张古铜色的脸，如同两尊雕像。秋风一会儿呼呼吹着口哨，一会儿把树干、树叶摇得哗哗响，水磨挡板拨出的金石声，叩击着两个人的心弦。

彪子把一叠钱塞到志民手里说："拿着路上用，再给小平买点吃的。"

秋风虽然摇落了满地金黄，迎水坝边一排排白杨树被明晃晃的朝阳穿射成粗粗的光柱，树上稀疏的黄叶倒显现出它的不屈与倔强。格格姑家的小栅栏门打开，民子肩上背着拉骆驼时的褡裢，紧身小棉袄间系着一条深蓝色的腰带，黑夹裤下绑着裹腿，脚上是格格姑和淑贞赶做的黑布棉鞋。昨天彪子陪他到二仙居刮了胡子理了发，虽然脚下不是十分利落，但也显出几分精气神。淑贞蓝布大襟小棉袄，粗布蓝灰条薄棉裤，脚上蹬着格格姑特意缝上两个小红球的黑布棉鞋，清瘦白净的脸庞，脑后盘着大大的发髻，发髻上是早上格格姑亲手插上去的银簪子，在阳光下一闪一闪的，更透出淑贞的小巧俊美。格格姑忙着从炉中铲出二十多个吊炉烧饼，放在一个早就准备好的篮子里，用白粗布仔细盖好后，一把扯下系在腰间的大围裙，拍了拍过膝的藏蓝布大棉袄，提起篮子大步跨出门外。格格姑把手挡在额头眯着眼睛，向小南门胡同口张望。只见一匹红棕色小马拉着一挂小马车踏着碎步走来，两个木车轮子吱吱扭扭，赶车老汉牵着缰绳，小马踩在被年月磨光了的古街道上有些打滑。

"走土路习惯了，刚打的掌子，有点脚生。"老汉自言自语。

彪子和那文生紧跟在后。

格格姑对志民和淑贞又是一阵嘱咐，只不过还是把昨天晚上的话再重复了一遍，眼泪也又流了一通。

那文生说："不早了，让他们早点走吧。"

这时屋里传来孩子的哭声。

格格姑说："拴住醒了，看看，我不在跟前，闹了。"老人抹了把脸上的泪水，快步走进小院。

那文生把一沓钞票塞在民子手里说："拿着路上用，我还有事，先走了。"

没等民子反应过来，那文生一溜小跑不见了踪影。

自从被赖皮打伤后，格格姑得了一个头晕的毛病，几次险些晕倒在炉台上。听说民子死里逃生回来，老人家高兴得几个晚上没合眼。当她得知民子要把淑贞带回老家，心里又十分不舍。

当她用棉被把拴住包好，跑到门外时，小马车已经走出胡同口，只看到淑贞坐在车上抹泪。民子、彪子跟在车后。彪子回头看到格格姑险些晕倒，赶紧跑了回来，扶着格格姑站稳，从格格姑手里接过孩子，让老人在路边石台上坐下。

"人老了，不中用了。"格格姑说。

彪子回头看时，只见民子踮着伤脚也跑了回来，突然在格格姑面前"扑通"一声跪下，两手扑地，"格格姑，您的大恩大德这世我报不完，来世再报啊！"

"这咋说的，快起来！快起来！"格格姑两只大脚踩稳，双膝努着劲儿站了起来，拉起了民子催促道，"快走吧，照护好淑贞，拴住你只管放心。"

民子点着头，又向彪子深深地鞠了一躬，转身踮着脚跑走……

燕山是北京的一道天然屏障，这里也曾经是历代兵家必争之地。两千多年前，长城在燕山出现，直到明代，修建工程逐渐得以完善，山海关、喜峰口、司马台、黑水关、古北口、黄崖关等关隘连接起来的长城，形成一道人造屏障，它顺着山势蜿蜒腾跃，或盘旋于山谷林岗，或傲立于巅峰云间。长城南北的民众通过这些关隘，进行一些贸易往来。但是由于战乱频仍，从没有得到维修保护，许多雉堞坍毁，烽火台倒塌，城墙断裂。新中国成立后，政府虽然有保护长城的考虑，但是让百姓能吃饱肚子才是当务之急，长城维修只能是往后放的事情。

清朝年间，这里的村庄多驻扎着清兵，所以村庄多以"营子"为名，村里的百姓也有很多是八旗兵留下的后人。由于乾隆皇帝重视学习汉文、农耕稼穑，并不反对满汉通婚，于是形成汉满共生存、协力建家园的盛况。

在燕山深处，有一个叫石板营子的村落，村子四面环山，几百户人家沿着比较宽阔、狭长的山沟散散落落地从东向西铺展延伸，一条两三丈宽的河流由西向东顺势而下，这河是由大山的支支岔岔的小沟小渠同心协力汇聚而成的。夏天，这里常常是姑娘媳妇们浆洗说笑的好地方，也是孩子们抓鱼抓虾的快乐地。但是每逢暴雨到来，这条河就咆哮着掀起黑色的巨浪，把所到之处毫不留情地扫荡一遍，只要一阵工夫，这条"黑龙"即消失得无影无踪。它却肆无忌惮地给人们留下一个烂摊子，山上的庄稼被冲毁了，山坡上吃草的牛羊被卷走了，猪圈里的大猪小崽们也逃不过这场劫难。这时候，人们对这条河又充满了怨恨。

冬天，冰雪实实地把小河覆盖起来，孩童们则沿着从河中冒出的石头缝隙，用石块、铁锤砸出一条半米长尺把宽的水面。顿时，小鱼们就会朝着这片透着亮的地域聚拢，它们搅动着水中的阳光，波光粼粼，于是小生命们欢蹦乱跳地落在了孩子们的小网里。每到这个时候，小河边就会响起一片欢呼声。所以，每当天气晴好的时候，孩子们就会在村街上呼叫："捉匿去！""走！我们今天去捉匿喽！""带上大网子，今天太阳大，肯定捉得多！"山里人也有山里人的学问，藏匿，本来是说躲藏起来的意思，可是这里的人们竟可以把躲藏在石头下面的小鱼，简称为"匿"，尽管谁也不会写这个字，但一说起"捉匿"，却成为一个不容怀疑、互相会意的有趣活动。有时候大人们也会跟着孩子去捉"匿"，第二天，这家的院子里一定会有一大筐箩待晒成干儿的小鱼铺在里面，此时人们则会说："因为有了这河，才让我们知道世界上还有能让人尝鲜的鱼。"

这条无名小河伴随着村里的人不知过了多少代，但是谁也没有理会它的来头与它的去向，只是知道朝朝暮暮间，在这河水两岸发生着的故事。

石板营子是格格姑的出生地。闲下来的时候，彪子帮助格格姑和面打烧饼，格格姑就给他讲在承德东北五十多里外，她老家的故事。格格姑的父辈们几代都在宫中当差，种花栽树，整理荷塘，她父亲更学会了一套叠立假山、修缮庭院的好手艺。

避暑山庄年年都需要修整一番，于是格格姑的父亲带领一帮人到石板营子采运大青石。在这里，他结识了每天为他们送水送饭的十四岁姑娘恩秀。刚满二十岁的父亲看着活泼漂亮的小姑娘十分喜爱，回宫后心里一直放不下，只要有空闲，石板营子就会出现父亲的身影。如果宫里的殿廊需要修缮望柱、栏板，庭院需要铺设不规则的云步石，父亲就名正言顺地坐着马车大摇大摆地到石板营子，组织队伍开山采石。每次去，总要给恩秀带去珠串、团扇、香包之类的小物件。后来，避暑山庄衰落，越来越没有了手艺人的生路，父亲就带上多年积攒的几十两银子到石板营子安了家。不久，格格姑出生了。秀美的山村成了小格格的福窝窝。父亲在山上刨出了几亩地，辛勤耕作，可以换来一家人的温饱，母亲在家种菜、养猪，经营着他们的温馨生活。

可是格格姑十岁那年，一场暴雨，改变了山村的面貌，改变了人们的生活，更改变了格格姑的人生。

那是一个晴朗的日子，太阳似喷着火舌，灼烤着山岭、村落。一个月滴雨未见，人们还和往日一样，到分布在干涸河道边的几个龙王庙祈雨，父亲和恩秀也在祈雨的人群中，突然河道上游的天空乌云翻滚，正当祈雨的锣声又一次响起的时候，黑压压的洪流翻滚而来，"来水啦！""水头过来啦！""快往山上跑！"干涸的河床上一条黑色的巨龙奔腾而下，浪花翻腾着，被阳光照得闪着亮光，如同黑龙身上的鳞片，山谷中回响着轰轰的回音。父亲跑上山冈时，看到恩秀落在了后面。原来她是返回去寻找掉在石缝中的串珠，父亲大叫"恩秀！快跑！"可是恩秀好像没听见似的，还是盯着石缝寻找。父亲不顾一切地向恩秀跑去，一个黑色的巨浪打来……

　　三四个时辰过后，村子恢复了平静，山洪给河道两岸留下了一片狼藉。全村人出动，终于从四里地外寻找到父亲和恩秀还有另外两位老乡的遗体。河两岸的庄稼地大半被山洪冲毁，一下子，全村人都没有了希望，有的投亲靠友谋生计，有的到外乡讨饭。当年跟着父亲来石板营子采过石头的远房叔叔听说后，把格格姑接到承德，从此格格姑在小南门的叔叔家学起了打烧饼。虽然叔婶待格格姑不错，但是石板营子永远是格格姑沉重的念想。自从听了格格姑对这段往事的讲述后，石板营子也成了彪子挂念的地方。

　　解放后，面对千疮百孔的烂摊子，政府要做好运行安排，让人们少挨饿受冻，可不是个容易的事儿。对类似石板营子这样八山一水一分田的村子，每到青黄不接的时候，都要进行救济式扶贫，但只能说是杯水车薪。土地改革后，虽然每家每户都分到了几亩山地，也盼望着走出贫困，可是每年夏天，随便光顾的大大小小的山洪，就把农民当家做主人那喜出望外的念想全冲走了。每年都会有出走讨饭的百姓，有的到内蒙古多伦一带不再回来，有的到关内安家落户。因为过度贫穷，人们艰难地寻找着各自的生活出路。但是即使这样，石板营子的人们对不再有日本鬼子的屠戮，不再受国民党兵的欺凌，不再怕土匪的抢掠，也很是心满意足了。

石板营子的北边不远的山上蜿蜒着古代长城，许多断壁残垣处成了方便人们穿越的通道，烽火台在山巅屹立，各抱地势，相互眺望。石板营子只有一条可以走马车的村街道，这条主路绵延二三里，路两侧有十多条小巷子，村南就是冬天人们捉"匪"的小河，河滩比较开阔。这个村子好像是平放着的一棵大树杈，而几百户人家则如同树杈上不规则的草蘑菇。农忙时，土石路铺成的村街上人来人往，车马喧嚣，特别是一到春忙的时候，推独轮车往山地里送粪土的，挑着担子为犁地人送食物送水的……人们大呼小叫、忙忙碌碌，很是热闹。

在村东头，住着一户人家，主人叫麻生，五十岁出头。清朝初年，八旗队伍开拔的时候，麻生的先人就留守在这个营子里，十多代过去了，麻家自然成了这里的老户。解放前，村里大部分土地都归麻家所有，土改时他家自然成了富农。村里人厚道，除了对他过于精明算计，过于打自己的小算盘看不惯外，并没有过多的指责，因为他能写会算，还推举他当了村会计。但是麻生心里却总是不明白，为啥他家的地分给了村里人种？加上他十多年前从外乡娶回一个有钱人家的媳妇，叫黄秋婵。这个黄秋婵比麻生小 12 岁，闹天花那年，她从阎王爷门口转了一圈回来后，脸上布满了水疱，水疱干涸，留下了永久的瘢痕。用秋婵的话说，这是阎王爷送她的记号，因为有了这记号，黑白无常们轻易不敢带她走。

麻生家后靠大山，四梁八柱的一溜四间大瓦房，年头虽老，看上去也比较陈旧，但很是牢固，房前房后的院落加起来足有一亩多。院子的东边是三间小仓房，西边三间因年久失修，一根粗木头顶着房檐裸露的檩子，房子里堆放着几垛柴草和一些杂物。南面是一溜黄土萧然的院墙，院墙中架着一座能推进独轮车的门楼，院门里面有一通照壁，上面的荷花图案早已没有什么颜色，一条石子铺成的小路通向房门。院中间有一块小小的菜地，正屋的东窗外有一个石碾子。院子虽然有些破败，但可以看出以前也是比较富足的人家。那扇厚厚实实的对开房门两边常年挂着两串鲜红的辣椒，用秋婵的话说："凭这两串红就能守住家财、守住红火。"但总让人觉得这里散发着几分火辣辣的、不和谐的气息。

初秋的黎明，太阳还没升起，晨雾朦胧，石板营子还没醒来。如果站在麻生家高高的院门口，隐约可以看出小山村的轮廓。

黄秋婵看看炕头的空被窝，想起昨天晚上和麻生商量的事儿，有些心慌，她穿好宽宽大大的黑粗布裤子，用灰色的长布条系好裤脚，披上蓝粗布夹袄，趿拉着半新的绣花鞋走出房门。涮锅添水下米和面烧火，眨眼工夫玉米面饼子贴在了锅边，小米在铁锅里翻滚，一连串的活计干得很是利落。她用火钩子把灶膛里的几把柴草挑松，又用火筒子把火吹旺，把火口边的柴草收拾干净。这一趟子事办妥帖后，她快步走到大门口，院了的门有些不情愿地"吱扭"着叫了几下，她眯起大大的有些凸出的金鱼眼向外张望。

这时，一个推着独轮车的人吃力地准备从院门进来，小车吱吱吱地响。晨雾飘绕，秋婵虽然看不清男子的脸庞，但是她心里一阵踏实，"总算回来了。"

麻生个头不高，清瘦清瘦的脸庞，两块有些高的颧骨中间，是小小的鹰钩鼻子，薄薄的嘴唇，透着几分精明的两眼流露出几分奸猾。这天，他穿一身粗布黑衣黑裤，由于染得不均匀，深浅不一的颜色把衣服渲染成不规则的团团灰、漆漆黑。腰间的灰围裙磨出几个洞，两个大脚趾从千层底黑布鞋前钻出。秋婵赶忙迎上来，小声说道："让你少装点，少装点，这还不把小车压坏了！"

麻生说："装少了你唠叨，装多了又废话。"

两人吃力地连拉带拽把小车弄进院子。麻生双手在灰白相间的小平头上随意捋了几下，掀开盖在小车上的麻袋片，几块半米长一尺多宽半尺厚的大青砖露了出来。朦胧中两个人把小车推到屋后。看到这堆码放整齐的青砖垛子又长高了一大截子，黄秋婵乐得合不上嘴，那颗镶金门牙格外醒目。

麻生心满意足地说："这下好了，再拉几回，不光够修西屋的，连垒猪圈用的也够了，这才叫废砖利用。"

秋婵不满地看看麻生，声音从金牙缝里挤出："人还没住上青砖房，倒先让猪住上？你真是有病了。"

麻生说："你可别忘了，猪娃子可是能换钱的。你才值几个钱！"说完抱起一大块青砖吃力地放在砖垛上。

秋婵说："你成天净说屁话，不是我家帮衬，你八辈子也住不上好房子。"

麻生看看秋婵一脸得意，不耐烦地说："娘们家家的少废话。"低下头继续干他的活。

几头小黑猪在院子里乱转悠，哼哼着要吃的，在石槽中乱拱。秋婵扭头看了看小猪崽说："这几个喂不饱的东西。"说着进屋。麻生看着小黑猪们心中窃喜，几个月后能卖个好价钱。

秋婵一只手拎着一个铁桶，另一只手提着围裙边从屋里出来，由于她干的是体力活，本来就有些长的脸，现在更显得长且白，但俗话说"一白遮百丑"，她不生气的时候，也还有几分姿色，眼睛虽然有些凸出，可不瞪眼的时候还中看，并透着几分精明。她麻利地往石槽中掏了两瓢泔水，又把围裙里的糠撒在食槽中，小猪们围上去抢食，不再乱闹了。

麻生码好砖，来到当院，摘下腰间的围裙，边拍打着裤腿上的土边进屋。

这时，秋婵已经在小炕桌上摆好几根大葱、一盘黄酱、一盘咸菜条和刚铲出的饼子。麻生盘腿坐在炕上，慢条斯理地把葱折成几折，蘸上黄酱塞进嘴里。秋婵从堂屋端进来黑瓷瓦亮的粥盆，放在炕边。

一个圆头圆脑的十几岁的男孩儿提着裤子跑进来，抓起一个饼子就要跑。

秋婵喊道："上茅坑这半天还没把裤子提好，麻溜儿吃！吃完了上学去！"

"晚了晚了！"孩子边吃边找书包。

"小王八羔子！早干吗去了？"麻生骂，孩子不予理睬，从紫红色的躺柜上拽起书包一溜烟地跑走了。

这时一个小学生推开院门喊着："财宝儿！快走啊，要不又迟到了。"

"哎，来了，来了。"财宝和同学一溜烟儿地跑上了村街。

麻生伸长了脖子，透过窗格子向外张望："笨驴下崽都赶不上趟，早点生这个儿子，也早顶用了。"

秋婵端着碗进来，不满地说："种儿没备好，光有地管啥！"

麻生狠狠地咬了一口大葱说："老娘们就是本事不大，嘴大。"

秋婵眼睛瞪得溜圆，把粥碗往小桌上一蹾，生气地走出去。

村街上鸡鸣狗叫，人来人往。村街中央是个小广场，小广场边有一口水井，不时有村民打水。远处传来上工的钟声，这钟声在山野上空回响，这钟声向村北的崖壁撞去，又折回闯进人们的耳鼓，是那样的婉转悠扬。

说起每天早上敲的这口钟，还是百十来年前传下来的。那时，给宫里采石，总有一批批外来的石匠在村里住下，采石是个集体才能完成的力气活儿，为了让大家能一块上工地，管事儿的人就在村街的老榆树上挂了口钟。后来村里人把这钟当成"叫劲儿"钟，每天早饭后，都会有人自觉不自觉地敲几下。农人们就把它当成下地干活的时间标志。

麻生穿鞋下地，推开房门向外走。一头小黑猪从后院飞跑而来，他被这突如其来的动物绊倒，趴在地上，小黑猪被吓得满院乱跑。秋婵从屋后追来，手中举着一把大笤帚。

麻生坐在地上揉脚："败家的娘们，闹什么鬼！哎哟！绊死我了！"

秋婵愣愣神儿说："那小崽子又把我刚缝好的草帘子拽烂了。"她想扶麻生起来。

这时，一青年推开院门，看见两人的样子："麻叔！麻婶儿！你们这是演哪一出呢？"三人对视。

麻生连忙说："没事，没事。脚崴了一下。"他试探着站起来。

秋婵附和说："啊，是哈，鞋不大跟脚，崴了。"

麻生站起来走了几步，看自己没大事，有几分放心，冲秋婵吼道："没啥事儿，快给我拿账本去，今天要核账。"

青年靠着石碾子说："麻会计，上月我们挖库基土方是第一名，柳队长说要给奖励呢，啥时候发钱呀？"

麻生说："等核完账再说吧。"

"我娘等着抓药呢。"青年有些失望。

"这青黄不接的时候，上哪儿弄钱去？"麻生嘟囔着。

秋婵出屋，把一个蓝布包着的账本递给麻生，目送两人出了院子。

风雪之夜，小站村的那场剿匪战斗，打掉了土匪的嚣张气焰，但是剿匪队长武毅却负了重伤。当剿匪队员们不顾一切地跑到他身边时，小站村的店老板和几个拉骆驼的人也跑了过来，小老板认出了这位让他敬重的长官。这位长官曾经带着几个部下在他的小店里住过一宿，他待人和气，讲的都是体恤老百姓的话，临走，不仅付了店钱和饭钱，还送给他一双毡靴，这才让他已经冻伤的两只脚减轻了漫长冬日的痛苦。他不知道的是，这位长官就是远近闻名的战斗英雄武毅。小老板看到匕首从队长腰部的侧后方直插进去，对几个战士喊道："千万不能拔，千万不能拔！小心护着。"说着跑回小店套好马车，和三位战士一道，载着队长和腿部受伤的战士直奔战地医院。

经过抢救，武毅得救了，但是右侧的肾被摘掉了。看着战友们纷纷南下继续战斗，他心里别提多难过了。几个月来他几乎全都在病床上度过，首长几次劝他把心放下，在哪里都是为革命工作。

出院那天，老首长对他说："现在国家大搞社会主义建设，需要有革命工作经验又有文化的领导者，新的工作岗位更是锻炼人的特殊战场。"可是当他脱下军装的时候，泪水情不自禁地落下。

当他坐着旧吉普车来到承德时，已经是盛夏时节了，他熟悉这里的一草一木，他也了解这里的一些风土人情，但是要当好一个城市的市长，挑起发展经济、造福百姓这副担子，还是缺少底气。夜晚，他走在迎水坝大堤上，北斗星如同镶嵌在碧空中的宝石，他想，干革命就是要无怨无悔，在新的"战场"上，一定不能迷失方向，苍天在上，不负人民。

在燕山深处的大山间，有一座正在建设的水库，人们要在壁立千仞的两山之间垒起高高的大坝，这水库如果修好，如同镶嵌在山间的明珠，它可以截住山洪，它可以保住水流，它蓄的水可以浇灌良田……当武毅把省水利局这个设计规划讲给乡镇干部们的时候，得到大家的一致拥护。当乡镇干部们把要修水库的事，挨村挨户告诉附近几个村子百姓的时候，人们说："年年的山洪是我们躲不过去的灾、受不尽的苦，这回我们的日子有盼头了。"在和市里各单位同志谈话中、在多次市政府办公会议上，武毅几乎听到一致的声音：在八山一水一分田的承德，保住庄稼就保住了百姓的命根子，兴修水库是改变民众生存环境的根本保障！于是，他带着几个部门的同志分头下乡了，有路的时候，吉普车可以摇摇晃晃勉强行走；没有路时，他们就徒步跋涉。三个多月下来，大家把十多个乡镇全部走了一遍，修建水库的方案也初步制定出来。兴修水库是大得民心的事情，百姓们奔走相告。

修建水库，对刚刚脱下军装的武毅来说，可是个新科目。那些天，最让他放心不下的是水库地基的问题，他想，要把每一座水库都建成百年工程，地基一定要打好、打牢。他只要一有时间就到各个水库工地上转悠，看施工的质量，和施工队员们谈如何加快进度。他嘱咐大家，在就地开山取材时，要保护好山林不被破坏。这天，武毅又来到水库工地，他让工程队的柳队长打开施工图纸，商量着如何在建水库地基时把泄洪口和出泥通道考虑进去。他对柳队长说："老柳啊，目前的进度不错，就是一定要从质量上多考虑，要建，咱们就建个固若金汤的百年工程。"说完站起身，对大家说，"现在正逢雨季，注意山洪突袭，更要注意施工安全。"

柳队长说："多亏听了您的话，在坝基础上了龙石，要不哪抗得住昨天那阵暴雨啊。"

柳队长是一个头脑比较简单，但办事认真的人，干活有一股子虎劲，在村里也很有威望。

武毅说："这就对了，修水库可是千年大计，筑坝的材料一定要保证！有了闪失，别说你这个当队长的顶不住，我这个当市长的也交代不了！"

"市长放心吧，采石队已经到南沟施工了，保证全部用上最好的石料。"

武毅说："这就对了，上次说的，在保工期、保质量中，搞个劳动竞赛，调动大家的积极性，该奖励的还要奖励奖励，人嘛，总得有个比劲。"

柳队长说："今天我们核一下账，看看能拿出多少钱，怎么个奖励法。"

武毅说："好。钱财上的事，要做细致、想周到。"

柳队长回答道："是，是。"他若有所思地回过头张望，喊道："麻生、麻生！麻会计！"

麻生从远处的小树丛后一边提着裤子一边急急慌慌地跑过来，"队长，有事儿？"

柳队长看着麻生的样子，又好气又好笑地说："看看，看看，你也真是的。快过来！"麻生怯生生地快速往前走了几步。

不远处，几个小青年笑着向他喊："这叫'懒驴上磨屎尿多'！"

麻生有些生气地把头一扬，说："小孩子家家的，快一边去！"

柳队长朝几个小青年喊："别这么没大没小的，不看市长在这，我还真……"

武毅打量着眼前这个弱不禁风，但又有几分机灵的人，心想，这可不是干体力活的主儿，不过因材而用也是个好事。

柳队长说："市长，这是我们队的麻会计，他的官名叫麻生。"

麻生一脸谦和并一本正经地说道："唉，唉，只会算个账啥的。"

武毅说："大家、小家，都靠好当家，你们可要当好大伙这个家啊。"

麻生低下头，抬起眼皮怯怯地看看武毅，又看看柳队长，说："是、是、是。"

柳队长向武毅打着包票："您放心，一准儿干好。"

一晃，民子和淑贞走了半年，拴住也会满地跑了。格格姑头晕的毛病越来越严重，但是格格姑从来不服老，也不把病当回事儿，她说，人活着就凭着一口气，泄了气啥也没了。当她眼睛实在睁不开的时候，就叫炮儿封好炉子关张，宁可烧饼不卖

74

了，也得让炮儿把孩子看好。在她眼里，这辈子不会讲话的炮儿和牙牙学语的拴住才是她最看重的。

这天，彪子背着一筐菜进来，格格姑说："我也是过了七十的人了，有今天没明天的，炮儿二十多岁了，他有点手艺，饿不着他。往后哇，拴住就靠你啦。你也是往三十上奔的人了，得想着说个媳妇，成个家。"

彪子听了心里不是滋味，二十年前的往事浮现眼前。那天，他跟爷爷和杠房的伙计们到一个财主家做白事，正巧遇到在这个财主家打零工的同乡。这个同乡对爷爷说，他媳妇刚刚去世，留下一个三岁的女儿叫兰瑞，寄放在一个亲戚家。爷爷说，这个同乡一家都是善良人，便做主给彪子定了娃娃亲。爷爷带着彪子去认亲那天，还送了布料、小金锁等信物。几年后，日本鬼子来了，大家各奔东西，再后来，爷爷过世，彪子再也没有回过老家，更不知道兰瑞的下落。但是这段往事一直埋在彪子心里，"一言既出，驷马难追"，爷爷和兰瑞父亲的这句话记在他心里，他也一直惦记着小姑娘兰瑞。彪子和格格姑讲述这段往事，格格姑说："你是有情有义的人，既然这样，你回老家找找兰瑞姑娘，把她接过来吧。"彪子答应着。

彪子终于回到了老家，可是家乡的一切都变了。他找到原来的老街，去看望唯一的亲人老姑奶奶，推开柴门，只见老人坐在院子里晒太阳，银白的头发有些凌乱地垂落在干核桃似的脸颊上。

"老姑奶奶！我是万新。"

"万新！是万新？"

"是啊是啊，我回来了。"

"这么些年你去哪儿啦？"老人家握着彪子的两只手一直不

舍得放开，笑啊笑啊，干涸的眼眶里却没有一滴眼泪。

原来老姑奶奶十几年前就得了白内障，老百姓叫这个病是"玻璃花"，早已什么都看不见了。突然老人家的笑声戛然而止，这口气再也没上来。

"老姑奶奶！老姑奶奶！"

八十九岁的老姑奶奶就这样在自己的笑声中安详地走了。彪子和乡亲们安葬好老人，乡里人告诉他，在爷爷带他们逃走后，人们都说他们被日本鬼子活埋了，于是再没有人打听他们的下落。后来兰瑞姑娘的父亲参加了八路军，她也跟着部队走了，听说后来兰瑞当了卫生员，再后来，他们随部队向更远的南方去了。

乡亲们分析说，恐怕这辈子是难找到他们父女了。

彪子惦记着格格姑的身体，也放心不下拴住，急急赶回承德。

这天，炮儿抱着拴住在小南门胡同口张望，终于盼到了彪子的身影。格格姑病了几天，已经滴水难进。那文生急得找了好几位医生，他们把脉后，都摇摇头离开。格格姑听见彪子的呼叫声，慢慢地睁开眼睛，"找见了？"

"哦，哦，没……没，她上南方去了。"彪子的声音里带着哭腔，"姑，咱们上医院吧。"

"上哪儿也没治了，我心里明白。你搬来住吧，把拴住抚养成人。"

"放心吧，姑。"

"把我送回石板营子……"

格格姑走了，秋日惨淡的阳光似凝固了一般。

几天后，两驾马车进了石板营子，东岗梁子上又多了一座新坟。

格格姑走了，小南门少了几分生机，彪子心里没有了坚强的依靠。拴住哭闹了几天，几个晚上，彪子和那文生、炮儿三个人对坐落泪。苦难、悲伤把三个没有丝毫血缘关系的人的心连在了一起。思念，让彪子经历着成长。他记着格格姑的话："人从生下都是哭着来的，一辈子也都是在苦海里头泡过来的，不管到了什么时候都得有骨气，要做有用的事，做好事。"格格姑还说过："在家靠父母，出门靠朋友，咱中国人讲究一个'情'字，朋友处好了，胜过亲兄弟。"

格格姑一走，炮儿整天哭得泪人儿似的，也没心思打烧饼了，炉凉了个把月。彪子想，不能让炮儿把这门手艺废掉，他帮助炮儿重新烧起了炉，买回了面和做吊炉烧饼的配料。

前几年，格格姑考虑自己年纪大了，早晚有个走的时候，炮儿也二十多岁了，应该说个媳妇，何况她把炮儿视为己出。前年就在红石砬给炮儿说了一门亲事，姑娘叫盼，没爹没娘，寄人篱下，很是可怜，虽然一只眼睛被树枝扎过，看不清远处，但是很本分贤惠。彪子按照格格姑临终时的安排，把盼姑娘接到了市里，炮儿着急地手舞足蹈比画着说，盼和自己都是无家可归的人，格格姑说过，这里就是他的家，以后也是盼的家。但是现在得分着住，得等他给格格姑守三年孝以后再结婚。彪子和那文生理解炮儿的心思，都觉得炮儿是有孝心的人，说得也在理。于是炮儿和彪子带着拴住住东屋，盼住西屋。白天，盼帮着炮儿烧火看炉子，彪子去菜地或出外打零工时帮助带带孩子。炮儿还是照常打他的烧饼、卖他的烧饼。

中部・生命

一转眼，冰河开，燕子来。小树林的菜地泛着湿湿的泥土香，等着收拾下种。

　　小南门格格姑家是彪子最舍不得的，也是最引起他悲痛伤感的地方，格格姑的身影总是浮现在他眼前。他想，这不是格格姑所希望的，一定要从悲痛中走出来，振作精神，如格格姑常说的，"做好每一天的事，是本分"。拴住路走得稳了，开始咿咿呀呀地学着说话了。彪子回到小树林的小屋，认认真真地收拾了一番。水磨依旧哗哗不停，湍湍清流，按部就班奔向一畦畦菜地。小屋里重新有了烟火气息。

　　一天，彪子把拴住放在干草席上玩耍，灯笼花串、打碗花、毛毛草在孩子身边铺满，插在泥土里的几根木棍上，几只被线绳系住的蜻蜓展着淡绿色的翅膀，拼命地飞舞。彪子时不时地看着孩子的一举一动，突然，听到"爸爸""爸爸"的喊声，他站起身来将目光投向孩子，只见拴住举着双手摇晃着向他跑来，他扔下铁锹，跑向孩子，一把将孩子搂在怀里，泪水夺眶而出……拴住就是他的一切，拴住搂着他的脖子，"爸爸""爸爸"的叫声又在他耳边响起……

　　春去秋来，彪子的菜园越来越成了附近百姓买菜的首选之地，有的人家需要送菜上门时，彪子就推着独轮车，筐里的一头坐着拴住，另一头装着各种蔬菜。

大雁南飞。塞外的秋天来得早，彪子把菜园打理得井井有条，冬天储菜窖已经挖好、晾干，就差铺荆笆、苫茅草。一畦畦菜地里，摆放着已经齐了头的大白菜，秋阳照在它们身上暖洋洋的。彪子往坐在菜地中央的草席上玩耍的拴住手里塞了个烧饼，远远看去，穿着小红棉袄的拴住像镶在绿色翡翠中的一颗宝石。彪子看了一会儿，会心地笑了。日头偏西，彪子把菜堆放整齐，用草帘子苫好。

一天，那文生跑来说，格格姑对门老关家腾出一间屋子，过去是上马掌师傅的住处，虽然老旧，但是遮风避雨总比这个小茅草屋强多了。他考虑，彪子带着孩子在这儿过冬可不是个事儿，于是就把那房子盘了下来。彪子一想也是，自己苦点不怕，把孩子冻个好歹，将来和民子可咋交代。于是小南门那间高台阶、高门槛、木板门，小窗户下立着一人高的拴马石的小屋，成了彪子的新家。

夕阳西下，凉飕飕的秋风吹来，彪子苫好了刚砍下的大白菜，拴住被风沙迷了眼睛大哭不止，眼看着雨就要来了，彪子把大草帽往头上一扣，抱起孩子，草帽几乎把他和孩子遮住。他深一脚浅一脚地沿畦埂行走，穿过菜地，走出小树林。豆大的雨点砸了下来，很快，土路变成了泥巴路。这几天打在身上的秋露，让彪子腿痛的毛病又犯了，他强忍着不让腿跛得那么明显。看不出颜色的两只鞋子在泥水中艰难地跋涉着，斜挎在肩上的破兜里露出半个头的白菜，两片菜叶耷拉着摇摆。

天渐渐暗下来，灰色天空中，只有西边天际一抹亮亮的云层。

一辆吉普车从大山边开过来，车身在崎岖的泥路上摇晃，车子越来越近，车身的帆布绿已经褪了颜色，车轮上甩着黄泥巴。听到汽车碾轧泥浆的声音，彪子连忙往路边的沟里站，他用衣襟把孩子往紧里裹了裹，但是孩子的小屁股还是露在了外边。这时彪子看到，除了司机外，车子里还坐着两个人，坐在前面的是一个年轻的军人，后面坐着的是一位中年男子。汽车开出一丈多远时突然停下了，只见一个人从汽车后面的车窗探出头来，这是一张刚气十足的四方脸庞，见棱见骨，两道剑眉，双目炯炯，高且直的鼻梁下是棱角分明的方圆大嘴，显出特有的军人气质，但他两腮布满了胡茬儿，一时难看出他的年纪。

这时，坐在前面的年轻战士跳下汽车说："老乡，首长说，让你们上车。"

彪子不大相信自己的耳朵，站在原地发愣。这时，后面的车门打开了，身穿旧军装的首长也下了汽车说："雨越下越大，你们快上车吧，顺路。"

彪子仰起头，看着眼前这位身材高大的男子，当四目相对时，他还是有些犹豫："不中，不中，这不中！"一急，冒出了一口山东话。

"别把孩子冻着，快上车吧。"车上的男子和蔼地说。

"看我这一脚的泥，别把车弄脏了。"此时的彪子何尝不想搭一段汽车呢，因为病腿实在让他不做主了。

"不要紧，没关系。"听着这位首长的话，彪子打消了顾虑，他笨手笨脚地把孩子放在座位上，胳膊伸到窗外，用力甩着草帽上面的雨水，汽车继续前行。

忽然，一道闪电引来一阵雷声，好像从大山深处滚来，随即更加密集的雨点砸着汽车篷，发出"嘭嘭"的响声。

"我是小树林种菜的，坐小汽车还是头一回。"彪子把孩子重新搂在怀里。

"你们去哪儿？"中年男子摸摸孩子的头问。

彪子不敢直视，也不知这位首长是多大的官儿，但是他心里明白，现在的承德已经解放，首长一定是个好官儿。他不自然地说："回家。哦，上小南门。"

山里的雨没个准头，说来就来，说走就走，不一会儿，天空消停了一些，也不再闪电打雷了。

首长问彪子："听你口音不是本地人。"

"对对，老家山东，我姓杨，叫杨万新，大家都叫我彪子。"

"一个人带孩子种菜，不容易。"

"唉，有啥法子。"

两人不语。车篷顶上的雨水随着车身的摇晃顺着车窗往下流。

这场山雨利利索索地走了。汽车开到小南门胡同口时，西边的天际露出一片亮色，德汇门城楼如同洗过一般，分外明丽。

"前面就是我家。"彪子指着小南门胡同说。

"好好，小张停车。"首长对司机说。

汽车在胡同口停下。彪子抱着拴住下车，首长探出车窗向他挥手："兄弟，天不早了，快回家吧。"

彪子站在原地，目送远去的汽车。

"彪子，咋的？坐上汽车了？"那文生连跑带颠儿地过来，头上的瓜皮帽也跟着一跳一跳的，被雨浇过的灰上衣打着绺，黑裤腿一高一低地卷着。

那文生见彪子想心事，说："你备柴火了吗？"

"早上走时忘了。"

"那咋做饭呀，走，上炮儿那吃口烧饼得了。"

那文生接过孩子，彪子取下脖子上的灰了吧唧的毛巾，打掉腿脚上的泥巴。在炮儿家暖暖和和的土炕上，拴住睡着了。

那文生问彪子："你知道刚才是坐着谁的汽车回来的吗？"

"不知道，他肯定是个大官，是个好人。"彪子回答。

"哎，这你就含糊了吧，他就是咱们这里的市长，他叫武毅。"那文生咬了一口烧饼又说道，"你听听这名字，多带劲儿。"

"还真是。"彪子应和着。

"说起武毅，在咱承德可是无人不知无人不晓，他是人们敬佩的战斗英雄，参加过平型关战役，参加过平津战役，参加过各种战役，多了去了！对了，他还参加过剿匪战役，土匪强盗们听了他的名字都得打哆嗦。"

这时彪子回想起来，格格姑曾经和他讲起一位战将的故事，可能是格格姑忘了他的名字，从来没说这人叫什么，今天终于把英雄故事和人名儿对上了号。他也想起来，那文生还给二仙居说书场的白宝镶先生编了一出《武毅智端金刚楼》的评书。记得那天送菜回来，彪子在二仙居买了两个驴肉火烧，抱着拴住坐在书场里，听白宝镶先生说了其中的一段，当他正听得入神的时候，拴住却让白先生那拍得山响的惊堂木吓得直哭，他只好提前退场，到了儿也没听明白书里都说了些什么。

这些天，那文生除了经营给人家算命批八字的老本行外，还有一件让他高兴得屁颠儿屁颠儿的事儿。

一天早上，太阳上到两竿子高的时候，他被一阵敲门声叫醒，当他趿拉着鞋打着哈欠开门时，两位妇女站在面前，"哎呀！这一大早的是哪阵风把您二位吹来啦！"

"别耍贫嘴，和你说正事呢。"说话的这位姑娘叫秀燕，和那文生在一个私塾里读过两年书，后来，由于父亲过世，家里说啥也不让念了，她就帮助母亲给人家洗衣服挣钱养家。解放军进城后，建立了新的政权，但是各单位都缺少识文断字的人。一次，秀燕姑娘给人家送衣服时路过政府大门，看见几个人围着一张告示议论着，凑上前一看，是市政府要开办扫盲学校，招收有一些识字基础，能写出学生的姓名，能填个表写个通知的人。秀燕姑娘到底是有文化的人，胆子大，敢说话，再加上眉清目秀的长相，旧衣服在她身上也能穿出个样儿来，这让她总有股子不服输、心气高的劲头，于是她立马找到报名处。接待她的是玉萱主任，秀燕姑娘对玉主任的问题对答如流，虽然在黑板上写自己的名字时，写得很不中看，但还是得到了玉主任和几位同志的表扬。玉主任对面前的姑娘很有好感，她拉着秀燕粗糙的手说："刚才我们几位同志商量了一下，决定招收你了，以后还要边工作边学习，不断进步。"从那天开始，秀燕姑娘就成了扫盲学校的工作人员。

秀燕对那文生说："这位是扫盲学校的玉主任。"

"啊！玉主任好，请屋里坐，屋里坐。"那文生刚纳过闷儿来似的，有些不知所措。

"不进屋了，我们是来请先生的，听说您是这街上最有文化的人，现在政府号召开办扫盲学校，缺少老师，请您教大家识字。您先考虑一下，同意了，来学校填个表就行。"玉主任说话不绕弯子快快当当，有些口音，但一时让那文生分辨不出是哪里的味儿。

当老师的事儿让那文生兴奋了好几天，老大不小的了，总这样混日子不行，连个媳妇都说不上，他心里那个急呀。

扫盲学校召开成立大会那天，那文生和几位老师被玉主任请到第一排就座，市里的领导和干部，还有几十位承德街上的男男女女，把这个教室改成的临时小礼堂塞得满满当当。

突然，大家安静下来，只见一位身着褪了色的旧军装、高大身材的人站在小课桌后面，面对大家。那文生不由得心跳加快，以前只是听街坊路人讲武毅市长的故事，还从来没有这么近距离地看这位英雄，这让他想起给白宝镶先生写的《武毅智端金刚楼》本子，真有些汗颜了。那会儿他根据人们神乎其神的讲述，回家后，把《七侠五义》《三国演义》《岳飞传》中的好汉形象归拢归拢，把刀枪棍棒换上大匣子手枪，把岳飞头上戴的烂银盔，换上解放军的灰军帽，把岳飞身披的银叶甲，换成灰军装，再系上一条皮腰带，再编出一些合理想象出来的故事情节，于是一部评书就完成了。交给白先生后，还获得了先生的表扬，经白先生一说，本来只能说一个星期的，愣是让白先生说了半个多月。挣来的钱也让那文生美美地喝了几顿小酒。

"各位老师、同志们好！"武毅的话音刚落，会场上响起热烈的掌声。那文生心里琢磨着，"听这口音，他一定是唐山一带的人"。此时，台上讲的什么对他来说并不是最重要的，他拿出看相的"本事"，心里对着《麻衣相法》上的解释，端详着这位首长，天庭饱满，地阁方圆，鼻若悬胆，财运亨通，嘴唇略厚，笃实温良，脸型虽然瘦削，但是目光炯炯，刚毅威武，剑眉浓黑，更显一副英武之气。"这人相貌不赖！"他心里这样想。

这时，会场上又响起热烈的掌声，尽管他没听着前面讲的什么，但是他也用力地拍起了巴掌，和这么多人一块儿拍巴掌，还是头一回，他为自己庆幸，今天总算亲眼看到了这位英雄，还离得这么近，还是在和大家一块拍巴掌中欢迎英雄的到来，他心里高兴。但是，因为这个见了生人就相面的习惯，让他没顾上好好听市长的讲话，这又使他很是懊恼。

"今天我们成了国家的主人，我们要在战争的废墟上建设祖国，没有文化是不行的。咱们这儿虽然是个古城，但是大部分人从来没读过书，有的人甚至连自己的名字都不会写，更不用说看书看报了。过去因为没文化，穷苦人受尽地主、资本家的剥削，如今咱们当家做了主人，有了读书的权利，将来掌握了科学知识，会把我们的家乡建设好。"武市长看看前排就座的几位老师接着说，"现在是百废待兴，要做的工作很多，我们在扫盲的同时也不能耽误了生产，所以，我们的扫盲学校以晚上上课为主……"

听到这儿，那文生心里打鼓："晚上上课，这叫什么学校呀。"在他心里嘀咕的时候，又耽误了听讲话。这时，市长好像和大家，也好像和一直站在讲台边的玉主任说："我要到几个乡镇的水库工地上走走看看，你们可以组织大家讨论讨论，听听各位老师的意见，为办好学校出出主意。"他走下讲台，临出门时向大家招手高声说："老师们辛苦了。"

大家起立，礼堂里又响起了热烈的掌声。那文生伸头向外望去，褪了色的吉普车载着市长出了校门。那天，他看到彪子就是从这辆汽车上下来的，那天彪子真是走运了！这时他看到市长好像和他挥手告别，他心里也是美滋滋的。

扫盲学校在城东边的一个大院子里，大院子里有几排房子，过去是日本鬼子的一个兵营，解放后它被改造成了工农速成中学和扫盲学校。武烈河水从它的东侧哗哗哗地不舍昼夜流淌，好像述说着在这里曾经发生过的事情。河对面的山上，普乐寺和安远庙如摆放在两处平台上被松柏环绕着的盆景，在蓝天白云下更显出皇家寺庙的气派。那文生没事的时候，总会坐在迎水坝上欣赏一番。

那文生第一次上课的那个晚上，月朗风清，教室里几盏不太明亮的电灯泡陆续亮起来。二十几位妇女有的抱着孩子，有的夹着书本，有的拿着正纳了一半的鞋底，有说有笑地走进院子，走进教室。玉萱和秀燕在门口迎接大家。不一会儿，那文生有些胆怯地走进教室。虽然他心里打着鼓，可还是把身板挺得直直的，他换上了一条黑灯芯绒裤子，上身穿一件米黄色的中式衫，脚下踩着半新的家做黑布老头鞋，头上顶着有些宽松的鸭舌帽，显得脑袋更小了一圈儿。

玉萱看见站在教室门口的那文生，迎过去说："那老师，来，和同学们见见面。"

那文生不好意思地被秀燕推上半尺多高的讲台。

玉萱说："大家安静了，今天是我们夜校识字班的第一课，这位是我们的那老师，以后大家都要听那老师的，争取多认字，做个有文化的人。那老师，您也和大家讲几句。"

"这不是小南门的那文生吗？"

"都说他算命算得好，还会教书？"

"会，他认识字，还会说书呢。"

"哦，人不可貌相，对吧？"

"看他给我们演什么西洋景吧。"

教室里叽叽喳喳。

玉萱说："姐妹们，请安静，我们要遵守课堂纪律。"

那文生脸红到了脖颈，恭恭敬敬地向大家鞠了一躬说："各位嫂子、大姐、妹子们，本人是识几个字，可当老师还是大姑娘上轿头一回，有不周之处，请海涵。"

那文生不由自主地边说话边挪动着脚步，右脚不小心踩到了讲台边上，身体立刻失去了平衡，扑在了站在讲台下的秀燕身上。这突如其来的动作险些把秀燕扑倒，两个人努力做着身体调整，才把各自的脚跟站稳。本来不算安静的教室突然没有了半点声息，几秒钟后，当大家定下神来，教室里顿时发出响亮的笑声。

玉萱也被这突如其来的情况吓了一跳："好了，大家不要笑了，我们上课吧。"说完她看了看秀燕，又向那文生递了个眼色，给他以鼓励。脸红到脖根儿的那文生平复了一下心情，点点头，目送玉萱和秀燕走出教室。

两个人一走，顿时教室里乱开了，妇女们嘀嘀咕咕的声音，小孩子"啊啊"叫的声音，纳鞋底抽麻绳的声音……

那文生在黑板上写下"人、口、田、土"几个字。他不好意思面对大家，更不敢把目光投向他的学生们，用一根半路上捡来的尺把长的柳树棍，指着黑板上的字念，教室里发出不太整齐的跟读声。

他昨晚上想好的，用一些顺口溜教认字会记得更快些，于是他又在黑板上写下"人、口、手，脚下走"几个字。

这时一位大嫂喊道："哎！那先生，我家那口子卖瓜，你先教我'瓜'咋写，也好帮他记个账啥的。"

又一位妇女也高声说道："那先生，你先教我这'酒'咋写，以后有谁欠我家酒钱，我好记着要哇。"

妇女们说笑着，一时间课堂更乱了起来。

那文生心里有点慌："我……我……我今天是先生，你们听着，跟我念。脚，左边一个月字，月子的月……"

刚刚安静下来的课堂又乱了起来："'坐月子''坐月子'，先生，你懂啥叫'坐月子'？"

"先生，这还用教啊？"

"那文生，你先把媳妇找上再说'坐月子'的事儿吧。"

"先生，先算算啥时候花轿进门呀！"

那文生一时不知所措，教室里乱成一团，孩子哭闹的，妇女们相互嬉笑的、骂俏的……

那文生忽然感到"先生"这个词对他来说是一个莫大的讽刺，特别是教这些他还得叫好听的，整天没正形儿的婶婶、嫂子们，平时和她们碰见那文生就如同小鬼见了西王母，都是躲着走，这回可好，站在讲台上面对她们讲话，这不是老鼠往猫嘴里送吗？想到这儿，他摘下鸭舌帽摇了摇头，脑门上的几滴汗珠甩到了前排一位妇女脸上。

"哇！下雨啦……"

教室里的人齐刷刷站起来向外张望。

"巧女她妈就会瞎咋呼。"

"一场秋雨一场凉，下点雨那老师就凉快啦。"

……

一时间那文生耳朵嗡嗡响，脸涨红，脖子短，脚跟飘，双目眩，他成了妇女们的话靶子。本来他想借此机会，在婶婶、嫂子们面前显个本事、露个脸儿，可这阵势真让他招架不住，此时的他恨不得找个地缝钻进去。

正在做课程表的玉萱听到教室里传出的哄笑声，走出办公室，快步进了教室，顿时教室里鸦雀无声。那文生如同见了救星，一步迈下讲台，他觉得把老师的位子让给玉萱主任是最好的解脱。

"姐妹们能参加学习，我们感到很高兴。过去我们没有认字的机会，更没有读书的权利，现在党和政府给了我们这个权利，我们要建设新社会，不能再当睁眼瞎，会读书看报教孩子念书，不论干什么都敞亮，生活才更有奔头。"玉萱看了一下那文生又说，"这是那老师上的第一节课，大家有什么要求我们可以改进。"

"没意见，没意见，就是对那先生的长相有点意见。"

"不笑不叫不热闹。"

"哎，我们上学就要有上学的规矩，遵守纪律。"玉萱说，"今天的课就到这儿吧。"

那文生好像做了错事的小孩子，低头看着自己的脚尖。

"那老师，请您宣布下课。"玉萱微笑着对那文生说。

一阵桌椅的碰撞声，孩子们的哭闹声，妇女们的嬉笑声混成一片……

那文生如牢笼里飞出的鸟，夹着他的鸭舌帽一溜烟地跑得没了踪影。

那些天，彪子照常早早地到菜地，看着一天天成熟的各种蔬菜，心里十分高兴。水磨还是那样平稳有规律地转着，河水中的鱼儿在晃动的水草中穿行，拴住一天天长大，在菜地里跑来跑去追赶蜻蜓、蝴蝶。他们的日子过得很是平静。

自从那天和市长认识后，只要市长下乡回来，路过小树林时都要到彪子的地里停一下，市长的嘘寒问暖，让彪子感到眼前的大官儿不再陌生，每当拎住被市长举过头顶，也是孩子最为高兴的时候。在市长不下乡时，他也会抽散步锻炼身体的空儿，到彪子这里看一看，和彪子谈天说地聊上一会儿。

这一天，彪子为大白菜浇水，他熟练地用铁锹豁开畦埂，水流挤着闹着涌到另一块畦里。抬头望去，初秋金色的太阳给僧冠帽山镶上了一层金边，蓝天白云下葱绿的山林把山城围绕，如果把这座小城比喻为一块璞玉，这个小树林就是玉中隐匿着的小花，他的小菜园便是花中的一簇小花蕊了。想到这儿，他心里美滋滋的，自言自语道："身在福地，就是有福之人呢。"于是，他哼起前两天才听学生们唱的《没有共产党就没有新中国》这首歌。他明白，人们都说共产党好，现在人们都把她的好用歌词唱出来了，她一定好！看着一畦一畦长势旺盛的大白菜，让他想起了武市长，是武市长让农科所送来改良菜种，才几个月的工夫，就看到了丰收，今年一定可以卖上个好价钱。

汽车在罗汉山下飞驰，墨绿山峦，一缕薄雾。彪子停下手中的活计，抬头看见远处开来的汽车，心想："一定是市长的汽车！"这时水磨边传来踢踢踏踏的脚步声，一回头，那文生来到眼前。那文生顺着他眼睛望着的方向张望："市长的汽车，又来接你的吧？"

彪子说："去去去，市长忙着呢，别瞎说。"彪子好像忽然想起什么，"哎，我说那老师，你不好好教课，在外面瞎溜达什么？"

"这菜长得太好了！我……我……"那文生支支吾吾时，蹲下随手拔起一个大大的胡萝卜，"我马上……马上……"说话间，武市长沿着水磨屋边的土埂小路向菜地走来，这时那文生想走也来不及了。

市长今天显得精神很好："彪子兄弟！过上这茬水，就该起秋菜了吧？噢，那老师也在这儿。"

"市长好！"那文生有些脸红，直往后躲。

"您下乡回来啦？"彪子把铁锹立在田埂边。

市长看着菜地里韭菜、菠菜、黄瓜、西红柿、茄子等蔬菜的长势，高兴地说："今年你获得大丰收了。"

"是呀，是呀，今年的收成不错。"彪子搓着手上的泥土。

那文生一时找不着话，拿着萝卜不好意思地说："我……我是路过。按照夜校安排，不不不，我办完家里的事，过几天我就去上课。"

"好啊！上夜校是个新鲜事儿，人们还有一个认识过程，目前积极性还不太高，但是我们需要耐心，我们应该有耐心。"这时，市长想起玉主任讲起那老师讲了一堂课后再也不来了，对教学工作产生了顾虑，他眉头动了一下说："这也不是着急的事，当老师有个适应过程，目前许多地方都缺少文化人，你也多考虑考虑。"

那文生说："好好，我寻思寻思。"他忽然想起手中的萝卜，转过身，把萝卜塞进背篓里，不好意思地说，"这儿的萝卜好吃。不不不，这里长出的什么都不难吃。"

于是，他跟着彪子和市长走到草屋前，一本正经地说："市长您不是本地人，不瞒您说，从离宫五孔闸流出来的水浇啥啥好，早前乾隆爷带人在宫外打猎，看上武烈河边上土地肥沃，就让农民种水稻，那稻子长得老好了，光稻穗就有一尺长，这里的大米专门送宫里，这水磨就是皇上让种稻子修的。

94

可后来日本鬼子来了，谁还敢种水稻，中国人吃大米是要杀头的。"说着他在自己脖子上狠狠地比画了一下。

武市长认真地听着："日本鬼子欠我们中国人民的账太多了，永远不能忘记。"

彪子说："是呀，是呀，别说关外不让中国人吃大米，就是在我们山东，老百姓也不能吃白面。"

那文生说："说起小鬼子在咱承德干的坏事，说上一年也说不完呀。"

这时迎水坝坝堤上一个妇女朝这边喊："那文生！我家婆婆请你去算算，她要上姑娘家，让你给选个日子。"

那文生有些得意地看看武市长，把头摆了摆说："我还有事，先告辞了。"说着，一溜儿小跑地出了小树林。

武毅欣赏着眼前的田园美景，但是在他心里有着一个重要的谋划。他走到水磨房边，在老榆树墩子上坐下说："哎，兄弟，说说你的正事吧。我和政府食堂管理员说了，你起菜时，他们来买一些，过冬储备菜也从你这儿买。"

"这就好了，省得我雇人往街里送。"彪子眼睛笑成了一条缝，眼角聚起的几道鱼尾纹让他的笑容多了几分生动。

第二天，菜园子边的土路上，一架拉菜的马车往返在小树林和政府大院食堂的路上，武毅从他办公室的窗户看着迎水坝下土路上来来往往的行人和马车，心事重重，琢磨着怎么把这件大事办好。

晚上，彪子在煤油灯下点钱，他数了好几遍，"320万元"（解放初期，10000元约相当于现在的人民币30元）这几个数字在他的脑海里一遍遍呈现，这是他来承德后收入最多的一年。这一晚，他美美地睡了一觉。

一晃半个多月过去了。一天下午，从水库工地视察了几天的武毅回到家。这是市政府的家属宿舍，院子里有两排二十几间灰砖到顶、灰瓦覆盖的旧房子，前排东头的三间就是他家。他一身疲惫地推开房门，两腿如同灌了铅。此时玉萱正在统计教师们的课时。

看到武毅进来，玉萱赶忙放下手里的事，"回来啦，累了吧。腰又疼了吗？"十几天不见，玉萱总算把提溜着的心放下了。

"嗯，还好。"

玉萱快步到堂屋的锅灶前取出准备随时加温的饭菜。武毅回到里屋，脱下已经发白了的旧军装，在饭桌前有些吃力地坐下。

玉萱说："孩子们都上学去了，饭还热着，快吃吧。"

武毅一边翻看桌子上的报表，一边说："识字班的工作咋样了？"

玉萱眼前又出现那天晚上的情景，有些犯难地说："现在总共有八十六个学生报名，分成三个教学班，可他们总有三天打鱼两天晒网的，特别是秀燕替那老师教的那个班，开始还有二十九位妇女报名，昨天晚上才来了十八个人上课，纪律虽然有了好转，可是她们还是把课堂当成了唠嗑的地方。"

武毅说："我前些天在小树林菜园还见到那老师了，好像他总是心不在焉的，是不是思想上还有顾虑？"

玉萱把灌好的热水袋放在武毅的腰间，有些泄气地说："他何止是有顾虑，我看他让这些妇女闹得肯定不会再来了。这些妇女也真是，把那文生当猴儿耍，他那么要面子的人，哪经得住那个阵势。今天早上，在小南门口我和他走了个对面，他好像藏猫猫似的，一溜烟地跑了。"

武毅说："办夜校是个新生事物，许多人还不了解它的意义，也不懂得上课的规矩，心急吃不了热豆腐，有些事得慢慢来，不管是学生还是老师，都要和他们交心、交朋友，了解他们的生活情况，多做思想工作。现在我们的师资很缺乏，一定要对他多进行鼓励，也做做那些妇女们的工作，要看到一个人的长处。你再上门请请那老师，刘备请诸葛亮还三顾茅庐呢。"

玉萱说："也是，明天我就和秀燕去找他。"

第二天，玉萱和秀燕来到那文生家，那文生正在院子里晒老旧字画，他头上蒙一块灰手巾，几乎盖住了眼睛，正用鸡毛掸子掸画轴上的尘土。

玉萱和秀燕敲门："有人吗?""那先生在家吗?"

只听那文生一边咳嗽，一边含混不清地回答："有……有人，我在家。"

只听吱吱扭扭了几下，拖拉着地的院门打开了。那文生转过身，抖着手里布上的尘土。一缕尘土飞起，直向玉萱和秀燕面前扑来。玉萱和秀燕用手挥了挥飞舞着的尘土，"哎呀，你这暴土扬长的干什么呢?"

"呛死个人了。"秀燕捂着鼻子说。

那文生说："搞卫生，两位稀客请进，请进。"他扯下头上蒙着的灰手巾，掸了掸院子里的几个小石凳，"请坐，你们有何指示，何事有劳您两位大驾?"

玉萱被呛得不停地咳嗽。

秀燕说："我们是无事不登三宝殿，今天玉主任来是想请那先生回学校……"

"哦，你们就行行好，饶了我吧，再去，我就让她们给吃啦。"那文生哭丧着脸说。

玉萱环顾了一下四周，清了清嗓子说："在我们这儿，您是个有名的文化人，临阵脱逃才会让人笑话呢。再说了，武市长也很看重你，是他让我们再上门请先生您哪。"

听说是武市长让她们来的，那文生心里七上八下，"那、那……"

"还什么这那的。"秀燕有些着急。

玉萱说："现在我们的学校还是在试验中，万事开头难，往后就会好了，你也帮我们多出出主意，怎么才能把学校办好。"

那文生突然冒出一个想法："那、那，也行，但得先打听一下，我能挣多少钱?"

秀燕听了又气又好笑："还没正式上任就讲价钱，你可真往钱眼儿里钻呀。"

那文生有些不好意思："我，我不是还得攒钱说媳妇嘛。"

玉萱笑着说："现在的老师还都是临时的，等市里教师的编制批下来，就会发固定工资了。"

那文生高兴地说："那我也就成了国家的人了不是?"

玉萱回答道："是、是，我们本来都是国家的人嘛。"

"那让我想想，让我想几天行不? 随后给二位回话。"那文生把玉萱和秀燕送出门外，一边唱着"我正在城楼观山景……"一边把十几幅字画细心卷好。

这一晚，那文生翻来覆去睡不着，"失眠了? 不会不会，失眠? 这还是大姑娘上轿头一回。本来当老师是个挺好的事，可是往讲台上那么一站，腿就不听使唤，这二十多年，我怕过谁? 怎么现在尿了? 哎! 真是尿透了，让几个老娘们儿治住了。

不行！我还得把腰板挺得直直的，往她们眼前站，让她们得听我的。"上第一节课的情景又浮现在他眼前，好像一幕幕地过电影。

夜幕降临，山城笼罩在暴雨前的黑幕之中。雷声夹裹着豆大的雨点，砸向小城的每个角落。武烈河水迅猛上涨，翻滚着浑黄的浪花。水磨房被淹没一半，积水冲出木门，冲向田野。到红石砬村给表舅家孙子起名儿回来的那文生，披着破麻袋片，跑进小树林中的茅草房，想躲躲雨，忽然他看见湍急的水流把小屋淹了小半截，菜地一片汪洋。他惊恐万分，在水中艰难地行走。他向小南门跑去，"彪子！彪子！"他推开彪子的房门，"我从表舅家回来路过，看你的菜地泡啦！大水乌泱乌泱地吓死人啦"。

"我的菜地！"彪子一骨碌爬起来，不顾一切地冲了出去。那文生在门口呆呆地站着，自言自语道："我也得看看房子漏没漏。"

秋风瑟瑟中飘着寒冷的雨水，山里的天气总是让人摸不着它的规律。武毅和几位乡镇干部冒雨来到水库工地。雨幕中仍然是一派繁忙景象，运送石料的马车、往石龙中填石块的壮汉，钢钎、锤子在岩石上击打的声响，人们的干劲十足。在用茅草搭建的临时伙房里，武毅和乡镇干部们研究着怎样拆兑粮食，解决人们秋收前吃饱饭的问题。

带着乡镇干部们的意见，武毅冒雨往市里赶，因为明天他还要开一个重要的会议，研究如何让老百姓平稳过冬的事。吉普车钻山沟、涉洪流、过村庄，看到被洪水冲坏的梯田堤坝，倒伏在泥水里并快要成熟了的庄稼，他心里沉重不已。经过三个小时的艰难跋涉，终于过了武烈河的土桥、上了迎水坝边的小路。在小树林边，他让司机停车，吃力地走下汽车，在路边刚刚从水中冒出的草丛上蹭了蹭解放牌胶鞋底的泥巴。突然一阵钻心的疼痛从腰间蹿到胸口，他左手捂着腰走进小树林。

眼前的景象让他惊呆了：菜地已是汪洋一片，上面漂浮着经过挣扎、还没有被卷走的蔬菜，菜园子已经看不出原来的模样。他来到茅草屋前，板门歪歪斜斜地敞开着，茅草屋里的东西凌乱，显然不久前被洪水光顾过。

他快速走出小屋，对司机说："走，上小南门。"

他们走的这条路已经被雨水冲刷出无数小沟渠，汽车把黄泥覆盖的路面碾轧出一道深深的痕迹。小南门的石板路小街，铺上了一层黄色的泥巴，溪流从这条有坡度的小街上流淌。在小南门街的东边，他一眼就看到了那方稳稳地站立在路边的拴马石，石上那个雕刻精美的小石猴子被洗刷得干干净净，小石猴依旧抱着圆圆的石头桃子，看着过往的行人。拴马石边就是彪子的木板小屋。武毅小心地推开木门，门柱在轴窝里旋转，发出吱吱呀呀的响声。室内昏暗的煤油灯在风中轻微抖动，睡在土炕上的拴住手里还握着半根胡萝卜。彪子蜷缩在土炕边，半睡不睡的样子。

武毅摸摸他的头："烧成这样了，怎么还不上医院？"

彪子勉强睁开眼睛说："没事，扛两天就好了。"

武毅不由分说道："不行，马上去医院！小张！小张！"

"来了，来了！"小张跑了进来。

武毅吩咐道："你开车把孩子送到我家，交给玉萱后马上回来，送他上医院。"

汽车开进市区南边的一个山坡处，这是一个随山而建的长方形大院子，几排红砖到顶刷了白灰的平房，显得十分洁净，平房间有连廊互相连接，医生护士多是从战地医院转业，有的还穿着军装。

医生对武毅说："他得的是伤寒，注射奎宁了，我们会照顾好他的，您放心。"

武毅对医生说："我想起来了，这位病人膝盖上有一块脱落的骨头，时常移位，移位时就不能行走，借这次住院的机会，能不能把这块骨头取出来。"

医生说："这是骨科的疾病，我会和他们说的，您放心。"

安排好彪子，武毅回到家时早已是灯火阑珊的时候，玉萱刚把哭闹的拴住哄睡着，看到武毅回来，连忙打开炉火。武毅感到异常疲惫，强打精神说："别忙了，我现在吃不下。"当玉萱端来热水准备帮他泡脚时，武毅的鞋子却怎么也脱不下来了，玉萱在旧胶鞋边剪了个口子后，才把两只肿得发白的脚泡进热水里，玉萱心如刀绞。

武毅说："这回你又多了一个孩子。"

"我已经拉扯了四个，再多一个不算啥。就是现在孩子还离不开他爸，过两天就好了。"玉萱边用毛巾给武毅敷脚边说。

武毅从桌上拽过来烟管笭，把烟袋锅压实，点着，抽了两口，停了停说："我想，以后就把孩子留在咱家吧，彪子兄弟年纪轻轻的，身边总带着一个孩子，干什么都不方便。"

玉萱说："就怕彪子兄弟舍不得。"

"我了解过了，这孩子不是他亲生的。"

"那是谁的？"

"听说孩子的父亲是彪子的生死兄弟，身有残疾，母亲得了痨病，可能不久于人世，这孩子就留给了彪子。"武毅放下烟袋锅边擦脚边继续说，"彪子兄弟识文断字，品行也挺好，我看是个能培养的人才，如果因为孩子给拖住了，挺可惜的。再说现在各行各业都是急需人才的时候。"

"你放心，我一定会把这孩子照顾好。"玉萱到屋外泼水回来，看到武毅正在翻看街道的户籍人员登记册，他对凑上前的玉萱说："你是街道主任，一定要把每家每户的情况了解清楚，什么民族，多高的学历，有什么特长，还有家庭收入、务工情况、生活现状等，做到了如指掌，在今后的管理、服务工作中，就会有事半功倍的效果。"

"这条街上原来就有三百多户，过去的户籍底子打仗时都被烧了，这里又是南通京城、北达内蒙古的，流动人口多，一时半会儿难厘清。从明天开始，街道就组织人员深入各户抓紧了解。"玉萱对工作充满了信心。

武毅穿好玉萱做的软底软帮鞋子说："穿上这鞋，就舒服多了。"

夜深了，武毅走进孩子们的房间，看到拴住睡在两个姐姐中间，很温暖香甜。他忽然好像想起了什么，回头看了看玉萱说："我下乡这些天，积攒下一些文件还没有看，我去办公室了。"玉萱没说什么，给他披上衣服，目送他的身影消失在夜幕中。

彪子住院期间，玉萱带着几个妇女帮助他收拾菜园子，几个农民帮助给茅草房盖草，有的和泥，有的拧草把子，几个人边唱边干，"雨过天晴太阳升，照着一年好收成，依呀呼儿嘿……"

一天，那文生来到菜地大声喊道："父老乡亲们！你们好！"

妇女们看到这个大活宝老师，又七嘴八舌起来："那先生，今天咋起这么早？"

"还早？太阳都晒屁股啦！"

"这人呀，经不住夸，一夸就拉稀。"

那文生没好气地说："都是你们这些个长舌妇、乌鸦嘴，把我几个到手的媳妇都吓跑了。"

"啊！你是老虎哇？！"

"一天相八个亲，能有对上眼儿的，我们帮你扎顶花轿，把新媳妇抬回来！"又是一阵子的笑闹。

那文生说："你们还真说对了，我今天还真是要上牛圈子沟我大姨家相亲呢。"

"真的去相亲？"

"我说今天太阳从西边出来的呢。"

那文生感到自己说秃噜了嘴，赶忙改口道："嗯……嗯，不……不是，是我表弟定亲，让我帮着选个接亲的日子。"他边说边在水沟边洗小萝卜。

这时一位妇女走过来说："这是玉主任让给彪子留的，一会儿送医院呢。"

那文生放下萝卜，又向正给彪子的小草房房顶苫草的人走去。

玉萱一直忙着手里的活计，没有理会大家的吵闹。这时，一个干部模样的青年跑来说："玉主任，市里通知，一会儿各街道主任到卫生局开麻疹疫苗分配计划会。"

玉萱走出园子，把洗好的几个萝卜、几根黄瓜装在柳条编的篮子里答应着："本来我想去医院，让彪子兄弟也看看他的劳动成果。"她又抬头问道，"让谁去送啊？"

一位妇女说："哎，那先生不是上牛圈子沟吗？他路过医院，捎上正合适。"

那文生回过头："哦！让我上医院？"

这位妇女说："没那么可怕，人家彪子早过了传染期，人家可不是老虎。"

另一位妇女把一个土坷垃打在那文生腿上说："你懒得鬼抽筋似的，看我们还帮你找媳妇不！"

"好……好，我送还不行吗？"那文生边说边蹲下洗手。妇女们仍七嘴八舌地说笑。

玉萱笑着对那文生说："你去了，征求一下医生的意见，看咋个吃法。毕竟彪子兄弟还是病人。"那文生有些不情愿地从玉萱手中接过篮子。

那文生来到医院，他看到一白到顶、红瓦覆盖的房屋，阳光把连廊照射得十分明亮，他向里张望，看到的是医生护士们忙碌的身影。他蹑手蹑脚地推开大门，一边念叨着"8号……8号"，一边看着房间号试探着往前走，终于找到念叨了一路的8号。他在病房门口站了片刻，鼓起勇气推开房门，正巧与刚刚为彪子量完体温的护士撞了个正着。

"你……你？"护士愣了一下，一时不知说什么才好。

"我……我来看他。"那文生想把篮子藏在身后，但已经来不及了。

"那是什么？"护士用身体挡住了房门，把他拦在了门外。

"萝卜、黄瓜，是他种的。"那文生边说边指着8号病房说。

"不行，他的肠胃还很虚弱，不能吃生冷。"护士说话斩钉截铁。

这时候一位身着白大褂的女同志走过来，她脖子上挂着的听诊器告诉那文生，她一定是医生。看着面前这位中等身材、瓜子脸、弯弯眉、大眼睛，干练中透着几分柔美的医生，他联想到年画中的仙女下凡。他愣了几秒，涨红着脸说："是，是玉主任让我送来的。对了，她还说让听你们的，听你的。"没等医生说话，他又赶紧补充道，"我是先拿给他看看，看他种的菜。"那文生把篮子举得高高的，"这是他的劳动成果。"

　　"看看行。"女医生说完走向护士台。

　　那文生自言自语："风花雪月之貌，这才是我梦里的人儿。"忽然，好像想起什么，赶紧提起篮子，推开房门。

　　那文生把篮子放在床边。彪子听见外面有人讲话，坐起来。那文生走上前："好些没？"

　　彪子说："好多了，你还来看我。"

　　那文生的心思还在女医生身上，心不在焉地说："你种的，我送来，哦，是玉主任让我送来的。"

　　彪子问："送啥？"

　　"黄瓜、小萝卜。"那文生回道。

　　彪子会意地笑："路上你吃了多少？"

　　那文生连忙说："没……没，这回我可真没吃。"

　　彪子说："少了，我也不会告诉她们，来，咱们一块吃。"

　　那文生又解释道："本来就是没吃嘛。"他刚从篮子里拿出一根黄瓜，女医生走进来说："同志，说不能给病人吃，你怎么……"

　　"我是想给他看看，看看。"那文生说。

　　女医生说："我和食堂说好了，今天中午做给他吃。"

　　那文生说："我说嘛，你不会让我白来一趟嘛。"

女医生说："那我拿走啦。"

那文生急忙拦住："别，我送，我送。这事怎么能劳您大驾呢。"

彪子笑着说："医院人手少，医生也要做许多护士的工作。"

那文生跟在女医生后面一溜小跑，不停地套近乎："我家住小南门，离这不远，对，就宫门口边上。我爷爷的爷爷是给皇上看园子的，那会儿我们家的花多了去了，还种了不少中草药呢。"

女医生不搭理他，很快就到了后院的食堂。管理员接过篮子说："就这些？一会儿厨师做好了就给8号送去。"

女医生说："做得清淡些，谢谢了。"

管理员说："放心吧。哦，对了，今天武市长来电话说，还有一些新鲜蔬菜送来，是给院里做病号饭用的。刚才玉主任让人送了两筐，这钱……"

女医生说："好，一会儿送餐时一块送到8号病房吧。"她转过头来对那文生说，"也谢谢你了。"

那文生连忙说："不用谢，以后我会常来，常来照顾彪子哥，给您打个下手。"

女医生边走边说："谢谢了，我们这儿有规定的探视时间，恐怕不方便。"说着说着，他们走到了院子里。那文生有些着急："我啥都会干……"

这时正是交接班的时间，不时有护士从他们身边走过："梅医生好。"

那文生说："医生，医生，我有文化，会写字，在病房打扫个卫生什么的，白干活还不成吗？"

"现在可不时兴搞剥削，白干活哪行！"两人不约而同回头，"市长！""市长！市长好！"

武毅和张秘书一前一后地走来。"好！好！"武毅说，"每排房子的连廊设计得好，以后刮风下雨都不怕了。不仅保护了患者，也给医生护士提供了方便。"

梅医生说："是啊，前几天那场大雨这连廊可发挥大作用了。"

武毅看到那文生说："哦，这不是那老师吗？"

那文生赶忙凑上前说："是玉主任让我送点菜，给彪子哥看过了，他现在只能吃熟的。"

武毅笑笑说："好哇，你辛苦了。"

那文生忙说："没什么，没什么。"他知趣地退到后面，看着一行人边说话边向住院区走去。只听武毅对女医生说："梅莹同志，现在咱们医院人手少，你又当医生又当护士长，辛苦了。"

"没什么，习惯了也不觉得辛苦。"

"哦，8号病房的病人怎么样？"

"他体质还不错，恢复得比较快。前几天骨科给他做了手术，取出了腿上的游离骨，再过一个多星期就可以出院了。"说话间他们来到8号病房门前。

那文生听了他们的一番对话，知趣地没有跟进去，在连廊处等候。

过了一袋烟的工夫，梅医生从8号房间出来，那文生赶紧迎上前不好意思地说："梅医生，多有冒昧，我，我回去了。"梅莹朝他点头笑笑。

那文生一溜小跑出了医院："哎哟，还没这么屁过，怎么今天腿都发软了呢？"他试着掐了一下大腿，"没做梦，这是真的。"他从路边拔了几枝秋英花，朝迎水坝方向走，蹬着一块已经卧在坝根几十年的大青石，一跃跳到坝上，踩着青石板，脚下轻飘飘的，心里想着梅医生。他把几枝秋英花举过头，做出献花的样子，去牛圈子沟的事儿早忘得一干二净了。武烈河水哗哗地响，他走到河边，捧起水洗了把脸，水中好像出现梅医生的身影……

彪子出院那天，一大早，那文生就迈着小碎步小心翼翼地走进8号病房。只见梅医生正向彪子做着交代："这是你回去吃的药，按说明书吃，再巩固一周就彻底好了。住院费和药费武市长交过了。"

彪子愣了一下："哎！我给市长添的麻烦太多了。"

那文生接过话茬儿说："这样的市长哪儿找去？"

这时两人才发现站在门口的那文生。彪子瞪大了眼睛，"扑哧"笑了，那文生好像换了个人，带着裤线的斜纹黑色西装裤让他的腿显得长了些，漂白过的长袖上衣，棕色牛皮鞋，刚理过的分头油黑油黑，散发着浓浓的杏核油香。

"那老师请进来吧。"梅医生微笑着说。

彪子忍着不让自己笑出来，赶紧低头叠被子。

"梅医生好！是玉主任让我来接彪子哥的。"那文生赶紧走上前，鞋有些不跟脚，发出踢踢踏踏的声响。

"好好，谢谢你了。"梅医生说着把彪子的一个装着药盒的布袋子交给那文生。

那文生顺水人情似的说道："这还不是应该的？您千万别和我客气。"

梅医生忙碌了一阵后，和一位护士把他们送出医院大门。

彪子回过头对梅医生说："谢谢您这么多天的照顾。"

"您别客气，这都是我们的本职工作。"

那文生怕没有与梅医生说话的机会："以后有什么事儿找我，我常来看你……看你们行不？"

梅医生有些开玩笑地说："医院有个说法，需要看病的，我们是来者不拒，但没病没事儿的，概不欢迎啊。"

那文生摸了摸头，不明白其中的意思。

女护士补充道："因为我们这里接待的都是病人呀！"

那文生有点着急："没病就不兴来呀？"几个人就这样说笑着分手了。

彪子和那文生沿着迎水坝来到小树林菜地。眼前是整理得齐刷刷的菜畦，大部分起过菜的地已经翻好，开始晾土。他们走到小南门胡同口，太阳暖暖的，几个老人在墙根儿晒太阳。不时有人向彪子问候。

玉萱抱着拴住，在去彪子家的路上和那文生碰了个正着，"那老师，你忙乎着上哪去？"

"哦，哦，我把彪子兄接回来啦，送到家了，我上二仙居买点东西。"话音没落，他一溜小跑得不见了。

玉萱到了彪子家，把孩子在新拆洗过的被褥上安顿好，打开饭盒说："兄弟，趁热吃吧，老武下乡了，山里冬天来得早，政府要把五保户老人们送到宽城沟敬老院过冬。他先去看看各项工作落实得咋样。"

彪子说："听说宽城沟敬老院建得不赖。现在人老不中用的时候都有人照管，过去谁敢想？"

玉萱说："老武说让你在家先歇几天，别干活，等养好了身体干什么都有力气。"

彪子在医院住了一个多月，孩子和他有些陌生，爬到玉萱的怀里偷偷注视着眼前这个人。

玉萱把孩子抱到彪子跟前："快叫爸爸。想爸爸了吧？"

彪子接过孩子，孩子不情愿地扭动着。

彪子说："我们拴住福分不浅，您啥时候想了，我就把孩子送过去。"

这时玉萱想起什么事儿似的，"我得上识字班看看，今天卫生防疫站送来了牛痘苗，明天也给我们拴住种上"。

玉萱一出门，拴住哇哇哭了起来，让彪子一时没有了办法。这时那文生跑了进来，手里拿着个拨浪鼓，"这玩意儿好，我送他玩的。"说也奇怪，拴住拨弄着小鼓，哭声停了。

彪子笑道："没想到你还真会哄孩子呢。"

那文生有些不好意思地说："我买了个这，啥时候你替我送给她。"那文生从怀里拿出一个毛头纸包，打开，是一条红色的毛围巾。

彪子说："这是你对梅医生的关心，我咋能代替，再说这不是难为我吗？"

"可也是，哪天还是我送吧。"那文生刚想走，突然又回过头，一脚门里一脚门外地说，"你要是见了她，可替我说些好话啊。"

"放心吧。"彪子说，"谁不知道你是这街上的名人呢。"

那文生心满意足地跑走了。彪子想，这那文生虽然有点不着调，但是个好人，可梅医生咋能……唉，他自言自语地说："这事儿得随缘哪。"

这天，武毅刚开完会回到办公室，秘书带着一位年轻人走进来。年轻人一身军装，身材挺拔，清秀干练，眼镜后面透着一股锐气："报告团长！"

武毅放下文件，起身迎上前："小程！程前同志！毕业啦？"

年轻人向武毅行了个军礼，"报告团长，这是华北大学的毕业证书。"他从军挎包中掏出一个大红色的证书，双手递给武毅，武毅仔细端详着，"太好啦！你看这印章上还盖着吴玉章校长的印呢。"他郑重地把证书交还给程前，"收好了。咱们这里缺少有文化的人，你来了就好了，以后就把工农速成学校的事交给你，两年内培养一批文化人，尽快解决基层的人才问题"。

武毅拉程前坐下，"战场上你不仅会打仗，还是宣传员，现在经过革命理论的武装，可以说是文武双全的干部了。"

程前说："谢谢团长鼓励。我只是懂得了书本上的东西，还得在实践中不断锻炼，进一步提高。"

武毅说："省里的批文下来了，任命你为市委宣传部部长，兼工农速成学校校长。"武毅从抽屉里取出任命书，给程前看，"市委研究了一下，以后你把识字班的事也管起来。"

"地方的工作我不熟悉，以后还得靠您和同志们批评帮助，向大家学习。"

"从部队到地方，总有个适应过程，这里的民风淳朴，老百姓也很勤劳善良，和他们打成一片，在实践中学，向人民群众学习，就会不断进步。"武毅左手习惯地扶着腰站起来，在室内走动，"现在热河刚刚从战争中走出来，工农商贸、文化教育等方面亏欠太多，老百姓还过着苦日子，百废待兴，任务艰巨。这里又是山区，文化更是落后，所以呀，宣传群众、教育群众，才能发动起群众建设社会主义。"

程前说:"我接受组织安排,一定不让老团长失望。"

武毅高兴地说:"好!好!"他突然想起,"你见梅莹了吗?"

程前说:"还没有。"

武毅有些着急:"那哪行!快去见见她,梅莹同志工作很出色,不仅当医生,同时担负起护士长的工作,还积极组织参加爱国卫生运动中的各项工作,很受民众欢迎。"

程前静静地听首长讲话。武毅走到窗前,远方武烈河水静静地奔流着,罗汉山稳稳地端坐在天际。看着眼前的景象,武毅感慨道:"我们出来干革命,以四海为家,以党和人民的需要为准则,许多同志放弃了可以回到自己家乡、回到亲人身边的机会,到艰苦的地方工作,这种精神很是可贵。就说你吧,放着大连港的工作不去,来到这八山一水一分田的艰苦山区,这就是共产党人的情怀。梅莹同志从小在天津长大,原来家里有三个纺纱厂,资本家的女儿走上革命道路,更是难能可贵!几天前,天津市政府打来电话说,梅莹同志动员她父亲和叔叔积极参加公私合营,配合国家经济建设,希望我们对她的爱国行为给予表扬。梅莹同志也和我说过'没有国家这个大家,哪里能有自己的小家'。现在她才感到真正成了国家的主人。"

武毅有些激动,走到办公桌前坐下:"前几天,医院的崔院长说,梅莹同志递交了入党申请书,院党总支开会,顺利通过了对她的表决,现在她已经成为预备党员了。"

程前听了很是兴奋:"她的进步都是组织培养的,是实践中锻炼的,今后,我们会相互帮助,继续努力。"

武毅说:"好,你先休整一下,也熟悉熟悉这里的情况,放开手脚工作吧。不过,你和梅莹的婚事也要尽快排上日程哦!"

程前有些不好意思地说:"是!请团长放心。"

识字班里,妇女们正准备听梅莹讲接种牛痘的知识。这天,已经好多天不来识字班的那文生也在教室门边找了个座位坐下。不一会儿,彪子也抱着拴住来了。在这些女人、孩子堆里,为数不多的几个带着孩子来的老爷们儿很是显眼。

那文生搬着凳子凑在彪子身旁,他心里七上八下地不踏实,观察着周围人见到他的表情,脸上肌肉一阵紧一阵松的,很不自在。为了减少尴尬,他对身边的妇女说:"我和她熟着呢。"

"和谁?"

"和梅医生呀。"

这位妇女把眼睛和嘴巴张得几乎一样大:"你们认识?"

"认识,认识,我们见过多少回啦。"他又小声告诫妇女道,"你可别到处说去啊。这还是秘密。"

妇女有些疑惑地看看正在往黑板上挂宣传挂图的梅莹,又看看那文生,摇了摇头:"我不信。"

还没等那文生再讲话,只听梅莹说:"大姐、大嫂们,同志们,你们好!今天我们讲讲接种牛痘的事。"那文生赶紧坐好,一脸的虔诚。

梅莹说:"天花是一种可怕的传染病,很早很早以前,天花就在许多国家流行,造成了许多人失明和毁容,有的死亡。但是,现在我们不怕天花了。为什么呢?我还要从三百多年前的一件事说起。那时候,天花蔓延,造成人们大量死亡,这是当时哪个国家都解决不了的难题。后来,一个叫琴纳的英国人,看到农场挤奶女工没一个得天花的。原来是因为她们每天接触奶牛，手上常长牛痘，才免去了灾祸。"

这时，有妇女插话："可是我们上哪儿找牛去呀？"梅莹笑了笑说："您听我接着说。"

这时又有两个妇女交头接耳："人家讲得好好的，插什么嘴呀。"

"不说话也没人把你当哑巴。"那文生小声说。

梅莹讲道："这个叫琴纳的人就赶到农场做调查，原来挤奶女工们接触过患牛痘的奶牛的脓浆后，手上都长出了小脓疱，身体虽然感到有些不舒服，但很快脓疱就消失了，身体也恢复了正常。"

梅莹在黑板上写下"牛痘""天花"，并在中间画了一条连接线。这时那文生忽然想起了什么，出了教室，飞也似的跑走。

那文生气喘吁吁地跑回家，翻箱倒柜地找东西。终于在一个褪了色的红布包里摸出了一个翠绿的手镯，他举到头顶仔细端详了一下说："就是它，就是它。"他把手镯仔细地用新买的红围巾包好，美滋滋地揣在怀里，一溜小跑……

在教室门口，他立马停下脚步，让蹦跳着的心安静一下，他长出一口气，慢慢地、蹑手蹑脚地进了教室。只见梅莹在一位护士的胳膊上比画着。梅莹转过身对大家说："这就是接种牛痘的位置，经过无数次的试验，这是最安全的地方。牛痘和天花十分相似，人体中产生的抗牛痘能力也能够预防天花。琴纳先是在动物身上做了试验，取得了效果。接着，他又在自己的儿子身上做试验，把大量的天花脓液接种到儿子身上，他儿子不仅没有染上天花，连身体不适的现象也没有。后来这种方法在世界上推广，这项发明受到全世界的欢迎。"

一位妇女说："听老人说，只要一得上天花，这人准没救，还会传染别人呢。"

又一妇女说："是啊，我也听奶奶说过，有一年，她娘家村里的小孩儿因为得天花，没活几个，可惨呢。"

又一妇女感叹道："唉！我老叔得了天花，人没死，可留下一脸一身的麻子，一辈子都没娶上媳妇。"

梅莹微笑着听妇女们的发言，眼前的情景让她感到，这些妇女虽然没有文化，但是竟如此质朴纯洁。

彪子看到场面有点乱，有些着急，大着嗓门儿说："大家听梅大夫讲课。"

梅莹笑笑说："有什么问题一会儿我们再交流好吗？"

"好，好！"妇女们把孩子们抱妥帖，有的奶孩子，有的把自己做的布娃娃和小泥人塞在孩子手里，教室里安静了许多。

梅莹说："今天我们给小孩接种牛痘。"她又对护士说，"来，你站在讲台上，我再给大家演示一下。"梅莹端着里面放着注射器、药瓶、棉球瓶、棉签等物品的托盘开始演示。

彪子坐在这个特殊课堂上，爷爷的话几次响在耳边："孩子，等世道好了，我一定让你去念书，和那些大家大户的孩子们一样到学堂念书。"可是爷爷惨死在日本鬼子的枪下，更没等到好世道的到来……

一直熟睡的拴住醒来，看到玉萱的身影，扭动着喊"妈妈"。

这时梅莹对大家说："接种牛痘就是这个过程。"

"啊，这么简单？"

"一眨眼的工夫就种上啦？"

"这比栽茄子、种黄豆还快！"教室里又乱了起来。

那文生想上前维持课堂秩序，但又怕哪句话说不合适，引来妇女们的起哄。他毕竟是个要面子的文化人。

只见彪子抱着孩子站起来说："梅大夫，先给拴住种吧。"说着他走到讲台边。

梅莹笑着说："好好，谢谢您这位相信科学的好同志！"教室里发出一片笑声。

护士和梅莹配合得是那么娴熟，用承德人的话说，是那么的严丝合缝。她们用针头在孩子的胳膊上画个小小的十字，在十字中央滴上如高粱粒大小的透明液体。

妇女们现在对种牛痘有了正确的理解，对哭闹着的孩子唱了起来："种豆豆，收豆豆，脸上不长麻豆豆。""长大娶个俊媳妇，生出一堆娃豆豆。"教室里很是热闹。大家有秩序地在座位上排队，不一会儿工夫就接种完毕。梅莹对一直在现场帮助她工作的玉萱表示感谢。在梅莹和护士们整理用品的时候，秀燕进来和玉萱耳语，两人走出教室。

程前从武市长办公室出来后到医院找梅莹，听说梅莹在学校给孩子们种牛痘，就直接赶来。他还没走进校门，就听到妇女们的笑声和孩子们的哭闹声，他在院子里的一棵大槐树边的石条凳上坐下，看见教室里梅莹和护士们给孩子们种牛痘的身影，这让他想起在辽沈战役时锦州战役后的一幕幕情景。

锦州城外，战斗间隙，部队在一个小村庄做暂时休整，小河滩上，战士们用石块垒起的几十个简易炉灶，偶尔冒出缕缕青烟。夜幕降临，战士们在河边的草坡上，或石子铺成的村街上荷枪而卧。程前和战时动员部的同志帮助炊事连检查灶火的熄灭情况。这时，两位女战士抱着一口铝锅朝他们走来，并急切地喊着："同志！请留下一个灶火。"

原来，医疗队刚刚做完几台手术，为做好后续准备，需要及时给手术器械和注射针管及洗好的纱布消毒，她们是赶来借灶火蒸煮消毒的。程前几个人立即抱来一些干柴，把一个奄奄一息的石灶烧旺，不一会儿，铝锅冒出热气，锅里发出咕噜噜的响声。天更黑了，红红的炉火一蹿一蹿地跳，把眼前这位女战士的脸映得靓丽俊美，一双大眼睛闪着柔美而智慧的光芒。程前呆呆地看着眼前的一切，大约半个小时后，女战士说，可以熄火了。几个人几乎同时撤掉带着火星的柴火，几乎同时用石块压灭火星。

程前说："这下安全了。"说着他端起消毒锅，"我正好要去指挥部，我们送你们吧。"

两位女战士说："太好了，谢谢了。"

这时，女护士说："她是我们的梅医生，叫梅莹。"

从这一刻起，这个"梅"字深深地印在程前的脑海里。

他们在村边的一座小庙前分手，当程前和梅医生近距离对视的一瞬间，他脸红热血涌，女医生也有些不自然，她只是轻声说："谢谢你了。再见！"程前目送她们走进小庙，小护士回头向他招手："谢谢你啦！"

后来，随着一场场战斗的胜利，程前和医疗队有过几次接触，比如采访负伤战斗英雄，陪同首长到临时医院慰问伤员，他自然就有了与梅莹见面的机会，虽然时间那么短暂，但每一次都让他感到无比的珍贵。

1948 年 11 月 2 日，沈阳宣告解放，辽沈战役结束，东北全境解放。敌人被迫撤退关内，中国人民解放军还肩负着更艰巨的使命。程前接到南下的命令，他感到，离开前，一定要向梅莹讲出埋在心里的想法。

沈阳的深秋寒风刺骨，程前怀着期待与渴望，跑到简易医疗队，他一口气向梅莹吐出背了不知多少遍的话，梅莹心有灵犀似的爽快答应了，这让他有些不相信自己的耳朵。但是梅莹提出一个要求，等全国都解放了再谈婚论嫁。

程前参加完淮海战役后，1949 年春被组织送到华北大学政治训练班进修。1950 年 10 月，华北大学更名为中国人民大学，老师根据他的学习情况，动员他继续攻读哲学。

在程前参加淮海战役期间，梅莹随部队到了热河。那时，热河有一所刚成立不久的医院，急需医务人员，梅莹就自告奋勇报了名，脱下了心爱的军装。虽然两个人不能见面，但是一个月往来一次的书信，时时刻刻把两个人的心连在一起，他们有相互的欣赏，有相互的挂念，更有共同的理想。梅莹告诉他，这里在长城的关外，燕山深处，交通不便，经济落后，生活艰苦，所以更需要有文化的年轻人参加建设，年轻人也更需要在这里接受锻炼，是个大有可为的地方。她表示，以后就在这里发展。程前也为之心动，毕业后，他放弃了回大连的机会，毅然来到承德。

梅莹听到玉萱的招呼，跑出教室，看见从石凳上站起来的程前，又惊又喜，"什么时候来的？"

"我们在大山里走了整整两天，快到承德时，汽车在广仁岭上还抛了锚，昨天半夜才到，刚才上市长那里报过到了。"两个人在石凳上坐下。

梅莹有些嗔怪地说："平时信不少写，可要回来的消息也不提前告诉我。"

程前忙解释道："通知来得急，也就……听首长说你的工作不错，还入党了。"

梅莹说:"今后还要多向你请教哪!"

两人有说有笑。还没离开的几个妇女发现梅医生和一位精干英俊的陌生人谈话,做着各种猜测:"这两人挺般配。"

"人家早就是革命战友。"

"以前都是解放军呢。"

那文生看到梅莹离开教室,赶紧跟了出来,他在教室门口和玉萱碰个正着。

玉萱问道:"你猴急猴急的,干吗来啦?"

那文生忙解释:"听说梅医生讲接种牛痘课,还给小孩子们种牛痘,我也来学习学习,看看有什么要帮忙的事情没有。"

转眼间不见梅莹的踪影,那文生有些着急,一回头,看到大槐树下正在谈话的梅莹和程前,他满心疑惑地问玉萱:"那人是谁?"

玉萱看了看梅莹和程前,转过头对那文生说:"是新来的宣传部程部长。"

那文生有些惊讶:"哦,是管我们的官儿呀。"

玉萱说:"不仅是管我们的领导,还是梅医生的革命战友加对象呢。"

那文生顿时显出泄气和难过的样子。

玉萱装作不理会,说:"听老武说,他们是在战场上认识的,有次打仗,程前同志受了伤,亟须输血,当时谁的血型都不对,还是梅医生给他输的血呢。"

那文生不由自主地说:"了不起,真了不起。古时候这就叫英雄救美人,哦,不不,是美人救英雄。"

那文生无精打采地走出学校,坐在校门口的石阶上,掏出包手镯的围巾,看了看又揣在怀里,自言自语地念叨:"不知道你能给谁保暖，也不知你戴在谁的胳膊上。"他看着梅莹和程前走出校门的身影，又自言自语，"相见时难别不难，东风无力花走远。"那文生的心情无比沮丧。

小南门胡同口外的德汇门前是一个宽阔的小广场，广场东边是条清代建的水坝，德汇门城楼下是三孔大大的门洞，每个门洞里都有对开的脱了红漆皮的大门，这门早已没有了颜色，铜门钉也被挖走，好像瞪着的无数个黑洞洞的大眼睛。城楼两边伸展着的宫墙上，雉堞坍塌，砖石裸露。到了秋冬，这宫墙根是人们晒太阳的好地方。

这天，十几位晒太阳的老人坐在墙根儿下闲聊，见那文生懒洋洋地走来，一位老妇问："文生，不是老姨说你，你也老大不小了，也该干点正经事儿了，要不谁敢嫁给你呀。"

那文生打了个哈欠，伸了个懒腰说："我不是晚上教书呢嘛，您不知道有多累呀。"那文生虽然只在夜校上过一次课，但是他总好拿这一次说事儿，他想，反正这些老人也不知道他上没上课。

一位老者说："现在我们都叫你那老师，你不是总说有一肚子墨水，不知往哪里倒吗？"

听到有人夸奖，他来了精神："哎哎哎，对了，真理解我的还是二大爷您哪！"他好像完全没有了烦恼，"我说各位长辈、嫂子、大姐姐，我给你们说段评书行不？"

"好好，说吧。"

"听不花钱的评书，不赖。"

"能看不花钱的西洋景儿不？"

那文生面对着大家，找好自己的位置，摆起了说书的架势。他清了清嗓子："我给你们讲一段八路军在雾灵山打鬼子的故事。话说小鬼子村田的运输队要从一线天过。李将军接到冰儿爹送来的鸡毛信，带着一队人马，飞檐走壁，不到一袋烟的工夫，就来到鹰飞岭的一线天。这一线天……"他故意停顿了一下，仰着头，把眼睛眯成了一条缝，右手慢慢地在头顶画了一条线，"想当年，咱康熙爷率领天兵天将进关来，被鹰飞岭挡住了南下的路，东海哪吒闻听此事，足踏风火轮，手舞金斧，空中飞来，因有劈山救母之前例，此事亦不足挂齿也。"

二大爷打断他："你就编吧。"

另一老者说："没事，咱们只当听西洋景儿。"

老姨说："现在那老师是识字班的先生，学问大着呢。"

"他呀，就上过一堂课，还差点吓得尿裤子。"

"哎哎，我说大嫂子，别哪壶不开提哪壶行不？"

一位长者打断了人们的说笑："文生你接着说。"

那文生见有人支持，他扬扬得意，"正当一队人马仰头看时，只见天上一道金光划过。说时迟，那时快，这哪吒一斧劈下，只听山崩地裂之声，飞石四溅之势，鹰飞岭分成了两瓣，各自走开，越走越远。"

"有那么神？"

"聊天呗。"人们又是一阵嬉笑。

那文生不急不躁，"你们听着！"他又故意清了清嗓子，眉飞色舞地学康熙的样子，压低了声音，换了另一种口气说，"传朕旨，让两山站住，不要伤害庄户人家，能让车辇过去即可。"他两眼盯着二大爷无比神秘地说，"您猜怎么着？康熙爷话音刚落，两座山慢慢地又往回走。"

一妇女忍不住说："你说李将军打小鬼子的事儿，可倒好，扯到十万八千里去了。"

那文生挥挥手，"别急呀！村田队伍押着的六挂大马车走进一线天，只听半山腰处一阵枪响，小鬼子们以为神兵天降，还没纳过闷儿来，扔下十几具尸体，抱头鼠窜……"那文生的故事虽然有些神乎其神，但也赢得了在场人的掌声和叫好声。

虽然那文生依旧过上了闲散自由的生活，但是当听到人们叫他"老师"的时候，心里总会有一些愧疚。这时候，他也总会自我安慰，"祖宗留下的老底子不会让我没饭吃，过一天舒服一天，过神仙日子才是真神仙"。可是，当他回忆站在讲台上的感觉时，也有几分扬扬自得，美得很呢。

虽然秋阳高照，但山区的天气凉得快，彪子出院后，整理菜地、准备来年的底肥成了他主要的事情。武市长动员他参加工农速成班学习的事，更成了他装在心里的一桩大事。小时候虽然跟爷爷的唱班认了一些字，但是时间长了，许多都忘记了，自从带拴住到学校种牛痘那天，他看到学校院里张贴着"总路线是照耀我们各项工作的灯塔""自力更生搞建设""白手起家图发展""工业增速超英赶美"的标语，感受到坐在课桌前学习知识的充实与幸福，能为国家建设出把力，这是他的梦想啊。他感到，只有新社会才能让这个梦想变成现实。于是，他找到玉萱讲了自己的想法。

玉萱说："老武和我说过动员你上学的事儿，你有识字的基础，根据你的情况，可以上四个月的脱产速成班。"

"好啊好啊！"彪子眉头皱了皱自言自语地说，"可是，拴住怎么办呢？"

玉萱笑了起来，"街道成立了托儿所，拴住长大一些还可以入长托幼儿园"。

"长托？"

"长托就是可以长期住在幼儿园，孩子们的生活都由老师照顾，只有周末接回家，周一早上再送到幼儿园。"

彪子说："好……好，这就好。"他有些释然地出了口气。很快，彪子成了速成班的学员。

秋收后是进行田间管理、修整堤坝的最好时机，那些天也是武毅最为忙碌的时候，他几乎走遍了分布在深山区的几座水库工地，查看建设质量、梯田坝基加固情况，了解群众过冬粮的储备，以尽早谋划弥补缺口问题。

一次，武毅在大营子乡刚开完会，准备到下一个乡时，小张跑来说："武市长，来了一群老乡，说是反映水库搬迁的事。"这时，街道上涌来近百位上访的人。武毅快步迎了上去。

"市长来了。"上访人中几个人小声互相转告。

武毅站在一个店铺前的台阶上，四下里看了看村民说："能在这里和大家见面，我很高兴，你们赶了不少路，辛苦啦。"

"不是说市长很厉害吗？"

"没那个！那都是瞎说。"

"我看市长是个好人，和过去的保长不一样。"

"别说话，听他怎么说。"老乡们交头接耳。

武毅说："乡亲们，有困难就讲，有想不明白的就问，我们慢慢解释、交流，别着急上火。"

村口有一棵老榆树，树下有几块大青石，平时老乡们经常在这儿闲坐聊天，武毅走到树下说："来来来，大家坐下说，这里还能晒太阳。"

人们围拢过来，保持了短暂的安静后，一位中年男子说：

"不用坐，我们也是站着说话不腰疼。"

又一位男村民说："工作队上房揭瓦了，我们能不着急吗？"

这时，一位有着几分干练的妇女说："你们别瞎吵吵，听八爷爷说。"

坐在一块比较高的大青石上的老者磕了磕烟袋锅里的烟灰，又装上一袋烟，一个青年赶忙擦火柴为他点好。只见这位八爷爷慢条斯理地嘬了一口说："俗话说，故土难离，我们祖祖辈辈在东高营过日子，这日子过得好好的，说让我们走就得走，热炕头热被窝的，谁能舍得！"

一位妇女插话道："我六婶急得病在炕上。"

一位男村民赶忙说："我媳妇快生了，让我咋整？"

又一位中年男子高声喊道："我们就是不离山！水淹到哪儿，我们就退到哪儿，上山尖上住总行了吧？"

武毅两手抬起，向下压了两下说："大伯、大娘，乡亲们，别急，这修水库一是为了防洪，同时也是为了让庄稼地都能浇上水，多打粮食，让百姓吃饱饭，过上好日子。可是水库还没修，就让乡亲们过不安生，我们心里也不好受。在热河的土地上，哪里都是咱老百姓的家，家再不济，都是咱祖辈们守下来、建出来的。可是咱们这里的人口越来越多，总不能守着山，看着一年年被水冲跑了的庄稼吃不饱肚子，让儿孙们也受穷吧？"

村民们相互看看，似乎有些认可。

武毅停顿了一下接着说："吃返销粮，是国家给的政策。过去我们打仗是为了不让老百姓饿肚子，过上好日子。可解放了，老百姓还是吃不饱。我们老百姓是很勤劳，年年修理梯田，可是一个小时的暴雨就可以把梯田冲垮，让这一年一季的庄稼颗粒无收，哪个人看着不心疼？如果修建水库，大力植树造林，把山水收住了，庄稼该浇水时咱放水，该蓄水时咱蓄水，保住了庄稼，也能有个像样的收成。"

这时，张秘书走来与武毅耳语。"呃，知道了。"武毅点点头。

武毅接着说："打江山不易，建设江山更不易。因为我们的目标是让百姓过上好日子。如今，大家守着土窝子、泥窝子、草窝子，干守着一片不打粮食的大山，看着一下雨就冲跑的庄稼，你们说，不想办法治理能行吗？"

村民们七嘴八舌："是不行。"

"说得有道理。"

"市长说的，也是我们农民心里想的。"

八爷爷把结着疙瘩的枣木拐杖在地上蹾了几下，踩着千层底的老棉鞋稳稳地站起来，大声说道："你们都听明白了没有？过去我们总好拿老观念想事儿，总觉着是胳膊拧不过大腿，那是国民党的时候，保长、乡长说的，抓兵、抓夫、收租子，咱老百姓心里憋屈不敢不听，今儿个大伙都听明白了吧，市长的话都说在了理儿上，政府是为咱百姓着想，我们还有啥说的？"

"是呀，我们还有啥说的？"

"听政府的没错。"

"新社会的政府不会让咱老百姓吃亏。"

武毅站起身，走到八爷爷面前说："谢谢您老的理解支持，过几天我们派工作组到需要搬迁的村子了解情况。接收移民的几个乡也做了一些规划，再征求大家的意见，看大家想在哪儿安新家，有投亲靠友的更好，没有的，统一安排，有事大家商量着办，人心齐，泰山移，拧成一股绳，没有过不去的坎儿，大家一起努力创造好生活。"

八爷爷冲着大家说："还愣着干啥，其实大伙心里应该明镜儿似的，听政府的没亏吃。回去该忙啥忙啥去吧！"

武毅陪着八爷爷一起走出街道，八爷爷和几位年长者说："市长放心吧！我明天就准备搬家的事儿。"

"进村那八里羊肠子山道，年年有人滚下砬子，大伙也走得够够的了。"

"每年冬天大山里闹狼，哪家小猪崽没被吃过？"大家边走边说。

八爷爷说："看看人家市长，句句都是掏心窝子话。"

"回去我还是得和孩子他妈商量商量，我那婆娘死犟的。"

"说你熊你就是熊，你搬着家什走，你娘们儿就得麻溜跟着跑。"

"哎，哪儿的黄土不埋人呢，政府也不是把咱们往火坑里推，和家里的人说说，别总想和政府犟着就行。"

"我们到石板营子看看新房盖得咋样了，他们忙不过来的时候，我们也搭把手。"

妇女们也打开了话匣子，"孩子他舅早就让我们搬过去，我家那口子会瓦工活，前天就过去干活了。"

"我家那口子会钉马掌，咱村里那几匹牲口哪够干的？石板营子人多牲口也多，去了更有营生了。"一个妇女高兴地说。

村民们说话打理儿地赶路。

搬迁的事情，让小山村沸腾了。村街上，车来人往，几驾马车上拉着农民的生活用品、农具，有的上面坐着妇女、小孩，有的人怀里抱着小猪崽，还有不停抹眼泪的老人。他们眼望着住了几辈子的村庄渐渐远去，几条黄狗跟着马车跑前跑后的很是兴奋。

石板营子，是一个人口较为集中的大村。在村西，一片四面环山的高地上，有几个被新修理过的平台，高低错落，上面有一些四合院旧房子，还夹杂着新盖的砖瓦房。武毅与一行人走在刚刚修好的村路上，他们来到村中心的小广场，广场中央有一口水井。郝乡长指着几间房子说："市长，您看，这里安排了六户，全是从东高营村搬来的。"

武毅说："好，因地制宜，布局要合理，这样不占用土地，乡亲们很快就会融合在一块了。"

郝乡长说："是这么个理儿，石板营子和挂画山、东高营几个村子相距只有十多里，乡里乡亲的都熟识，以后住在一块，劳力集中了，修梯田、建水坝的效率会更高，进度会更快呢。"

石板营子东边是学校，学校大院里有一个两三亩地大小的操场，一个木头做的篮球架子。大门里的东墙根处，有一棵大槐树，大槐树上吊着一口大钟。

这天，武毅来到学校，学生们正在上课。郝乡长掰着手指说："四里坪、六里营、田家峪，七八个村子的孩子都在这儿上课，就仁老师，我们这儿识文断字的少，上外面请也请不来。"

武毅边走边看，说："学校办得好不好，能不能教出学生，老师是关键，现在有文化的人少，师资更是欠缺，不过这事我想着。"

塞外的寒冬，滴水成冰，万物凋零，大雪后的山城，更是一派肃杀之气。可是，在速成学校却是一派热气腾腾的景象。来自全省各地的退伍军人、农村青年、矿山工人等，分别在全日制的语文班、数学班、农学班、机修班学习。武毅请老首长从北京聘请来老师，华北大学的毕业生也响应号召，陆续到这里任教。

过去人们把长城以北地区都称为"口外"，人们到口外工作也称为"支边"。程前除了组织教学外，还担任教师。彪子经过语文班的学习，凭着小时候爷爷教他认过一些字，进步很快。他想，利用这一个冬天，一定能学出个样儿来。

一天晚上，他正在小炕桌上练习写字，"笃笃笃"一阵敲门声，他打开房门，雪花和着寒气扑面而来，只见武毅哈着双手，站在门口。

彪子又惊又喜，"市长！快，快进屋。"

武毅进门跺了跺鞋子上的雪问道："还没休息？"他拿起彪子写的字，在油灯下仔细地看着，点头称道："写得真不错，一看你就有认字的底子。"

彪子讲起十五岁那年爷爷教他在杠房帮人写挽联的事儿，"哎，这么多年过去了，许多字都不会写了。那时候是为了讨生活，现在不同了，觉得真正长了本事，将来做个对社会有用的人。"

看着彪子一脸的憨厚真诚，武毅感到，眼前这是一位多好的兄弟啊。他在小火炉边坐下，彪子为炉膛添了把柴，火苗蹿了蹿，又平稳地在炉膛中散发着热量。武毅搓着暖和过来的双手，两人对坐烤火，彪子装了一袋烟递给武毅。武毅拾起一根干柴在火中燃好，火苗晃动着，让烟袋锅冒出了淡淡的烟雾。他猛吸了几口，很是满足享受似的说："这烟有劲儿，好！"

"这是今年在菜地边上种的，没承想它和我那些菜一样，比着个儿地长。"说着，彪子拽过烟管笸，边往烟荷包里装烟末，边说，"先拿着，抽完了我再给你送去。"说完，他把烟荷包递到武毅面前。

武毅笑着说："上你这里抽不是更方便！"

"先装点走，来了抽这管笸里的。"彪子一脸认真，"睡前一锅烟，赛过活神仙。"两人都笑了起来。

武毅好像想起什么，问道："如果不种菜，转行干别的工作咋样？"

"我还能干啥？"彪子补充道，"现在的日子就挺好。"

武毅想，这件事不能再拖着了，他直截了当地说："政府准备给市民建一处运动场。你知道，咱们这儿是个盆地，除了离宫、外八庙是老祖宗留下的遗产外，这盆地里就剩下一条街和一道河，还有老百姓插着空儿盖的那些房子，我们跑了许多地方，都没找到适合建运动场的地方。"

彪子给自己装了一袋烟点燃，抽了起来。

武毅接着说："我先私下里找了几位同志征求意见，大家都说，这个主意不错，都同意把小树林的空场再扩大一些，建运动场。"

炉火正旺，把彪子的脸照得通红，他说："这真是我没想到的事儿。"他不由自主地把还没抽完的烟袋锅在地上磕了磕，细碎的火星在地上跳，他的心也怦怦地跳。

武毅也把烟袋锅的灰磕掉，笑笑说："兄弟，这事我早该告诉你，可是那会儿菜还没起完，又忙着下乡，让我耽搁了。"

这时，在彪子眼前出现的是他和民子一块开荒的情景，他一锹一镐开辟出的菜畦，那长势喜人的一畦畦蔬菜，那运往

129

城里的一车车、一筐筐的土豆、萝卜，还有日夜旋转着的水磨……这一切的一切都是陪伴他度过艰难日月的纪念，都是永远也磨不掉的、难以割舍的啊。

武毅似乎看出了他的心思，说："这事放在谁的身上都是挺难接受的，何况你又是重情重义的人，但是城市建设总要有个规划，这规划也是考虑社会的需要和老百姓的需要。"

"我懂这个理儿，可心里总觉着不是个滋味……"

两个人又沉默了一会儿，两个烟袋锅早已吸不亮了，青青的烟也不再往上冒了，炉中的火苗也没了什么力气似的，一跳一跳地向上努力着。

彪子又往炉中加了一把柴，说："冲着你是长我几岁的兄长，你说的话我得听。"

武毅又笑笑说："这样的事得慢慢想，往大处想，也许心里那块石头就让理儿给想化了。"他看看土炕接着说，"今晚雪不小，我在你这儿凑合一宿，咱俩也很久没好好唠唠了。"

"真的？那敢情好！"彪子喜出望外，但又有些犹豫地说，"我这儿条件太差……"

彪子话音未落，武毅说："下乡时我也是住在老乡家，我们都是从老百姓中走出来的，睡土炕习惯了。"

"好好好。"

这一夜，他们谈了很久很久……往事一幕一幕地浮现在武毅眼前。

1938年夏，抗战的烽火在中国大地上熊熊燃烧，在丰润县中学读书的武毅和一批爱国青年一样，热血沸腾。八路军主力四纵队与武装起义的抗日联军，一举攻克了燕山腹地的平谷、蓟县，胜利的消息传来，武毅和青年学生们再也坐不住了，于是他们背着简单的行装悄悄地离开学校，投奔八路军队伍。这年，他刚满18岁。面对敌人的疯狂侵略，中共中央下达了建立冀热辽抗日根据地的任务，在李运昌、王平陆等同志的指挥下，武装起义的准备工作紧张而秘密地进行着。由于战斗的需要，武毅被编入华北抗日联军冀东第一支队，在清河战斗和兴隆县药王庙据点战斗中，更让他看到了敌人的凶残，也看到了抗日将士们的英雄气概。受上级派遣，他经常和同志们组成三三两两的游击小组，打特务、除汉奸，发动工人、农民们有组织地开展对敌斗争，人民群众的抗日积极性空前高涨，大起义遍及20多个县、20余万人，抗日联军和其他抗日武装队伍发展到10万人。后来他才知道，这一次次胜利是按照毛泽东主席在洛川会议上提出的"红军可出一部于敌后的冀东，以雾灵山为根据地进行游击战争"的部署推进的。

抗日烽火在冀东一带燃起，武毅和战友们在昌黎、滦县、乐亭三县之间进行宣传抗日主张的活动，亲眼看到一个个敌伪政权被摧毁，人民群众欢欣鼓舞，送子参军、送郎入伍，还有许多人带枪奔赴抗日前线，这更让他看到了抗日的希望。武毅虽然是学生出身，但是在战斗中他却是一员猛士，仅在蓟县他就参加了贾各庄、大王庄、龙王庙、盘山、马道等地的十多场战斗，在战斗中显出他的灵活机敏。在部队向卢龙进发的时候，他与曾在卢龙中学读书的战友商议，动员卢龙中学校长高敬之加入抗日行列。高校长为人敦厚，仗义豪侠，很得民众信赖。很快他就组织几百位农民，配合八路军一举攻下卢龙县城，打出了我军的威风，胜利的消息传遍冀东。随后，滦县、昌黎、乐亭、迁安、玉田、三河、开滦煤矿等20多地的农民、工人发动起来，抗日烽火越烧越旺。武毅看到抗日民族统一战线政策深入人心，许多工人、农民、知识分子积极参加抗日部队。在抗日救国战争取得节节胜利的时候，日军侵略野心更加疯狂，调集了一个装备精良的部队，对抗日联军进行"大扫荡"。抗日联军按照中央部署，依靠群众，建立冀东游击区。在一次攻打兴隆的战役中，武毅机智勇敢，杀伤20多个敌人，但自己也受了重伤，当地老百姓把他背到一个山洞里，后来在一位交通员家里养伤，半年后他才找到部队。

1945年年初，当他们在青龙县做短暂休整时，来了一位叫崔长山的人，要求加入队伍。他们一见如故，在行军打仗间隙，崔长山和他讲述了自己的身世，他们成了无话不说的好兄弟。

崔长山的家在青龙县一个叫花果山的村子，家境较为富足，从小就和一位乡医学习中医，山里的药材多，他就用自己采来的药为百姓治病。在一次日本鬼子"扫荡"时，父母在慌乱中，把他的妻子和三个女儿藏在后院的地窖子里，但两位老人却惨死在敌人的屠刀下，十几间房屋也被火烧光。当他采药回来，看到村里是一片惨烈，全村儿十口人被杀，活着的人也无家可归。于是，他把妻女送到祖山的老丈人家。这里是深山老林，日本鬼子看到山高林密、怪石嶙峋，在山下绕了几天，也没敢上山。安顿好妻女后，他毅然加入了游击队，决心与日本侵略者抗争到底。崔长山比武毅年长五六岁，又都是读书人，两人十分谈得来。崔长山经常采草药为武毅和负伤的战士们疗伤。

1945年8月初，苏联政府宣布对日军作战，8月9日，毛泽东主席发表《对日寇的最后一战》中号召："中国人民的一切抗日力量应举行全国规模的反攻，密切而有效力地配合苏联及其他同盟国作战。八路军、新四军及其他人民军队，应在一切可能条件下，对于一切不愿投降的侵略者及其走狗实行广泛的进攻，歼灭这些敌人的力量，夺取其武器和资财，猛烈地扩大解放区，缩小沦陷区。"（《毛泽东选集》第三卷，人民出版社1991年版，第1119页）紧接着，部队接到朱德总司令"现驻河北、热河、辽宁边境之李运昌部，即日向辽宁、吉林进发，配合苏军作战，解放东北"的命令。部队坚决执行毛泽东主席、朱德总司令的命令。

冀东地区的战略地位十分重要，是我军进军东北、连接东北的枢纽，也是敌人与我们争夺之要地，我军必须占领这个地区，打开冀东局面，建立进军东北、解放东北的可靠后方。冀东区部队和积极行动起来的人民群众，向冀东境内的日伪军展开了进攻。打唐山、战昌黎，取得节节胜利；攻热河、夺赤峰，配合苏军作战。这时毛泽东主席的《抗日战争胜利后的时局和我们的方针》一文，更让部队找到了主攻方向。为了解除敌人对我根据地腹地的威胁，为东、西部的作战行动和今后的发展创造更有利的条件，攻打玉田成为当务之急。1945年9月20日，攻城战役打响。武毅和崔长山的突击连冲在最前面，十挺机关枪和仅有的一门火炮支援攻城部队，他们抬着云梯冲上前，崔长山把武毅推向身后斩钉截铁地说："这回你得听我的，我先上，你和他们稳住梯子。"话音没落，他便登上云梯……待武毅看到两个日伪军掉下城墙时，也不见了崔长山的身影。战斗结束，他在城墙根伤员集中地的几十副担架中找到了崔长山。崔长山听到武毅的呼叫声，微微睁开眼睛："这是我媳妇……"他指了一下胸口，武毅从他胸口内衣里摸出被鲜血浸染了的小荷包，上面绣着几缕绿色的萱草："你替我……""老哥，你放心。"泪水模糊了武毅的双眼。

这次战斗消灭敌人近两千人，缴获大量武器和军用物资。战火与硝烟衬着晚霞格外雄壮瑰美，武毅和大家安葬好牺牲的战友，又一路北上，奔赴另一个战场……

夜深了，彪子家的两支烟袋锅一闪一闪的，红光的闪动中映出两人脸上的沧桑。火炉中的几根粗柴已经烧成了炭棒，青烟四散……

武毅说："后来在一次剿匪战斗中，我负了重伤，摘掉了一个肾，昏睡了一个月后，又经过几个月的治疗，命是保住了，但是不能再打仗了。"武毅站起身，仰望窗外星空，"军人，打仗才是天职，离开部队那天，心里别提有多难受了。"

彪子不停地吸着烟。

武毅重新坐下，拍打着自己的腿："保疆土、守国家同样是天职，这么一想呀，心也就平静下来了。"彪子又拨动了几下炭棒，顿时火星漫散，如烟花喷洒。

武毅说："我到热河工作后，一直挂念着崔长山一家，每个月给他家寄生活费。可是，纸怎能包住火呢？"

那是初冬的一天，一驾马车拉着一位妇女和四个孩子，终于结束了山间崎岖小路上的几日颠簸，进了承德。武毅在办公室来回走动，心里从未有过的不安。

"报告市长！他们来了。"公务员说。

"啊……好。"他快步走出房门。

这时马车已经进入市政府大院。

"玉萱嫂子，一路上辛苦了。"武毅迎上前，把孩子们一个个抱下车。武毅一时不知说什么好，"路上受累了吧？"

妇女向前推了推三个大些的孩子说："快叫叔叔。"三个女孩有些害羞地说："叔叔好！"

武毅说："好！好！"

市政府大院是一溜青砖灰瓦的平房，每个房门上挂着牌子。玉萱领着最小的男孩儿，抬头看着每个门上的牌子，武毅在有"市长办公室"的牌子前停下，推开房门，把他们一一让进屋。

玉萱心里嘀咕："当市长了？"

武毅说："快进来，先歇歇脚儿！一会儿我带你们到餐厅吃饭。"

在政府大院的食堂里，武毅忙着端菜、盛饭。孩子们围坐在桌子边。

武毅把两盘菜推到孩子们跟前说："多吃点，吃饱了不想家。"

玉萱看着孩子们吃饭，眼睛四处打量。

武毅说："嫂子，你也快吃吧。"

玉萱问："长山，他人呢？"

武毅下意识地回答："他……他出远门了，先吃饭啊。"

玉萱有些疑惑地端起碗。政府办公室的公务员把玉萱和孩子们带到早已安排好的宿舍，四个孩子在两张拼起来的大床上很快入睡，可是玉萱坐在那张单人床上没有一丝睡意。风雪拍打着寒窗，百般不解与万般愁绪齐涌心头：前几天才收到长山寄来的工资，怎么没提出远门的事？

这时，传来了公务员的敲门声："大嫂，武市长看您来了。"

玉萱赶忙起身开门，一股寒风扑面，武毅不自然地搓着两手："嫂子，让您受累了。"

坐在木板凳上的武毅一身的不自在，他起身拿暖瓶说："嫂子，我给你再换点热水去。"说着走出房间。在开水房里，武毅心里想着如何讲出实情的事儿："这事儿早晚是瞒不住的，这也不是应该瞒的事。对！今天就得告诉她实情。"武毅定了定神，推门进屋，手有些抖地往杯子里倒水。

玉萱盯着他的一举一动。武毅坐在木板凳上鼓足了勇气，从怀里掏出一个红布包，一层层打开，露出一个荷包。这时，玉萱愣住了，如失去了知觉似的呆呆地盯着这只荷包。

武毅说："嫂子，你当过妇救会会长，听长山哥说是心里能盛事、有骨气的人。"

寒风拍打着院子中这唯一还亮着的窗户，屋外飘起了鹅毛大雪。

玉萱把荷包捧在手上喃喃地说："孩子们几年不见他爸，都忘了他爸的长相。"玉萱眼里转动着泪花，强忍着不让它掉下来，一幕幕往事浮现眼前：1945年初夏的一天，在兴隆一带打游击的队伍一路东进，到了青龙县的祖山脚下一个叫木头凳的村子，做短暂休整，这里离崔长山老丈人家的南梨沟村只有两三里地。那天深夜，崔长山回到了家里。这是一家人第一次的短暂团聚，长山看着三个熟睡中的女儿说："这两年，你带着孩子们在大山里东躲西藏的，受了不少苦，你也为打日本出了不少力，等取得最后的胜利，老百姓都过上平稳的日子，我们也得好好地安个家。"

玉萱说："那时候我们再要个儿子，和你一样，也去保家卫国。"

可是，没等到孩子出生，长山就英勇牺牲……

武毅想到这儿，心如刀绞。他看到强忍泪水的玉萱，心想，这个消息对玉萱的打击该有多大啊，真是让人难以承受！但是他也看到玉萱是一位坚强的女性，她出奇冷静的神情，她深明大义的举止，让他由衷地敬佩。面对这样一位可敬的嫂子，他还能说些什么呢？北风呼啸着，如同向逝者发出的悲鸣，也好似对为国捐躯者的祭奠。

"嫂子，别太难过了，几个孩子还得靠你拉扯，早点休息吧。"武毅走出屋外，雪花打在脸上，如同刀割。他的身影渐渐消失在雪幕中。

招待所的洗衣间里，玉萱在昏暗的灯光下洗衣服，她再也忍不住悲痛，极力压着声音哭泣着……

第二天上午，武毅让司机把玉萱和几个孩子接到政府会议室。政府办公室的同志和民政局的同志都来了，大家敬重这位送夫上战场的大嫂，敬重这位同样为革命事业做出过贡献的坚强女战士。当武毅看着民政局局长郑重地向玉萱颁发烈士证书的时候，向玉萱敬了一个端正的军礼。

玉萱两眼噙满了泪水，哽咽着说："长山做了他应该做的事，在革命需要的时候为国捐躯也是他的光荣……我一定把几个孩子抚养成人……"

玉萱决定，带着几个孩子回长山老家。武毅安排他们好好休息几天，他抽出半天时间，陪玉萱和孩子们到避暑山庄看了看风光、古迹。当他看到那断壁残垣的宫墙和那些被战火摧残的宫殿，看到那被破坏的园林和倒塌的亭台时，顿时感到自己身上的担子之重，保护祖国的伟大文明与发展经济是同等的重要啊！

几天后，玉萱整理完孩子们的衣服，用包袱包好，叫回在屋外玩耍的孩子们说："一会儿我们就回家了……"没等她说完，大女儿和二女儿说："妈妈，我们住在这里不行吗？"三女儿急急地说："我们在这里一定听话，不调皮。"玉萱坚定地摇摇头说："不行！这里不是我们的家，你们忘了？我们的家在青龙呀。"

"噢！"几个女儿再也不说什么了。

武毅在办公室里不停地踱步，不时看看手表，心绪烦乱。他抓起电话："喂！民政局吗？请接王局长电话。省里批下来的烈士抚恤金送交玉萱同志了吗？哦，她收了就好。"他又把公务员叫来吩咐道："现在你把我这个月的工资给玉萱同志送去，就说是市政府给他们的生活补助。"

这时，秘书走进来："市长，车子准备好了。"

"好、好，我们马上过去！"武毅穿好旧军大衣，戴上磨得快没毛的皮军帽向门外走去。

又是一夜的大雪，给大地铺上了一层白色的毯子，寒冷把山城逼得有些喘不过气来似的。他的汽车喘息着把道路碾轧出了一条条沟。突然，武毅好像想起了什么："上小南门。"

"是。"司机掉转车头。

汽车在小南门口的烧饼铺停了下来。盼听到汽车的响声，心里明白，一准是市长的汽车，因为她知道，只要市长下乡，都要带些烧饼。原来，她还以为是市长自己带的干粮。一次石板营子的老姑说，市长一下乡都要看五保户，她们村的十几个五保户几乎都吃过市长带去的烧饼。

盼从小窗口探出头，仔细看后，高声说："市长好！您又下乡啊？"

"哦，给我起三十个吊炉烧饼。"

"哦，您来得真巧，刚好又出了一炉。"

盼来了一年多，她和炮儿配合得很好，烧饼生意做得也很顺当，她再也不是那见人只会低头不语的小村姑了。她用整张毛头纸把烧饼包好递给武毅，"市长您慢走啊。"

汽车开进市政府招待所，这时玉萱收拾好行李坐在床边。

武毅跳下车，快步走进，"嫂子，车子备好了，我送你们吧。"他说着把烧饼递到玉萱手里，"你们路上吃。"

玉萱眼里汪着泪水，"谢谢兄弟这几天的照顾，你工作忙，今后也要照顾好自己。"

"嗯，嫂子放心。"武毅抱起小男孩，向屋外走。玉萱和孩子们上了汽车，武毅和秘书跟在车后，送到大门口。

汽车在崎岖的山路上行驶。

小男孩问："娘，我们去哪儿？"

玉萱不讲话。

"小山，别问了。看那山，多像唐僧的帽子。"大姐姐打断弟弟的话。

"司机同志，停一下车。"玉萱脸色苍白。

汽车在路边停下。玉萱挣扎着下了汽车，瘫坐在雪地上。孩子们从汽车上爬下来，围在已经昏迷的母亲周围。雪地上殷红一片……

医院里都是医生、护士们紧张忙碌、跑来跑去的身影。武毅和司机小张在手术室外等候。

梅莹从手术室出来，对武毅说："市长，她得的是肿瘤，需要做子宫切除手术。"梅莹停顿了一下，"谁来签字呢？"

武毅眉头紧皱，犹豫着。这时他眼前又一次出现长山牺牲时的情景，长山嘱托："你替我……"

"我来签!"武毅接过梅莹手中的笔,在"执行同意书"上郑重地写下自己的名字。

彪子往火炉里添了些煤球和木屑,火光重新燃起。

火光又一次照红了两个人的脸庞。

武毅说:"就这样,我又挑起了抚养长山哥一家的担子。"

武毅停了一下说:"那两年,社会治安还不稳定,南来北往的人员复杂,需要加强地方组织力量。玉萱身体恢复后,找到组织说:'如果长山活着,这里一定是长山工作的地方,留在这里生活也是孩子们的愿望。'组织部考虑玉萱有文化,是难得的干部人才,就安排她到妇联工作,兼街道办事处主任。"

彪子说:"玉主任工作上还真有一套,她一心一意为群众办事,大家都听她招呼。"

武毅还想往下说,但是他看了看手表:"不早了,再过一会儿天该亮了。"

"睡了,睡了。"彪子应和着,他心里却明镜似的,感觉到武毅和他讲这些事的时候,和平时的唠嗑不大一样,是那样的深情、沉重。他和长山虽然不是兄弟,却有着如此深厚的情义,这情分,胜于亲兄弟。他不仅当着这方圆几百里几十万人的大家,还想方设法为百姓创造好的生活……这时要给市民修建一座体育场的事涌入彪子的脑海,让他心里又有了说不出的滋味,那可是他和民子哥在这座小城立足的地方,那可是他一镐一锹开垦出来的土地,那可是他洒了不尽的汗水、寄托着人生希望的菜园子啊!这两年,他把获得新生活的情感全部投入在这块土地上……

裹着重霜的晨雾在寒风的搅动下飘舞。武毅轻轻推开房门,走进浓浓的雾中。彪子醒来,这时雾气已经消散了许多。

和往常一样，他不由自主地来到小树林。

时近隆冬，万木萧条，他踩着被霜雪覆盖的残叶，一畦一畦地走着，他仿佛又看到了和民子哥铲沙石垫新土的艰苦劳作，回忆起和民子哥挨家挨户掏大粪制肥料育秧苗的创业生活，眼前又浮现出一车车新鲜蔬菜走进市井人家，受到欢迎时的情景……在被武烈河水千年冲刷幸存下来的这块十亩薄地间硬是"啃"出了一块菜田，不由得让他生出几分成就感。那还没有封冻的武烈河水哗哗作响，又唤起了他痛苦的回忆：有几次，一夜暴雨，这里便是一片汪洋……他想起武毅的话："如果能在这里修建个露天运动场多好。"

彪子想起在培训班里学习时，老师讲到1952年6月10日，毛泽东主席为中华全国体育总会写下"发展体育运动，增强人民体质"的题词时，心情无比兴奋，堂堂一位国家主席，还想着增强人民体质的事。如今建设运动场不正是听毛主席的话，让老百姓身体强壮了，更好地建设新生活吗？他想到这儿，径直向市政府走去。

在院子里正好碰上从锅炉房打开水的小张，他随着小张来到市长接待室。小张告诉他，市长正和水利局的同志研究修水库的事，先坐下等一会儿。彪子两手搓弄着热乎乎的搪瓷缸子，顿时心里也觉得暖乎乎的。

不一会儿，武毅推门进来："兄弟，你咋来了？"

彪子站起身说："我来交菜地，还请市长批准，参加完冬训后，我也去参加水库建设。"

武毅半开玩笑地说："那块菜地你真舍得？"

"舍得舍得，只要是政府说的事，也就是为老百姓着想的事儿，只要是政府让干的事，也就是听毛主席的话，为老百姓生活得幸福指出路。我，一百个同意！"

"走走，上我办公室，咱们再好好聊聊。"

武毅推开窗户，一缕阳光照射进来，对面的那尊山罗汉仍然端坐在武烈河边，山脚下的武烈河被冰凌镶上了两条银练，向僧冠帽山奔流。河西岸的小树林里，则是彪子那片心爱的菜地，一方方菜畦在高耸着的树干枝条掩映下，呈现出另一番景色。

武毅说："经过水利局同志的勘察，这是三四百年前被水流冲积而成的一块沙地，由于沙石堆积，后来河道东移一公里，就是我们现在看到的武烈河的位置。这块地已经可以利用，但是为了安全，不宜建设民居和商业场所。经过专业人员充分的实地考察和测量，大家一致认为，把建设运动场的功夫用在地下，按照修建水库的标准做好地基加固，确保万无一失。根据城市人口的需要，地上建一个能容纳一万人的露天运动场，可以打篮球，也可以打羽毛球、乒乓球，打拳、练剑，也可以搞群众性的文艺演出，还可以用来召开大会。"

武毅说得眉飞色舞，彪子听得兴奋至极，"太好啦！真是太好啦！"彪子高兴得像孩子似的，"啥时候开工？"他激动得真有些迫不及待。

"搞工程，是百年大计的事，把一切都考虑周全了，材料备好了，开春就可以动工了。"

彪子是个急性子，第二天他就把小茅草屋夷为平地。

一天，武毅从水库工地回来，双腿如同灌了铅，一进家门便坐在沙发上。玉萱推开房门，两条鲫鱼在她提着的网兜中的两个白萝卜间挣扎蹦跳。

玉萱带着几分喜色又有几分抱怨地说："这一走又是七八天不见人影，回来也不捎个信儿。"

武毅笑着说："赶明儿照张相贴在墙上，让你天天能看见。"

玉萱说道："你当自个儿是美人儿当画贴呢。"两人对笑。

武毅站起身，接过网兜，看着玉萱摘掉棉手套和围巾说："不过年不过节的，买鱼干啥？"

"听政府办的小周说，明天要开农工联大会，我琢磨着你今天肯定回来，想着熬点汤给你补补。"

武毅说："你倒是能掐会算呢。哦，对了，"说着从包里掏出一个蓝花布包接着说，"这回下乡，张秘书碰上从赤峰那边来的一位老乡，说是有人捎给彪子的东西。明天小张要在会场忙活，你一早给彪子兄弟送过去。"

"哎，你不知道，这些天彪子可忙着呢，白天他好像长在了小树林儿。"

"他在那又干啥？"

"平整那块地呗，不过他在培训学校学习倒是很积极上心。"

武毅会心地笑了笑说："好同志啊！好同志。"

玉萱打开布包，摆弄着几件小棉衣和一双棉虎头鞋："这针线活儿真不错。别麻烦彪子了，我一会儿就给幼儿园送去，让拴住早点穿上。"

一碗鲫鱼萝卜汤让武毅感到身体又增加了力量。他想，趁回来的几天要把积压的文件、材料一一看过，做好签批，把准备新建的几个水库方案，与自己掌握的情况仔细做分析对比，还要召开几个扶贫专题讨论会。在他心里，时间真是不够用啊。

他对玉萱说："哎，我说同志，这几天我得加几个班儿，就住办公室吧。"

"住办公室休息不好，多晚我都给你留门。"

"你要管孩子，街道上的工作任务也很重，很辛苦，以后别为我单独做饭，我尽量在食堂吃。"

"不，不，"玉萱有些着急地说，"不苦不苦，这说哪儿去了。"

武毅有些生硬地大声说："别啰唆了，这是我自己的事。"玉萱一下子怔在那里。

这时张秘书正好进来："哦，嫂子好。"他转向武毅问道，"市长，您让我吃完饭过来，啥事？"

武毅说："你帮我把行李搬到办公室去，晚上加班方便。"

小张如丈二和尚摸不着头脑："这，这……"

武毅提高了嗓门儿说："哎，什么这那的，快走吧。"

"哎，哎，嫂子，忙过这几天我再送回来。"抱着铺盖卷的小张边走边回头和玉萱说。

玉萱木木地站在门边，目送两人远走的身影，泪水一下子涌出来。

武毅也记不得有多少个夜晚是在办公室度过的，也记不得多少次他从政府大院里出来，木然地向家里走，他也记不得多少次在家属宿舍院子的大树边停下脚步，看见自家房子还亮着灯，看到玉萱看钟表、给火炉中加煤的身影，明明暗暗的炉火照着她的脸庞，是那么俊俏动人。这一晚，当他看文件累了的时候，依然走到家门前的大树下，但是总有一个声音在他耳边响起："我可以帮她一辈子，可不能苦她一辈子。武毅呀武毅，这点痛快劲儿都没有，还叫什么军人！"他回到办公室不安地走来走去。推开窗户，一轮明月挂在天空，薄薄的云层如飘动的轻纱，崔长山牺牲前的画面又一次在他眼前出现。"堂堂正正的男子汉，就应该敢于面对现实，永远不负他人。"

这一夜，玉萱又一次失眠了，往事再一次浮现眼前。

那是她和孩子们到承德已经近一年后的一天，她和几位同志向老首长汇报完扫盲班的工作后，老首长对她说："玉萱同志请你留一下，和你谈一件事。"

她有些忐忑地接过老首长递过来的水杯，重新回到长条凳上坐下，"您有什么指示？"

老首长和蔼可亲地询问了她来到这里的生活情况，她一一作答："自从长山参加八路军后，我们全家成了通缉对象，我带着几个孩子到深山里的姑姑家躲了些日子。本以为长山他还活着，可是来找他却扑了个空。"她停住话，泪水再也止不住了，"多亏了武毅市长，让我又有了重新生活的勇气，也让我们一家有了安身的地方。"

老首长站起身，来回走动着说："长山是位好同志，也是令人敬重怀念的英雄，他的事迹在我为他签发战斗英雄证书时就了解到了，很是感人，武市长常和我提起他，缅怀他。"

老首长顿了顿继续说，"祖国的大好河山是先烈们用生命保住的，现在人民安宁祥和的生活是先烈们用鲜血换来的。我们国家还很穷，一切都要从头开始，建设国家也是要做出牺牲的。"他看着避暑山庄山峦上挺拔的古松深情地说，"武毅是位好同志……"

玉萱说："没有他，也就没有了我们全家。"

"对，可以这样说，他是个忘我无私、大仁大义的人，战争中他几次险些牺牲，现在还在为工作拼命。几次组织上要给他派生活秘书，他坚决不让，可是总这样下去他身体会吃不消啊。"

玉萱说："听张秘书说，他经常是下乡回来饿着肚子睡觉，我看着……大家看着真是心疼。"

老首长在玉萱对面坐下说："他现在确实需要有人照顾，但是他坚决不接受特殊照顾。"

玉萱坦诚地说："那我来照顾他吧，我是共产党员，应该承担起这个任务，起码下乡回来保证让他吃上热乎饭，穿棉换单的我也能照应好。"

"好好，这也是我们组织上希望的。"

这次谈话，让武毅与玉萱在生活上有了更多的接触，工作生活中就有了更多的默契，他们相互支持鼓励，更加志同道合。

时间在人们的忙碌中流逝，大家希望他们同志加亲情的融合，玉萱的爽快干练、质朴热情，得到人们的称赞。武毅的执着刚毅、一心为民，深受人民的爱戴。

两个月后，老首长代表组织和玉萱郑重其事地谈了一次话，老首长说："老武和你丈夫一样都是为人民的解放事业做出过贡献的英雄。长山牺牲了，我们永远纪念他，老武打仗也多次负伤，摘掉了一个肾，身上还留着十几块弹片……战争是残酷的，我们要永远记住那些牺牲了的同志。"

两人沉默了几分钟，玉萱眼中闪着泪花。

老首长说："妇联的同志和你谈过了吧？不要成为精神负担，一定是自愿啊。"

"首长，这我都知道，我也是过来人了，只要老武同意，我愿意和他结合，好好照顾他一辈子。"

"你也是咱革命队伍中的一员，我知道这是你的心里话。但是，以后会有许多困难需要你们共同面对。"

玉萱说："首长，您放心，我也是有十几年党龄的人了，我知道的。"

"那好，希望你们在共同的生活中共励共勉。"老首长脸上露出慈祥的笑容。

几天后，老首长和同志们在一个小会议室里见证了他们的正式结合。他对武毅说："老武啊，你打了十多年的仗，从来不知道家是什么，从今天起你就有家了，你的吃饭'游击战'也彻底结束啦。"老首长看两个人都不说话，又补充道，"这也叫革命同志一家亲呀。"

武毅觉得这个时候总应该有个态度，他说："我们共同努力把工作干好，把几个孩子抚养大，培养成对国家有用的人才。"

可是，接下来的生活，却让玉萱感到一家人过成了两家人的样子。武毅下乡的次数更多了，有时回来换件衣服，吃口饭，不是一头扎进办公室通宵达旦看书、批阅文件，就是连夜召开技术人员座谈会，商议解决水库修建中的问题，有时候还要到夜校和老师、学员们谈心。更让玉萱感到心里十分空落不解的是，在解决农村百姓春荒那阵子时，硬是两个月没见他的人影儿。

记得那是一年前的一天，她来到小溪沟街道口，这里有一个中医药铺，她听说中药铺里有一位远近闻名的张大夫，不仅是中医祖传世家出身，还当选为市政协委员。她在门外徘徊了一阵子后，鼓起勇气推开店铺的门。一位穿着中式马褂的老中医坐在堂前，身后是一面墙似的中药柜子。

这时，老中医正为一位妇女开药方："先吃三服，吃完再调几回，即可见效。"妇女接过药方，边道谢边走出药房。

老中医抬头看见玉萱不知所措的样子，有些疑惑地问："是你看病？"

玉萱回答："哦，不是，是我看……病。"接下来她竟不知道该说什么。

老中医看出她的心思，也看出了她的无助，当玉萱大着胆子向老中医倾诉苦衷后，老中医沉思了片刻说："人抽筋，树无根，三阳不全，有情无性。这样的情况就是到了医圣孙思邈门下，也没有办法。惭愧，惭愧。"老人叹了口气又说，"战争给社会造孽，也给每一个人和每个家庭留下不可弥补的遗憾。"老先生只顾摇头。

玉萱看着先生无奈的神情，连忙告辞："谢谢先生。"

玉萱两只脚如同灌了铅水，心情与双脚一样的沉重。她来到避暑山庄的丽正门前，宫门的两侧是两只巨大的石狮子，青石铺设齐整的小广场南边，是一通大红影壁，许多老人和孩子背靠着红影壁，坐在青石条上晒太阳。他们交流着已经讲了无数遍的关于李运昌带兵打仗的往事，讲着武毅带领勇士们剿匪的神奇故事，还有的讲着窦尔敦被杀后，金头现身寿王坟的传说。而今天更多的人在谈论着要修建体育场的事儿……每逢遇到这种场景的时候，玉萱总是要和人们聊上几句，可是今天她却只有揣着心里的沉重和大家打招呼……

一天深夜，武毅批阅完文件回到家，他刚推开大门，玉萱即披着衣服迎出来："可回来了！饭还热着哪。"

"不吃，哦，吃过了。"说着武毅一屁股在沙发上坐下。

"烫烫脚吧。"玉萱说。

武毅没有讲话,扳着脚费力地脱鞋,看着玉萱倒水、忙活,想说什么,但又把话咽了回去,转换话题:"我要下乡一段时间,过些天才能回来。"

玉萱说:"我给你找两件衣服带上,山里冷。"

武毅望着玉萱进里屋的身影,心里说:"总这样躲着,也是在害她,走到这一步,总得想个办法。哎,拖一天是一天吧,毕竟现在修水库的事迫在眉睫。"

迎水坝、小河边,河水唱着歌似的哗哗流淌。

杨柳岸,轻风柔,孩子们有的在放风筝,有的在捉鱼虾。武毅和玉萱在河边慢慢地走着,夕阳照在两人身上,暖暖的。

玉萱说:"咱们这还是第一次出来散步。"

武毅问:"玉萱,我们结婚一年多了吧?"

"嗯,今天是满一年零九十二天。"

"还是你心细。我有个事装在心里也一百多天了,多少回,话到嘴边,都咽了回去,你知道,我不是吞吞吐吐的人。长山是我兄长,你是我嫂子,是我永远的好嫂子。我从小是孤儿,虽然叔叔供我读了几年书,后来又参军打了十几年仗,什么苦都吃过,什么伤都受过,见阎王爷都有好几次了。"他一口气说完,但是让他感到根本没说到点上。他们走到几块大石头边,两人并肩坐下。

"这些天,我总梦见长山哥,他还是那么英武,在战场上那么勇敢。"

玉萱默不作声。

"长山哥牺牲那一刻,我就想,一定要找到你们娘儿几个,把抚养长山哥孩子的责任担起来。可谁承想竟和你成了……哎!"武毅起身不敢和玉萱对视。

"老武啊,我们结婚,你后悔啦?"

"是我委屈了你。你刚四十来岁,我是几次死里逃生的不中用的人,什么也给不了你,更给不了你幸福,我……我连起码的男人都不算!我不是一个完整的人!"

玉萱一下子急了,把武毅摁在大石头上坐下,手捂住他的嘴:"你是真正的男人!天底下谁也比不上的男人!是最能给我幸福的男人啊!"

玉萱泪如雨下,"长山是为国牺牲了,他走得壮烈!你总说,长山早已刻进了你的心里。其实他也时常会来到我的梦里。我送长山参军的时候,他最放心不下的就是我们娘儿几个。前天做梦,他还和我说,现在放心了。他还让我好好照顾你,好好照顾孩子们。"

武毅一时不知道应该说什么。玉萱接着说:"可你却多少天不回家住,我一个女人家最怕的就是孤单,最盼的就是身边有个拿主意、说话的人啊!"她几乎放声哭起来,但哭声让自己的两只手捂住了。

武毅连忙为玉萱抹眼泪:"我是怕委屈了你,因为我不配做丈夫。"

玉萱说:"你是天底下最最好的丈夫。我是过来人了,可你还没结过婚,是我配不上你才对。我和你在一起比世上哪个女人都幸福。

"我出生在大深山里,家里穷,9岁上就卖给人家当了童养媳,受尽了折磨。长山父母看着我可怜,硬是用一担谷子把我换到他家。长山哥真像哥哥一样待我,可是没几年小鬼子来了，见人就杀，进村就烧，多少姑娘媳妇都让他们糟蹋了。有一年秋天，长山上山采药，村里来了日本鬼子，我身子笨，快生产了，公婆把我们娘儿几个藏了起来，可是公公婆婆却被小鬼子杀害了。长山把我们娘儿几个送到我娘家。长山给游击队当向导、买药、送粮食，他一心要给爹娘报仇，后来参了军。"

武毅说："这家仇国恨我们不能忘记。"

玉萱说："这辈子不会再有任何男人能进到我心里！来家里住吧！我给你做饭，给你灌热水袋，给你按按腰，给你捏捏肩，都是我生活中的一部分，都是我最爱干的事儿。你是国家的人、百姓的人，不是我玉萱一个人的人，只要你身体好好的，你干什么，我都支持，你不能做什么，我都能理解，一万个理解，一万个无怨无悔。"武毅被玉萱的一席话深深打动，一时不知说什么才好。

这时天色已暗，玉萱说："老武啊，你听着呢吗？还要让我真的把心掏出来给你看吗？"

武毅从沉思中醒来，说："玉萱，对不起了，我是不想让你受苦，守活寡呀。"

玉萱直截了当地说："夫妻在一块生活，不只是睡觉那点事，心不在一块，睡一万个觉也是瞎掰。只要心在一块，没有那个事，两个人的心谁也掰不开。女人的心你不懂。"

武毅应和着说："是是是，我是真不懂，今天上了玉老师的课，我懂了。"武毅为玉萱抹去脸上的泪，"不哭了，让孩子们看见了多不好。"

玉萱有些祈求地说："那你答应我，以后再别说分手的话了啊！"

武毅说："哎，哎，快回家吧，孩子们该找妈了。"

昏暗的路灯把两个人的身影拉得长长的，慢慢地消失在夜色深处。

一天傍晚，武毅吃过晚饭，在书桌上看到玉萱准备作为教学示范的几位妇女的识字本，翻了翻说："写得真不错。噢，我想起个事儿。"

玉萱放下手里的活儿说："啥事？"

武毅说："石板营子村有个学校，村子大，现在又有五六十户从库区搬到村里，学生多了不少，缺少老师，你物色几位老师，最好是年轻力壮的。"

玉萱仔细想了一下："原来这城里识字的人不少，因为大家大户多，可这些年，净打仗了，有点文化的都跑北京、天津了，街道扫盲班刚成立，还缺老师呢。"

武毅说："这是事实。可没文化，啥好地方都没了精气神儿。"

"现在夜校就三位老师，那文生还是三天打鱼两天晒网的，总改不了那游手好闲的毛病。"玉萱拉过一个小板凳在武毅对面坐下，她把身子往前挪了挪说，"哎，说正经的，为了不耽误妇女们做家务，我们识字班都是晚上上课，可是那先生白天到处闲逛，晚上喝上点酒，也没了精神，快三十岁的人了，连个媳妇都没说上。整天东一头西一棒的，现在连给他说亲的人都没有。"

武毅笑笑说："我想找他，和他聊聊，有文化的人我们更要注意团结争取。"

玉萱说："想见他还不容易，只要上午天儿好，上小南门胡同口，晒老爷儿的人中间肯定有他。"

一个艳阳高照的中午，武毅和小张从政府大院走出，沿着迎水坝北行，路过一些土坯搭建的小门面房，有卖农耕用具的，有卖山货的小摊，有卖烤红薯的黑色土炉，路边还有把扁担架在两垛柴草上，坐在扁担上休息的挑夫，有在剃头挑子边给人刮脸剃头的剃头匠，有闷头干活的磨刀人……人们的神态是那样的悠然平静，相互之间的交往是那样的自然和谐，他们凭借自己的劳动，努力争取着温饱生活。他亲眼看到，用一担柴换了几斤玉米面的老乡，踏上回家路时的满意笑容；他看到，一位烤红薯的老乡小心翼翼地往泥炉里摆放红薯的神情；他也看到，宁可自己受冻，也要把棉袄盖在苹果、鸭梨上的卖水果的老人……他心里想，我们拼着性命打天下，不就是为了能让这些老百姓过上好日子吗？也正是这些敦厚质朴、善良坚毅的乡亲们，在最艰苦的战争岁月成为子弟兵的坚强后盾，他们为革命也做出了伟大的贡献啊！解放后，没有了战争灾害，但是他们的生活还在贫困线上徘徊，让我们的百姓过上好日子，这就是我们的责任呀！

他边想着心事，边和小张来到德汇门前的小广场。只见一群人围着看热闹。在小南门胡同口，小张问几位晒太阳的老者："大爷，看见那先生了吗？"

老人们相互看了看说："今儿他还真没来。"这时走过来一位妇女指着德汇门前的人群说："他在那儿看杂耍呢。"

小张向老人们道过谢，他们向人群走去。

刚才晒太阳的一老者说："那个岁数大的人挺眼熟，像是在哪儿见过。"

另一老者说："我也觉着是在哪儿见过。"

这时，一个刚买了两个烧饼的妇女说："嗨，想起来了，他不是市长嘛！"

盼从烧饼铺探出头来说："对对，他一下乡就到我这儿买烧饼。"

小南门广场上的人群已经围了个水泄不通。武毅和小张找了个缝隙，站到人群中。只见"两个"穿着清代衣服的小孩子在摔跤，摔得不分上下，翻腾跳跃，伸胳膊蹬腿的，十分灵活。武毅和小张被表演者的动作吸引，人群中不时发出喝彩声。几分钟后，"两个"小孩儿停下，只见背着一个有头有脸有发辫的假人的人坐在台阶上喘气。

围观的人中有几个人把零钱扔在地上的草帽里，一位老者端着另一个草帽在圈子里转："老少爷们儿，再赏个脸，不嫌少。"

小张定睛一看，刚才那个舞者不是那文生吗，这时武毅也认了出来，这人虽然打了脸儿，但就是那文生，那先生！

只见那文生对老者说："大舅，别再要了，都是街坊邻居的，其实就是一个玩玩，我也借此机会再把小时候的功夫练练罢了。"

老者说："好好，不就换个中午喝酒的小钱嘛。"他看看那文生接着说，"那你下午得再帮我打一场。"

那文生听大舅说他打的场子，是为了喝顿小酒，就又来了精神说："好嘞，没说的。"

武毅和小张找了一个僻静处蹲下，武毅掏出彪子给他的烟口袋和黄毛头纸，和小张各自卷起了旱烟。

这时那文生来了兴致，他看人群逐渐散去高声喊："老少爷们儿，听我再说一段儿吧！"

听到那文生的喊声，准备离去的人们又议论着："听听就听听，在这儿听书还不花钱呢。"

"那先生肚子里的东西多着呢。"

"对！不听白不听。"

看见人们又聚拢来，那文生立刻眉飞色舞起来，端起说书人的架势，打开了话匣子："话说康熙爷进了北京城，八岁那年坐上了皇帝宝座。可那鳌拜老臣看他不起，宫内大权独揽。这个鳌拜没把康熙放在眼里，就连孝庄文皇后也不在话下。那个狂劲儿赛过秦桧，整天让一群童子陪着康熙玩耍，自己却行使了皇上的权力。"

小张怕耽误武毅的时间，本来是想找那文生谈当乡村老师的事，没想到却看了一场他的表演。他小声对武毅说："市长，是不是我去叫那先生先过来一下？"

武毅摇摇头，没有说话。

只听那文生说："话说一日，康熙爷正和孩童们摔跤比武，鳌拜前来观看，其实他是察看康熙在做甚事，鳌拜看康熙和孩童们玩兴正高，心中暗喜，也坐下陪着观看。"那文生连比划带说很是得意，"只见康熙爷一个眼色，几个打斗正欢的顽童，手舞足蹈爬上鳌拜肩头，抓胡子的、拔头发的、抠眼睛的、扭脖子的，把老贼整得是气血上涌，眼皮上翻，一袋烟的工夫，没气儿了。鳌拜老贼命归西天，康熙除了心头之患，开始整理朝政，平定外患，安抚天下，稳坐江山。那年康熙才十六岁。噢！我比他大多啦。"

这时一位在夜校上过课的妇女说："那先生，您这又是编故事呢吧？"

"那先生，真是老大不小的了，应该干点正事儿啦。"

对这些话，那文生并不予理会，继续说："自打那儿，这二贵摔跤就在宫里传开了，后来传到了热河街里。"

武毅对小张说:"没看出这位那老师还真能讲,有点意思,走,和他聊聊去。"

这时人们又纷纷散去,那文生坐在太阳地儿的大石头上休息。他一心想着大舅请他喝酒的事儿。

小张走到他面前说:"那老师,武市长和你说点事儿。"

那文生一时不知所措,跑到武毅跟前:"刚才您,您都听见啦?"

武毅笑着说:"你很会说书,也是个说书的好材料。可是现在我们最缺的是教师,所以呀,还得请你在教育事业中发挥作用。"

那文生皱着眉头说:"可是您不知道当老师有多难,那些妇女都不听我的,教孩子嘛还差不多。"

武毅说:"我就是为这事找你。石板营子现在成了一个大村子,过去躲在深山沟沟里的乡亲,还有为修水库搬迁的老乡,许多都集中到这个营子居住,这里成立了一个中心学校,急需教师。"

那文生一听来了精神:"石板营子?是我老姑妈娘家,也是我格格姑的老家,我去过,那里的风景如画似的。"

武毅说:"你对那里熟悉?"

那文生回答:"那当然!那会儿我还小,只知道上山逮蚂蚱,还有一回和我表哥上山打野兔,差点摔下山碴子。"说着说着,他高兴地原地转了一个圈。突然他转过身说,"前年恍惚听我格格姑说,还想在那给我说房媳妇呢。"

三个人对着笑起来,武毅也很高兴地说:"那就更好了!常言道好事成双,你也要喜上加喜了!"

他们走在迎水坝上,初春的阳光洒在河面上,闪着银白色的光芒，河床两边残留着晶莹的冰碴儿，在阳光的照射下，闪着七彩图案。那文生十分高兴，他完全忘记了让大舅请喝酒的事儿，他要跟着市长到扫盲班上看新来的老师。能到石板营子当老师是让他高兴的事儿，能和冬云常见面更是他的念想。

那还是前年秋天，冬云来看病重的格格姑，格格姑告诉他，冬云的男人让受惊的骡子踢伤，去世一年多了，留下一个孩子，日子过得可怜。这更让那文生留意起冬云来。这冬云，二十岁出头，白净脸儿上一双好像会说话的杏核眼，直直的鼻梁周正的嘴，穿一身蓝粗布衣，脚下是黑底白边家做鞋，整个人显得十分得体利落。

格格姑嘱咐他说："冬云进一回城不易，你带着她到街上转转，要不你待着也是待着。"

那文生高兴地应承着，冬云倒有些不好意思。于是在那条仅有二里地的南营子大街上留下两人的身影，也引来好奇的人们的目光和议论。他们一路走着，街上的行人也都看着，但是那文生一直没敢太仔细端详冬云的面孔，冬云更是没有正眼看过那文生，两个人相互躲着各自的眼睛。第二天，冬云和格格姑告别，说是孩子放在男人的表姐家，得早些回去。

自从那儿以后，他心里渐渐放淡了对梅莹的思念，眼前总是冬云的影子，心里对石板营子有了一份莫名其妙的牵挂。今天听市长说派他到石板营子中心学校教书，实在是出乎意料，实在是做梦都没敢想的好事啊。

那文生高兴得走起路来都有了几分神气，真可谓春风得意脚底轻。他踢了一脚路边的石子，向武毅讲起了故事："听格格姑说，我爷爷的太爷爷就是从石板营子那边到市里来的，专门给皇上栽树浇园子。那会儿呀，这离宫里春天遍山是桃花，桃花还没谢，一片一片的梨花又开了，像雪团似的，梨花谢了，芍药、西番莲、月季、绣球、菊花又轮着个儿地开，一年三季整个承德都飘着香味。我家住的房子，还是皇上赏赐的呢。"

武毅说："看来什么事情都要靠劳动去实现。"

"您说对了，为了把北京的竹子栽在离宫，我爷爷的太爷爷硬是让它异地生了根，不信，您上离宫的沧浪屿看看，那里就有许多竹子，都是我爷爷的太爷爷那会儿栽的。"那文生接着说，"对了对了，过去离宫的月牙湖那儿还有夏天盛开的敖汉莲，那个香呀，一进园子哪里都闻得见，也是我爷爷的太爷爷随皇上狩猎，用从内蒙古带回来的莲蓬籽儿种的。只可惜，那湖让日本鬼子当了靶场，给填了，这离宫的敖汉莲也断了种。"他摊开着两手说，"他们可把咱承德害苦了！"

"对了对了，市长，有人问我，为啥把避暑山庄叫离宫。"那文生又想起一个他认为有学问的事儿。

武毅随口问道："哦，为什么？"

"我听太爷爷讲，咱离宫是北京的一个宫，就是离京城挺远的一个行宫。咱热河人哪有总把避暑山庄挂嘴边的？不都叫离宫吗。"

武毅有些表扬的口气说："你知道的知识是不少，所以人们都称你是先生呢。"

那文生更有些得意扬扬："那您知道为啥把咱这儿的八座寺庙叫'外八庙'吗？我爷爷告诉我说，那会儿寺庙里发年银归北京的雍和宫发，管事儿的为了叫着方便，就把这口外的八座庙统统叫'外八庙'。"他学着清朝官员的样子伸着脖子喊，"今年给'外八庙'拨银八百两！"他咽了口唾沫接着说，"时间长了，人们叫习惯了，就有了'外八庙'这个叫法。"

武毅说："这些典故我还是头一回听说，有点意思。以后你没事时收集一下，为咱承德写个民俗志。"

"好好好！到时候，我那文生更有了用武之地啦！"

看那文生又来了兴致，武毅说："在没有去石板营子学校前，你还是在夜校教课，你也是一名战士，要站好最后一班岗啊。"

"保证做到。"那文生打了个立正精气神十足的样子，把武毅和小张都逗笑了。

万物复苏春暖花开的季节，小城弥漫着泥土的芳香和春天的气息。武毅把一沓批改完的文件递给小张说："送到机要处以后，你去把那文生老师请到我这来。"

武毅习惯性地踱步来到窗前，目之所及，是那尊几百米高的罗汉山，如同一位光头罗汉端坐在绿色环绕的大椅子上，大大的肚子，似能容下无数只大船。山下是一条闪着亮光的武烈河，由北向南日夜不停地流淌，河两边是片片绿色的草甸和一些庄稼地。不远处是运动场的建设工地，车来人往，一派热火朝天的景象。

小心翼翼的敲门声响起，武毅转过身说："请进。"

"市长，我来了。"那文生迈着轻盈盈的脚步进来。

武毅指着办公桌对面的沙发说："那老师请坐。"

那文生摘下掉了颜色的瓜皮帽，不自然地坐下。

武毅开门见山："那老师，去石板营子学校的事想好了吗？我们可是立下过君子协定噢！"

那文生说："协定？噢、噢，想好了，想好了。"

"好好，但是当老师也是有严格要求的，要经过专业培训，教育局开设了两个月的教师培训班，过两天培训班开学，如果你同意，现在让小张带你去报名。"

那文生说："还是那句话：君子一言，驷马难追。"

"毕业后，我亲自送你上任！"

"那敢情好！"

武毅说："但是，我可有一个要求，当先生得先老老实实当好群众的学生。"

"您放心，这回我可得真刀真枪地招呼啦。"

想起能到石板营子中心学校教书，那文生就掩不住地激动，"不瞒您说，我格格姑曾经给我说的石板营子那个媳妇，守寡，还带着一个孩子。起先我不大同意，前年，她给格格姑送鸡蛋，让我碰见了，长相真不错。您说，这不是两全其美了嘛，所以呀，我一百个愿意，您就一百个放心。"两个人对望着笑了起来。

武毅有些严肃地说："但是现在的农村还是很艰苦，你得做好吃苦的准备。不过，那里的百姓很热情，在抗战的时候，家家户户都为革命做过贡献，百姓希望过上好日子，孩子们需要学习文化知识，将来成为国家建设的人才。"

"哎哎……"那文生不知道说什么好，一个劲地答应。

武毅笑着说："你可要把这两个月的学习坚持下来，可不能犯自由主义啊！"

"一定一定，不不，是保证、保证。"

自从平了菜地后，小树林、水磨屋和那蜿蜒伸展的迎水坝仍然是彪子记挂的地方，每天下课后，他总要到那里转一圈，帮助工人摆放石料、清理场地、填坑修路。他想，能为运动场的建设出把力气是他的光荣。

很快，四个月的培训结束了，当彪子从程前校长手里接过毕业证书的时候，很是激动，自己不仅是国家建设队伍的一员，还拿上了官饷。

这一天，当他和往常一样在运动场地和工人们一块干活的时候，小张跑来："市长请您到他办公室去一下。"

武毅开门见山："趁你们待分配的这几天，你也随我下次乡，到水库工地看看吧。"

彪子喜出望外："中啊，太好啦！"

汽车在山间飞驰，河流清澈，山峦奇秀雄美。这是彪子第一次下乡，也是他早就巴望的事情。武毅记着他想到农村看看的愿望，彪子也记着武毅市长的话："我们的根在人民群众之中，让最底层的百姓过上好日子，是我们的目标。"

眼前的景象让武毅回忆起在游击队中传颂的一个故事。

那是一个异常寒冷的冬天，游击队到了大峪村的时候，遭到700多日军围堵，所有的出路都被封锁，情况十分危急。躲在深山里的老人们说，现在只有一条路，得穿过山高林密的五指山，但是由于地形复杂，没有向导，很容易迷路，也极易被敌人发现，而唯一的交通员朱殿坤执行任务还没回来。如果不在敌人赶到之前离开，就失去了突围的机会。

这时交通员朱殿坤的妻子麻利嫂赶来了，她自告奋勇地说："这段路我走过，我带你们出去。"

部队首长看到麻利嫂正怀着身孕，很快就要生了的样子，有些犹豫。

麻利嫂说："这几天不会生，还是我带你们走吧。"

于是，这支300多人的队伍向五指山进发了。他们攀悬崖，穿深涧，整整走了一天。月明星稀的时候，一条冰河出现在眼前，麻利嫂说："过了这条河，有一个叫小峰口的村子，我一个远房姑奶奶就住在那里，再一直向东，就可以甩掉敌人，与大部队会合了。"

可是，当走到冰河中间的时候，强忍着疼痛的麻利嫂再也走不动了。卫生员报告，大嫂马上要生了。大家在附近寻找，但除了乱石与杂草，实在找不到合适的地方。麻利嫂却果断地说："就在冰面上生！"大部队继续向前，留下的几个战士和卫生员把棉袄铺在冰上，大家背转身围起了一个临时"产房"。没有接生经验的卫生员，听从麻利嫂的安排操作。麻利嫂强忍疼痛，一个男婴终于降生了。大家喜出望外，给孩子起个名字，叫他"冰儿"。在小峰口村，部队首长将母子俩安顿在麻利嫂姑奶奶的家中，留下几块银圆，带领部队继续前进……

当武毅和彪子来到雾灵山深处的时候，看到如画屏壁立的山峦，五颜六色的岩石组成美丽的岩画，又如天上垂落的画布。武毅指着画山的半腰绿树掩映处说："那里有一个天然石洞。在一次战斗中，我的右腿被敌人的子弹打穿，血流如注，胫骨断裂，只能就地养伤，乡亲们把我藏在这个山洞里。在养伤的三个多月里，每天那个叫'冰儿'的小男孩儿都会提着瓦罐给我送饭。可是，现在我却不知道冰儿一家在哪里生活，因为那时朱殿坤暴露了身份，从此不知这家人的去向。"

武毅让司机停下，他们下了汽车。武毅坐在路边的一块石头上说："这几年，我到哪儿都注意打听冰儿一家的下落，一直没有结果。"

听了武毅的讲述，这件事也成了彪子心中的记挂。

山间小道越来越窄，山石壁立，天空如同一条不规则的蓝布，时而有白云飘过，时而有飞鸟翱翔。石壁上残留着一人多高的被洪水冲刷过的痕迹，山峦宽阔些的地方，则留下随洪水而下的残枝、巨石，山坡上被冲毁的梯田，呈现出的是错落叠加的坍塌了的口子，以及被冲倒挪位的树木。武毅和彪子都不讲话，但是他们心里很不平静。

这时，两匹马拉着两辆装着石料的车子艰难地在前面行走，车夫看到后面来了汽车，但无路可让，鞭子甩得啪啪响，瘦马们鼓足了劲儿，踩得碎石哗哗响。汽车只得停下，武毅和彪子跳下汽车，跟在马车后慢慢走着。

"再有两三里就到工地了。"武毅说，"工程人员在选水库基址的时候，发现燕山沉陷带震旦纪地层极发育，沉积中心厚度达万米，中生代时期都没有发生过强烈的构造运动。科技人员考虑这里是燕山腹地，地势比较高，落差大，况且四周有人称八瓣莲花的山峰，只要一下雨，八条沟里的水都朝宽敞平坦的山洼里汇聚。但是地质队专家勘探过后又说，这里的地质结构十分复杂，山体多由石灰岩层和石英岩、千页岩、板岩、沉积岩等组成，所以在水库选址、修建中一定要把质量放在首位。"

"是啊，水库选址和用料、工艺都是关键，学习班上，老师讲，我们光有吃苦耐劳的精神还不行，还得掌握科学技术，这样才能有事半功倍的效果。"

武毅听了彪子的话笑着说："上学真是能让人思路大开，老弟进步不小啊！"

"现在咱们地区的农业上不去，主要是每年的山洪泛滥造成的。这两年，梯田修了不少，可暴雨一来，一半梯田都被毁掉，群众对修建水库的呼声很高，热情也很高，就拿这座雾灵水库来说吧，只要按设计标准，88米高的大坝修好后，就能蓄水100多万立方米，让下游八个村子的百姓和3000多亩耕地受益，我们再把梯田改造成水堰坚固的鱼鳞坑，根据不同的土质，栽上各种果树，既防止了水土流失，又让百姓有了经济收益。"

"太好了！这件事干成功了，老百姓再也不用饿肚子了。"彪子说。

"不仅仅是不再挨饿，还要致富呢。"两个人高兴地笑了起来，这笑声被前面的石壁挡了回来，在山间回荡。

武毅忽然好像想起来什么似的，说："哦，对了，我还要和你商量，建水库是百年大计，目前急需水库工程质检、验收人员，市里准备从培训班的毕业学员中临时抽调几位同志，到水利局协助技术人员工作，在报上来的名单中我看见了你的名字。"

"毕业典礼上，程前校长说，今后我们都是国家的人了，根据国家的需要，听党的话，服从分配是义不容辞的事情。我一切听组织安排。"彪子很是高兴。

有了正式工作，这是彪子做梦都没想到的事情，他高兴得合不上嘴，真想拿出他的唢呐好好吹上一气，可是那个被裹在破棉被中的传家宝贝，还藏在他家的炕洞中。

时近中午，大大的太阳顶在头上，云朵在起伏的山峦上蜿蜒而残缺的长城间游动，蓝天下的长城仍然显出她的巍峨壮美。武毅快走了几步，和坐在马车辕边的老乡聊了起来。老乡看到生人，想跳下车，被武毅拦下说："路太窄，你下来我们更不得说话。"老乡告诉他，他们是石板营子运石料的，这几天工地石料紧张，他们一天得往返两趟。

武毅随手掀开盖在石料上的麻袋片，几块半米长、尺许宽的青砖石与毛石混在一起，"老乡，停一下车。"车夫一脸的茫然，"吁……"马车停下。

这时两块青砖上刻着的"万历三年××营造""万历××山东××营造"字迹出现在武毅眼前，他用袖头擦拭了几下，砖石上的字迹更加清晰。

"这是往水库工地送的？"怒火从武毅的胸口直蹿头顶，"这样的砖石拉了多少？还有多少没拉过来？"

他突如其来的怒吼把两个车夫吓得不轻。他双目圆睁，快步上前，检查前面的马车，掀开草帘，结果同样发现了几块长城上的青砖石。

"走吧！"武毅喝道。车夫扬起鞭子"驾……"马车继续行进。

武毅跳上汽车，车子在窄窄的碎石路上颠簸摇晃，他心中翻江倒海，彪子知道事情的严重性，现在只好一言不发。

四围的山峦拢起了一片开阔地，水库地基已经打好，十几位工人正在仔细地灌浆勾缝。借助地势，在悬崖壁狭窄的山沟处，十几米厚的坝基也已经砌好，这时武毅紧盯着，生怕出现丝毫纰漏。两个月来，选址、测量、选石料、选工匠各个环节，都经过工程技术人员的论证，"百年大计，不打好基础就没有了保证"。

可是用长城上的青砖顶替，这是他万万没有想到的！

柳队长向他们跑来。武毅站在坝头，仰望远处残缺毁损，但仍然气势巍峨、蜿蜒伸展的长城，他没有如往常那样对工程进度的关注，也没有家长里短地与大家的交谈，一脸的严肃。

柳队长心里直打鼓:"今天市长咋啦?"他习惯性地摸了摸后脑勺,壮了壮胆子说:"市长您路上辛苦。快,大壮,拿水壶去。"

"不用了!你先说说石料准备得怎样了?"武毅的声音斩钉截铁。

"采石队正紧锣密鼓地干,缺口差不多了,不不,还有一些,还差多少,麻会计那里有个数。"柳队长讲话有些前言不搭后语。

"到石料场看看去。"说着,武毅一行人向山洼处的石料场走去。彪子一步不落地跟在武毅后面。

武毅说:"哦,老柳,我给你介绍一下,这是杨万新同志,他是市里和水库工地的联络员,有什么事你们多商量。"

"好好好!太好了!"柳队长使劲握着彪子的手,摇晃着握了足有半分钟。

对联络员这样一个任命,彪子虽然感到有些突然,但是他一路上看到的情况,看到那些散落在大山褶皱里的茅草农舍,以及那一坡坡被洪水冲垮的梯田,还有那如同贴在山上不打粮食的"挂画地",修水库真正是当务之急,也是让市长如此心焦的事,能为市长分忧,在保证水库质量上出份力,这个联络员一定要当好。

石料场上,二十多位工人正在凿石料,钢钎、铁锤的击打声响成一片,石碴飞溅,时不时还会迸出一些火星。两个车夫正和几个人卸石料,大青砖在白色的花岗岩中十分显眼,武毅紧盯着那些卸下来的和那些还没有被卸下来的青砖,质问道:"这砖是从哪儿来的?"

柳队长的脸一下子红到了脖根儿,嗫嚅道:"村民们收集的。"

"收集的！拆长城修水库，没有王法了！"

彪子从来没见过武毅发这么大的火，他的声音在壁立的山间回荡。顿时，工地出奇地安静，人们慢慢向他们围拢来。

柳队长说了实话："采石怕误了工期，麻会计想了一个办法，村里家家户户石头多，收集起来就不少，两块方砖顶半个工，我们……我们就同意了。"

武毅用袖头擦掉砖石上的泥土，"万历七×德×营造"等字样清晰显现，"这就是你们想的好法子！长城上的砖是能随便用的吗？好好统计一下，都是谁家送的，不但不能顶工，还得重罚！从哪儿拆的，从哪儿捡的，送哪儿去！"武毅气得两眼好像要冒出火来，"从哪儿拉来的就送到哪儿！"这声音久久在山间回荡。麻生躲在人群后面不敢出声，后来索性一溜儿小跑跑走了。

傍晚时分，61块长城砖整整齐齐地摆放在两座工棚中间，武毅和彪子几个人查看完工程质量回来，一缕缕炊烟在工地上空缭绕，空气中散发着玉米粥的香气，杂面饼子夹咸菜条是工人们的主食。武毅对施工质量很是满意，但是，当他看到那一摞青砖的时候，胸口好像被一团乱麻堵住，他坐在工棚前的小马扎上，对柳队长说："一会儿把工程队各部门儿的负责人都叫过来，开个会。"

夜幕降临，四周的山峦在夜幕下摆出如虎卧、如斗笠、如龟跌等奇异的造型，让彪子有一种如梦如幻的感觉。一会儿工夫，月上东山，最后一缕炊烟即将散尽，让夜幕中的大山显得那样清晰纯净。

人们聚拢并议论着："我说使不得，这使不得就是使不得嘛。"

"过去小鬼子拆长城修碉堡，是为打咱们的游击队。"

"这事怕是闹大发了。"

"还算好，还没垒进大坝里。"

"市长，人来齐了。"柳队长在离武毅不远处找了个地方坐下。

"今天和大家开个短会，一是工程质量还不错，就要这样干，追进度是一方面，关键还要看质量。修水库是百年大计，也是人命关天的大事，可不能有半点马虎。这二呢，是取石料的问题，刚才老柳说了，现在是炸药紧缺，我们是不是想办法自己制作炸药。"

"对对对，过去游击队打小鬼子时，我和我爹就学过做炸药，还给游击队送过雷管和地雷。"一个小伙儿说。

"大熊！别抢话，没规矩！先听市长的。"柳队长训斥道。

"你叫什么名字？"武毅扭过头问。小伙子不好意思地低下头。

"他叫大熊，是取石组的负责人。"柳队长说。

"好啊！好啊！你们先做试验，但一定要保证安全。这第三嘛，现在离秋收还有两个多月，也是最困难的时候，但是向大家交个底，政府考虑，无论如何要保证施工队的口粮，过些天除了有国家的救济粮，还会得到外省的帮助。"大家拍起了巴掌。

武毅起身，走到那堆堆放在料场中央的长城青砖边，声音有些颤抖："但是，让我没想到，也让我感到震惊的是，长城上的青砖竟能顶替石料进了工地！常言说自毁长城，是中华民族的奇耻大辱。而如今你们竟明目张胆地要把长城青砖用在水库上，这不是造孽是什么？你们要知道，长城在中国人心里的分量有多重，她是中华民族的历史见证，她也是中华民族的伟大精神，她展现的是我们中国人的钢骨脊梁！你们说怎么办吧？"

人们低头不语，柳队长小声说："谁拿的让谁送回去。"

"说得轻巧！拆的时候容易，他有多大能耐修补好！你们分头去查看新近都有哪些人去长城扒砖了，一笔一笔记下来，是哪个村的，哪个村拿出个处罚办法，让大伙讨论讨论，严格执行，以示警戒！另外，再好好查一查，谁家还有长城的砖，就是扒房子挖地也要找出来！一块儿都不能漏掉！"

武毅边说边往烟袋锅里装烟，彪子划了根火柴给他点上，一缕青烟袅袅散在夜空中。

"有人说咱们农民有小农意识，尽干些偷鸡摸狗的事儿，我说，那是极个别的人，不能代表广大农民，不能对农民带有偏见。可这投机取巧的事是谁也不能干呀！这不仅是在糊弄自己，也是在害我们的后代！"武毅平静了一下接着说，"现在我们国家刚刚起步，百废待兴，还不能把维修长城的事提上日程，我们是国家的主人，又是生活在长城脚下的百姓，所以保护长城更应该是一种荣誉和责任。"

"是是，我们懂了，也向各村的人讲明白这个道理，一定照市长说的办。"在场的人也都接着柳队长的话，表示一定做好保护长城的工作。

武毅郑重其事地命令道："把收集好的青砖一律集中在村子的库房里，加强保管，等启动长城维修工程的时候交给国家。"

月明星稀，草虫齐鸣，飞鸟在山岭间穿梭，思绪在彪子的脑海中徘徊：千条线，万条线，都能穿过他这一根针，大事小情都装在了市长心里，他的胸襟能装得下万水千山家国情怀，不佩服不行啊！

麻生庆幸这个会是晚上召开，他猫在人群后面，眼睛直勾勾地盯着山坡下那堆灰色的物体，心里不停地打着鼓。当人群中发出"市长说得对！""我们拥护！""对！不能做对不起子孙的事"的时候，他眼前的那堆物体，好像变成了藏在他家后院的青砖，他定定神，睁大了眼睛再看时，青砖好像一块块飞了起来……于是，这一晚他在睡梦中几次被那飞起的青砖砸醒，他魂不守舍，猴急挠腮地在工地上挨过了两天。

一天，他以核账为由，向柳队长请假连跑带颠儿地回到家。第二天天还没亮，他悄没声地来到后院，掀开麻袋片，往独轮小车上装青砖。

秋婵跑出来："你这个败家的，这是干啥？"

麻生没好气地说："干啥，干啥，就你出的好主意！让我干这偷鸡摸狗的缺德事儿！"

秋婵急了："我咋的了！我还不是为这个家好。"

麻生说："小声点，少啰唆，帮着搬！"

秋婵把脸拉得老长，帮助麻生把装满青砖的小车推出大门外。当麻生把十三块青砖码放在村里的库房门口时，远处也传来了吱吱扭扭的独轮小车声，他想，一定是又有人往这里送砖来了，趁天还没大亮，他赶紧推车就跑，回到家里已经是汗流浃背了。他又来到后院，这时秋婵正把两块砖往柴草垛里塞，麻生一把把她拽到身后狠狠地压低了声音说："你个糟老娘们儿，这回上面可是要动真格的了，你再瞎咧咧，小心我把你……"

"你还敢把我怎么着？天上打个雷，都把你吓得尿裤裆！"

"去去去！别再藏藏掖掖的了，不能用就是不能用！"

他一把扯下麻袋片儿，喘着气往车上搬砖，推到房门前。

这时他们的儿子麻财宝上厕所，看见车上的青砖说："爹，我们老师说了，看看家里有没有长城上的砖，如果有，都要送到村库房前的小广场上去。"

麻生赶忙说："送送送！你可别说咱家有啊。"

"啊？老师说了，要诚实，不说谎，不要占国家和集体的便宜，更不能干坏事儿。"

财宝刚想说什么，突然从后院传来秋婵的哭叫声："哎哟，我的妈哟！一下子死了两口子，这让我怎么活哇！"

麻生放下车子，跑到后院，只见秋婵坐在地上哭。两头小黑猪被压在砖石垛子底下。见麻生来，秋婵哭得更厉害了："就你干的好事，拖着不盖猪圈。"

财宝拉着她的一只胳膊说："娘，老师说盖了也得拆，这长城上的大青砖不能用。"

"老师，老师，就知道听老师的，怎么不听老娘的！"秋婵上来了混劲。

麻生把眼睛瞪得老大，朝两个人说："小声点，我这不偷着往回送呢嘛！"

"你们太自私了。"财宝喊着。

"再叫唤，小心老子揍死你们！"

秋婵站起，向麻生扑去："你敢！猪崽让你害死了，还想害死我们娘儿俩？"

麻生气急败坏地说："臭娘们儿，小心我休了你。"

"休呀，看你能耐的，不是我家陪送，你还喝西北风呢。"

看麻生悻悻地推车走了，秋婵又重新坐在地上哭了起来：

"哎哟，我那可怜的猪儿呀!"哭了两声，她突然停下对儿子说，"快，快回去睡个回笼觉，我去做饭。"说着起身拍拍屁股进了灶房。

水库工地又恢复了以往的热闹景象。麻生与几个人丈量坝基，测算各队的用石情况："一队76立方米，二队82立方米，三队78立方米。"

柳队长走过来说："麻会计，账核完了没有?"

麻生眼睛盯着手里的本子说："核完了，按一个工一方算，总计是1600立方米，可是刨了工钱和买拉石料的车、牲口用的钱，队里就剩不下什么了。"

"不是都按预算开支的吗? 怎么花冒了?"柳队长这样一问，倒让麻生心里没了底，他赶紧改口说："我再核核，再核核。"柳队长有些不放心地说："工程正是吃紧的时候，可别出岔子呀!"

这天晚上，麻生回到家，一屁股坐在炕上，盘算着自己的小九九，把小炕桌上的算盘扒拉得乱响。

秋婵撩开帘子说："他老舅来了。"

秋婵话音刚落，进来一个三十多岁的男子，秃头、驼背，眼睛滴溜溜地转，"姐夫，找我有事呀?"

"进财，坐下说。"麻生往炕里挪了挪，"队长让核账，可是按预算的数目核不上来，工地上要钱用，人头费的工钱要发，这下可麻烦了"。

进财问："还差多少?"

"你说说，从你那儿买的4驾马车，本来一驾2000万，可你硬是要一驾4000万，这里外里就多给了你8000万，还不算那些零七八碎的花销。"

进财道："那也不都我得了，你那不也……"

麻生打断他："都在你姐那儿。"

这时在外面偷听的秋婵端着簸箕进屋说："哪有进屯的粮食往外拨拉的！屄就算了，还傻透气了？我这一辈子跟了你算倒了血霉了！"

麻生没好气地压着嗓门说道："你这老娘们儿不知道如今外面的事儿，尽瞎胡咧咧，这回可是动真格的，你不知道那个姓武的市长有多威风。听你的！听你的！你是要把我送进局子去咋的？"

"好哇，进去也是你自个儿找进去的，我跟你受了半辈子罪，哪儿得了点好！"秋婵把簸箕往地上一摔，顿时，簸箕里的红辣椒蹦了满地，"这日子没法和你过了！"

麻生现出一脸的哭相："这事儿要是让上面知道了，我还有活路吗？"麻生看媳妇声音越来越大，怕号哭起来真生出麻烦。他"噌"的一下站起身来，这倒把秋婵吓了一跳，后退了两步，她定睛一看，站在炕上的男人透过半开的窗户向外张望，院子里一片漆黑。

这时大门外响起敲门声："麻会计！开门哪！"是柳队长的声音。

屋里的三个人惊慌失措，秋婵对弟弟说："快，上后院躲躲。"小舅子溜了出去。

麻生赶紧下地，走到堂屋外的台阶上，拖着有些沙哑的长音："谁呀？"

"是我。你咋不言语一声就回来啦！"门外传来柳队长的抱怨。

麻生慢悠悠地打开轴上刚抹过油的院门，"哦，是柳队长，我有点闹肚子，回来让你嫂子给扎古扎古。你咋也回来啦？"

"明天上乡里开会，刚到家。"

"还没吃呢吧？"

"刚撂碗儿，就跑你这儿来了。"

秋婵端着个猪食盆子迎出来："哟，大兄弟来了，快快，进屋坐，我烧水去。"

两个人盘腿而坐，小炕桌上的煤油灯把他们的身影分别映在东西两面的墙壁上，麻生在儿子用过了的作业本上撕好了纸条，拽过装着碎烟叶的笸箩，捏出一小撮儿，卷了支烟递给柳队长："自家种的，晒得还算透，尝尝。"

"哎呀！是我攒了几年的牛粪和驴粪当底肥种的，劲儿足着呢。"秋婵帮着在笸箩里搓烟叶。

"去去去，看水开了没。"麻生把没眼力见儿、好掺和事儿的秋婵支了出去。

柳队长抽了一口："这烟还真不错，不错。"往炕里挪了挪问道，"账核得咋样了？"

麻生说："还得算算，人头多，工期长，给工地上买的物件也是零七八碎的，价码也不一样。还有石洼和小坝这两个村太穷，乡里不是让咱们村替他们把这一季修水库的工钱出了嘛，可他们出工的人头一时半会儿报不上来，这账总核算不出个准头。"

柳队长眉头皱了皱说："出工的人都在那儿摆着，你自己去核一下不就结了！"柳队长觉得麻生说得没啥道理。

"你说得对，我是工地、村里两头顾，没把事儿抓挠好。"

"村里没念书认字的人，后生还接不上茬儿，你识文断字会算账，大伙儿也挺信任你……"

这时秋婵提着水壶抱着两个蓝花纹的细瓷碗进来说："可不，过去他在铺子里算账好着呢，要不我爹咋看上他的呢。"

"就你话多，不说话能把你当哑巴卖了？"麻生看着媳妇嘟着嘴出了屋说，"你看看，这娘们家家的，不管不行。"说完，麻生心里有了些家庭管理者的滋味。

对他们这些"戏码儿"柳队长见得多了，也不予理会，继续翻看着让他一头雾水的账本说："这里面是大伙的劳动凭证，一个人后面都带着全家好几口子，不能有一星半点儿的马虎哇。"

麻生一脸的虔诚："是，是，丁点儿也差不了。"

"那就好，我觉着你也不是糊涂人。"柳队长说着起身，"不早了，我看看青砖收了多少。"

一听见"青砖"两个字，麻生心里发凉，话也跟不上了，跟着柳队长走出屋，"好、好！队长，慢走啊。"

麻生赶紧关上院门，长长地舒了口气，秋婵跑过来把他拽进屋："咋着？都退？"

麻生："一个都不能留，都退！"

"哎哟，我的天呀！我的命咋这么苦哇，咋就嫁你这么个烂肠子人！"

麻生不耐烦地说："嚎、嚎，嚎啥呀嚎！不退我得进去，知道不？"

秋婵收起眼泪，"进、进，你要进局子了，我还省心呢。"

下乡回来，武毅的腰病就犯了，几乎动弹不得，他靠在床上，任由玉萱把热水袋给他垫好。

"为了加快水库施工进度，解决石料问题，大石洞、石洼、付营子和石板营子等几个村也成立了突击队，哪承想，他们凭着住在长城边上，就把长城当成自己家的了，在力气上讨巧，竟突击到长城上想折了！"武毅气愤地说。

玉萱说："修水库要用石头，应当统一规划，成立个集中采石场，再把山场划出片来，突击队只管采石，料跟上了，工程进度就快了。"

"这是个好主意！"武毅腾的一下子坐了起来。

"快躺下，刚敷半截儿。"

武毅乖乖躺下，伸展着热乎乎的腰身进入了梦乡。

第二天，市长办公会按时进行。武毅讲话开门见山："山区水土保持增产增收，修水库是基础，第一期建9座水库的计划已经写进今年的政府工作报告。几个村发生拆城墙的事，要严肃对待，也说明我们的工作出现了漏洞，这是个教训，以后只要发现，严惩不贷！负责包队的同志要真正负起责任！"

武毅看了看会场，对坐在身边的一位同志说："李副市长，你找地勘局的同志考察一下，哪里的石头适合开采，尽最大限度不破坏生态资源。听当地的老人们说，雾灵山方圆三百里，自打清朝初年就封了山，一棵树都不能砍。这回一定要勘察清楚了，进行保护性开采，便于重新绿化。我们不能给子孙留下个烂摊子。"

李副市长说："好，已经初步勘测了几个采石点，我们请地勘局的同志再做进一步综合考察，做好详细规划。"

武毅补充说："尽量少砍树，特别是上百年的老树。"他左手习惯地撑着腰说："雾灵山是老祖宗三百年前封山才保住的。前年，有人主张往山上修条车道，好上山拉木头出去卖，我坚决不同意。现在又有人图省力气拆长城，真是太能想辙了，也真是无法无天了！"

这时会场有点乱，大家交头接耳。

武毅放大了嗓音说："发展经济，让百姓过上好日子，是得想办法搞建设，但路子要走对，办法要合规，这是底线！共产党能干事，但不能干坏事，不能眼看着干坏事不管，更不能干让后人戳脊梁骨的事！"

"市长说得对！"

"我们林业局也尽快拿出方案。"

"我们水利局也派人下去做好配合。"

武毅接着说："好，那我们再说说另外一件事。首先我要向大家做个检讨，因为在这件事上，我只是征求了几位市领导和几个局负责同志的意见，平时在和部分市民进行交流时，听了听大家的想法，一直没正式在我们这个会上讨论。目前，我们开展城市建设，群众需要一个健身锻炼的场所。可是在我们这里很难选出一个建设运动场的地方，规划局的同志提议，在小树林建一座能容纳一万人的体育场。经过他们实地考察，在那里修建运动场有几个有利条件：一是那二百多亩地是经过武烈河一百多年前东移后，沉淀下来的沙石地，地下二十多米是坚实的老河床；二是百十年来那片地除了长些杂树，一直空闲着；三是那里只有一块不到十亩的菜地，种菜的杨万新是我们培训班的学员，已经毕业，临时安排他在水库指挥部工作，菜也不种了。"

他习惯性地走到窗前，指着迎水坝东边正待开发的运动场说："大家已经看见了，现在各单位同志和市民们听说建设运动场，已经自发地往那里送材料，各街道办事处也陆续组织人员收集归类，平整土地。我们要做好宣传工作，得到广大群众的支持，发动组织义务劳动。"

"这是利民的好事。"

"我们全力配合。"

"您交给我们任务吧。"

"我们纳入教学实践课，组织学生参加义务劳动。"

会场气氛很是热烈。武毅点着一支烟，吸了两口："既然大家一致同意，那就让规划局和地质勘探局的同志做详细实施方案。"

说起搞动土叠石的工程，对小城人来说不是个事儿，削山砬子盖房，在山坡上垒屋，在山涧里架桥，那都不在话下。可是修建运动场，对小城的人来说还是头一回，没有那么齐全的材料，政府号召市民们行动起来，为运动场建设做出贡献。各行各业的人们响应政府号召，积极筹备石料，参加义务劳动，让这个冬天的小城顿时生机勃勃起来。这些天，武毅更是忙碌，雾灵水库的建设是他最大的牵挂，那可是关系着十几个村庄、近八万百姓生存的大事啊。

石板营子坐落在一个半山腰的台地上，村子虽然只有一条东西三里地长的主要干道，但是几百年来屋舍交错而自然形成的几条小道，成为往来种作、走亲访友的阡陌交通，还有一些房屋安卧于山坡、沟坎间，间或有小片菜地，被绿林环绕掩映的民居显出它的古朴。这是一个名副其实的山清水秀的自然村。

微风轻拂，晴朗的天空中悬挂着几朵白云，山里的夏天，太阳洒下的是温柔与明丽。每到这个时候，村外的小河边就成为姑娘媳妇们的好去处，也是小孩子们玩耍的好地方。小河里会晃动起他们的身影，微风传递出他们欢闹的说笑声。

"冬云！"一妇女喊道，"快看！小栓抓了个蛤蟆，快攥出蛤蟆尿来啦！"

只见一位少妇用棒槌压在洗了半截的衣服上，跑过来喊道："快扔下！沾上蛤蟆尿，生疥疮知道不？"她打掉孩子手里的蛤蟆，河面上响起孩子的哭声。年轻的母亲抱起孩子，回到洗衣服的石磙前，顺手扯了根柳条，塞到孩子手里说："老实着，在这儿打水玩吧。"

孩子两三岁的样子，脑瓜顶留着手心大小的桃形头发，后脑勺下垂着三寸长的系着红绳的小辫辫，脚上是已经湿透了的黑帮儿小绣花鞋。"娘勤不勤快看孩子"，从孩子来看，他有一位勤快的母亲。

少妇把歪下来的蒲墩重新在石头上放好，继续洗衣服。其他的几个小孩也让母亲折下柳条，顿时涓涓流水被打得上下翻飞。这个季节，孩子们几乎全部穿着红肚兜，上面绣着荷花、水仙、牡丹等不同的图案，这也是他们的妈妈借此显示女红艺术的地方。

"车、车！"小孩子们拍打着河水喊叫着。汽车在河堤上停下。

"快看！那不是市长的车吗？"

"市长来了。"妇女们相互提醒着。

武毅和秘书兼司机的小张先下了汽车，随后车上还下来了那文生，这是大家没有想到的。

"后面那个人是谁？"

"不认识呀，好像没见过。"

"哎，那不是格格姑的侄子吗？"

"哦，对了，前几年他陪格格姑回来过！"

"变俊了，你看他现在像个干部似的。"

前几天，教师培训班结业，武毅到学校看望大家，也发表了讲话，让那文生印在脑子里的是，"你们马上要走上教师岗位，这是个神圣的职业，你们不但是人民教师，还是人类灵魂的工程师……""教师"这个词那文生明白，但是"灵魂的工程师"还是头一回听说，他一直琢磨着这个"灵魂"和"工程师"之间有什么关系？"教师"和"工程师"之间又有什么瓜葛？总之，在他还是一头雾水时，散会了。

程前陪同武毅走出礼堂，那文生迎了上去，"市长好！校长好！"

"今天我该正式称你为那老师啦！"武毅笑着对他说。

"哪里，哪里，噢对对……"那文生不知该如何对答，脸一下子红到了耳根。好在市长向程校长交代着什么。他想，这时候应该谦虚，不对，不对！哎！我已然是国家培养的老师，这时候应该主动，再谦虚不是虚头巴脑了嘛。

于是，他小跑了几步跟在市长后面。

只听程前说："市长，您放心，我们一定落实好。"

"好好，你回去吧。"武毅说。

程前目送市长一行走出校门。

"市长，刚才会上您说我们是党培养出来的人民教师，我光荣啊！您说让我干啥，我一定干啥，还得干好啥。"那文生并肩和市长走着。

武毅笑着在他肩膀上重重地拍了两下说："咱们商量好的事，应该是落实的时候啦！还记着呢吗？"

"对对对，您看我这记性，什么时候上任？"

武毅笑着说："你还是个急性子，后天我正好下乡，你和我一块去吧。"

"哎！太好啦。"刚刚加过油的吉普车迎面而来，在迎水坝下面的小路上转了一个圈儿，停在市长身边。

武毅有些吃力地上了汽车，对那文生说："一言为定了啊！"

那文生两拳抱在一起，"好嘞！一言既出，驷马难追。"

吉普车消失在迎水坝下的绿树荫中。那文生心里好像倒进了一罐子蜜，口水都成了甜的。他又一次摸了摸背包里的记录本，认真摸了一下里面夹着的毕业证和教师资格证，心里又一次踏实下来。他好像想起了什么，加快了脚步，后来又变成了小跑。

"那先生忙哪。"

"那老师急啥，看着脚底下。"

他顾不上回应街上熟人打来的招呼，气喘吁吁地跑回家，翻箱倒柜找衣服，他翻出一条斜纹黑色西装裤，那还是两年前，陪彪子住院时特意做的，那天他穿着漂白过的上衣，尽管有点短，让他感觉自己又长个儿了，心里还高兴了一阵子，可是当时做的时候就有点窄，扣上扣子，肚皮上立刻出现了两条肉棱，还是格格姑帮他把扣子一个一个挪到边上，才解放了那两条肉棱子。

今天，他仍然穿着这套行头坐在了市长的汽车上，来到了他即将当"工程师"的地方，特别是还能见到心里的那个……嗨！美得别提了。在穿着褪了色的军装的市长身边行走，他还真有些不伦不类的洋气劲儿，也让石板营子的妇女们找了个发表议论的话题。

他和市长走下河堤，妇女们和市长打招呼："市长好！"

"市长是过路呀，还是……"

"市长，到我家坐会儿，我婆婆还老念叨您哪。"

"市长，您帮我家买的那头猪，前天下了十二个小崽，好得邪乎。"

"快快，荷花媳妇，你的衣服跑了！"妇女们的七嘴八舌，在流水中追赶衣服的嬉闹，让这条村外小河更充满了欢乐。

"好！好！"市长应承着。

这情景让那文生想起几年前在格格姑家看过的一幅年画，上面画着七个仙女下凡的情景，仙女们在水边洗濯，那个美呀，看不够，忘不了。眼前这些小媳妇说不上怎么漂亮，还带点山野气味儿，但是美自天成，还是能给生活增添许多快乐的。

妇女们的闹腾渐渐消停了，武毅指着那文生说："这是新来的那老师，以后他在学校教你们的孩子学习。你们也可以向那老师学习认字。"

那文生不好意思地说："多谢，多谢！还请多多关照。"

他的眼睛不敢与妇女们对视，武毅向河边一棵被去年洪水冲倒、斜躺在河面的小树走去。那文生好像被山村美景迷住了似的，左看右望。他想，如果冬云在这儿就好了。这时一个两三岁的小孩子跑过来，把手里的东西递给那文生，那文生笑眯眯地接过，只听他"妈呀"一声尖叫，甩开手就跑，只见草地上一只翻着白肚皮的青蛙四肢乱挠扯着，妇女们被那文生的叫喊声吓得愣了一会儿，看清了刚才发生的事情，都笑了起来，"小宝这孩子就是喜欢小动物。"

"可不，我家狗剩还抓蝎了虎子玩呢。"妇女们笑着议论着。

小张赶紧跑过来抱起被那文生的举动吓哭的小男孩，孩子顿时停止了哭声。这个小孩子红扑扑的脸蛋、大大的眼睛，很是可爱。

　　那文生走上前连忙对孩子说道："你可把我吓坏了，哦，不对，是我把你吓着了。"他的脸红到脖根，不知道和孩子说点什么才好。

　　这时孩子的母亲跑过来从小张手里接过孩子，小声说："这孩子不懂事。谢谢了。"

　　那文生与小孩母亲对视了一眼，这一眼可是让那文生的心怦怦地跳了起来，他想，一路上，他一直都在想见的这个人，怎么现在就到跟前了呢。冬云的脸一下子也红了，抱起孩子转身跑走。

　　武毅在河边洗了洗手，抹了把脸，站起身说："我们进村吧，孩子们该下课了。"

　　这是一个依山而建的四合院，大铁栅栏门朝南，门内右侧的大槐树上挂着一口大钟，十七八间房子，一抹灰砖到顶，房顶上铺的是小灰瓦，显出它的古朴，房子的外墙壁上白石灰勾缝，又显出它的亮丽庄重。这个四合院的中央就是一个自然形成的小操场，八间朝阳的北屋前，敦敦实实的石台上立着一根十几米高的旗杆，仰头望，是一面飘扬着的五星红旗，在学校后山茂密的绿树映衬下，格外醒目。钟声响起，在天空、在山间回荡。孩子们像小鸟飞出教室、飞出校门，不一会儿，河滩里、树林中都有孩子们的身影，山间撒满了孩子们的笑声。

　　这时，一位十分干练的青年女子快步从办公室出来，来到校门口的大树下，向刚刚敲过下课钟的老人说："老齐，小溪今天又没来上学，我去她家看看。听说今天武市长要来，如果市长来了您先照应一下。"

老齐说:"放心去吧。"

汽车一路上坡,开到学校门口,学校门两边的白色围墙上写着"好好学习,天天向上"的大字。

看门的老齐听到汽车的声音,跑出来高兴地说:"市长您来啦!我说早上喜鹊老在这树上叫呢。"

这时几位老师也从各个教室迎了出来。

武毅说:"来来来,你们认识认识。这是新来的那文生老师,以后你们就是同事啦。"他突然想起,这样介绍有些不符合程序,"哎,你们校长呢?"老齐说:"后街那谷桂又不让孩子上学了,冬彩上他家做工作去了,一会儿就回来。"

几位老师围着那文生说:"那老师好!"

"那老师带来新知识,向您学习请教。"

"也给我们介绍介绍城市里的新鲜事儿。"

那文生不好意思地向大家鞠了一个躬:"还请各位老师多多关照,多多关照。"

老齐说:"校长听说要来新老师,该备的都备好了。"

"走,我们去看看。"武毅和大家朝一溜东向的教师办公室走去。其中的三间是打通了的房子,窗明几净,几张旧书桌擦拭得很亮,散发着杏核油的香味儿,桌上都摆放着学生的作业,窗台上几盆五颜六色的太阳花开得正盛。

老齐指着一张比较新的桌子说:"这是那老师的办公桌。"

那文生也不客气,老齐的话音没落,就坐在自己的位子上,美滋滋地说:"这才叫大姑娘上轿头一回。"

"哈哈!应该说是当乡村教师这是头一回。"武毅的话音刚落,大家都笑了起来。

是啊，那文生也没想到，在街面上游荡的二十多年里，为躲国民党抓夫，在承德县的朝阳洞里和老道一住就是半年，虽然和老道学会了掐掐算算，可是解放后很少再有人信那些弄神弄鬼的说道。到二仙居书场说书吧，他嗓音、个头都压不上个台面儿。到了说媳妇的年龄，大姑娘们见了他就躲。他出生在望族名门的那家，他们这支儿，只他这一条根，格格姑为他没少操心，常对他说："文生啊，啥时候你不像流浪猫儿似的，好好安个家呀。"格格姑病了以后更为他着急，"你孤身一人，以后有个难有个灾的可咋好，认个拜把兄弟吧，我走了也就放心了。"

"姑，现在不兴这个。再说了谁愿意认我这个兄弟呀。"后来格格姑再也不愿意提起此事。

"那老师，我们再转转。"武毅的话打断了他的思绪。

微风吹来，一阵淡淡的玉米香气飘荡，在院子最南端的大槐树东侧，是四间打通了的土坯房，房中一口十二沿的大锅镶嵌在灶台上，几张旧桌子摆在屋中央，四周有十几个小机凳围着，一口齐胸大缸，水中漂着一个硕大的葫芦瓢。一位大嫂正往灶膛里添柴，火旺旺的，香气从大铁锅的大盖帘边上挤出。那文生咽了一下口水，顿时感到肚子饿了。

武毅俯下身问："大嫂做的啥饭？"大嫂站起身，两手习惯性地在围裙上擦拭："熬豆角、贴饼子。柴锅做的饭好吃着呢！你们在这儿吃吧。"

"您先忙。"几个人都笑着走出食堂。老齐指着一溜向西的房子说："这几间是老师的宿舍。"老齐带着一行人到最南边的一间说："那老师和我住这间。"这是一个十二三平方米的屋子，墙壁刚刚刷过，两张床，每张床上铺着厚厚的草垫子。两个用木棍做的脸盆架，一个架子上搭着一块新毛巾，旁边的小木板上，放着一个香皂盒，窗台上摆着一盆绣球花，粉红色的小花开得正艳。这时，小张从车上抱来那文生的行李。

武毅看看那文生有些架手架脚的样子，问道："咋样，和你小南门儿的家比着咋样？"

那文生如同谈体会似的说："这里好，干净、讲卫生，有伴儿，能唠嗑，还不用自己做饭。"

学生们听说来了新老师，都跑进学校，指指点点。

"听齐爷爷说，新来的老师姓那。"

"不知道他厉害不？"

"肯定很厉害，城里人嘛。"

"我才不怕他呢。"

这时冬彩跑了进来："市长来了！我去做了个学生家访。"

武毅说："我今天是给你们送新老师，一会儿再到水库上看看。"

武毅转过头对那文生说："来来，我介绍一下，这是中心学校的冬彩校长。"

那文生走上前与校长握手，一下子愣住了，眼前出现河边冬云的形象："这不、这不是……哦！校长好。"

冬彩说："市长早就和我提起过你，以后我们都是同志了。"

大家谁也没有注意那文生此时的表情。他跟在人们后面，再三打量着冬彩，心里也在犯嘀咕："她是老师？不不，她还是校长。"

上课的钟声响了，冬彩对武毅说："市长，今天上午最后一节是三年级语文课，我去上课了。那老师的到来，让我们学校增添了新生力量，我们一定会把学校办好。"

"快去上课吧。"武毅说。

那文生目送着冬彩走进教室。他随着武毅走出学校，看着市长那高大，但有些微微驼背的身躯，他心里从没有过的感动，夹带着从没有过的感恩之情一下子涌上心头。

"那老师，你感觉这里怎么样？"

"挺好！挺好！"

"可能一开始不太习惯，适应几天就会好了。这里的百姓纯朴善良、勤劳勇敢，保持着好的传统，你要向他们多学习。人如同一棵树，需要把根扎进泥土里才能站得稳、立得直。你把这里的老百姓当作亲人，他们会掏心窝子对待你。我琢磨了很久，应该把你送到农村来，这里可以为你的生活开出一片新天地。"

"我懂，我懂，是您把我引上了正路，您是我的……"那文生想说"贵人"，但一想觉得不合适，灵机一动，"您是我的好兄长，是我的引路人。"

"哈哈，你什么时候也会说恭维话了？"

"不是恭维，是真心话，您虽然是市长，可我早就把您当兄长看待。我从小死了爹娘，格格姑走了后，我就成了没亲没故没人疼的人，自从认识了您，您就成了我心里的依靠。"说到这儿，泪水在那文生眼里打转转，"我叫您一声武哥行不？"

"好好，好哇！我们不仅是同志，还是兄弟，今后我们在各自的岗位上，共同努力把家乡建设好。"

"您可得时常来看看我啊。"

"会的会的，只要到这边下乡，我就会来看你。"两双手紧紧地握在了一起。汽车出村，直到消失在大山深处，那文生才放下他挥舞着的手臂。

傍晚，那文生走出校门，四周的风景如画，以前虽然来过，但也只是匆忙办完事就走，主要是心思在外面游荡，从来没有想过这里会成为自己生活工作的地方。老齐告诉他，出门向东的山叫画山，他抬头望去，山峰如同一面从天穹泻下的巨大画布，晚霞映照着立壁的山崖，山崖如同色彩斑斓的画屏。他漫无目的地走着，心里嘀咕："她怎么会是校长呢，怎么从来也没听人说过呀？"

这时，冬云背着一筐猪草从村外走来，小宝跟在后面。冬云急急地从那文生面前走过，孩子在他面前停下，那文生对孩子微笑，做着鬼脸儿。孩子也笑，也学着做鬼脸。冬云回过头来，正好与那文生对视，冬云脸一下子红了起来："小宝，快回家了。"那文生目送着两人远去的身影。

夜幕降临，那文生百无聊赖地在村边闲逛了一会儿，回到学校。他走进宿舍，老齐正在用艾草绳熏蚊子。老齐关上房门说："村子里草多蚊子就多，等火绳点好了，我们到外面说话去。"老齐把火绳安放好，两人坐在门口的小石凳上。老齐又点着一根火绳摇起来，火绳随着老齐的摇动，划起星星点点的黄色的火焰，也甩出一道道青烟，这烟随着微风飘散，老齐眯缝着眼睛用一块石头把火绳压在一个石凳上，往烟袋锅里装了一锅烟，问："那老师，抽一口不？"

那文生想心事没有理会。

"那老师，这是咱这儿出的，他们叫它关东烟，抽一口，尝尝。"

"哦，我不会，谢谢了。"那文生好像才从云里雾里走出来似的。

老齐也不理会，借着火绳上的火把烟点着，问："那老师，家室啥时来呀？"

那文生习惯地摸摸头："我还没有家室。前年春天，格格姑家里来了个抱孩子的漂亮媳妇，说是上承德看格格姑，也连带着给孩子扎古病，老中医给开了几服汤药，格格姑让她住下，说让孩子吃完汤药再走，没承想，刚吃了两服，孩子的肺痨病就好了。后来听格格姑说，孩子得的就是重感冒，没及时吃药，变成了肺炎，硬是让中药攻下了，没变成痨病。今天上午在河边，我还看见了那个带孩子看病的妇女。"

老齐想了一下说："噢，我想那个妇女一定是咱村的冬云，这孩子人真没得说，家里、地里干啥像啥，可就是命苦哇。"老齐吹了吹艾草绳，顿时火星四散飞起，一股淡蓝色的烟蔓延开来。

"噢，对对，格格姑是管她叫冬云，她怎么啦？"那文生有些着急地想知道冬云的身世。

老齐边往烟袋锅里装烟边说："冬云家是佃户，养了两个双胞胎闺女，她是先出来的那个，七八岁那年，家里实在揭不开锅，她爹就把她送人当了童养媳。其实在我们这儿，佃户家的姑娘当童养媳是常事儿，她男人比她大七八岁，公公婆婆都是老实人，对她还不错，准备拜堂的头一个月，她男人被日本鬼子抓了夫，再也没回来。日本鬼子集家并村时，家被抢光了，房了也被烧了，后来，她公公婆婆都死在人圈子里。乡亲们看她可怜，东家帮、西家帮的总算活了下来。"

那文生有些迫不及待地问："后来呢？"

"她十六岁那年，嫁给了村里赶大车的老四。这老四对她挺好，他们还生了个儿子。可好景不长，前年为拦一头惊骡子，老四生生让骡子踩死了。"

老齐站起身，他往架在南墙根儿用土坯搭的小炉灶膛里添了一把柴火，转眼间乌黑的铁壶里的水沸腾起来，他把烟袋锅在炉边磕了磕，别在腰间，拎起铁壶，顿时几片叶子在两只棕红色的粗碗中翻腾起来。"这是咱山上的特产，叫薄荷茶，解暑。"

那文生哪管泡的什么茶、解暑不解暑的事儿。随着老齐的叙述，他突然想起来，说道："冬云带孩子看病那回，是有一架骡子车停在小南门街口，后来一个高个子男人把骡子车赶到大坝根儿，解了牲口套，往笆箩里上料，那黑骡子打着响鼻，蹬着后腿，闹腾了一会儿，一位过路老人看了说'这大黑骡子还真牲口八道的'。对对，我在承德见过老四。"

"哎，老四是个好人，地里的活计说不上好，可是一副好脾气，也是村里数得着的好车把式。"老齐喝了一口茶又说，"可好人没好命。那天，他帮人家收高粱回来，马车过了二道梁，快进村的时候，一只老鹰从地里逮了只耗子从马车前飞过，骡子就吓蹿了，跑出去有一里地，老四拉着缰绳死死不放，他可能想着学校快放学了，怕伤着孩子。后来，骡子撞在一棵大树上，后蹄子踩在老四的胸口上。"

"就这么没了？"那文生问道。

"没了，一个好好的人没了。冬云刚二十出头就守了寡，带着个孩子，不易呀。"老齐感叹道，"这人的命呀怎么说呢，一个爹娘养的，就不一样。冬云有一个同胞妹妹，叫冬彩，冬彩十来岁就是红缨枪队的队员，站岗放哨，给游击队送信，干啥啥行，人还灵透。解放后县里送她上了师范学校，这不，今年春天，回来当校长了。"那文生这才恍然大悟，原来冬云、冬彩是双胞胎姐妹。

月亮升起，银辉洒了一地。那文生躺在床上，想着老齐讲的事，睡意全无，冬云的身影却在眼前挥之不去。

好不容易盼到天亮，他小心翼翼地出了屋，轻轻推开大铁门，晨雾等待着太阳把它们吹散，一团团、一缕缕地在半空缭绕盘旋，空气中弥漫着野花芳草清香而甜甜的气味。他深深地吸了一口，一夜无眠的疲惫顿时消散。他出村，一直东行，晨光熹微中，天色渐渐明亮起来。他沿着山间小道往上走，不到一个时辰，他来到一个地势较为平整的台地上。两年前，当他和那家的族人们按照格格姑的遗愿，把格格姑安葬在这里的时候，他想，什么时候才能再来看姑姑啊。

"姑啊，今天我来看您来啦，现在方便了，以后我会经常来看您。"泪水滴落在格格姑坟前矗立的花岗岩石碑上。他把坟边的杂草做了一些清理，他发现，墓四周的山坡上盛开着各种鲜艳的野花，他采了一把放在石碑前，"姑啊！我现在是老师了，武市长把我当兄弟待，是他送我来的，以后我会好好教书，您放心吧。"说到这儿，他竟呜呜地哭起来，"姑啊，以前我太不懂事，净惹您生气，现在想孝敬您，也孝敬不着了……"他还是第一次这样地悲伤。

太阳赶走了晨雾，把光亮铺洒在山野间，碧空如洗，杂花生树。那文生怀着复杂的心情回到学校，老齐正等着他吃早饭，其他的老师都到教室给学生上早自习了。

他不好意思地对老齐说："让您久等了，我到山上去了。"

老齐心里明白他去的地方，对这位那老师也添了几分敬重，起码他是个有情有义的人。

那文生草草地吃过饭，拿起课本直奔教室。

冬彩已经在教室门前等候，"那老师，您这个班的学生都到齐了。"

"哦，好好。谢谢校长。"他跟着冬彩进了教室。

"校长好！"学生们起立，在一阵桌子板凳挪动的声音中，那文生看到，这是一个学生年龄大小不一、个头高低不齐的班，二十多位同学中，年龄大的十五六岁，小的也只有七八岁，"能让他们把课听到一块去吗？"他心里打起了鼓。

这时，只听冬彩说："同学们，这是新来的那老师，今后语文课由那老师教，你们要认真听讲，有什么不明白的多向老师请教。"

"知道啦！"

"明白。"

"那老师好！"

各种声音停下后，那文生说："同学们好！"他下意识地向大家鞠了一躬，顿时教室里传来孩子们的笑声，"老师还给学生鞠躬！"

"老师，你裤子上沾那么多苍耳果！"

"我帮你拿下来。"

"我拿，我拿。"

前排的几个小男生起身想离开座位，冬彩严肃地说："要遵守课堂纪律，有什么事下课再说。"那文生低下头看到裤脚上的"战利品"，让他想到在培训班上，老师讲到如何做到为人师表时，首先是仪态、着装的问题，格格姑也总是说："什么时候都得利利索索的，到哪儿都得给人一个好印象。"

哎！今天出师不利，得小心才是，他心里这样想。

这时，只听冬彩说："那老师，您上课吧，我去乡里领教材，您有什么事儿和老齐讲。"说着走出教室。

那文生清了清嗓子说："咱们相互认识一下，我叫那文生，那里的那，文化的文，生活的生。同学们先从后面报自己的名吧。"于是二狗、甜瓜、巧丫、扁豆、四虎、老拴、蹦豆、石墩……当这些名字集中并陆续出现的时候，孩子们也笑了起来。

那文生说："名字是每个人的符号，但是也要起得正规一些，以后我们都称呼大名儿。"

"我爸没给我起大名。"

"我妈说，我这名儿好养活。"

"我的名儿是我奶奶起的，谁也不能改。"

孩子们各说各的理由。

"好好，名字的事下课再说，现在讲课了。"

那文生在黑板上刚写下"山、水、木、田"几个字的时候，两个小孩为一块玉米饼子打起了争夺战，刚把失利的小女孩儿哄得不哭了，一个小男孩喊道："老师，我要尿尿。"

那文生说："一会儿就下课了。"

"哇……尿尿。"

"老师，他尿到我鞋里了。"另一个小男孩话没说完，脱下湿鞋子扣在了撒尿小孩的头上。

顿时教室里乱了起来，打闹着，湿鞋子被扔来扔去。

那文生一时不知如何是好："你们，你们上课不讲规矩。我小时候念私塾，要像你们这样，早挨先生板子打了。"

"打呀，打呀，你打不着。"一个男孩子蹦了个高儿，从打开着的窗户跑走了。

"老师，蹦豆从窗户跑了！"

叫石墩的小孩拿出弹弓说："我要打麻雀去。"

四虎喊道："老师，我爸说让我摸几条小鱼，好给他当晚上的下酒菜。"

孩子们一哄而起都跑了出去。这时老齐到后院喂猪去了，大门口没人守着，于是，河边、小树林、村街上，到处是孩子们玩耍的身影。

那文生在空空的教室里发呆，"这是一帮啥孩子哟！"

屋檐下两只喜鹊忙着筑窝，几朵白云停在碧蓝的天空中，等待着轻风的到来。他感到，山里没风的伏天有些闷热。大槐树下的钟声响了，另外两个班的学生飞跑出了教室。那文生等校园消停了些，走出教室。

老齐迎了上来说："走，上树根底下凉快凉快去。"

那文生无精打采地跟在老齐身后。

老齐说："刚凉的，喝口水吧。"

那文生从老齐手中接过大搪瓷缸子，一口气喝下，淡淡的薄荷味儿从鼻子蹿到头顶，让他脑子清醒了许多。

"带兵打仗靠的是勇敢和气势，带孩子可练的是好脾气和好办法。"老齐一时也想不出什么好的办法，"山里的孩子野惯了，一个个的浑不吝（说不清道理），和他们没理可讲。"

日头偏西的时候，冬彩校长终于回来了。老齐悄悄地把今天的情况讲了一遍。

"那老师在哪儿？"

"在宿舍里躺着生闷气呢。"

冬彩说："不急，让那老师沉下心，慢慢来。"

那条无名小河在学校门前的草甸子边静静地流淌，绿草铺地，一直铺到河水边，一丛丛石柱子花顶着红色和粉色的小花，花蕊处都泛着白色的纹路，如小姑娘带着褶皱花边的裙子起舞，不时有蒲公英在花丛中随风摇曳，间或夹杂着嫩绿的细茸茸的"毛笔草"，杂木随意在小河边生长，看不出人工修剪过的痕迹，蝉不知疲倦地在树间鸣唱着单调的歌。曾经给那文生带来兴致的眼前的这一切，此时对他来说已经没有了半点吸引力。他和冬彩一前一后走着，他尽量以平静的语气叙说着今天的经过，尽可能以诙谐的口吻描述着几个调皮学生的课堂表现，以显出他的素质和涵养。

冬彩听着听着"扑哧"一下笑了起来。这让那文生有点不知所措，他想：她不为此感到着急，还能笑得起来？那文生睁大了眼睛，等着听冬彩的高见。

冬彩收起了笑容说："我说那老师，'宁打一辈子夯，也不当孩子王'，咱们当老师的就是孩子王。何况咱们这儿不像城里一个班的学生差不了一两岁。在这儿，大大小小的孩子凑在一块儿，肯定会随时生出花花样来。再说，这山里的孩子都是放养大的，好动是孩子们的天性，一堂课坐在那里不动，他们开始是受不了，以后慢慢明白事儿，懂规矩了就会好了。"

看那老师不讲话，她接着说："这样好不好，以后上头一节课时，趁天还凉快，你带着孩子们到外面活动活动，带他们做做游戏唱唱歌什么的，和他们培养培养感情，再教课的时候，他们就能和你亲近了。"

听说可以带着学生到户外活动，那文生来了精神，他说："那我试试，这些孩子看上去还挺聪明的，会调皮的更聪明，就像我。"最后这仨字儿一出口，那文生有点不好意思，但是校长的建议正合他的意，其实，他也是喜欢到户外活动，是个闲不住的人。

从那以后，每天上午第一节课，小河边、树林里、山坡上，都有那文生带着孩子们活动的身影。

开始，那文生把注意力全部放在学生的安全上，叫回这个跑了那个。有时候，他和孩子们在草地上玩老鹰捉小鸡的游戏，他像个孩子头儿，孩子们抓着他的衣服，跑摔了，他就地和孩子们滚在一块。他和孩子们有个约定，只要听到第一节课下课的钟声，必须要回教室，孩子们也不食言，都跟着这个会玩的老师走进校门，几个最调皮的孩子总是跑在最前面。玩够了的学生们坐在课堂上总算安静了下来。可是，那文生想，总是这样玩下去，课程要受影响。一天，他在备课时，一首骆宾王的《咏鹅》诗让他开了窍，第二天他拿着课本，靠着一棵大杨树高声朗读起来："鹅，鹅，鹅，曲项向天歌。白毛浮绿水，红掌拨清波。"

几个比较文静的学生向他围拢，一个学生说："老师，我家就养着两只大白鹅，明天我带来给您看看，它们会看家呢。"

"别别别，还是让它们好好看家吧。"

他对跟前的几个学生说："今天咱们把这首诗背会。"

听到老师和同学高声朗读的声音，其他的孩子也纷纷聚拢过来，草地上围坐的圈子越来越大，背诵的声音也越来越响。从此，每天早上，他都会带着学生们到河边草地上玩耍，朗读古诗是必备的项目。于是"锄禾日当午……""白日依山尽……""远上寒山石径斜，白云生处有人家……"这些诗句在学生们口中传诵。大一些的学生回家说："新来的老师说话好听，没有土坷垃味儿，还会写诗教我们背。"

于是，"咱村学校来了一位有学问的那老师"的说法传开了。

那些天，在那文生带领学生们上早课的时候，不远处总会出现冬云打猪草的身影。一天，那文生正在教学生唱《没有共产党就没有新中国》这首歌，这是他在教师培训班里学的，虽然有个地方总是跑调，可是在全校大合唱时，程校长还夸他的嗓门儿最响亮，这让他高兴了好几天。

这天，冬云没有打猪草，而是来河边洗衣裳，她听到小树林里传来的歌声，起身张望，以前她听冬彩唱过这首歌儿，怎么那老师也会唱？她心里更涌出对那文生的敬重。

老齐被孩子们的歌声吸引，他看看闹钟，还有一会儿下第一节课，他也来到河滩的草地边，找了块石头坐下。歌声从绿树丛中传出，让他忽然意识到，原来他们这里的景儿这么好，天空瓦蓝瓦蓝的，树木碧绿碧绿的，草地上伸展着银带子似的河水，闪亮闪亮的，河对面正拔节的玉米如同绿毯子，一直铺展到南山根儿……突然，一位妇女洗衣服的身影映入老齐的眼里，从她那身蓝布小褂上分析肯定是冬云。"这么早洗衣服？有点意思。"老齐心里明白了几分，笑眯眯地向学校走去。

这天傍晚，老齐早早地把宿舍的艾草点好，从食堂里面的井里打了桶水，他对那文生说，这是一口古井，和后山的龙泉通着，而且一年四季都保持在一个水平线上，赛过圣水，热天解暑，冷天御寒。那文生心里有事，有一搭无一搭地应承着。

老齐往洗脸盆里舀了一瓢水，说："洗洗，凉快凉快。"

那文生有些不好意思地说："这些天您净照顾我了。"

"哎，这说哪儿去了？咱们不仅是同志，从岁数上说，我大你二十岁，老的就应该关心晚辈。"

老齐的话让那文生十分感动，长这么大除了格格姑把他当晚辈待，在这儿老齐就成了他最亲近的人。

月亮升起，好像要往校门口那棵大槐树上攀爬，天空中没有一丝云彩。

"明天又是个热天。"老齐的大蒲扇和着艾草的气味摇出一股股凉风，让躺在草编凉席上的那文生感到暑气尽消。

老齐说："咱这山里就是这样，白天太阳能晒脱皮，晚上还得盖被睡。"

老齐看那文生眼睛盯着屋顶不语，接着说："你大老远地上这儿来，家里二老谁照顾？"

那文生回答："我早就没有了父母，是姑姑把我拉扯大的。"

这让那文生回忆起二十多年前的往事。本来，他有一个幸福的家，祖上在避暑山庄里做过事，积攒了一些家业，父亲学得一手好剃头手艺，母亲有一套家传的裱画功夫。他还有一个妹妹，两岁那年得病死了，妹妹的死对母亲打击太大，病倒后再也接不了裱画的活计，为了给母亲治病，值钱的东西都送到了典当铺，家里就靠父亲一个人支撑。

1932年8月，日本鬼子在侵略热河前，派飞机进行低空侦察，地面上的人都能看得清楚，他们时常用机枪扫射。那天，父亲在头道牌楼正给人剃头，飞机上的日本鬼子一通扫射，父亲倒在了血泊里。那年他才6岁。接连不断的打击让母亲一病不起，半年后，母亲就去世了。母亲去世前把他托付给远房的格格姑，格格姑对他很是疼爱，但是要求严格，还把他送进私塾里上了两年学，后来格格姑让他跟自己学习打烧饼的手艺，他学了两年，觉得实在没意思。他想，自己胸怀鸿鹄之志，不应该在小屋里打一辈子烧饼，读万卷书，行万里路，才是他的志向。可是坐下来读书，他又耐不住寂寞，于是他就决定走万里路。14岁那年，他就过起了云游四方的生活。为这，格格姑气得还生了一场病。

一次，他在平泉八沟听拉骆驼的人说，东北有个"三燕都城"，人们也叫它"龙城"，那里地势险要，日本军队打了几次都没打进去，真是一块风水宝地。于是，他就跟着这支骆驼队向东北走了。到了朝阳，身上带的钱很快花光了，他在双塔街上摆了个帮助人写信的小桌，每天能挣两个玉米面饽饽。天气渐渐冷了，小庙里再也不能住了。一天，遇到几个日伪兵抓丁，他撒腿就跑，脚扭伤了，顿时起了个大包。当伪兵追上他时，看到眼前这个又瘦又小、一瘸一拐不中用的孩子，骂道："算我晦气，追上这么个废物！"

他坐在路边抱着脚落泪。这时，一个老人颤巍巍地走到他跟前说："孩子，离开这儿吧。"他顺着眼前灰色的破旧长衫向上看去，是街对面给人算卦的黄先生。于是他们受冻挨饿地走了半个来月，到了一个叫仓子的地方。黄先生说，在河川的西山上有一个天然形成的大洞，当地人叫它朝阳洞，洞里居住着一位老道士，他们决定到朝阳洞暂避一阵。他们沿着蜿蜒崎岖的碎石山路，攀岩爬壁地好不容易找到荒草铺地、荆棘丛生的洞口，他们才发现，这里早已没有人来了。

那文生用棍子拨开杂草灌木，来到洞中，借着洞口射进来的光亮，他看到，此洞宽大，山石浑然天成，各抱地势，犬牙交错，无数根干涸了的石柱长长短短、粗粗细细地从洞底下冒出来，这些没了棱角的石头让人生出不少想象。见人来，鸟大惊，扑扑棱棱地乱飞乱撞，发出惨烈的鸣叫，倒把那文生吓得不轻。待一切都安静下来的时候，他看到洞的深处有一个长约一丈、宽三四尺的不规则小平台，平台上供奉着如真人般但已经灰尘蒙身的道教祖师像。

出得洞来，他看见黄先生坐在洞口的石头上叹气。

黄先生对那文生说："我一个没有家的人，就暂且在这里安身吧，你是有家可归的人，应该回去了，这里离承德只有五十多里，回吧。"

那文生说："这兵荒马乱的，再把我抓了丁咋办？我还是和您住这儿吧。"

黄先生告诉他，这个洞口朝阳避风，拢上火，过冬还行，过去老道士就是这样生活的。他们简单收拾了一下，暂且有了安身之地。白天他们下山给人算卦时，黄先生到处打听老道士的下落，村民们说，去年老道士仙逝，一个多月后才被人发现，黄先生听了悲叹不已。从那以后，朝阳洞成了他们暂时避难的地方。白天，他装作瘸腿人，跟着黄先生到附近找生意，黄先生给人算卦时他留心记，用心学习。黄先生看他聪明，人也善良，把《麻衣相法》《奇门遁甲》《穷通宝鉴》《八字神煞秘诀》等要领传授给他。就这样挨过了一个冬天，那文生慢慢地也会给人说出点道道儿，但是准不准，他也不知道。他想，只要能让人心里头有点安慰就行。

第二年春天，他们在仓子街上看到小南门拉骆驼的街坊大关，那文生向大关打听格格姑，大关这才认出他来。大关告诉他，格格姑想他想得病了几场，整天念叨对不起他死去的爹妈，这乱世荒天的也不知道他的死活。格格姑上关帝庙烧了多少回香、磕了多少个头，把打烧饼的钱都花光了。

那文生一听哭了起来。

黄先生说："别哭了，快跟着大关回家吧，这年头儿家里有人惦记是好事。"

"我走了，您一个人怎么办呢？"

"放心，我们这号人就是云游天下的，我自有去处。"那文生道别了黄先生，回到承德。

后来，他专程背着几十个烧饼去朝阳洞看黄先生，但是人去洞空，村民们说，不知道他去了哪里，已经很久不见了。那文生坐在洞口大哭一场。格格姑劝他，"人和人的缘分是有定数的，你心里记着黄先生，只要心诚，说不定什么时候就遇上了。"那文生盼着这一天的到来。

老齐听了那文生的身世，又是不住地感叹："你今年多大？"

"28。"这让那文生想起了冬云。

老齐好像看出了他的心思，"男大当婚，女大当嫁。你早就应该考虑考虑自己的事了。"

那文生叹了口气说："过去提亲的不少，我也看了不少，可是她们讲实惠，我肩不能挑，又没啥手艺，见了几个都没了音信。"

"现在你是正儿八经的老师，这还不是真本事？就凭这，也能娶上好媳妇。"老齐给他鼓气。

"多亏了武市长，动员我上了教师培训学校，才有了……"

"对呀！"老齐迫不及待地说，"你苦了这么多年，现在有了安定的工作，这村里的人对你也很看重，不如在这儿安个家。"

"以前我听格格姑说，要给我在这村里说个媳妇。"

"你知道叫什么不？"

"她叫冬云。"

"这不结了！冬云这孩子确实不错，我看也别拖着，你们俩先处着，这个月老我可当定了。"

出乎那文生的预料，老齐把这层窗户纸捅开了，也让那文生心里生出莫名的惊喜和期盼，在格格姑门口的那一幕又出现在眼前：那是冬云为给孩子看病，第一次上承德。在格格姑家门口，冬云哄着哭闹的孩子，孩子手中的小绣球掉在地上，顺着石板路滚了两丈多远，他紧跑了几步，把绣球交到冬云手里。就在他们对视时的一瞬间，那文生记住了冬云的大概模样：微淡的眉毛下一双杏核眼，挺直的鼻子下周正而红润的小嘴，微笑时露出几颗白白的牙齿，这一切都合合适适地安排在她白里透红的瓜子脸上。当时，冬云是有夫之妇，可是后来，老四被骡子踢死的消息传来，格格姑就有了让那文生和冬云结合的想法。听说格格姑病了，冬云专程来看格格姑，就是那一回，格格姑让他陪着冬云上街上转转。可是转了俩钟头，也没好好说上几句话。

"现在这个机会可不能再错过了。"那文生想，"只要冬云乐意，我没说的。"此话一出，那文生感到脸巴子热乎乎的，好在老齐看不清他的脸。

老齐用力摇动着大蒲扇说："好好，只要你有个准话儿，明天我就把冬云叫来，不不，是请来。"

这一夜，那文生睡得很踏实。

山村笼罩在还没有散尽的炊烟之中，夕阳下，空气中飘散着柴草特有的气味，从山上下来的羊群沿着小河向村子游动，几头牛慢悠悠地走进属于它们的栅栏，两匹卸了辕的骡子在厩前的土地上打滚儿。不远处的小草棚子里，一头被蒙着眼睛的毛驴围着一个石碾不停地转着圈圈。一个妇女围着石碾把碾压到边上的玉米面往里面扫。不一会儿，她拉住了毛驴，为它解开碾套，摘下蒙头，毛驴用力摇了摇头，两只大耳朵歪来歪去地晃动。妇女拴好毛驴，收起碾好的粮食。

老齐来到妇女跟前，小声说："冬云，你收拾好，到学校来一趟。"

一袋烟的工夫，学校门前出现了冬云和小宝的身影，"齐叔！"

老齐紧走几步，把冬云迎了进来，"来啦！来啦！"

"我把您要的玉米面儿罗好了。"

"好好！"说着，老齐顺手提起脚边的大水壶，高声叫："那老师，快帮我接一下东西。"

那文生放下高粱穗扎的大锅刷子，跑了出来，看到冬云，他的脸又一下子红了。

"给。"冬云把怀里抱着的面口袋交到那文生手上。

"谢谢！"那文生说出这两个字后，冬云"扑哧"一下笑了。

她这一笑，让那文生更有些慌张，抱着口袋一溜烟儿地跑进食堂。

正在洗碗的两位老师赶忙推他出去，"快去，不然人家走了。"

"麻溜儿去，快和人家聊聊。"

那文生又来到当院，看到冬云把甩着两根艾草绳玩耍的小宝拉到跟前，"快把火绳给齐爷爷。"

小宝看见那文生，把火绳往老齐脚前一扔，高兴地朝他跑来，"叔叔！叔叔抱。"

冬云追过去，"别弄脏了叔叔的衣服。"

这时老齐过来拉着孩子的手说："爷爷带你到后院看小狗。"

那文生好像找到了话儿，说："大黄生的四只小狗快满月了。"老齐朝那文生使了个眼色，领着小宝去了后院。

那文生说："老爷儿下山了，这会儿不热，咱们上外面走走。"

冬云点点头，跟在那文生的身后，他们沿着小河溜达。

几十棵杨树、柳树不规则地分布在河边的草甸子上，其间夹杂着的灌木，形成了一个天然的小树林。黄色、粉色、白色的小花从草地里钻出，早熟了的蒲公英趁着微微的山风，把白茸毛摇摇晃晃地抛撒。河水像走累了，拥挤在一个个滚圆的、一块块说不出形状的石头间歇脚，聚出漂亮的水花，太阳给远处的高山镶出了一条金红色的边，准备归巢的鸟雀们在空中吵闹着飞来飞去。

冬云指着对面的玉米地说："那片地是土改时分给我家的，三亩半呢。"

这给那文生找到了说话的由头："长得真好，都抽穗了。我不会种地，可是我喜欢农村，过去我没事儿就往乡下跑。"

"我们这儿是山沟沟，你们城里人可能待不习惯。"冬云试探。

"习惯习惯，况且我在这儿有了工作。"

冬云不语。他们继续走着，那文生为了打破沉闷，说："在承德，有一个叫离宫的地方，方圆二十里的城墙，上边有几处一丈多宽，还能走马，这厚厚的城墙围出一个有山有水的大园子，过去是皇上和宫里人待的地方，现在老百姓都能进去，还有许多搞对象的，都上离宫的湖边坐着说话儿。"

看到那文生连比画带说的样子，冬云又"扑哧"一声笑了。

"你别笑，是真的。"

"我知道你说的是真的，赶明儿带我去离宫看看。"

"没说的，等学校放假，我带你去。"

冬云笑着说："赶明儿的事儿，赶明儿再说。回吧，怕小宝闹腾了。"

第二天上课，那文生特别来精神，"今天，我再教你们一首古诗，题目是《静夜思》，作者叫李白，是唐朝时的诗人，离现在有一千多年了。"

两个学生小声说："唐朝？"

"糖，就是吃的那个糖？"

"不，不是，唐朝是我国历史上的一个朝代，以后上历史课时我会讲到。"那文生纠正道，继续念，"唐，李白，《静夜思》：床前明月光，疑是地上霜。举头望明月，低头思故乡。"

校园里传出琅琅的读书声。这一节课的内容很快教完，学生们理解能力也提高了。那天，他教学生唱《没有共产党就没有新中国》时，有学生问："我们中国有多大？我们村在中国的哪个地方？"那文生想，课程讲完了，应该把一些基本常识教给大家，让学生们的思想活跃起来。于是他说："我们国家很大，有多大呢？960万平方公里。一平方公里差不多是我们村了这么大……中国的地图像个大公鸡。"说着转过身画地图。这时一只小鸟飞进教室，顿时，教室里乱了起来。

"小鸟！"

"捉住它！"

"我看你往哪儿跑？"那个叫蹦豆的学生拿出弹弓，用一颗小杏核当子弹，准备射。这时小鸟正好落在黑板的上方，旁边的女同学用手拉蹦豆，想阻止。可是，杏核已经被弹射了出去，正巧打在了那文生的后脑勺上。小鸟飞走了。

教室里顿时鸦雀无声。如此突然袭击，让那文生先是一怔，但他心想，如果我此时回头，学生们一定会指出射弹弓的同学，或者，这个学生站起来，承认是自己射的，那么，面对着几十双眼睛，自己应该做出何种反应？如果老师批评，会让他无地自容，同学们的嘲笑，会让他失去上学的信心。我不知道这个射弹弓的学生是谁，也没有必要知道他是哪一个人。他头也不回地继续画地图。全班的同学屏住呼吸，等待老师回过头来的训斥。那文生画完地图，慢慢转过身指着黑板说："这就是咱们国家的示意地图，因为有的地方画得不太准确，所以叫示意图。"

听到老师平静的话语，看到老师头上肿起来的红包，大一点的学生相互看看竖起了大拇指，小一点的学生，莫名其妙地"哇哇"大哭起来。蹦豆几乎把头埋在课桌底下。

"快和老师认个错。"同桌推了蹦豆几下。那文生用红五星标注好北京市，又在北京以北的地方画了一个重重的圆点，放大了声音说："我们就生活在这里。"他在地图上画出高山，河流，"这是我们这里的燕山。"

下课的钟声响了，学生们像小鸟似的飞出教室，那文生朝坐在大槐树下编艾草绳的老齐走去。

"刚才听巧丫和扁豆说，蹦豆用弹弓把你头射出个大包？"

"没什么，没什么。"

"我看看，唉，这孩子太不像话了！我给你抹点杏核油就好了。"

那文生的后脑勺儿被蹦豆射出包的事儿，很快在学生家长中传开了，也在山村传开了，但是没有人向蹦豆的家长告状，怕他又挨倔脾气父亲的打。

这事也传到冬彩那里。傍晚，冬彩找到那文生说："那老师，我都听说了，蹦豆这孩子太不像话了，过去谁也拿他没办法，现在还是到处惹祸，您说咋办吧？"

那文生平静地说："那还能咋办，孩子本来就淘气，再说他也不是故意的。算了吧。"

冬彩有些嗔怪地说："您倒挺大度。"

那文生摸着头笑着说："不必计较，不必计较。我小时候也淘着呢。"

清晨，晓雾还未散尽，朦朦胧胧的村街上已是人来人往。那文生今天起得特别早，他出了学校来到村街上，看到村中央空地的井台边有几位村民在挑水。

这时，冬云和几个妇女有说有笑地挑着水桶走来，那文生赶紧迎上前，接过水桶，冬云也很顺从地把扁担放到他肩上。

"你这么早就来挑水呀？"那文生问。

冬云说："图个凉快。"

这时，几个妇女看见那文生和冬云到了水井边，都远远地站着，没话找话地唠起家常。

那文生用扁担钩挂着水桶梁子，在井里不停地摇晃，拎上来却只有半桶水。

冬云笑着说："还是我来吧，打水也得有窍门呢。"

那文生不好意思地说："是呀，是呀，拜老师很重要。"

冬云打满了两桶水准备挑起，那文生赶紧摁住扁担说：

"让我来挑。"

冬云没说什么，只管让他挑。那文生脚下不稳，身子摇摇晃晃，桶里的水是边走边洒，但他还是尽量装出熟练的样子，用吹口哨掩盖气喘吁吁。这时老齐也来挑水，说是浇浇村街坎下的园子，他看着那文生和冬云的背影欣慰地笑了。

那文生感到自己的脖子被扁担压得青筋直跳，好不容易拐了两个弯儿，总算到了冬云家院子门口，他放下担子不好意思地说："就剩一半了。"

冬云笑着说："那也得谢谢那老师。"

一群孩子如小鸟般飞出教室，飞到河滩，飞到村北坡的松林，融入大自然的怀抱。每天这个时候，也是那文生最为惬意的时候。当他听到孩子们高声喊着"空山不见人，但闻人语响……"的诗句的时候，有一种莫名其妙的成就感。他在小河边漫无目的地溜达，柳树枝在他手中左甩右甩，画出一道道绿线。轻盈的脚步声使他回头，冬云正向他走来，说："小宝要看齐爷爷的小狗，我刚把他送去。"

那文生一本正经地说："'有苗不愁长'，那些小狗一天一个样。"

"这比喻的是人，是小孩！"冬云随手在他肩上拍了一下笑了起来。

那文生知道自己这是错误的比喻，但觉得达到了让冬云开心的目的，脸上的表情和心里一样，他的笑让一个小酒窝摁在他右侧的脸颊上，这是以前冬云没有发现的，也是其他人从来没有注意过的，但是，它却印在了冬云的脑海里，是那样深刻。

他们还是在树荫下那块长而不规则的大石头上坐下，冬云故意坐在稍稍靠后的地方，盯着看那文生的脑袋，只见这后脑勺上还有一个红包，把想说的话咽了回去。

冬云打开蓝色的布包，拿出一双黑斜纹布面鞋说："来试试。"

那文生把鞋子捧在手上仔细端详："这还是头一回穿这么精致的家做鞋。"他有些费劲地把鞋子穿上，但脚趾有些顶，心想，新鞋就是得紧点。

冬云看他把鞋穿好，低头一看时，禁不住咯咯地笑起来，这让那文生有些纳闷，但是他把两脚并拢时，自己看着也不对劲，原来他把左右脚放在属于对方的鞋子里。

"穿错啦！"冬云指着这两只别别扭扭的脚大声说。

那文生严肃地说："唉，这不是头一回穿你做的新鞋嘛。"他重新把鞋子穿好走了几步，"真合适。正好，正好！"

冬云说："站讲台上，穿布鞋舒服。"

那文生摸着头，美滋滋地说："嘿嘿，还是家做的鞋子舒服，舒服。哎哟！……"脑袋上的包在他手底下有了反应。

"看你，重手重脚的。"冬云嗔怪地笑了起来。

河滩上，一群孩子追逐玩耍。

冬云说："山里的孩子野惯了，一个个像小毛驴似的，抓不着，逮不住的，不好管。"

那文生捂着后脑勺说："还、还行吧，他们爱和我一块玩儿。"

"哎，说点正经的，昨天老齐找到我说，想让我每天抽出半天的工夫也来上课，跟着学点知识，还能帮你管管学生。让我和你商量商量。"

那文生说："真的？你坐那儿帮我当监堂，我嘛，还能随时看见你。啊这、这是……这是真的？"他把手放进嘴里咬了咬，"还真的是真的！"他话语一时乱了套，好像在说绕口令，惹得冬云咯咯笑个不停。

那文生又一脸严肃地说："你先别笑，笑傻了要喝猫尿。"

冬云又是一阵笑，那文生也不知道自己哪里又说错了，但是，他此时关心的是校长是不是同意。

冬云靠近他耳朵小声说："这是冬彩的主意。"

那文生突然站了起来，"哎呀，我这小姨子真好！"

冬云说："你再瞎说，我不理你了。"

那文生两只手在冬云面前摇动着说："别、别、别价呀，我这不是高兴嘛。是未来，未来的行吗？"

晚上，那文生洗脸，手里搓着香皂，香皂泡沫越来越大，好像变成了大大的一团棉花，他把玩着这团"棉花"，突然笑了起来，"小姨子真好！""真好的小姨子！"于是，脸盆架上挂着的小镜子里，出现了一张布满肥皂泡的脸，这是一张无比幸福的脸。

那文生带着学生们在初秋的河边草地上上体育课，有些草已经泛黄，一株株成熟的蒲公英花籽被孩子们的奔跑，搅得飞上天空。那文生教孩子们打他那套说不出门派的太极拳，性子急的孩子使出了浑身解数，索性快速舞动起拳脚，不管那文生怎么纠正，也扳不过孩子们的动作。

"你们看，汽车来了！"

"武市长来了。"

孩子们眼尖。那文生向南边的山根儿望去，像绿甲壳虫似的汽车在移动着，那文生说："咱们再打一套就自由活动吧。"

武毅看到河滩上的孩子，走下河堤。

看到多日不见的武毅，那文生别提有多高兴了，他深一脚浅一脚地跑上前去，"盼星星盼月亮，总算把您盼来了！"孩子们也跟着聚拢来，像小鸟一样叫了一阵儿，立马四散开，玩去了。

武毅和那文生并肩走着，问道："还习惯吧？"

"还行，还行，挺好。"

武毅说："山里的老百姓纯朴善良，但是有一股子犟劲，如果认准了的事儿，九头牛都拉不回来。打鬼子那会儿，他们把家里的吃的全都拿出来，哪怕只有一个玉米面儿饼子也要送给游击队。那时候这山上的树皮都快扒光了，老百姓就是靠这山上的野果、树叶和草根活了下来。"

在长势旺盛的一片玉米地边，武毅说："现在老百姓能安安生生地种地，能吃饱肚子，他们就感到满足了。咱们的百姓呀，最懂得知恩图报。"

那文生说："是这样。"

"你从城市里来，是有知识的青年，这里是能发挥作用的地方。"

那文生有所感悟地说："可不，过去在城里，我整天瞎混混，对社会没有贡献不说，还净给人添麻烦。"

武毅会心地看着他笑。

那文生拍了拍脑门儿说："老哥哥，自从认识了您，听了您的几次讲话，我对自己也有了信心。来到这以后，更找到了被人尊重的感觉，村里的人对我可热心了。"

"山村里缺少有文化的人，所以呀，要把百姓对你的敬重当回事儿。培养后代、学习文化是他们的渴望，你要把自己的一肚子墨水洒在这里，让山村的文化味重起来，让百姓乐起来，更要让孩子们成长起来。"

武毅看见那文生脚上的新鞋子，笑着说："你身边也得有个知冷知热的人，年岁也不小了。"

那文生说："是，是，有，有，她叫冬云。"

武毅说："她是冬彩校长的姐姐，老齐也和我多次说起过她的身世，是里里外外的一把好手。"

那文生听了武毅对冬云的夸奖，心里美滋滋的。

这一天，那文生起得比往常都早，他来到村中央的小广场。自从和冬云交往后，他几乎每天都不约而同地和冬云在那口古老的水井旁见面。这一天，晨雾笼罩，雾气中夹杂着一股股炊烟，清新温润中带着柴草甘洌的气味，这气味把初秋的寒气驱赶着。

这时，他看见冬云从村西头的小巷子走来，两只铁皮水桶一前一后地摇晃着，藏青色的粗布蓝条夹袄，让本来就苗条的身材更显得楚楚动人。这不就是《诗经》中说过的"窈窕淑女"吗？今天真要正儿八经地好好求一求。那文生想着想着，冬云越走越近了。突然，她在小广场对面的一个宣传栏前停下，把扁担放在两只水桶上面，向宣传栏后面的小院儿走去。那文生心想，自己帮冬云挑水也不是一次两次了，这点活儿已经不在话下，他早已不是冬云说的"洒水罐"了，就凭这一点，他对自己还是很满意的。他挑起水桶来到井边，他用扁担钩钩住桶梁，伸入井中，两手握住扁担一端，用力一闪，桶梁歪斜，左右摇晃，水桶口即栽入水中，两下三下，满满的一桶水就提了上来。这是冬云教他的一套打水方法，也是他站在宿舍的床上偷偷地练习了无数回的高难度动作，他对自己的进步很满意，也得到了冬云的多次表扬。他有些得意地挑起满满的两桶水往冬云家走。

冬彩和一位妇女从宣传栏后面的小院走出来，妇女不停地唠叨着："这可咋说说，这可咋说说，你又替我家小三儿交了学费，还买了课本，我该怎么谢谢你呀。"

冬彩笑笑说："不用谢，你只要让小梅继续念书就行。"

妇女说："哎哎，我指定让她接着念。"

冬彩回到井台边找水桶，水桶不见了。她往自己家方向走了几步，愣了一下，忽然像想起什么，向冬云家跑去。

那文生十分顺利地把水挑到冬云家院门口，他放下担子，正要推门，突然身后传来冬彩的声音："那老师。"

当他回头看时，"我，我今天帮你把水挑回来了"。

话音没落，只听"吱扭"一声，冬云挑着空水桶推开院门走了出来。那文生两眼发直，像木头人钉在地上，"这，这⋯⋯"他拍着脑袋，"哎哎，这是咋说的！"

他回过头，"校长早上好，您这是⋯⋯"

冬彩笑道："您怎么帮我把水挑到这儿来啦。"

那文生恍然大悟："错了，错了。"

姐妹俩笑了起来。

那文生有些恳求似的说："你们往后穿衣服差点样行不？"

冬云说："家织的布哪来那么多花样呀？再说两件衣服套着做，还省布呢。"

那文生说："这话也对，看来我还得好好练练眼神儿。"

冬彩对冬云说："这两桶水倒你缸里吧，别再挑回去了，也是那老师的一片心意。"

那文生如释重负，赶紧把水挑进院，挑进屋，麻利地倒进堂屋那口大水缸里。

晚上，冬彩来到冬云家，冬云放下熟睡的小宝，两人坐在厚厚的蒲团上。炕桌上的煤油灯一闪一闪的，冬云把灯芯挑得大了一些，顿时屋里亮堂不少。

冬彩说："等水库建好能发电了，咱们也和城里人一样，能点上电灯了。"她拿起炕上纳了半截的鞋底，心里明白了几分。

冬云笑着说："那敢情好，就盼着这天呢。"她撸起裤腿，从挂在门框上的一束麻中抽下一缕，在腿上搓。冬彩也跟着搓起来，"这是准备给谁做鞋呀？"

冬云低头不语。

"你不说我也知道，是给那老师做的吧。"冬彩一边搓一边想和姐姐聊天，可是冬云还是一言不发。

冬彩说："姐，姐夫去世快三年了吧。"

冬彩见冬云只顾干手里的活，还是不搭茬儿，接着说："现在那老师成了学校的主力，他学问好，老师们有了问题都向他请教，学生们也很喜欢他。"

冬云终于说道："这些我知道，他人是挺好，可我是一个有孩子的人……"冬云没有再说下去。

冬彩说："我看他对你很有那么点意思。一个城里人，能上咱这山沟沟里教书，就凭这，这人就不赖。再说他也挺喜欢小宝。"

冬云说："这倒是，小宝也爱找他，可是他刚来咱们村，谁知道待住待不住呢。"

冬彩说："他是解放后国家培养出来的正规老师，能上咱村就说明思想是进步的，他有学问，但思想很干净，还有教养，你没听说吗？他在黑板上画地图时，头上被一个学生用弹弓打了个大包，他连头都没回，也没找这个同学的后账。还真看不出，他有那么大的忍耐性。后来我问他，怎么弹弓打在脑袋上，就没觉着疼？你猜他说啥？"冬彩停住了话，低头搓着麻绳。

冬云看妹妹不说话，终于开口问道："他说啥？"

冬彩不慌不忙地说："他说呀，怪都怪那个杏核儿，它怎么光往我这不长头发的后脑勺儿上落呢！"

冬云"扑哧"一下笑出声来。

冬彩说："这那老师呀，还挺幽默。"

冬彩看了看熟睡的小宝说："自从那老师被弹弓打了后，班里的几个毛头孩子上课就不再那么闹腾了。你跟班这些天应该最清楚。"

冬云点点头，"还真是这么回事。"

冬彩说："我看他也怪喜欢小宝的。"

冬云把小宝挪到炕里面说："你今晚就住这儿吧，我俩好久没唠嗑了。"

冬彩说："好，那我就不走了，回去也是一个人。"

冬云铺着被褥，想起昨天听到人们的议论，她停下手里的活，一本正经地对妹妹说："昨天我去挑水，在当街听吴家老大说，朝鲜的仗快打完了，志愿军打了不少胜仗。把美国佬赶到什么线外面去了，你那位成志来信了吗？"

冬彩低头搓着麻绳，两缕麻丝在她手掌和小腿摩擦中拧成了一股绳花，这绳花翻卷着不断延伸。

冬云一边继续拽着被褥，一边问："成志也该回来了吧？"

冬彩停下手里的活，起身给小宝盖了盖被子说："从他离家到今天六年零两个月了。还是三年前部队要上朝鲜时来过一封信，后来再也没了消息。"

"打起仗来，部队没个准地方，写信也难。"冬云看妹妹不再言语，转了个话题，"今天炕了一把火，这炕还温乎乎的。"姐妹俩收拾起活计，准备睡觉。煤油灯芯渐渐小了，屋子也渐渐暗下来，明月照在窗户纸上，散发着清冷与惨白。

冬彩两眼盯着这片惨白，感受着初秋的清冷。十几年前的往事一幕幕从她眼前闪过似的。游击队的战士们来到村里，大人们开会，她就和几个伙伴站岗放哨，红缨枪握在手里，扛在肩上，走起路来都是神气的。成志比她年长几岁，也是他们的头儿，她对有胆有谋的成志哥十分佩服，好几次是成志哥翻山越岭，把盐巴和炒米送到游击队的营地。成志哥有一个"飞毛腿"的称号，他总是在离村子最远最高的地方为村民们站岗，好几次日本鬼子到村里扫荡，多亏成志发现得早，他飞跑进村，村民们才得以及时转移到深山密林中躲藏。成志父母早亡，他和奶奶相依为命。冬彩性格刚烈，父母去世后一个人撑着两间破草房，乡里乡亲对她也十分照顾，成志奶奶也把她当作亲孙女看待，成志对她处处关照。可是在她十五岁那年，成志奶奶得了伤寒，去世前，奶奶拉着冬彩说："姑娘，我恐怕过不去这个坎儿了，我走了，成志一个人的日子可咋过，你们俩打小一块长大，都命苦，以后要相互多照应，如果你不嫌我们成志，趁我还有口气，把亲定了，我也就闭上眼了。"村里人早就说，成志和冬彩是天生的一对儿，老奶奶提出这个最后的要求，都劝说冬彩赶快答应，也让老人家放心地走。冬彩对成志十分崇拜，总觉得他好像一棵大树，让人有依靠。于是，在村里几位老者的见证下，他们定了亲。

一天，一群妇女在小广场上聊天，说起成志和冬彩定亲的事儿，好事儿的麻生媳妇秋婵人五人六儿地掰扯起手指，恐怕别人不知道她能掐会算的本事似的说："这兵荒马乱的世道，结婚可得选个好日子。"

于是，在一群妇女的七嘴八舌中，秋婵拿着各种颜色的布条扎起来的"法棍"，在成志家门前转了几遭说，她仔细看了成志家的两间露着天的老屋，又核对了成志奶奶去世的日子和时辰，说这个破旧老屋在村子十字路口的东南角上，大门却朝西北开，她振振有词地说这个门叫"鬼门"，家里留不住人，如果再进新人少不了更出闹妖的事儿，说得胆子小的人心里一惊一乍的。"咋个找补呢？"于是她自问自答起来，"成志奶奶归天庭，那是阎王爷那儿少了个做饭的，在灶台上把灶王爷供好，供上三年，也算是成志给奶奶守孝三年，这个家就旺实了，也顺带着把村里的风水调顺调顺。"

其实村里的人都知道秋婵是个满嘴跑驴车的主儿，整天拿学过看相说事儿。她很会编故事，不是谁家后山墙出了个洞，住进了黄鼠狼，要不就是惊动了野鬼……她这样编出的故事还真吓唬了不少人，有些妇女经常被她弄得五迷三道的，还时常请她到家里念叨念叨。每到这个时候，她那用各种颜色的布条扎起来的"法棍"就派上了用场。山里人思想迷信，很难走出旧的传统与愚昧。自从秋婵给成志家看了风水后，虽然人们对成志守孝三年没有什么反应，但是对能让村里风调雨顺却十分看重。

奶奶走后，成志以到外面打零工为由，当起了交通员，冬彩做着隐蔽接应。他们商量好，等全中国解放后再成亲。村里人看成志和冬彩没有结婚的动静，也没了什么说道，都为各自的生活奔波。

一天，成志和冬彩说："加入部队是我一直的愿望，过去奶奶在世需要我照顾，现在趁着年轻，应该为国家的解放事业做点事情。"冬彩最理解成志的心，她说："我支持你参军，但是哪个部队要你呢？"

成志胸有成竹地说："老官营的老李说，从南方过来一支共产党的'飞毛腿'队伍，他们的师长姓温，从一个架子团发展到一个师。这个部队可以不吃饭不喝水，一天一夜跑几百里，把敌人追得吐了血。"他又说，"如果我去了，一定追敌人追得最快，还能立下战功！"

成志说得热血沸腾，冬彩听得也十分激动。

冬彩说："你去吧，过去我跟着你从来不拖你的后腿，现在更要支持你。我等着你回来。"

"回来咱俩就结婚！"成志兴奋得涨红了脸。

冬彩拿出一双鞋垫交到成志手上，成志看着鞋垫上绣着的荷花鸳鸯，笑着说："我先把它们焐热了再垫。"说着把鞋垫揣在了怀里。

冬彩有些不好意思地说："看着粗针大线的，但那是我一宿没睡的劳动成果呢。"

第二天，冬彩为成志送行，他们又来到村外小岭上，这是成志和老官营的老李几个人约好集合的地方。几天前，他们就相约着去找温师长的队伍。这里也是冬彩跟着成志经常站岗放哨的地方。一行人快步走下小岭，他们的身影也渐渐消失在树林里，消失在大山中。

"好好去，好好回来！"冬彩的声音在山间久久回荡。

秋阳把冬云家小院照得暖洋洋的，一架扁豆随意伸展着的绿藤，为小院搭起了一个小棚，这个小棚几乎从院门开始，来人都要从它底下经过，于是数不清的紫色扁豆，一簇簇、一串串争先恐后地拥挤着，有的鼓着胖肚子，露出白紫相间的花豆籽。豆棚西面是一小片即将成熟的谷地，谷穗显出些许金黄。穿过丈余长的豆棚，是一个长方形的小院儿，一溜三间坐北朝南的草房，对开的旧木门半掩着，泛黄的窗户纸上补着几处补丁，显然是好几年没有换过。小院儿收拾得很是干净。这时冬云正在东窗根下的石碾台上忙活着什么，听到有人来，她没抬头，因为她听脚步，知道来人一定是那文生。

"做好了没？"那文生伸着脖子看碾台上红红绿绿的布头儿，冬云刚刚用棉花塞成形的道具，绿身子，红裤子，一个大大的脑袋后面拖着根用黑布条编成的大辫子。那文生看着这一切都被冬云扎古得妥妥帖帖、像模像样，心里别提多高兴了："你做的这个'二贵'穿在身上耍起来，和真人没两样。"

看冬云只是抿嘴笑，不理他，那文生没话找话："你手就是巧，真、真是没说的！"

冬云"扑哧"一下笑了："就你会说话，啥时候嘴上抹了蜜，好听的都让你说了。"

"真的，真的，心里这么想就说了……'哇'……"那文生一声惨叫，把冬云吓得从机凳上跳了起来："咋啦？咋啦？"那文生跑到屋门口，手捂着半个脸蹲在台阶上两腿直打战。

"妈，我回来啦，看。"

冬云回头看时也吓得不轻，小宝手里攥着一条尺许长的草蛇，蛇在小宝的胳膊上绕了一圈，头向上摇晃着，嘴里吐着芯子。

"快扔了，扔外面去！"冬云呵斥着小宝，声音都有些变了，"玩儿啥不好，蝎了虎子还没玩儿够，这回还玩儿起了蛇。看我打你不！"

小宝哭着往院外走："他们咋能玩儿，我就不能玩儿？"

蛇放了，小宝回来了。

"快过来洗洗手。"冬云话音没落，一葫芦水瓢的水把小宝的手冲得干干净净。

"以后不许再玩儿这些活物了啊，吓人倒怪的。"冬云教训着小宝。

这时的那文生平静了许多，脸上也有了血色。

"真是对不起，让你受了这通惊。"冬云说。

"没事，没事，小时候我让蛇咬过，我家住的是老房子，房梁上往下掉过一条蛇……哎，不敢想了。"

那文生仍然心有余悸。小宝好像受了委屈似的，抹着眼泪。

那文生把他拉到跟前说："以后，我教你二贵摔跤好不好？"

小宝知道自己干的事不对，可是一条蛇咋能把两个大人吓成那样，这是他想不明白的，感到这委屈受大了，又哇哇哭起来。

那文生抱起小宝哄着："不哭了啊，一会儿我给你演节目。"

冬云说："山里的孩子没啥好玩的，把一些个活物都当成了朋友。"

那文生说："也是，孩子没啥好玩的东西，看着什么都稀罕。以后得想点办法，就地取材，给孩子们做点玩游戏的东西。"

说话间，经冬云手头上的一通鼓捣，一个"二贵摔跤"的道具做好了，这个"二贵"如一个顽皮的孩童，很是可爱。那文生背在身上，脚下闪展腾挪，在院子里舞了起来，"二贵"的彩衣随着节奏舞动，那条大辫子上下翻飞，小宝高兴地拍手，又叫又笑。

　　冬云说："以前我在平泉街上看过'二贵摔跤'，他们摔得可没你好。"

　　那文生停下脚步，喘着粗气，平息了一下说："一年多没练了，气有点跟不上。"

　　冬云说："你觉得我做得还行，那我就抽空多做几个，让学校里大点的学生都练练。"

　　"那可就太好了！将来咱们把这门手艺传下去，别失传了。"

　　金色的夕阳洒在小院，也为即将成熟的谷穗洒上了一层金色，笑声为这个小院带来了久违的生机。

　　第二天，那文生给学生们上了堂体育艺术课，他又轻车熟路地讲起了"二贵摔跤"的由来与故事。课间操的时候，学生们围成了一个大圈儿，那文生做过示范后，几个大些的学生穿好道具舞了起来。

　　"那老师开了一门儿新课！"这消息很快在村里传开了，好逃课的几个孩子不约而同地来到学校，这让他们的家长们感到奇怪，"一个'二贵摔跤'就把孩子吸引成这样？"用那文生的话说，"这就是文化的吸引力"。后来冬云和几位妇女又做了十几套道具，冬彩想办法找来了旧鼓、镲，老齐自制了敲梆子。

　　开"二贵摔跤"比赛会那天，村里的男女老少也来观看，人们把操场围了个水泄不通，大家说："以后办庙会，一定要加上这个新节目。"这已经是冬彩和老齐商量好的事情，但是，还有一件更重要的事儿要张罗。

老齐坐在学校门口的大青石上，欣赏着被自己忽略了几十年的山村景致。红绿黄几种颜色点缀着大山，层层梯田也开始变黄，再过半个多月谷子就该进仓了。趁收秋大忙还没到来的时候，得把这件大事办了。想到这儿，他站起身急急地回到学校。他把冬彩和几个老师叫到一块儿，做出完美的策划。

这是一个星期天的上午，阳光把山村照得无比明亮，天蓝得如同洗过了一般，学校里格外热闹，贴在校门上的一对大红喜字，吸引来了四面八方的百姓。院中央摆放着一张铺着大红布的长条桌子，老齐端着个大脸盆正往桌上的几个盘子中倒着瓜子、抓着花生和糖块，几位女老师给茶杯里倒水，男老师把两挂鞭炮拉在地上，做好了燃放的准备。冬彩看来的村民们越来越多，赶紧组织学生把各自的椅子搬到院子里，摆放整齐。

村街上，妇女们簇拥着冬云向学校行进，冬云上身穿一件红细布夹袄，七组黑云朵盘扣从脖领顺着右前肩侧着排列下去，把一副好腰身束得那么妥帖，灯芯绒宽脚黑裤又让人感到新娘子的洒脱与利落，一双家做的黑绒面新布鞋上各绣着一朵被绿叶托着的红牡丹，移步袅袅，楚楚动人。

平时村里人谁也没注意过冬云的长相，冬云也从来没有刻意打扮过自己，今天她也没有想到，还有这样个机会展示一下自己。四婶帮助梳的抓髻，还抹了许多杏核油，抓髻侧面那朵红绒布条盘成的花，衬得她的瓜子脸更显白白净净，杏核眼、柳叶眉，再搭上周周正正的嘴唇，真正一个仙女下凡！让一直跟在妇女们身后接亲的那文生，心里有说不出的惊喜，"这人一打扮还真就不一样啊"。

接亲、送亲的一行人成了村街上的一景，路边看热闹的姑娘媳妇们指指点点："冬云今天真漂亮！"

"这人扎古扎古就是不一样。"

"本来人家长得就中看，不打扮也好着哪，不是？"

"对呀，对呀，咱村的姑娘都中看。"

冬云有些不好意思，只管低着头走路，在往日里一块儿说笑的姐妹们面前，她只能不言语。

这时的那文生心里美滋滋的，他心想："以后媳妇得娇着待，让她永葆青春。对！永葆青春！"

"哎！你们看，跟在后面的那老师，怎么像个跟差。"

"是呀，得拿出个新郎官儿的样子呀！"

姑娘媳妇们把话题转向了那文生。本来挺胸抬头的那文生，脸一下子红了起来，也只顾看着脚下，他看到冬云刚给他做的黑条绒面鞋子上落了一层浮土，掏出手帕想打一打，可是一行人有说有笑，还有路边的人不停地搭着各种俏皮话。他想，自己已经被人们注意上了，此时的一举一动都会成为议论的话题，索性快点走，快点到学校才好。

头几天，冬彩和老齐商量，那老师结婚，要移风易俗，不摆酒席。但是几位老师说，不摆酒席也得闹出点动静，喜庆喜庆。

老齐说："光放鞭炮不行，噼里啪啦一会儿工夫就没动静了，要不让学生们表演'二贵摔跤'吧。锣鼓一响，就热闹红火了。"冬彩觉得这主意好。

于是学会"二贵摔跤"的几个学生早早地来到学校，一个个摩拳擦掌，穿戴好行头，等着出彩。

大家说，不请吃饭的结婚仪式简单些挺好，正是要收秋的

223

时候，山上地里的庄稼等着归仓，活计多着呢。按冬彩的说法，要让自己的姐姐带个移风易俗的好头儿。

那文生一听，真是打心眼儿里高兴，婚事简办正合他的意。花钱不说，耽误工夫也不说，让他最怕的是那个闹洞房，当年他在红石碰老姨妈家看到过结婚的场面，光是那个背着新媳妇跳火盆儿的项目，他就吃不消。那个闹洞房，能闹出一百个花花样儿来，新郎官儿可是遭了大罪，衣冠不整也就罢了，脸上如鬼画的也能洗掉，如果挂了彩、破了相，可是一辈子的事儿。可这是当地的风俗，闹洞房就兴这没深没浅的，受了伤还得忍着。

他和冬云说："其实，不请吃饭，不闹腾，真的挺好，只要咱俩往一块儿一住，就比什么都实在，比什么都好，要不人想美事时，都说'做梦娶媳妇呢'。"

"就你会说！什么事儿从你嘴里说出来，都能说出天花来。"冬云在那文生背上狠劲地打了一捶。

"哎哟！你可真舍得！"他刚想往外跑，冬云一把将他拉了回来，把他往炕沿上一摁，从躺柜里拎出一个蓝粗布包袱，"看看！都是新的。"

"你啥时候做的？"那文生睁大了眼睛，冬云不予理睬。

"快点换上，看看合适不合适？"

转眼间，那文生好像换了个人似的，藏蓝色斜纹卡其布上衣，很是合体，藏蓝色斜纹卡其布长裤，肥瘦长短没挑儿，明线走得好像黑芝麻粒排队，齐齐整整，那叫一个匀称。黑条绒面的鞋子再配一双白线袜子，更显得这人的干净利落带精神。冬云看着很是满意那文生高兴得只剩下笑了："我这才叫'大姑娘上轿'头一回呢。"

说话间，走完了这一里多长的半条村街，送亲的、接亲的一块儿进了学校大院。顿时，鞭炮声响起，一缕缕带着香气的青烟袅袅升腾，锣鼓点锵锵咚咚地响起来，整个村庄都好像跳动起来，空气也像颤抖着似的。人们的欢笑声、孩子们抢糖果的吵闹声，被不太整齐的锣鼓镲声掩盖。"二贵摔跤"的小演员们已经迫不及待地舞了起来，那文生看着热闹的场面，回应着人们的祝福话儿，时不时地跑到"二贵摔跤"的学生们身边，纠正着他们的动作。每当这个时候，他就会忘记了自己今天的角色。老齐几次把他拉回到桌前坐下，冬云被几个妇女摁在桌前坐着。

　　当两个人都坐定，锣鼓镲暂时停歇的时候，老齐宣布："那文生老师、冬云女士结婚仪式马上开始！"

　　老齐声音刚落，那文生一回头看见一个学生把"二贵摔跤"衣服穿反了，就朝那个学生跑过去，老齐以为发生了什么事情，愣住了。

　　人群中传来妇女们的笑声、骂声："这书呆子，忘了今天是啥日子。"

　　"今天是谁娶媳妇呀！"

　　"这才叫老爷们儿上花轿，出洋相！"

　　一位老妇凑到冬云耳边："往后你可得把这个爷们儿管好了。"

　　冬云说："刚才拽了，没拽住。"

　　妇女们借机热闹起来："冬云回头得给他上规矩！"

　　"冬云管不了，咱们合伙修理他！"

　　人群乱了，老齐急了，跑上前，又像抓小鸡似的，把正和学生讲摔跤要领的那文生拽回来，按到座位上。

只听老齐扯开大嗓门儿:"现在……现在那文生、冬云结婚典礼正式开始!"

几位老师指挥着鼓乐队,奏起《没有共产党就没有新中国》的乐曲,虽然不太整齐,但是这声音传得很远很远,在大山里久久回荡。

冬彩接完郝乡长的电话,跑出办公室,小声对老齐说:"武市长从乡里正往这儿赶,我们让学生们先表演节目吧。"

"就是不知道柳队长他们能不能赶回来。"

"昨天西杖子村的人说,今天他们要回来领工粮,秋粮下来前这一个来月正是难熬的时候。老尚说,库房里的玉米也不多了,我们合计着,村里人紧巴点,全力保证水库。"

老齐说:"这两个月,学校食堂把一天三顿改成了两顿,要不那老师结婚怎么也应该请大家吃顿饭。"

冬彩说:"这个事儿冬云和那老师能理解。让他们带个移风易俗的头儿也挺好。"

市长要来村里的消息一公布,人们兴奋起来。

"市长要来啦!"

"我们借这个好日子好好热闹热闹。"

妇女们跑回家,有的拿来了扭秧歌的红绸布,有的戴上了花魁头,从东北嫁到村里的媳妇们拿来了二人转的红手帕,男人们把家里能闹动静的家什,什么脱了边的人铜镲、老掉牙的牛皮鼓、能敲出响声的大铜盆、走了音儿的三弦儿都拿来了。秋婵也是今天闹红火最为积极的一位,她小的时候曾经在闹社火会上扮过背歌上的何仙姑,那时的她活泼俊俏,在十里八乡也是出了名的。

那文生和冬云说:"咱们这婚结得真热闹,好像是闹社火。"

冬云说:"过去打仗荒天的,多少年没闹过社火了,现在大家过上平稳的日子,心里高兴。"

"对,我就喜欢热闹红火,好兆头。"

突然,一阵汽车马达声响起,越来越近,越来越清晰,人们几乎同时喊:"是武市长!"

"武市长来啦!"

"太好了!武市长来得太是时候啦!"

冬彩和老齐、几位老师跑出校门外。武毅下了汽车,他看着校门两边挂着的"石板营子村委会""石板营子中心小学"的牌子,对冬彩说:"身兼两职,你的任务不轻啊。"

"全凭大家支持。"冬彩说。

人们自动闪出一条路。

"紧赶慢赶,总算赶上啦!"武毅边说边径直往院子里走,人们鼓掌欢迎,锣鼓镲也消停下来,顿时让每个人的耳边感到那么清净,还有点不大适应。

武毅说:"大家在一块儿热闹热闹,好!好!"那文生和冬云赶紧起身,恭恭敬敬地向武毅鞠了一个躬。

"哈哈!这么多乡亲为你们祝福,好哇!好哇!"武毅也十分高兴,透过人群环顾四周,一溜八间的正房教室前,是高高的国旗台,五星红旗在蓝天下飘扬,台前是一张桌子,桌子上摆放着学校老师们给那文生买的结婚礼物,两个印着双喜字的脸盆,两个竹皮包胆的暖水瓶,两个荞麦皮的花枕头,两条花毛巾上放着两个装着香皂的红色香皂盒,八个青花瓷大海碗。

武毅笑着说:"简洁、实惠,这个礼送得好!"

老齐说:"这是老师们的一点心意。"

武毅从文件包里掏出两支钢笔，分别送给那文生和冬云："今后你们互敬互爱、相互学习，有了文化，才能把新农村建设好。"

那文生和冬云握着笔，一块儿向武毅鞠躬。

这时，武毅看看满院子的男女老少，人们那期待的目光，那朴实的话语，让他从直觉中感到，这些百姓虽然远离了战乱与不宁，但是求温饱、渴望过上好日子的心情有多么强烈。

冬彩对大家说："今天市长赶来，参加那老师的结婚典礼，现在请市长讲话。"

人群中响起热烈的掌声。武毅站在国旗台边的台阶上，清了清嗓子说："今天是那老师和冬云同志结婚的大喜日子，也是我们村里的大喜日子，怎么这么说呢？几个月前，在我们中心学校扩建好的时候，那老师就报名到这儿任教，他放弃了城市里优越的生活，来到山村，咱们村里的乡亲们也没把那老师当外人，生活上给了很多照顾。我曾经问那老师啥感受，他只是说，好！好！这里的人好，山好，水好，孩子们好，总之，就是一个好！"

妇女们把站在那文生身后的冬云推到武毅跟前，争先恐后地喊："说说咱们的新娘子呗！"

"请市长做他们的证婚人！"

现场又开始热闹起来。

武毅说："让姐妹们着急了，接着我就往正题上说。"

他走下台阶，对那文生和冬云，其实也是对大家说："过去，我们石板营子可是出了名的穷村子，穷人什么最难？难的就是娶媳妇。人的一生，什么最喜？喜的也是娶媳妇。可就是这样一个简单通俗、传宗接代的事儿，成了多少人心里的盼，成了扎心的事。冬彩同志统计了一下，近10年，我们村就有

21户到外地谋生，有6个快30岁的青年说不上媳妇，可是却有14位姑娘嫁到了外地。现在是和平时期，不打仗了，就要专心搞建设，发展生产，让大家过上好日子。好日子是等不来的，需要出力气，还要有文化。咱们这里山多沟多地少，土里刨食填不饱肚子，那就得想法利用好山场，栽树种果搞副业，挣了钱换粮食。干这些事儿没文化不行，就说给果树打农药吧，连说明书都看不懂，那咋行。"武毅看了看那文生接着说，"现在各行各业都缺少文化人。"

老齐插话说："可不，我们村连初中毕业的都没有。"

武毅接着说："所以，那老师听说咱们村缺少教师，主动……"

"那也是奔着冬云来的！"

"是冬云引到我们村的！"

山里的妇女们不怯场，敢说话，这倒提醒了武毅，这是他第一次出席婚礼，当证婚人更是头一回，他不知不觉地跑了话题，这时他才感到，怎么也得说上几句"相敬如宾""白头偕老""吉祥如意""互相帮助"的话。于是，他的祝福话一出，便赢得了大家的掌声，不知谁补了一句"早生贵子"，这倒让那文生和冬云的脸红了起来。

武毅说："他们这是移风易俗办婚事，听老齐说，在咱们村还是头一回，其实在城里也不多见，值得提倡。"

老齐立即感到一种莫名其妙的自豪感。那是前几天，大家为那文生和冬云选结婚日子的时候，在哪儿办婚礼成了问题，在冬云家办吧，那是老四家的老宅，那文生本不属于倒插门女婿，扎席棚办红事儿，往哪儿扎？正是收秋前的时节，家家户户把三顿饭减成了两顿，哪有粮食请客？那文生倒是说，他回家用老人留下的几件古董换钱办婚礼，这些提议都被否了。

就在大家没主意的时候，老齐说："要我看呀……"他把话音拉得老长，慢条斯理地把烟袋锅塞进了烟口袋，装呀、压啊，好不容易装好，那文生赶紧划了根火柴凑上跟前点上，说："您快，快说。"老齐吧嗒了一口烟袋锅："要我看就在咱们学校，一呢，这里是那老师的住处，也就是他的家，在男方家办婚礼是正牌。这二呢，现在解放了，政府号召移风易俗，咱不闹那些个讲究，什么背媳妇、跳火盆之类的事儿，起码有文化的人干那个不雅。这三呢，也免了吃席喝酒那些事儿，这会儿正是青黄不接的时候，一顿的痛快三天的饿，不值。我说完了。"大家不约而同地一致称好。

老齐又一想，说道："不对，还得听听冬云的意见。"冬彩说："这事包在我身上。"冬云听妹妹如此这般一说，也没有意见。但是她只提了一个要求，"婚事在学校办，但还在老屋里住"。这也省了村里为他们找房子，也是冬云和那文生商量好的。

这时，敲锣的打鼓的，舞"二贵摔跤"的人早就跃跃欲试。

武毅对冬彩和老齐说："老百姓喜欢热闹，说文雅一些，就是喜欢文化生活，可是我们就在这方面有短缺，以后啊，你们多往这方面用点心思。"

"您放心，我们平时多想着这个事儿。"老齐说。

"抽时间，村委会讨论讨论，发动群众把这项工作做好。"冬彩也表了态。

武毅想，不能因为自己的到来让乡亲们感到拘束，热闹红火表明群众有这个需求，对生活充满了积极向上的希望。他对大家说："今天大家聚在一起不容易，好好乐和乐和。"

冬彩说："市长您到村办公室休息一下。"

小张想起临出发时，梅莹主任打电话说，市长的身体检查已经拖了半年，安排好今天下午检查，绝对不能再拖了。小张凑到武毅耳边，把梅莹的话又重复了一遍，武毅点点头。

武毅刚走进办公室坐下，那文生和冬云被几个妇女推着拉着走了进来，"不拜天地，也得给市长行个礼！"

"结婚办喜事，就要有人气儿。你们看，今天来了多少人啊，那老师把这根扎这儿行不？"武毅的这一问，不仅是问那文生，也在问大家。

那文生笑得没了眼睛，说："行行！太行了！"

"有我们冬云拴着，他哪儿也别想跑。"

大家笑得很是开心。本来那文生想好的，向武毅表态的几句话怎么也归拢不到一块儿："教书挺好，他们都挺好。"他指着身边的几位老师说。

老齐调侃道："怎么就是不说冬云好？"

"好好，也好着呢。"

"这叫郎才女貌，日子越过越好。"秋婵凑过来，接着高声说，"我算过啦，今年是文曲星下界的年份，可巧，这最能识文断字的那老师就来了，这不是天意是啥！"秋婵神神道道的样子，又引得大家一通地笑。

冬云恭恭敬敬地把茶缸送到武毅面前："市长，您喝茶。"

武毅接过茶缸说："今后你多支持那老师的工作，年轻人就要相互学习、共同进步。"

话音刚落，只听院子里一阵嘈杂，只见七八位老乡走进大院："我们走了小半天，从沟脑赶过来找市长。"

"和市长说说我们的难处。"武毅听到"沟脑"两个字，顿时心头一沉，问道："你们找我啥事儿？"

"我们沟脑有7户，上个月两场暴雨，房子被冲走了一半，现在20多口子人住在窝棚里，眼见天凉了，没办法过冬啊。"

"那些挂画地的庄稼也让水冲毁了，点种了些萝卜，长得小拇哥儿那么大，真是没法生活。"

"今天那老师结婚。"不知谁说了一句。

"那老师结婚，也不挡我们找市长说事儿呀。"这几位住在十多里外深山里的沟脑人说。

"我们也给那老师助兴，图个喜气。可是村里老老少少等着我们借粮回去。"带头的大路说出了他们的真实来意。

冬彩说："大家走累了，先坐下喝口水歇歇吧。"

今天虽然是那文生结婚的喜庆日子，可那文生一直惦记着学生们"二贵摔跤"的首次表演，已经获得了乡亲们的掌声，更要向市长做个汇报。记得两年前，应街坊大爷大妈们之约，在德汇门门口演"二贵摔跤"后，他受到市长的鼓励，没想到市长也喜欢看这个宫廷里的节目，还嘱咐他教一些年轻人学这个技艺，他当时郑重其事地答应了市长。今天，他教会了石板营子的学生，以后还要像市长说的，参加市里的文艺演出呢。没承想，沟脑人来了，把"二贵摔跤"表演的事儿给冲了。

冬彩把大粗碗摆在两张由八根树棒支起的简易桌上，忙着为沟脑的乡亲们倒水，"乡亲们辛苦了，大家随便坐。"

武毅拉过一个机凳在桌子边坐下，转过头问冬彩："去年沟脑村这些住户没有搬下山吗？"

冬彩回答："我们去过几回，做动员工作，可是……"

"市长，这事不能怪冬彩他们，是我们村里的老人们死活不搬，集家并村那会儿，爷爷奶奶们拉家带口逃到沟脑，从山缝缝里刨出点地，住窝棚、挖山洞，后来才盖起了几十间房子，虽然罪遭了不少，但是躲过了小鬼子们的祸害。"沟脑一个叫保福的中年汉子说。

"我爷爷说，沟脑肯定是个福地，冬彩主任带人去了几趟，老人们在山窝窝住习惯了，说什么也不下山。"又一位年轻人的话让武毅陷入了深思。

"大路，你总是重复别人的话，就是没说到点儿上。"这时一位穿着青蓝布衫的妇女把叫大路的青年拽到身后，挤到前面说，"今年两场暴雨，把地全冲了，房子毁了，我家那口子为了救羊，还让滚石砸死了。"说着说着抹起了眼泪。

保福说："二嫂说的是实情，其实我们村年年遭灾，政府的救济早就吃完了，家里没老人的关朗和二奎带着媳妇娃们到坝上帮人打草去了，山上留不住人，这回我们来借粮，等秋果下树卖了钱再还。"

武毅沉思了一下，回过头问："冬彩主任、齐支委，你们有什么考虑？"

冬彩说："我们研究过了，等收过秋，组织人力，集中在营子里建安置房。"

忙着给火炉加柴烧水的老齐回过头说："秋荒比春荒强，盼头离得近。前几天村里几个缺粮户出现啃青的事，冬彩开会及时制止了，那老师还发动学生回去做家长的工作，过去老人们说过，'啃青就是啃命'。"

武毅说："啃青坚决不行，啃青就没有了收成，让大家想想办法，把眼前的困难扛过去，要看长远，不能光顾了眼前。"

老齐说："今天怎么也不能让保福他们空着手回去，是得想想办法。"

冬彩说："看看这样行不行。"

屋里的人们着急地问："有啥办法，你快说。"

冬彩说："库房里的那点粮食一两也不能动，是保水库工地的，今天沟脑的乡亲来了，不能空着手回去，请咱们营子还有粮食的户自动认借，村里打条子作保。"

冬彩的话让沟脑的人感到这次没有白来，"这下好了"。

"我说嘛，石板营子不会撇下我们不管。"二嫂抹着眼泪说。

武毅心事重重地说："吃饭是人间头等大事，饿死人是我们政府绝对不能允许的。今天是个临时神仙会，先解决眼前的问题，互助自救是个办法，但是能解决多大问题，我们心里还没数。现在许多村出现缺粮情况，政府也在积极想办法，只要大家心齐，总能渡过这一关。还是那句话，市里会再想办法，也一定会有办法。"他站起来补充道，"有党、有政府、有团结起来的老百姓，就没有过不去的坎儿。"

这时的武毅回想起一个月前三级干部会上，冬彩的工作汇报受到与会同志的赞赏，也让他感到这位农村女干部的魄力。会后，在他的提议下，市委组织部门把冬彩列入新任副乡长的考察名单。

这时的小张急得什么似的，如果今天赶不回去，已经是第四次与医院违约了，他鼓起勇气说："市长，我们得走了。"

"好好，我们走吧。"武毅向大家告别。他对紧紧跟在身后的那文生和冬云说："这人哪，不信缘分不行，上次我送你来，你还是一个愣头小伙子，我总是想，把你这个在城里长出的树，硬生生移到山里，当时你玉萱嫂子就说，这要是水土不服可就麻烦了。现在来看，你不仅在教学上获得大家的好评，立了业，又成了家，根子扎在泥土地了，还要把根子扎在老百姓心里，你们的日子一天会比一天好。"

"是是，是是是。"那文生不住地点头。

冬云两眼噙着泪花说："您的恩情我们记着，您就是我们的亲人。"

"您放心，我一定争气，干出个样儿来。"那文生说。

"好好，快回去吧，那么多人等着呢。"人们站在校门口，目送着汽车消失在大山深处。

刚才一直在学校门口巴头望着的几个妇女，立马跑到人群中，传递着听到的话儿："我琢磨着沟脑的人来就没好事儿。"

"可不咋的，帮穷帮到啥年月才是个头儿？"

"冬彩这不是给自个儿添彩是啥？"大家七嘴八舌。

院子里的锣鼓镲停了，人们也没了扭呀跳的兴致，舞"二贵摔跤"的孩子们也脱下了行头。

这时老齐才意识到这结婚的仪式有了开头，也得有个收尾才行呀。于是他站在高台上发表讲话："乡亲们，今天大家都为那老师和冬云结婚祝福，那老师让我代表他俩向大伙说谢谢！现在宣布，那文生冬云结婚仪式圆满结束！"

其实，在场的人也知道，这个婚礼闹得很是特殊，红火闹得不错，市长的讲话也挺鼓劲，就是沟脑人插进来的事儿让主题走了样，不免让在场的人有些扫兴。

"我说那老师，回头咱还得找补呢！"

"今天没给你画花脸儿，算便宜你了啊！"

"闹福闹福，越闹你家才会越有福，知道不？"

"知道，知道。噢，不知道，不知道。好好好！"那文生被

235

几位大嫂推来搡去，脸上多了几道黑烟灰，大声叫着："我投降，投降。"他连喊带叫地冲出重围。

老齐在人群里找时，不见了那文生和冬云，"哎，这俩人呢？"

原来，那文生在人群中找见沟脑的二嫂，跟在她后面，可这二嫂一个劲儿地躲闪。那文生好像找到了"猎物"，不转眼珠地盯着二嫂，抓住个机会就跑上前去说："二嫂，和您说点事儿。"

"哦，你说说，让我儿子上学，那几只羊让谁放？"

"二嫂，这上学是好事儿，聪明他都十三岁了……"

"先把肚子填饱了再说。"二嫂抹起了眼泪，"我家那瞎公公，已经病躺下了。"

这时只听冬彩对看热闹的村民说："叔叔、大婶、大姐们稍稍留步，现在沟脑的乡亲们断粮，需要我们帮衬帮衬。十多年前小鬼子清乡的时候，咱们村许多人在沟脑躲过了一劫，这恩我们都记着呢。如今，沟脑遭了灾，断了粮，咱们帮一把，他们的这个难关就过去了。"

"沟脑人是帮过我们，可是帮也得看有没有这个能力呀。"

"年年借，啥时是个头儿哟。"

几个妇女抱怨着。

秋婵一听让给沟脑借粮，满心的不高兴："这秋收前最眼急儿的时候，谁家不是数着玉米粒过日子啊。谁出的主意谁借，我家可没有。"

"对，对，我家也是缺粮户。"

"过难关得自己想办法，这两年我们没少接济沟脑呀。"

妇女们的话让老齐的火直往上拱："既然这么说，大家可听好了，谁家一天吃三顿饭的报一下，就这一个月，一天省下一顿不行？"

几位老师说："学校早就吃两顿饭了。"

"我家也早就是两顿饭呀。"秋婵大声说。

"不是，我们家一天吃三顿！"财宝这一声喊，可把秋婵弄得火冒三丈："小杂种！我让你小子胡说！"秋婵追着儿子财宝满院子跑。

"就是嘛，三顿，就是三顿。"

"看我回家怎么收拾你。"

"这个'节目'不错。"人们哄笑起来。

在场的人纷纷表态，愿意借粮食帮助沟脑过这个坎儿。

"都是乡里乡亲的，有难了应该帮帮。"人们通情达理。

沟脑的几个人十分感激。

冬云对那文生说："咱们也认领一个借粮户吧。"

那文生听了满心欢喜："那就借给沟脑二嫂吧，但是，得提一个条件，就是她得让她儿子聪明上学。"

沟脑二嫂听说冬云家借粮给她，出了校门还拽着冬云说："你告诉那老师，明天我就让聪明来上学，这回我说的话是唾沫都能钉出钉儿，一准算数。"

"指定是，我相信。"冬云应和着。

冬彩忙着统计自愿借粮的名单，老齐和两位老师高声报着各家借粮的数目："李贵家三斤，郑钱家二斤半，傅玉家五斤……"

下部·山魂

武毅离开学校后，对司机小张说："上沟脑看看。"

"市长，那个地方上不去车，得走很长一段山路，再说……"

"十多年前我去过那里，战争年代那里的百姓为革命做出很大牺牲，现在还在饿肚子，生存上还没有安全保障，这是我的失职啊，越是偏远的地方越需要关注。"

小张知道面前这位领导的脾气，也不再说什么。

武毅看着河滩上盘卧着的各种形状的巨石，顺山坡垂落而下，早已被洪水冲洗过的、浑黄的"挂画地"，心里很不是滋味。当年游击队和日本鬼子周旋的时候，梓罗树、沟脑、尖岭等几个坐落在深山里的村子，是他们经常藏身的地方，百姓们冒着生命危险，把负伤的游击队员背到家里，为伤员们采药疗伤，有半碗粮食都要送给战士们吃。没想到如今百姓们没有向政府邀功的想法，仍然在山里坚守着，他们不嫌弃这里的土地贫瘠，只是在遇到不可抗拒的自然灾害的时候，希望得到帮助，其目的不过是能吃上饭而已。可是解放已经几年了，老百姓还没有得到他们应该有的生活。

武毅对小张说："战乱的时候这些地方可以藏身、养兵，可现在不打仗了，这里的百姓还没走出深山老林，更没有走出贫困，这实在是没有道理啊！"

汽车在河滩上摇晃着行进，鹅卵石被车轮碾轧得发出哗哗嚓嚓的响声。山洼越走越窄，没有了路，山也越来越陡，在杂草丛生中，隐隐约约可以看出有人行走出的一条小路。汽车马达声惊动了荒草丛中的飞鸟，再也没法前行。他们徒步向上，武毅接过小张为他折下的树棍，两人在曲曲折折的山石小路上攀登。他们走到太阳偏西的时候，几个木头支起的小窝棚从杂木林中钻出来，武毅边走边搜寻着当年的记忆。

一块斜卧在草丛中的青板儿大石出现在眼前，他对小张说："过去游击队员们经常在这块石头上休息开会。"

他们再向上走十几步，山碴间出现一个石头垒起的小屋，石墙中间虚掩着几块木板拼接的屋门。

"老乡，有人吗？"小张喊道。

武毅推开门，顿时，一束光亮打在土炕上，炕上坐着的老人向前蠕动了一下："谁呀？"

面前这位头发蓬乱苍白的老人，核桃般的面孔雕刻着沧桑岁月，两眼直直地盯着阳光处，枯枝般的手指紧紧抓着一根木头拦起的炕沿，显然这是一位盲人。

"大爷，我们是从市里来的。"

"市里？"

"哦，就是承德，离宫。"当武毅握着老人那如干柴般的手时，目光停留在老人额头上那片铜钱般大的红痣上，"您是山虎叔？"

"对呀，对呀，你是……"老人皱起的眉头不停地颤抖。

"我是武毅，小武子。"

"小武子，你们又回来啦？"

"回来啦，回来啦。"

"这回多住几天，休整休整。"

武毅和小张相互看了一下，他们意识到老人神志已经有些模糊，记忆停留在十几年前。

老人接着说："沟外还有日本鬼子的两个岗楼。啥时候端，我给你们蹚道儿。"

顿时武毅的泪水夺眶而出。那是1943年夏天，由于日伪军大规模的"扫荡"，冀东抗日根据地基本区成为日伪军占领区或游击区。按照晋察冀军区第十三军分区的部署，李运昌率领的游击队转战在滦河东和长城以北地区，游击队活跃在燕山深处的崇山峻岭，经常出其不意地给日伪军以打击。生活在大山深处的百姓成为游击队的坚强保障，沟脑就是他们经常落脚的地方。当时，这里生活着二十几户人家，百姓为避战乱，隐藏在这里的山洞中，后来他们自食其力，过上了刀耕火种近乎原始人的生活。人们靠山吃山，山里的野菜野果丰富，野兽飞禽也成了解决些许温饱的猎物。在一次端敌人岗楼的战斗中，山虎叔冒着生命危险，硬是把一位叫晋来的受伤了的战士背到沟脑，在他家里的小石屋里养伤期间，山虎叔带着他的儿子到山上采药，山虎叔还经常端着自制火枪，守候在乱石堆或草丛中打野兔。因为沟脑十分隐蔽，在山下只能看到乱石杂树，是敌人不注意也上不来的地方，老百姓称这里为宝地，也成了游击队队员歇脚、养伤的地方。那时大家共同的一个念头，就是打败日本鬼子，百姓过上平平安安的好日子，用山虎叔的话说，人只要能平安地活一世，就知足了。可是，解放已经好几年了啊，这里的人还过着缺吃少穿的生活，无论如何也说不过去啊！这让武毅感到无比的羞愧不安。抗日战争胜利后，解放战争的几年间，当地一些土匪经常到沟脑骚扰，百姓们不堪其苦，纷纷搬到山外，如今这里只剩下了七户人家。

武毅和小张搀扶着老人到屋外，在大青石上坐下。老人说："好几天没出来晒老爷儿了。"武毅这时才看清老人的衣着，他的单衣服上补着十几块各种颜色的补丁，腿上穿着露着棉花的黑棉裤，脚上是两只不一样的鞋子。

武毅对小张说："你受累跑一趟，到车里把我那件卡其色衣服拿来。"

这时一位妇女来到他们面前："山虎叔，来且啦？"（当地人把客人叫"且"）

武毅赶紧站起来，两人相互看着，"你不是小武子吗？"

"是呀是呀，凤芹！记得您刚嫁到沟脑来时，经常给我们做贴饼子。十多年啦，十多年了呀！"

这时山虎老人抓着武毅的手说："你就是当年那个小武子？"老人激动得说不出话来，两行混浊的泪水顺着脸上的"沟渠"流淌，"我眼睛瞎了，再熟的人也看不见了。"

武毅一时不知说什么好。

凤芹说："今年雨多，你看看这山让水冲的，房子冲了不说，还把山虎叔家的二根伤耗了。可惜呀，那么好个人。"

在学校听到沟脑人下山借粮时，让武毅忽然想起抗战时期在沟脑避险时的往事，沟脑人为革命做出过重大贡献，可是现如今却未能吃上饭，靠四处借粮渡过难关，怎么只顾大面儿上的事儿，却忘记了藏在深山里、在高山上为生活而挣扎的百姓们呢？他们最不应该被忘记，他们应该常挂在我们的心上！

"怪我来晚了，怪我呀！"

“这天灾，谁也挡不住。年年政府都给我们救济，今年遭的灾大，一个月前就没粮了。听说你当了大官，可得给我们想想办法。”凤芹说。

　　“对对，我这次来就是想看看你们，了解了解情况，政府一定会帮助解决。”

　　“冬彩前几天送来几十斤粮食，她说是自己家的，不用还。但是好几家人一分，还是扛不了几天。”

　　听着凤芹和武毅的对话，山虎叔说：“没水养不住鱼，山秃留不住鹰。想不到今天小武子来看我们，可现如今的沟脑连顿饭都招待不起了。”

　　武毅紧紧握着那双枯枝般变了形的手说：“山虎叔，这些年让您吃苦啦。”

　　“我们都是吃着苦过来的，吃苦是小事，可我那儿子没了。”泪水再一次在老人脸上的沟渠间流淌。

　　武毅不知如何安慰老人。他知道，老人说的儿子，叫二根，有股子勇猛劲，是跑山路攀山碰子的好手，他曾报信，让游击队躲过了敌人的偷袭。武毅要看看二根殉难的地方，凤芹带着他从老人的小石屋东行二十几步，来到一个比较平缓、被山洪冲刷成只有一丈见方的小台地，台地东侧可以看到被松动的山石拉出的条条山沟。凤芹告诉他，原来二根的家就在这个台儿上，一个多月前被那场山洪冲毁。武毅心情沉痛。

　　“我嫁到沟脑十多年，头一回看到那么邪乎的山洪，那滚石动静好像打雷。”凤芹说，“政府对我们不赖，也三番五次动员我们下山，可是老人家们舍不得他们亲手开出的地，撂不下这些年辛辛苦苦栽成的果树，他们把这些都当成自己的孩子，您说怎么能舍得走哇。”凤芹指着不远处几棵挂着果的苹果树和泛着青红的山楂树接着说，"那些沟沟坎坎上还有不少栗子树、核桃树，现在都成气候了。"

听说山外来人，附近住着的几位老人向大青石聚拢，武毅站在几位老乡中间的时候，他在脑海中寻找着当年的记忆，经常给游击队送干粮的"疙瘩老"已经驼背；采果子、拧柿子把式的关大叔，得了白内障，失去了劳动能力；做菜团贴饼子的好手、风芹的婆婆，腿变了形，没有了当年的利索劲儿……岁月给这些山里人留下的只是沧桑，但是他们的厚道纯朴、善良坚强，和这大山一样刻在武毅心中。

人们好像有许多想说的话，但是在这个大官儿面前不知先从什么说起。武毅一一向大家问候。老人们听说政府希望大家搬到山下生活，都把头摇得如拨浪鼓般，说沟脑是保过大家命的地方，现在不打仗了，更得守家在地地把这山建设好。听着几位老人的说法，看着眼前的情景，印证了刚才冬彩的话，"沟脑的人对那山的感情太深，怎么动员也不肯下山"。他想，要因地制宜想些办法，保证他们起码的生活生产条件。听说武毅要为沟脑人解决眼前的困难，还要做长远的安排，老人们十分高兴。

初秋的风在山间盘旋回荡，汽车在深蓝疏朗的月夜飞奔。看着远近耸立着的一座座大山，武毅心里思念着在大山褶皱中艰难生存着的人们。当初参加革命为的啥？不就是为着让老百姓过上好日子吗？可是革命胜利了，有些老百姓的生活却没有什么变化，我们有什么脸面再见这些跟着共产党打天下、立过功的乡亲们呢！

夜深沉，万籁俱寂，唯有穿行树间的秋风发出沙沙的声响。武毅推开房门，玉萱放下手中缝补的衣裳说："咋这么晚才回来？梅大夫来过两趟，叫你回来第一件事就是去做身体检查。"

"我知道了。"

"还没吃饭吧，我给你热去。"武毅走进里屋，端详着熟睡的小拴住说："一个星期没见，这孩子好像又长大了。"他走出卧室接着说，"这孩子已经把这里当成了他的家，老杨整天长在水库工地上，一两个月才能抽空到幼儿园看看孩子，时间长了，怕和他生疏了。

"今年是五年计划的第一年，我们要响应党中央的号召，掀起建设社会主义新高潮，各行各业都需要建设人才。干部培训学校和工农速成学校培养了一批学员，他们成了各个建设岗位的重要力量。"

玉萱看武毅狼吞虎咽地吃着面条，笑了一下，但又有些责怪地说："工作忙，可也不能总忘了吃饭呀。"

"哎，说正经的。大家对培训学校的毕业生反映怎样？"

玉萱边收拾着碗筷边说："分配到咱们街道的两位同志不仅有文化，干起工作来还带着打仗时候的那股劲儿，热情高着呢。自从老杨抽调到水库工地后，喇嘛寺的车把式老关就把运动场保障材料的事儿接过去了，他把喇嘛寺村的七驾马车组织起来，没几天就把打基础的石料备齐了，保证了工程进度。再就是保育院扩大招生工作进展也挺顺利。"

武毅说："这个保育院是 1949 年成立的，当时选了几个地方，但总觉得不太合适，承德本来地方就不大，不是山就是坡的，要建新房，条件也不允许。后来有人提议到避暑山庄西边的阿哥所，可是又有人说，那里是清朝皇子们来承德居住学习的地方，不适合培养新中国的人才。大家研究了几天，也没选出一个合适的地方。我也看过许多地方。我想，封建社会留下的遗产也是劳动人民建设的成果，我们反对封建是精神上的事，不能把老的建筑也贴上封建的标签，百废俱兴，旧物利用，只要教学方式和教学内容好，能为国家培养出建设人才就行。"

玉萱说："都后半夜了，快洗洗休息吧。"武毅好像还在兴头上，"因为我看了，阿哥所的房子不像宫殿那么豪华，房子也还结实，怎么也得让烈士子女们有好的生活学习环境，再说双职工干部越来越多，孩子安排好了，也解决了他们的后顾之忧。"

"可不，就说老杨吧，拴住上幼儿园，他就能一门心思地工作。还真别说，这一年老杨锻炼得真不错，再加上他有一些文化底子，执行力强，群众威信高。"玉萱边说边为他铺好了被褥。

武毅坐在他那软绵绵的单人床上说："老杨也有些天没见小拴住了吧，也得创造点条件，让他和孩子多见面，毕竟他才是拴住的父亲。"

"是得让这爷俩儿培养培养感情。哦，对了，明天一定得去检查身体，可不能再拖了。"玉萱有些着急地说。

"好好，一定去。"武毅随口答应着。

玉萱看着武毅躺下，熟练地把灌上热水的暖水袋用毛巾包好，放在武毅的腰间说："差点让我忘了，俊英考上卫生学校了，一个星期前就去报到住校了。"

"哦，好好好，这就好，这姑娘文静，心也细，是个当医生的好材料。"

玉萱刚要出屋门，武毅说："我那个抽屉里有一支钢笔，她回来时送给她。"

"好好，那她一定高兴。"

这一夜，武毅脑海里一幕幕地过电影，石板营子的人们敢于面对艰苦，对生活的乐观态度，求新求变，追求文化生活的渴望；沟脑人坚守大山的顽强刚毅中，浸透着对家园寸土的深沉眷恋、坚守与固执，让他感到人民群众中蕴藏着的一股力量。但他意识到，目前最为紧要的是，一定要尽快解决收秋前百姓饿肚子的问题。

一大早，他就来到办公室，看着各部门报上来的材料，有些生气，自言自语道："真是报喜不报忧！"他喊来办公室马主任："马上通知，一个小时后开会，各委办局的负责人都参加！"

一个小时后，马主任看到武毅正在打电话，站在门口。"好好，我等你的信儿，数目定下后，我好做具体安排。"武毅舒展了一下腰，又自言自语道，"天无绝人之路呀！"

"市长，参加会议的人都到齐了。"

武毅说："走走，开会。"

大家知道讲话直截了当不留情面是武毅的性格，今天突然召开会议，肯定不知是哪儿又让他发现了问题，各自心里犯着嘀咕。武毅坐下，环顾了一下会场说："来齐了？"随即开门见山，"看了各部门报来的情况，现在各项工作进展还算顺利，可是成绩说得多，问题讲得少，是不了解情况，还是了解了不愿意写？是想逃避现实，还是得过且过？是为了让我高兴，还是怕挨批评？你们看看自己报上来的东西，净是报喜不报忧的空话。大庙、罗锅子沟铁矿占地问题，农民的要求怎么解决？中小学校过冬的煤有没有着落？五保户的补助款市里能解决多少？我在这儿就不一个一个地说了，回去好好讨论讨论，多下去走一走，把真实情况报上来，想办法解决。今天我们就讨论一个问题，再过二十多天就要收秋了，可是眼下一些农村出现断粮的情况，有的村与村相互拆兑着勉强能挺到收秋。偏僻的村，住在山里的老百姓就没有了法子，总不能让他们整天以树叶、野果充饥，更不能逼着他们去啃青啊。"

他站起身，忍着隐隐的腰疼，看看大家说："把那些断粮户，外流讨饭的人数，今年受灾绝收土地的亩数，歉收粮食的数量，等等，都弄清楚，这一两天抽出人员，背上自己的口粮，分头下乡摸情况，想办法，村与村能相互拆兑的，做好群众工作，动员大家相互帮衬。山区的特点是一场暴雨，就能冲毁农民一年的收成，山洪扫过，房倒屋塌，造成人员伤亡，所以修水库，禁砍伐，保水土，多植树，是必须坚持的，也是要办扎实的大事。现在独峰寺、快活林、花市的几个水库，进展顺利，听北京的工程师说，明年完工的水库就能见些效益。

"这次我去了水泉乡的沟脑，那里十分偏僻，几十年来，这里的人藏在山夹缝里生活，很容易被人遗忘，现在那儿还住着7户人家。抗日那会儿，游击队经常到沟脑休整，为伤病员疗伤，这里的百姓生活本来就苦，可是他们只要有一个菜团子，也要先给游击队员吃。他们渴望解放后过上好日子，也把能过上好日子的希望寄托在我们的身上，可是解放好几年了，没有了战争，他们还是过着吃了上顿没下顿的日子。让我真是无地自容啊！"

会议室发出唏嘘声与小声议论声。

"其实还有很多人都像沟脑的百姓一样，可我们心里有数吗？在座的大部分是打过仗的人，过去我们吃着老百姓送的饭，穿着老百姓做的衣，现在我们享受到了革命的胜利果实，可老百姓却没有享受到，仍然过着苦日子，实在让人心寒。"武毅停了一下说，"大家讨论讨论，充分发表意见。"

"市长说到了根子上。以前我只想着打过仗、立过功，觉得有老本可吃，心里没有了百姓，更不去想他们的疾苦。"副市长老汪首先发言。

"浮在上面，不深入下去，老百姓的情况不了解，为民办事就没有了根据。"工业处的小唐也讲出了一番道理。

"可是现在我们下去，是不是会给老乡添麻烦？"

"刚才市长不是说了，自带口粮，不是很好解决的事情嘛。"

"我们下乡调研，不是送粮，老百姓能欢迎吗？"

"看你怎么做工作啦？只要不摆架子，老百姓才不会不欢迎呢。"

几位同志小声议论。

民政局的老王说："每年乡里都报来救济名单，但总是会收到群众的反映，要把需要救济的真实情况摸清楚，就得到基层听听群众的意见，不能不该给的给了，应该得的却没得到。过去出现的问题得彻底解决。"

农林局的同志提议："根据土壤植被和气候，适合栽果的山场，号召百姓多栽果树，以副养农。靠山吃山，有了副业收入，农民们的饭碗就端在自己手里了。"

"过去打游击，有大山里百姓的保护和支持，我们保存了战斗力量，消灭敌人。可是自从进了城，对山里的百姓渐渐淡忘了，滴水之恩，当涌泉相报。可是，我不但没有做到，而且是已经忘掉！为了亡羊补牢，明天我就带队，到日本鬼子曾经集家并村的偏岭子、窟窿山几个村。"副市长老李当场表态。接着几个部门的同志也都做出初步计划。

参加会议的同志，大部分经过战场的历练，每个人都有几枚军功章，他们经过干部学校的培训，老本、新知，一样不少，但是坐机关搞管理却是外行，对自己负责的工作缺少信心。有的人缠着武毅要求把自己派到工厂，狮子沟的酱油厂一成立，几位局长争着报名，纸盒厂没改建完，就有几位局长在市长办公室门前排起了队。

"谁说咱工农干部不行？能扛枪拼着性命打敌人，枪林弹雨的都过来了，现在和群众打交道，为国家建设站岗出力倒怕啦？人人都要从干中学，守住为人民服务这个本，到哪里腰板儿都挺得直直的，就不会当俘虏。"武毅看着大家讨论时兴奋的样子说。

"其实大多数干部还是把老百姓装在心里的，只是我们还没学会拉'手风琴'，十个指头调动不开，顾了左忘了右。"武毅做了一个形象的比喻。

说完，武毅觉得用拉手风琴做比喻有点不妥，这个比喻是他突然想起，在一次庆功会上，一个小战士因为紧张，手指在手风琴键盘上有点乱按，跟不上唱歌的调儿，于是在讲话中产生出这么个联想。但是，大家听了还觉得很新鲜。

对今天的会武毅是满意的，他说："今天的会开得很好，大家都打开天窗说出了心里话，但是工作要从整体上考虑，各部门的职能不同，也要分清轻重缓急，可不是搞一刀切，把人全部派下去了，正常的工作运转受了影响，那样的话，不但是走了形式，还会误大事。眼前是要抓主要的事干，抓亟须解决的重点问题，不能再像旧社会那样，出现饿死人的情况。下乡的时候，根据因地制宜的原则，山里的百姓自古就知道靠山吃山的道理，也有许多好的办法，要注意总结，在土打土闹中总结点经验，我们的干部在群众面前都是小学生。常言说，众人拾柴火焰高，我们今天这柴拾了不少，接下来就要看这火怎么烧了。"

他吩咐办公室的小高把大家讲的都记录下来，会后找各部门的同志一项一项地研究落实办法。

这时，武毅感到两腿沉重，刚才便池里的红色液体告诉他，这是又一次尿血！恐怕今天一定得去医院了。

他回到办公室稍事休息，批阅完几份文件。小张进来说："粮食局的吴局长想见您。"

"请他进来。"

吴立局长过去是部队后勤队队长，在民间收粮、分配物资等方面有丰富的经验，今天的会上他是唯一没有讲话的人。

"吴局长，坐，有啥话尽管说。"

吴立说："市长，现在最为要紧的是解决农村断粮问题，救济粮一个月前就下拨完了，这两天9个乡都来请求代销粮。但是市里的粮库已经快空了，留下的一万五千斤战略储备，是不能动的。我们向乡长们交了底，请他们尽量自己想办法渡难关，有6个乡的乡长说，动员百姓们相互拆兑拆兑。可是大水泉、孤岭子两个乡的几个村就没有了办法，因为那里山高地少，加上今年几场洪灾，出现举家外出逃荒的事。"

"好，我知道了。你回去把实际情况和断粮户的数字统计一下，随后报我。"

这几个月，彪子在水库工地负责工程质量，人们都叫他杨监理。自从长城砖事件后，他又多了一项检查、收集长城砖的工作，他和一个叫黄伦的小青年，沿着承德辖区内的长城走了一遍，小黄记下长城坍塌的情况，有的还画出草图。他们走长城，住农家，和许多村主任们一道，动员农民交出长城砖。

百姓们听说拆长城砖是违法的，也吓得不轻，有的偷偷把长城砖送到长城脚下。彪子看到了成绩，也感到农民还是讲道理的。这天，在快活林水库工地做最后一项监理检查时，乡里人带话说，市长让他马上回去。

他和小黄轮流驾着马车赶路，太阳快落山的时候，他们才进了城，直奔政府大院。门卫老冯头说，市长在医院。彪子心头一紧，他迫不及待地跑到医院。正输液的武毅看到彪子，一下子坐了起来，彪子急急走上前说："你这是……"

"没什么，例行检查。"武毅笑笑说。

彪子虽然心存疑惑，但看到武毅还是那么有精神，心放下不少。

这时玉萱推门进来，"你回来啦！我刚把拴住从幼儿园接回家，现在俊梅和俊凤带他玩呢，这孩子聪明听话。"

"让您费心受累了。"

"这就说远了，你是为了工作，我们照顾小拴住也是为了工作嘛。再说小拴住就是要找玉萱。"武毅接着说，"这次叫你回来是有个急事，我的老战友布林，现在是锡林郭勒盟的盟长，我已经和他讲好了，先借我们一万公斤青稞和八千斤牛羊肉下脚料，有了这些东西，就能够解决当下的燃眉之急。"

"是啊是啊，这个时候能借给咱们，真是雪中送炭了。"彪子在乡下考察的这些日子，没少吃杂面榆叶团子、榆叶粥，就是这些想起来就让人反胃的食物还经常断顿。于是，山上的青果子、涩柿子、带浆连瓤的嫩玉米都成了果腹之物。

武毅说："政府后勤处的老赵已经准备好了马车，听说拉救济粮，马车店的老板对出车出人很是支持。你会赶马车，过去和车老板们打过交道，大家认为你是合适的人选。我也和水利局打了招呼，你到水利局把工作交接好，这回让你领队，和内蒙古的同志做交接，你和小黄一块向对方打借条。因为时间紧，我战友让他们的同志把这批货物送到赤峰交接，这样，你们可以少走百十里路。"

彪子感到这是一项十分重大而神圣的任务，说："您放心，我一定完成好。"

"哦，对了，经过速成学校的推荐和组织部的考察，从上月起你就是民政局的正式干部了。"这个消息让彪子感到很是突然，但又出奇地高兴，一时间手足无措。

"抓紧去民政局报到吧。"武毅说。

看彪子担心自己的身体，武毅说："没事儿，我是一年一度的身体检查。"彪子这才放下心来。

彪子走在武烈河边的大堤上，初秋的风清爽宜人，他体会着从没有过的快活。

那文生和冬云的婚礼在石板营子是破天荒的事儿，老人们说，城里的人干什么事都特别，结婚不喝喜酒，也不闹洞房，只是让大伙儿来看热闹，没见过！对于那文生来说，心里可是美滋滋的，来的人多不说，市长还大老远地赶来。他把钢笔揣在怀里，心想，以后我要用它批改作业，教冬云写字，给城里的朋友写信，对了，还得写本小说，把格格姑讲的故事写出来……想起格格姑，那文生眼里忍着眼泪硬是没流下来。

冬云从捡拾糖纸的孩子群里找到小宝，小宝很兴奋，过年也没有这样的热闹。热闹归热闹，可是依着冬云的想法，什么动静也不用闹，寡妇改嫁本来就让人笑话，还闹出动静，张扬把事儿的，不像话。可老齐和几位老师却极力张罗，他们说，新社会了，要破除封建思想，不请客吃饭，但也不能不办，要喜事新办，给乡亲们带个好头儿。这让冬云心里坦然了许多。只是沟脑人的到来，让她感到有些不是时候，不过没有不散的宴席，何况还没摆宴席，现在重要的事儿是要把粮食借给沟脑二嫂。

冬云对那文生说："咱们回家给二嫂称粮吧。"

"对对对。"

学校院子里的人已经散去一大半，而冬彩已经把村里人和沟脑来的人结成了临时对子，跟他们一家一家地称粮去了。于是，那文生和几位老师一道，带领学生们收拾"二贵摔跤"的行头，打扫卫生，桌椅归位。

冬云拉着小宝和沟脑二嫂一块儿走出学校。人们渐渐从学校向村子的四面八方散去。当那文生和背着抱着结婚礼品的学生们来到冬云家的时候，冬云正送沟脑二嫂出门。

"这是新磨好的玉米面，您先吃着。"冬云说。

二嫂忽然想起，"我还没打条子呢。"

"不用，不用打，时候不早了，您快回吧。"

"那，那让我说啥好呢？"

"二嫂，啥也不用说。"

二嫂把面袋紧紧地抱在怀里，回沟脑去了。

学生们的到来，也让小院热闹起来。

夜深了，几支火红的蜡烛映着两个人的脸庞。

那文生说："我终于盼来了今天，可是有一样东西今天没能给你，先欠着，过几天放秋假了回去拿。"

冬云知道他说的是什么，因为那文生几次和她讲起清朝时格格、福晋们的装束，花盆底鞋常出现在宫廷，偶尔大户人家节庆时也让姑娘、福晋们穿一穿，让王公贵族们欣赏欣赏，也是一种身份的象征。作为普通人，在生活中无论如何是不能穿着它过日子的。那文生说，他记得家里曾经有一双绣着一对荷花鸳鸯的花盆底鞋，那是母亲出嫁时她的母亲做的。

看着在他讲述花盆底鞋时冬云好奇的样子，那文生说："我回去好好找找，拿回来给你看看，但是说好了，可不能穿呀。"冬云问他为什么，他很神秘并一本正经地说："这个有讲究，穿故去老人的鞋，不吉利。还有最重要的是，咱们这儿哪有什么平整地，遍地是石头小道，院子里土哄哄的，走不稳当摔个跤可不得了。"

看冬云不住地笑，他又说道："你穿着花盆走道儿，还不把全村，不不，把十里八乡的人都招来呀！把人给看跑了，我找谁哭去呀！"

冬云听那文生越说越走板儿，使劲在他肩膀上拍了几下，"让你没正形！"

"哎哎哎，不说了，不说了，留着劲儿，赶明儿收秋时候使。"

冬云笑着说："别贫了，快洗脚去！"

那文生把两脚放在冬云放好水的脚盆里，哼着小曲儿，心里美滋滋，"再也不用做梦娶媳妇喽"。

一弯明月照在窗户上，照在一对红喜字上，那文生望着黑乎乎的房梁，梁间铺着的荆条箔子已经腐烂，他对冬云说："这房子老旧，有空了整置整置。噢，对了，回城里时把我那房子也拾掇拾掇，学校放假了，咱们就到城里住住。"他们对将来的生活充满了希望与美好憧憬。

彪子和小黄赶着马车，一路向北，七驾马车跟在后面，前前后后有半里地长，很是壮观！彪子从没有像现在这样神气。这匹四岁半深棕色的长尾马，是他从大车店里挑来的。大车店的胡老板一个劲儿地嘱咐，按时给马吃草、喝水，夜里添一次料，记得加豆饼，重要的是，牲口得惜着使，彪子一一答应着。可是临走时老胡说，在路过双峰寺街时，正好有一千多斤烧好的炭得捎到赤峰，那边有人接应，说是内蒙古人冬天吃火锅多用炭烧。彪子把这事告诉了政府管财务的老关，敢情这一趟还夹带着老胡的私活，不能让老胡在这个买卖中钻了空子，占了公家的便宜。老胡看老关的账算得精细，虽然少了一些收入，但是这一趟自己有二百多元的赚头，也是心满意足的。

彪子坐在车辕上，从怀中掏出一个布包，小心翼翼地打开，端详着小拴住的照片，圆圆的脸蛋上两个明显的酒窝，细长而有神的眼睛盯着自己看，那神态极似志民，人中长，口适中，眼眉粗，还真有点男子汉的味儿。一晃三年，孩子已经四岁了。志民把淑贞接回老家的时候，格格姑舍不得孩子跟着志民受罪，执意把拴住留下。可是不久格格姑去世，拴住跟着彪子过上了田园生活，种菜时节，他忙得顾不过来，孩子只有在泥土地上耍。收菜季节，他就推着独轮车，一边的筐里是给用户送的菜，一边的筐中坐着小拴住。他把力气使在了养家糊口的菜地上，把责任和怜爱倾注到拴住身上。他想，为了生死之交的兄弟，再难的事儿也义无反顾。他不管人们的白眼闲话，视拴住为己出。自从上了速成学校，他才真正从菜园子里走向社会，学习忙的时候，玉萱就把孩子接到家里，用玉萱的话说，"我家孩子多，一只羊是放，一群羊也是放，还有个伴儿，大的还能拉巴小的，你放心吧。"从此以后，拴住就成了市长家的一员，接受着大家的疼爱，小拴住也为这个特殊的家庭增添了一份欢乐。玉萱更是疼爱这个孩子，不知什么时候，拴住自己改变了对武毅和玉萱的称谓，把大大变成了爸爸，将阿姨改成了妈妈。为这，玉萱专门为小拴住煮了两个红皮鸡蛋。

那些天，彪子的心情有些复杂，虽然孩子一直喊他爹爹，当他一个人睡在小南门家里的土炕上时，感到空落落的，但是学习工作一忙起来，他又感到一种莫名其妙的释然。孩子为他孤苦的生活带来了几分喜气，忙碌的生活也让他感到了充实。他给志民写信，几乎全部是小拴住的生活记录，让志民在信中看到小拴住的成长。

每到半年头上，他就带小拴住到照相馆拍一张全身照，有抱着花皮球的、有骑木马的，有端着枪的，还有以避暑山庄水心榭为背景的……他把这些照片陆陆续续寄给志民。他想，等小拴住长大后，就送他回到父亲身边。现在志民靠打零工赚钱，又得照顾淑贞，难呀！小拴住一天天长大，男孩子的淘气劲儿上来，让他这个没结过婚的大老爷们儿还真招架不住。

车队行进到双峰寺镇，在头道营子木炭作坊装好了货，大家吃过了自己带的干粮，继续前行。傍晚时分，突然狂风大作，天地间顿时乌黑一片。

"不好！来雨了，看这势头不小！"彪子招呼着车把式们用油苫布把木炭袋子苫好，木炭不能见水，如果淋了雨就全报废了。不一会儿，豆大的雨点砸了下来。常在这条路上拉货的车把式说，现在离前面的尖岭村还有十多里地，前不着村后不着店。马蹄在泥泞中打着滑，淋得浑身湿透的车夫们紧拉着缰绳不让自己摔倒。抱怨声、叫骂声、马的嘶叫声和风雨声混杂一处，如此境况，让大家精疲力竭。这是彪子出发前不曾想到的。车队上梁下梁拐弯抹角地行进，彪子前后跑着照应，不敢让一辆车落下，半夜时分终于到了尖岭村。这是一个有着百十户人家的村子，因为靠近要道，有一个规模不小的大车店。可是当彪子敲开车店大门的时候，里面回话："客人已满，没有铺位了。"

彪子和小黄赶紧给老板手里塞票子，这位身材瘦小，头上扣着不合时宜的灰毡帽儿的男人，看了看鱼贯而入的马车，有些为难地说："你们一下子来了九口子，我这哪儿装得下呀！"他喷着一嘴的旱烟味儿嘟囔着："赶上下雨，除了车稕子，过路的也住下了，你们看看咋个挤法？"

彪子和小黄紧跟在后，来到店里。

这是一间很大的没有吊顶、没有打隔断的房子，借着墙壁洞里的两个不停地晃动着的煤油灯看过去，房子中间是一条宽宽的通道，通道两边是两排大通铺，通铺上睡着二三十个男人，鼾声、咬牙声此起彼伏。

彪子指着门口处的四五个铺位说："老板，让我们在这几个铺上挤挤吧。"

灰毡帽儿耸了耸被厚厚的嘴唇托着的小鼻子说："这边上的炕坏塌了几块儿。"

他走到邻近的几个铺位前，扒拉着熟睡的人喊道："往那边挤挤！挤挤！大雨荒天的，能多住几个就多住几个。"通铺空隙大了许多。

彪子对小黄说："咱俩在火炕坏的这块儿凑合。"

小黄说："也只能这样。有个地方平躺着就行。"

几个月来，小黄跟着彪子翻山越岭地找寻长城城砖，风餐露宿什么苦都吃过，这点事儿也就算不上什么了。

说话间，灰毡帽儿搬来几床散发着油烟与牲口粪混合味道的粗布被。彪子对小黄说，大家辛苦了一天，早上让大伙吃点热乎的好赶路。

灰毡帽儿听了很是高兴："没问题，我早点儿把吃的备好，备好。"

七个车把式已经把各自的牲口拉到棚里，他们聚在大屋边的偏厦底下抽烟。

彪子说："委屈大家了，我们挤挤就住这儿吧。"

彪子和小黄给牲口们添了草料，总算可以睡上一觉了。

大雨可劲地泼了一夜，天蒙蒙亮的时候，雨终于停了。大车店热闹起来，院中央水井边，打水饮牛马的，撅着屁股从桶里掬水给自己洗脸的，给马上绺头套辕子的，为了几块钱与灰毡帽儿讨价还价的，掐着玉米面大饼子骂着牲口挥着鞭子扬长而去的……仿佛新的一天是被尖岭子村的大车店唤醒一般。

柴草燃烧的烟火气味在院中弥漫。小黄踩着泥泞，迈过院子里一条条还在流淌着雨水的小沟，来到旁边那个敞着篷子的大车店食堂，一大锅冒着热气的小米粥，长条桌上摆着一大盆芥菜疙瘩切成的粗咸菜条，一笸箩金黄色的玉米面饼子。一个小伙计低着头，从大铁锅中铲着最后的两个饼子，于是，又一笸箩饼子也上了桌。

灰毡帽儿笑着走过来，顿时厚嘴唇变薄，拉向两边的耳根："你瞧瞧，我让伙计特意又贴了一锅高粱面儿饼子，你们人多，吃了早上的，再带着路上的，多省事儿。"

小黄心想，这灰毡帽儿还真会琢磨，看来九个人中午的干粮钱也得留在这儿了。

其他的车老板都走得差不多了，唯有他们这拨车老板们才懒洋洋地从被窝里爬出来。

"这趟活儿拉得真晦气。"黄头发老帅一个劲地抱怨。

"听你的拉远活儿！拉远活儿！你看这罪遭的。"那个叫大熊的，抖着湿漉漉的衣服向一个叫生子的小车老板抱怨。

"我寻思着不是为了多挣俩钱儿嘛！"叫生子的小个子回应着。

彪子说："早饭好了，师傅们！去吃饭吧，好早点赶路。"

这时从被窝里钻出个大脑袋，"我脑袋疼。"说完大脑袋又缩回了被窝。

"我昨晚也冻着了，得多缓缓。"已经坐起来的叫岭厚的小伙子又躺下了。

彪子劝说道："咱们这趟活儿是有时间的，明天后晌得赶到赤峰。"

"我可管不了那么多，身子不舒服，就得休息。"

"对嘛，人困马乏的咋个赶路？"这时那个叫大勇的中年男子也装起了尿。

"对对，昨晚我那马吃草都不利索。"另一个也上前搭讪。

"那是你那马岁数大了，嚼口儿慢。"一直没出声的承昆话音刚落，几个人就朝着他去了。

"放屁！我的马老了，你岁数小，嚼口快，好不！"

"瞎吵吵啥！这是打架的时候吗？你们两个傻子！"黄头发老帅急了，骂骂咧咧地低头找鞋。

彪子耐心地劝说："老话说，好出门不如丑在家，何况昨天真是让大伙儿淋着了。"

"赶大车的，这还不是常有的事。"承昆憨憨地回应。

"就你会说好听的！"

"昨晚你咋不在雨地里待着。"

"这俩要命钱儿挣的，还不够喝一壶呢。"

……

这时彪子想："他们这是合起伙来要挟加钱呢。"他看着不想挪窝的几个人说："这次出门赶上天气不好，让大伙儿辛苦了。不过还是早点走，饭已经准备好了。"

"饭好了，身体不好也吃不下去。"

"对呀，吃不下去。"

"我也吃不下去。"

"等过大镇子时，买点药，吃了就好了。"彪子又接着说，"我们得按时赶到交接的地方，要不人家得等着，如果让人家说我们不讲信用就不好了。"

"什么好不好的，那是你的事儿。"

"对对，关我们啥事儿。"几个人又是一阵耍熊。

彪子想：他们这是合起伙来成心捣乱。看来不出点血是不行了。他说道："你们想怎么着？"

几个人相互看了看，又都不作声。

停了一下，黄头发老帅说："怎么说也得加钱。"

"对对对，加钱，加钱。"

"没说的，得加钱！"

彪子说："好！从现在开始，我们都是跑江湖的人，就按江湖上的规矩走。你们说加多少？"他心里琢磨着，按一天一天加，破了出发前谈好的价码，而且还会破了政府的计划，不行。只能按特殊情况，一次性处理了。既然向政府表态一定完成任务，这笔钱就得自己承担。

这时黄头发老帅说："你看着办，我们兄弟几个也不难为你。"

"对对，不为难你。"

"咋说咋办。"

彪子说："要不这么着，大伙儿一块儿出来不容易，主要是赶上昨天后半晌的孬天气，这几天大伙儿都受累了，咱们就一人多加两块。"

小个子车夫生子说："太少了，怎么也得四块。"

"对对，四块。"

"四块。"

黄头发老帅刚想说话，彪子抢先说："就三块吧，取个中，等于一个人多加一天的钱，多了实在不行了。"这个数是彪子的心理价位。这一年第二套人民币发行，彪子把积攒下来的240万老币换成了240元，这让他很快熟悉了新版人民币。他的月工资是18块钱，只当少拿一个多月的工资。

他话音刚落，承昆粗声粗气地说："我看这么着行，别难为彪子了。"

"你倒好说话。"

"人情让你落了。"

虽然做了妥协，还是有人表示不满，但是现场的气氛显然平和了许多。

这时黄头发老帅说："要不就这么着吧，每人就加三块，但是装好粮食，得外加一顿酒，也图个吉利，乐和。"

几个人一听乐了："同意！"

"这主意好！"彪子想，一顿酒花七八块钱，身上的零花钱还够用，尽快赶路最为重要，他说："装上车就请大家喝酒，我们都图个吉利，就这么定了。那现在就快去套车、吃饭。"几个人好像打了胜仗似的，腿脚也快了许多。

大车店的院子里又是一阵热闹。车队出发，又浩浩荡荡行进在通往赤峰的路上。

车队到达赤峰时是第二天的下午，锡林郭勒盟派来的四驾大车上装满了货物，已经等在大车店了。彪子和几位送物品的同志简单交谈，办理了交接手续。内蒙古的几位壮汉一会儿工夫就把物品倒到他们的八驾马车上。承昆告诉他，由于内蒙古的地势比起承德要平整很多，马车车辕间距宽，车大、马壮，装载物品多。

彪子说："难怪政府让派八驾马车呢。"

承昆解释说："虽然他们一驾车的东西装不满我们的两驾车，但是我们走的多是山路，车子轻省点，赶路也能快一些。"

彪子看着眼前的景象，想起灰毡帽儿的话，这里离付家沟只有二十多里，但是得绕道才能去。彪子心想，到这边来一趟不容易，想办法也得去看看志民。

落日的余晖为大车店的院子洒了一层金色，小黄安顿好大家的睡铺，又照彪子的吩咐，叫了一桌酒菜。猜拳行令的喊叫声把大车店搅和得热闹非凡，其实这样的情景在这里是很常见的。黄头发老帅和小个子生子还遇上了一块儿拉活儿的朋友，这回更得多喝上几壶。

彪子把小黄叫出来说："我得去看个朋友，来回得四十来里地，你把这儿招呼好，我明天一早赶回来。"

松山的付营是一个比较大的镇子，有条大道穿镇而过，南来北往的人流车马不断。这里店铺也多，付志民在信中说，解放后只要肯出力气、肯劳动，都能过上不愁吃穿的日子，志民每次来信都让彪子感到欣慰。

半夜时分，彪子终于在镇子的东街尽头找到付志民家。借着月光，彪子端详着四周，这是一座没有围墙的院子，坐北朝南是一排四间土坯房，牲口套、粗绳子等杂物黑乎乎一团团地堆放在墙根。西面两间厢房是低矮的茅草屋，显然也是存放杂物的地方。东面并排站着两个拴马桩，拴马桩旁边是打马掌用的铁架子，几条粗粗的套马绳垂在半空。一座三面通透的草棚，棚子北面是一面泥巴墙，棚中央是一个大大的泥土炉，炉旁卧着一个打铁的墩子。彪子在院中停了片刻，然后走上前拍打紧闭着的房门。

"谁呀？"

"是我，彪子。承德的彪子！"

"啊，啊呀！来了来了！"一阵踢踢踏踏的脚步声，门开了。

志民惊讶万分："咋的，真是彪子？不是做梦吧？"他一把拉住彪子的手往屋里拽。

"真的是我。"

"快快，进屋，咋不先来个信儿呢。"

"事情急，走得突然，今晚来看看你，明早还得往回赶。"微弱的煤油灯把两人的身影打在窗户上。

彪子看看熟睡的小平说："孩子个子长得不小，就是瘦了点。"

志民叹了口气说："小时候受了亏欠。后来，他妈病着，也照顾不上他。"

这时，彪子突然想起了淑贞，他看了看对面的屋子问："淑贞嫂子好吗？"

志民垂着头说："她走了。"

彪子有点不相信自己的耳朵："什么？啥时候？"

"快两年了。"

彪子沉默不语。

"还没吃饭吧？"志民从柜子里拿出几块羊肉干，彪子从怀里掏出早上的两块饼子。

志民往炕洞里添了一把柴说："炕里坐，焐焐脚。"

两人靠着炕柜。彪子盯着炕洞里喷出的火星，听着志民的讲述。

那天，志民和淑贞离开格格姑家，风餐露宿地走了五六天，淑贞几次晕在小马车上。一个夜晚，他们终于来到赤峰街里。大街上车水马龙，昏暗中移动着的叮咣威武的骆驼队，尘土飞扬间打着滚的驴马骡子，一拨拨在鞭子舞动下夺路而奔的羊群。如牛角伸展着的街道两侧的商铺前，挂着五花八门的招牌，还没打烊的酒店里人影晃动，吆五喝六的喊叫，讨价还价的争议，在混乱嘈杂中，让志民感到这里不再是他离家出走时的模样，已经是一个商贸兴旺之地。但就是这样一个繁华热闹的地方，却没有他们的落脚之处。

他6岁那年被哥嫂送到舅舅家寄养，父母积攒下的家业被好吃懒做的哥嫂几近败光。舅舅把他从承德领回来后，拉了两年骆驼，舅舅给他张罗娶下媳妇。本来可以过上平稳的日子了，可是舅舅的身体累垮了，只好让志民撑起了管理驼队的事。

小平的出世，让无儿无女的哥嫂对他刮目相看，几次三番地上门说服舅舅，把志民一家接回了付家。可是在哥嫂听说志民被土匪打死后，就把小平藏了起来，用两块银圆哄骗怀有身孕的淑贞到承德找志民。

如今志民回到家乡，却没有了安身之地。他只好把淑贞先安顿在一个小客栈住下，第二天就到离赤峰二十里地外的松山老家。付家的老屋已经破败不堪，一溜五间土坯房有两间已经垮塌，院子里长满了荒草。听邻居说，志民的哥嫂不知什么时候抽上了大烟，让小平传宗接代的事儿早已抛在了脑后。他们几乎把家产卖光，小平跟着他们过着吃了上顿没下顿的日子。没有了烟抽，他们就四处借钱。一个寒冷的冬日，两口子实在忍耐不住了，哥哥又跑出去借钱，一直没有回来，后来外村人传来信儿说，他早已冻死在一处阴沟里。志民嫂子跟着人跑走不知所踪。

舅舅听说后，把小平接回家，小平生活上总算有了着落。可是不久舅妈得了重病，舅舅几乎变卖了全部家产，人还是没能救回来。舅舅只好卖掉房子，和本村的老朋友仇海搭伙开了一个钉马掌的店铺。开始买卖还算可以，可时间不长，老仇被骡子踢到了胸口，当场吐血身亡。舅舅强忍悲痛，忙着四处筹钱，为老仇置办丧事，请帮忙的人喝完酒，舅舅突然倒地，中了风，瘫在炕上。那时小平只有 7 岁，每天早上小平给舅舅倒完了盆子，就到当街小铺买两个烧饼，祖孙两人能吃上一天，但是很快钱就花完了。松山解放后，舅舅家属于贫困户，得到政府的救济，祖孙俩勉强度日。

听完邻居的讲述，志民赶紧向邻居打听舅舅现在住的地方。

志民不顾一切地向松山东街跑，他心里挂念着舅舅，挂念着儿子小平。当他在松山街最东头打听到挂掌店时，日头已近晌午。这是一处破败不堪的敞开着的没有边界的院落，四间土坯房坐北朝南卧在敞院的最北头，房子东边是一座打铁炉，风吹雨淋的已经变成了一个土堆，只有六尺多高的"T"形粗木桩孤零零地立在敞院中间。志民知道，这就是拴牲口挂掌的蹄桩，显然已经多少时日没有用过了。这时一个小男孩背着一捆柴火进院，瘦小的身子压在柴下，吃力地伏身蹲下，把柴放在屋门口。

孩子看有人来，抬起头问："你找谁？"

志民的泪水夺眶而出："小平，你是小平！"

"你怎么知道我的名字？"

志民拉住孩子的手，这是一双粗糙黝黑的小手，是 7 岁孩子不应该有的手。志民抚摸着孩子黄乱如草的头发，营养不良让孩子的小脸少了应有的红润，很不合体的黑褂子也遮挡不住骨瘦如柴的小身板儿。志民把孩子揽在怀里说："我是你爸呀。"

孩子眼睛睁得更大了，问道："真的？"

"是真的。"

"小平，你和谁说话呢？"这时屋里传来舅舅的声音。"舅爷，我爸来了。"

小平拉志民进屋，舅舅侧卧在炕席已经残缺不全的土炕上，挣扎挪动着左腿，想坐起来，志民上前扶住老人，"舅舅，我是志民，我回来了。"

"你你，不是……"

"我没死，跑回来了。这回不走了。"泪水在舅舅深深的眼窝中打转，嘴唇不停地颤抖，志民搂着老人放声哭泣。十多年来，多大的痛苦，多险的境遇，多难的处境，他没有落过泪，今天却像小孩子一样。

小平上炕，趴在舅爷身上大哭起来。

"起来吧，哭不顶事，还是说说正经的吧。"舅舅听了志民讲这几年的经历说，"快把淑贞接回来，住在这，这就是你们的家，小平也不可怜了。"

这时小平已经把水烧开。

舅舅说："我这一躺下，小平就成了顶梁柱。唉！不承想我活成了这个样子。"

第二天，志民把淑贞接到了舅舅的挂掌店。

淑贞自从住在舅舅的挂掌店后，有小平在她身边，心情好了，身体也好了许多，唯独挂念着拴住。

一次，舅舅把正在抹墙的志民叫到跟前说："看这样，我这病也就这样了，你回来总得有个牢靠的事情做。我想，你就把这挂掌店撑起来吧，这里南来北往的车马多，活计少不了。你别看牲口，通人性，你对它好，它懂。你又拉过骆驼，和牲口打过交道，学打马掌会比别人快。"

志民说："我也寻思，是得学点手艺。"

舅舅指着墙角一只落满了尘土的大木箱说："这里面的东西你以后用得着。"

志民打开箱子，看见里面全是铁家伙，铲刀、镰刀、铁锤、铁钉、钳子，还有一些各种型号的牲口铁蹄掌。这时他注意到木箱旁边还立着一个马凳子。

"这么全！"志民有些吃惊。

舅舅说："今天就把这些东西交给你了。本来你是享着福长大的，可是你那不争气的爸抽大烟把一个好家底败光了，你妈憋屈，得了病都没钱治，后来得上了肺痨，你6岁那年你妈走了。"

舅舅又是一阵咳嗽，志民边给舅舅拍背边说："这我都记得，发送我妈的事儿都是您在张罗。"

"你妈去世前把你交代给我，我答应了她。我没儿没女，也想把拉骆驼积攒下的家业交给你，可是想不到后来你遭了日本鬼子劫，一下子让我们失散了好几年。在承德碰上你的时候，我以为自己是在做梦，高兴得我一宿都没睡着。后来你说了媳妇，还生了小平，我想，这回可以不用再操你的心了，可不承想，你又遭了土匪的劫。当我听说你被土匪打死时，心里好像被刀子戳。我到你哥家，被你嫂子骂了出来，我想看看小平，他们也不让。等我再问淑贞时，他们说，走了，也不知道去哪儿了。我那个后悔呀，要不让你拉骆驼，怎么会出这一溜子事儿呢？都是我惹下的祸呀！"

"舅舅您千万别这么想，现在我们不是又在一起了吗？没有您，小平还不知道是死是活呢。"

舅舅敲打着那已经萎缩的双腿说："这些年，你们俩都是在苦海里扑腾，我是快熬灭的灯，你把挂掌店撑起来，趁我还能说话，把这套手艺教给你。再说了，在家守摊子，少赶路，也就合了你脚上的残疾。"

志民按照舅舅的吩咐，先把烧炭火烘炉砌好，因为开挂掌铺不会打铁钉和蹄掌就不算全活人。天气好的时候，他就把舅舅背到院子里的靠椅上，舅舅给他做指点。其实在拉骆驼的那几年，他们在大车店里休息的时候，经常围在挂牲口掌的现场看热闹，有时候他还帮着师傅拽绳套。现在有舅舅的指导，很快他就掌握了劈条、制环、留槽等要领。学切蹄挂掌，志民可是下了一番苦功夫，因为谁家的牲口能让他这个半路出家的人练手艺呀。他就找了几根木头桩子，刀切镰削没日没夜地练。两个月后，终于可以接活了，挂掌店又有了往日的生机。可是好景不长，前年冬天，舅舅又一次中风，没等志民把舅舅送到二十多里外的医院时，舅舅已经去世了。

当志民料理完舅舅的后事，淑贞的病也急转直下，咳了几天血后，也撒手人寰。接连的打击几乎让志民精神崩溃，小平成了他的全部寄托，父子俩相依为命过活。

彪子听着志民的讲述，他问道："可你在信中总是说一切都好。"

"这么远，不能让你为我再操心了。这都是命啊。不过现在你不用为我犯愁，有这个挂掌店，我们爷儿俩就饿不着。睡吧，早起你还要赶路呢。"彪子从胸前的衣兜里掏出一个手帕包说："我把拴住头两天照的照片带来了，你快看看，长得越来越像你了。"

志民接过照片，借着昏暗的煤油灯仔细端详："是啊是啊，又长大了，壮壮实实的，看那眉眼长得多像淑贞。"

志民抹掉脸上的泪水说："兄弟呀，如果当时把孩子带回来，那种境况下，可能孩子早就没命了。这孩子跟着你可是有福了，可是也让你受累了。"

彪子把市长一家人，特别是玉萱对孩子的疼爱一五一十地讲给志民。

"这样的好人，这样的官儿，世界上难找啊。"志民打开炕柜，把照片郑重地放在里面的一个红漆木盒里。

天刚蒙蒙亮，一阵敲门声响起："志民师傅，劳驾帮帮忙，给骡子挂挂掌，一会儿还得赶路。"

志民应声下地开门，一股寒气扑了进来。彪子看到，昏暗中志民拖着残脚摇晃着走了出去，他也赶紧披衣下炕来到院子里。只见志民和赶车人往蹄桩上绑牲口，骡子拼命挣扎，扬起脖子，两只前蹄高高举起，志民拽着绳套，两脚离地，被高高地吊起。彪子一个箭步冲了上去，紧紧拉住绳套，这匹深棕色身躯、白色短尾巴的骡子好像看到耍不出威风，只好作罢。

　　赶车师傅说："这几天，这牲口就闹妖，昨天赶上下雨，一路上打着推着到了赤峰。一个蹄子不知道什么时候掉的，那三个也快脱了。"

　　天越来越亮，彪子看着眼前的男子十分面熟，问道："你是锡林郭勒盟送粮食的巴音师傅吧?"

　　"是啊是啊，这不是从承德过来接粮食的杨师傅吗?"两个人不约而同地大笑起来。

　　"怎么这么巧?"

　　"在这儿又遇见了。"

　　志民说："这就叫有缘呗!"

　　只见志民从炉边端过来装满了蹄环的大盆，摊开皮卷包，哗啦啦各种工具撒开。志民熟练地把牲口的前两个蹄子和前身在前蹄桩上固定好后，这骡子再也没了闹腾的能耐。志民把一只后蹄在桩上固定牢靠，只见放在马凳上的牲口蹄子蹄心朝上，他用钳子取出残留的铁钉，一手扶铲一手扶蹄，用力将蹄底面铲平，又转着圈切除蹄脚趾的角质部分。接着他从大盆里找出与蹄子大小形状相合的蹄掌，四周钉上蹄钉，一阵敲敲打打，骡子打着响鼻，好像在说："不错，这下舒服了。"

　　志民忙着活计，车老板对彪子说："这几年只要来赤峰，我都要跑到这里找付师傅给牲口挂掌，付师傅不但手艺好，他还把各种牲口蹄的尺寸都记下了，提前备好蹄掌，不让我们赶车的耽误工夫。"他安抚似的拍拍骡子屁股又说，"在我们这儿，付师傅可是大伙信服的挂蹄掌高手，有了活儿，绕着道儿都要来找付师傅。"

说话间，骡子的四只蹄子钉好了，巴音牵着牲口在院子里遛了一圈，只见这匹深棕色身躯的骡子，摇着白色短尾巴，在晨曦中蹄步均匀轻快地走了起来。

听说彪子上午必须赶回赤峰和车队会合，巴音说："咱们同路，蹄掌挂好了，骡子走路轻便快当。"

志民有些着急："兄弟来一回就这么走了？"他一歪一歪地赶忙进屋，把仅有的一小口袋牛肉干塞到彪子手里。

一缕阳光洒在刚刚醒来的松山街上，也洒在挂掌店大院。"驾！"巴音的鞭子甩得啪啪响，骡子迈开轻快的脚步。

回头望去，志民正朝他们挥手，小平也跑出来送行……

出发前，民政局就按照贫困村的缺口，把从内蒙古拉回的粮食做出详细的分配计划，回到承德后的八驾马车，就分成几路直接到指定的村子交粮，每个村都有负责民政工作的人员接收。石板营子是搬迁入住的大村，施救户相对较多，彪子带着两驾大车来到石板营子。

"分粮食喽！"孩子们呼叫着，妇女们有的端着盆，有的拎着口袋，向村中心广场涌来。

冬彩对大家说："老杨和小黄同志给我们送来了及时雨，感谢政府的关怀。现在离开镰还有半个月，这粮食的到来帮我们渡过卡脖子的难关。这些天，村党支部做了认真调查，有的农户确实是揭不开锅，有的还能多挺些日子，我们也做了详细的发粮计划。"冬彩指了指身边的板报栏接着说，"这个计划前几天就贴在这儿公示了，大家没什么意见，那么我们就先紧着无粮户发，这次分粮的具体工作由村支部的同志负责。"

冬彩话音没落，几个妇女开了腔："从外面搬进来的还分吗？"

"他们不能占我们的指标呀。"

"对呀，给了他们，自然我们就少了。"

"我们不识字，看不懂告示。"

人群乱哄哄。

冬彩大声说："为了修建水库，外村的乡亲做出了牺牲，水库修好了，大家都受益，这点道理应该明白啊。"

秋婵拿着一个大口袋站在人群中大喊："要不就按人头平均分。"

"对对，按人头分。"

老齐听了气不打一处来："谁家有粮，谁家断顿，大伙儿心里都明白，乡里乡亲的咋就没一点情分！"

秋婵一听说修水库，觉得自己的男人是有功劳的人，更应该分到粮食，理直气壮地高声喊叫："谁家有男人修水库的，就应该分！"

人群中又是一阵骚动。

"政府对修水库的人都做了生活保障，还发了补助，你还想上天不成？"老齐再也忍不住了，向秋婵冲了过去。

一直坐在车辕上的彪子看到小广场上人越来越多，场面也越来越乱，冬彩和老齐的声音几次被大家打断，几个支委也都不敢作声。他从车辕上跳下来喊道："大家别吵吵，政府明确规定，这批粮食是专门救济贫困户的，如果挪用了，不按要求分配，没能解决收秋前的燃眉之急，村党支部担不起这个责任！谁也不敢破这个规矩！"彪子转念一想，自己只是送粮的，不是管分配的，赶紧补充说，"既然村党支部已经做好了方案，也向大家公示了，如果再闹腾，就是不讲道理，实在不行，我们就把粮食拉回去！"

没想到，彪子的一番话把闹腾的几个人的嘴给堵住了，他们自知没有道理，悄悄溜走了。

秋婵自知理亏，她想，自家还有一百多斤玉米和一缸谷子，再胡闹下去露了家底可咋办。她大声说："你们别教训我，也和我说不着，我回家喂小猪崽去。"她一溜烟地跑走后，广场上立马清静下来。

金色的秋天又回来了，大山披上了红黄绿交织变幻着的衣裳，在碧蓝的天穹下，绵延十里的河滩两岸割谷的、挑担的、马车拉秸秆的，场院上赶着驴子打场的，热闹！山山岭岭间是摘果的、背篓的、在小广场上装车、合计着怎么送进城卖个好价钱的，高兴！人们结成互助组，在一个个"小合唱"中，享受着还不十分丰厚的劳动果实。但家家户户的炊烟被秋天的喜悦感染，在空中曼妙起舞。

学校的钟声敲响，孩子们如小鸟般飞出教室。每年秋收季节，学校都放秋假。早上，那文生向冬云表态，地里挑挑窝窝的事儿他全包了。冬云捏着他那溜肩膀笑着说："就这架势，还不知道谁挑谁呢！"

"身体需要锻炼，劳动锻炼身体，锻炼身体中还有收获，这是一个严丝合缝的逻辑关系。"那文生放低了声音说，"我这不是疼媳妇嘛！"

"走走走，咱们组的人都上地了。"冬云催促着。

那文生推着独轮车，车上绑着两个大麻袋，冬云挎着荆条大筐，筐里放着两把割高粱头的镰刀和干粮布包。

放假前两天，老齐就对冬彩说，收秋的时候，把各家没人看的孩子送到学校玩，大门一关谁也别想乱跑。

在学校门口，冬云对那文生说："你把小宝送进去吧，我在这儿等着。"

那文生敲开大门，老齐说："说曹操，曹操就来了，快！校长找你有话说。"

这时，冬彩手里拿着一个信封从办公室走出来："那老师，市里办教师培训班，除了培训，还讨论提高几个中心学校教学质量的事儿，你的文化深，理解力强，乡里的意见是让你参加。"

那文生喜出望外："好、好、好啊！多少天？"

冬彩把信递给他。

"哦，一个星期，后天开学。我去，我去。"那文生话刚出口，习惯地摸了摸脑袋说，"可是，收秋……"

"这你就别管了，有互助组呢。"

"那行，那行。我快告诉冬云去。"

第二天早上，冬云麻利地在灶间忙活着，熬出小米粥，又烙了两张饼，把灶膛的火熄灭，烟气在堂屋缭绕。炕桌上一盘儿拍秋黄瓜，一盘儿摊鸡蛋，一碗茄子熬豆角。那文生心里美滋滋的。

那文生穿好冬云做的黑色灯芯绒薄棉袄，蓝卡其布裤子，脚下是新做的黑布鞋。他想，我这一回去，在城里人面前显摆显摆，起码在小南门走走，看我要样有样的多神气！他笑出了声，冬云问他又笑啥？因为他经常自己在笑，有几次冬云以为他得了癔症，后来才知道，只要一高兴，他就会自己笑。

冬云告诫道："以后别无缘无故地笑，怪吓人的。"

那文生答应着，可就是改不了。他想，这算毛病吗？大肚弥勒还笑口常开呢，我咋不行？岂有此理！转念一想，不对，我这一走就是七八天，收秋的事儿……

冬云用一块蓝粗布包皮为他边包衣服边说："你放心吧，过去不也是我一个人干嘛，再说了现在还有互助组呢。"

那文生走了几里山路，等了一个多小时，坐上了长途班车，这汽车顶上顶着个大包，在山间土路上晃悠。好不容易看到站立在山峦之巅的棒槌山，一弯新月挂在清冷冷的夜空，抬头望去，深灰色的宫墙在山林古木间起起伏伏，迎水坝沿着武烈河伸向远方，武烈河涌动着的水声，伴着汽车的喘息。终于德汇门城楼出现了，城楼南面就是他日思夜盼的小南门啦！但是眼前的景象让他有些生疏，他每天穿行玩耍的小树林里，立起一个两丈多高的庞然大物，他知道，这就是新建的运动场。耳边响着哗哗哗的流水声，他是如此的熟悉，这是从五孔闸奔流而出的水声，仔细听，他又听到了世界上最短的热河奏出的乐曲。万点灯光闪烁着，把山城从上到下布满。他从未有过的欣喜，自言自语道："我又回到了仙境啊！"当他四下张望时，月亮下面那端坐着的罗汉山不为秋风所动似的，似乎对他说："好小子，回来啦！有出息！现在你是对社会有用的人了。"

这座塞外小山城的夜晚也是很迷人的，高低错落着的民房，散发着黄色的点点光亮。那文生知道，那几处明亮，一些有光亮的地方是机关或者是学校，近两年，政府统一安排，为老百姓都接上了电，但是有些用惯了煤油灯的老人则说，晚上该干啥干啥，不就是睡觉嘛，要那么亮堂干啥。于是一到夜晚，那些黑暗处虽然没有光亮，但在遮风避雨的屋子里睡觉的人，心里却踏实着呢。

眼前的这些移动着的熟悉的情景，让那文生心里感到亲近踏实，又感到有些陌生与惆怅。

他快步向小南门那条石子铺成的古街走去。他突然感到肚子的叫唤，可不是咋的，早上从家出来前喝的一碗粥、吃的一张饼早没影了。他看到在秋风中飘动着的"吊炉烧饼"招牌，心想：这不是格格姑的烧饼店嘛！

他紧跑了几步，踏上这走过千万次的青石板台阶，敲打着留下他无数个手印儿的木门，"炮儿！小炮，开门哪！"灯亮了。

"谁呀？"是小炮媳妇盼的声音。

"是我，那文生！"

"啊！您回来啦！"随着盼的问话，屋里传来踢踢踏踏的响声，"等会噢，马上来！"

炮儿更是惊喜："啊，啊，哈哈……"炮儿抢先打开房门，盼趿拉着鞋子紧跟在后，炮儿拉着那文生往屋里拽，又往炕上推。

盼把熟睡着的儿子往炕里面挪。炮儿高兴地发出"啊啊啊，呵呵呵"的声音。

盼眼睛虽然看不太清，但是她心里明镜似的，这是有学问的那先生，她问道："您怎么回来了？"

"我参加市里召开的教育培训班，待七八天还得回去。"炮儿不住地点头，他指着外屋的烧饼炉，做着端碗吃饭的手势。

盼赶紧说："您还没吃饭呢吧，我给您打碗蛋花汤，烧饼现成的。"

说着，盼转身忙活去了。

那文生就着昏暗的灯光，端详着熟睡中的虎头虎脑的小孩儿，大脑门，高鼻梁，小嘴巴，厚厚长长的耳朵，取了炮儿和盼的长处。看那文生对孩子端详得仔细，炮儿很是高兴。这时盼端着托盘进来，把一碗冒着热气的鸡蛋汤和两个黄酥酥的吊炉烧饼放在炕桌上说："快趁热吃吧。"

那文生顿时觉得一股暖流在周身游走。炮儿和盼看他吃得香，很是高兴。盼告诉他，他们的儿子刚满五个月，还没起名字，想请那先生给起个名字。

那文生说："好好好，小事一桩。"他狼吞虎咽地把饭吃完，向盼问了孩子的生辰，用手指掐算了一番说，"这孩子命里什么都不缺，就叫新生吧。新社会生的孩子，长大了是干事儿的好汉子。"

炮儿和盼笑得脸上开了花，盼说："太好啦！这孩子真有福哇。"转念她好像想起了什么，说，"那孩子总得有个姓吧，那先生您说是不？"

"对对，对呀！我还忘了这茬儿。"那文生想了想说，"记得格格姑和我说过，她把炮儿抱回来的时候，到处打听是谁家的孩子，可一直没打听着，因为那个时候，兵荒马乱的总是打炮，就管他叫炮儿了。格格姑说，反正自己也没孩子，就当自个儿的孩子养着。既然是格格姑的孩子，就姓那成不成？"

炮儿和盼一听，感动得泪水直流，炮儿两手捂着脸哭了起来，盼也哭着笑着抱起了孩子。

那文生哪经过这样的场面，说："旧社会许多没爹没娘的孩子也就没有姓，现在不同了，每个孩子都应该有个姓，但是话说回来，许多老革命为了工作需要，都改名换姓，其实人的名字只是个符号而已。"

"可是您让我们孩子随了格格姑的姓，还和您一个姓，这是八辈子也修不来的啊！明天，我们就给孩子上户口。"盼说。这会儿，炮儿只是一个劲地笑。

那文生说："真没想到，这半夜三更的我刚回老家，就干了件正儿八经的事儿。"

那文生回到久别的家里的时候，月亮已经偏西，清辉洒满院子，院门吱吱作响，这声音是对主人的欢迎？还是对主人的不满？那文生从来没有离开过这么长的时间。院子里的荒草在秋风里伏下了身子，曾经乱窜乱爬的藤蔓也打不起精神，有的伏在墙头，有的干脆躺在地上。他跳着脚走到房门前，摸着横在门闩儿上那把长长的铜锁，记得父亲对他说，过去管这锁叫"键"，后来才叫成了"锁"。他从腰带上取出长长的铜钥匙，钥匙的一头是一个刻着图案的扣圈，扣圈上拴着一段红丝绳，父亲说这是一把地道的清代宫廷专用钥匙。有一次小宝看到了这把钥匙，抓在手里就是不撒开，那文生怎么哄也不放手，拿什么也换不出来。他对冬云说："小宝手里抓着的可是咱们全部家当呀。"冬云感到了问题的严重性，晚上趁小宝睡着了才从他手中取下来，她让那文生找个地方藏好。那文生说："钥匙代表着吉祥、智慧，还是当家人的象征，以前这个家是你当，以后哇，这个家还是你来当，所以你保管它最牢靠了。"

那文生还给冬云讲起了锁和钥匙的故事。他说，钥匙是一千多年前唐朝发明的，可是锁很早就有了，古时候的人怕东西被别人拿走，就在门上做成老虎的形状，这个假老虎能把小偷吓跑。后来鲁班给锁装上机关，靠弹力才能打开。再后来发明了钥匙，那就是一把钥匙开一把锁了，现在人们还用着它。

他一本正经地对冬云说："咱们这是一把钥匙开一把锁，是配套好了的。"

"对对，以后有什么为难遭灾的事儿，这心里的锁咱俩就互相开，别憋闷在心里。"

可是今天这锁怎么这样不好开呢？他用钥匙捅着锁眼儿，拨来拨去，拧来拧去，就是弄不开，他想，一准是里面生锈了，他的眼睛几乎挨上了锁眼儿，借着月光，瞪大了眼睛，咳！原来是小宝玩耍时，把红丝线缠在了钥匙上，看来开锁一丝一毫都不能差，干什么事也是一样的啊。

他两个巴掌平行用力，推开两扇厚重的屋门，一股清冷而散发着霉味的气体扑面而来，他尽量地把门开得大些，秋风毫不客气地扫了进来。借着微弱的月光，他走到屋子中间，两手在空中挥动，终于摸到了从屋梁悬挂下来的 25 瓦的电灯泡，他一手稳住灯头，一手小心翼翼地扭动开关，屋子亮了。虽然灯泡上满是尘土，灯光很是昏暗，但那文生环顾四周后，还是触景生情了一番。被尘土覆盖的紫红色八尺躺柜上，站立着一对粉彩釉画弹瓶，弹瓶上画的是《西厢记》中月下相会的张生和莺莺，看着两个人在普救寺边灰头土脸地对着话，那文生笑了，自言自语道："这两个小可怜儿。"弹瓶中间，是一个半米多高的柜镜，猛地一看，里面照出了自己变了形的模样，真把他吓了一跳。摆放在屋子中央的八仙桌，由于一条腿早已脱出了卯榫，只能斜歪着站立。他俯下身，端详围在八仙桌边的四把黄花梨椅子，上面雕刻着的飞龙们仍然在仙山海浪中起舞。记得父亲告诉他，这八仙桌和椅子还是皇上奖赏给他爷爷的。那一年皇上要在避暑山庄过冬，父亲的爷爷带着一行人没日没夜地在山里烧炭，立了功受了奖，得了这套宫里的家具，它们是披红戴花进的这个家门，让街坊邻居们羡慕了好几年。

这时，那文生突然想起一件最重要的事情，他打开躺柜，在里面摸出了红围巾包着的手镯，他小心翼翼地对着电灯端详，翠绿中透着丝丝水汽，绿云缭绕中飘逸着灵动。他仔细包好，自言自语道："现在你这个宝贝可真的有主儿啦。"他把炕收拾了一下，准备给自己整理出一个睡觉的地方时，又突然想起了一件大事，冬云想要的花盆底鞋！"赶快找找，差点把这事儿忘了。"他拍了拍脑门儿说，"放在哪了呢？"可是有些年头没见着了！他翻箱倒柜起来，躺柜里没有，炕柜里也没有，这时他看到了躺柜边那口已经立在地上几十年了的、直径两尺的画缸，缸身上的画他看着那么熟悉，松竹间是玲珑通透的太湖石，山石下是身着彩衣的十几个玩耍着的孩童，这画缸里还插着几卷字画，"哈哈，差点把你们忘了。"他仍然是小心翼翼地打开，记得父亲说，有些画是汤玉麟的兵逃跑时从宫里抢出来的，有一次父亲用两个烧饼就换了一幅慈禧的福字。还有一回，格格姑用五个烧饼换了一个景德镇官窑青花瓷盘子，倒上水，盘子中央就隐约出现一条在游动着的神龙。自从知道了格格姑那里有一个会变出龙的盘子以后，他整天缠着格格姑要看龙，格格姑被他闹腾得没法子，格外小心地把龙盘放在桌子上，在取水的工夫，这盘子就从他手里滑到了地上！"你这败家的孩子！"格格姑气得抄起掸子追着他打，好几个月他不敢见格格姑，出门都是绕着走。那文生两眼盯着房顶，看着那四根一个人抱不过来的老榆木檩子，以及那些他总也没数清楚过的榆木椽子，他在这间屋子里生活了二十多年，以前总觉得这个家破，这个家里没人气，但现在离开了它，还真有点恋得慌。他想，格格姑说得一点不错，破家值万贯，把家当回事经营才叫过日子。他躺在炕上说什么也睡不着，一骨碌爬起来，继续找花盆底鞋，终于在躺柜底下找到了！

这是一双荷花绣鞋，几片荷叶托着红色的荷花还清晰可见，听母亲说过，这叫并蒂莲，鞋帮上绣着水蓝色的波纹，两个鞋头上各绣着两只漂亮的嘴挨着嘴的鸳鸯，鸳鸯的嘴尖尖上还挂着红丝线扎成的红绒球。母亲告诉他，这种鞋子是满族人才穿的，叫旗鞋，过去，满族的妇女经常要到山上采蘑菇，为了避免蚊虫叮咬，就在鞋底绑上木块，后来为了好看，就把木块做成两边粗中间细像花盆的鞋底，所以人们就叫它花盆底鞋。这双鞋是母亲当姑娘的时候做的，可是结婚的时候已经光复，不兴这个了，只有在逢年过节时在家里穿一下。记得有一年大年三十晚上，母亲穿上它在当屋走了一圈儿，胳膊前后摆动，身体袅袅娜娜，他觉得挺美气呢。那文生把鞋子捧在手上仔细端详，这鞋底有三寸多高，只可惜包鞋底的白绫子又黄又破，他想，回去让冬云找块结实的布修补修补。他眼前好像出现冬云穿着这双鞋在院中央走动的身影，那个扭捏劲，好看，也更好笑。哦，对了，还得让她手里拿着块红丝巾，扭动起来像戏里的人儿，会更好看。"哎，别瞎寻思了，明天还得上培训班报到呢。"他心想。

那文生到学校报过到，领了书和笔记本，郑重其事地装在冬云给他缝的书包里。他径直向市政府走去。熟门熟路、熟人熟脸儿，走在武烈河大街上，一切都那么熟悉，见了谁都感到十分亲切。

"那文生老师回来啦！"很快这消息传遍了半条街。

在政府的二层小楼楼下，他正好和取报纸的小张撞个满怀。小张把那文生领到市长办公室门口。

听到敲门声，武毅说："进来。"

当武毅看到站在眼前的是那文生，放下手中的材料，高兴地说："那老师！回来啦。快坐，坐。"

武毅在省领导的强制性要求下，经过一个多月的治疗休养，身体好了许多，也让他感到有干不完的工作，9座水库验收报告需要——讨论通过，库区移民扫尾工作需要进一步落实，以及教师队伍的培训、荣军疗养院的建设、学校越冬取暖煤的购买、五保户的救济……千头万绪都挂在他心里，有的需要开会讨论完善，有的需要核实审批。这些天，他挂记在心里的特别重要的一件事是，一定要把抗美援朝英雄归国欢迎大会开好，要开得隆重热烈，让英雄的精神发扬光大。那文生的到来让他感到有些突然。那文生见了武毅好像回到老大哥身边，可找到了说话的地方，也找对了听他说话的人，便滔滔不绝说起来，村里收秋的事，麻生媳妇秋婵多割了两垄高粱穗，被田丰家的追着打的笑话，冬彩正组织人准备给沟脑人盖房子，冬彩收到成志的信，过两个月就会回来的消息，老齐养的猪又生了11个猪娃，村里又添了一驾大马车，他和冬云在院子里建了一个玉米仓子……

武毅耐心地听他说得差不多了，打断他的话说："你能参加这次市里举办的教师培训，可是一个难得的学习机会，程校长请来了北京的老师。"

"一定，一定认真学习。"那文生停了一下说，"我找您是想说一件非常重要的事。"他把捐文物的事郑重其事、详详细细地说了一遍。

武毅思考了片刻说："目前市文化局正搞文物普查，你说的事确实很重要，你有这个想法很是难得，也是爱国的举动，但是你和冬云商量过了吗？"

"哎！这事我做主，再说了她知道这事儿，完全同意。冬云还说，这些东西放在我这儿只会越放越坏，时间长了就糟践了。噢，对了，我得把我妈留下的那只镯子给冬云留着，还有我妈穿过的花盆底鞋不能捐，其余的都捐给国家。"

武毅赞赏那文生的纯朴直率，但是他一时也不好表态，他说："向国家捐献文物是很严肃很严谨的事，还要走严格的程序，要有一整套完备的手续。这样吧，让小张带你到文化局找专门负责文物的同志，按照国家政策和有关材料做出方案，等到一切都准备好了，我们开会研究，根据国家规定，对你和冬云的爱国行为要进行表彰奖励。"

"好好好，表彰表彰，给个奖状就行，奖励就不用啦。"武毅笑着说："我们都要按照国家规定办，不是你我说了算的事。"

那文生从市政府出来，走在迎水坝长堤上，看着满城的秋色，红黄相间的树木给罗汉山披上了彩袍，这彩袍向两边拓展着，看不到边际，城南的僧冠帽山被阳光罩上了一层金边，城东屹立在蓝天下的棒槌山如大山的守护神，宽阔清澈的武烈河载着蓝天白云的倒影波光闪闪……眼前的景色以前看着是那样普通，可现在在他眼里又是如此动人。

那文生走后，冬云收拾完场院上的活计，她把用秸秆编的玉米囤用麻布围了半截，把晾晒好的玉米摆放好，为防黄鼠狼，又用荆条把鸡窝细密密地扎了一圈。为给小院添个喜气，她把红辣椒穿好，挂在屋门的两边，把几串玉米挂在土墙上，小院东头和玉米囤相对应的石碾子上晒着红薯干。她觉得，眼下家里的活计忙得差不多了，就带着小宝到地里打红薯垄，为明年春耕做准备。一条条地垄，在山坡地间延伸，如同一道道土黄色的长龙，孩子在垄沟间玩耍。秋风好像着急赶路似的，扫过之处，树叶几乎被捋光。一过晌午，太阳也急急忙忙地下山，冬云扛着铁锹，抱着小宝回到家时，已是掌灯时分了。就这样，冬云带着小宝在地里干了三天活。这天晚上，小宝发高烧了。孩子的哭声打破了夜晚的宁静。秋婵从她弟弟家回来，正巧从冬云家门口路过，她犹豫了片刻，敲响了院门："冬云！冬云！是我。"

冬云把孩子放在炕上，跑去开门，孩子哭声更高。

"是麻婶儿啊，快进来。小宝烧得像火炭儿似的，这可咋办呀？"冬云急得没了主意。

秋婵边往屋里走边说："怪不得孩子哭得这邪乎。"

冬云说："头两天只是晚上有点发烧，拿艾蒿搓搓，白天就好了，可今天怎么搓也不管用。"

秋婵摸了摸孩子的额头说："哎！肯定是你在山上惹了黄大仙啦！"

"黄大仙？"冬云有些惊恐。

秋婵神情有些诡秘地说："前几天你没听说咱们村闹黄鼠狼子吗？有天后半晌，我眼见着从你家后沟上山了。"

冬云眼睛睁得大大地说："是闹过黄鼠狼，还吃过我家两只鸡。"这时孩子有些抽搐，冬云紧紧地搂着孩子。

"你家孩子手硬，啥小活物都敢抓，肯定是惹了黄大仙啦！"

秋婵的一番话说得冬云更加毛骨悚然："麻婶儿，这可咋办呢？"

秋婵胸有成竹地说："没事儿，给叫叫就好了，我去拿家什去。"说着快步出屋，消失在夜幕中。

回家后，秋婵拎着煤油灯，径直向后院小黑屋走去，摇摇晃晃的微弱光亮，拉出她一条长长的身影，脚下不平，她身子有些晃动，这身影时长时短，时高时低，在深深的夜幕中显得更加诡异。她打开后院小仓房门，由于长时间不开，灰尘在光亮中纷纷飘落，她只好眯缝着眼睛，慢慢挪动着脚步。煤油灯的到来，把两只藏在杂物中的老鼠惊得四处奔逃，它们这一通跑窜不要紧，倒把秋婵吓了一跳。她一只手划拉着面前的尘土，一边骂道："这耗子精，吓死姑奶奶了。"她把油灯放在小窗台上，在杂物和破烂堆里找出一件过去跳大神时用的大褂子，还找出一把没有了把儿的小破鼓，一个挂着许多破布条子的"神棍"。她自言自语地说："这回又用着啦。"边说边往自己身上套褂子。

原本靠着被垛睡着了的麻生，打了个哈欠坐起来，自言自语地说："啥时候了？账本没看，倒睡了一觉。"他出屋，向房后的厕所走去。这时，穿好了"大神"衣服的秋婵，在如豆大的煤油灯光下，脸被照得变成了蓝黑色，腋下夹着的两个物件在黑影中晃动着，在墙角的厕所外，她正好与麻生碰了个照面。

麻生顿时愣住了，两腿好像注了铅，眼前如同见了鬼："啊呀！妈呀！"他这一声怪叫倒把秋婵吓得一哆嗦，顿时也迈不开步了，如木头人站着动弹不得。麻生定睛一看是自己的老婆，这才瞪着眼睛骂道："你个败家的娘们儿！吓死我了！"

这时秋婵也缓过神来："那孩子让黄大仙迷上了，我给叫叫去。"

麻生问道："谁家孩子？让你折腾。"

"冬云家的小宝。"

"得得得，快别找事儿了。"

"那先生出门了，这么晚了又去不了乡卫生院，你说不管管行吗？"

蹲在厕所里的麻生露出半个身子说："去去去！看你嘚瑟的。"

秋婵如怪物似的身影消失在夜幕中。她抱着装着木炭的铜火盆，背着破鼓，腋下夹着"神棍"，摸着黑，深一脚浅一脚地进了冬云家。

冬云搂着小宝坐在炕上，秋婵进屋，熟练地在地上摆放好炭火盆，放上干柴棒，把火烧得旺旺的，火盆中不时发出噼噼啪啪的响声，并蹿出一股一股的火苗。

秋婵一句话也不说，抄起葫芦瓢从水缸里舀水，把水洒在自己头上、脸上，胡乱抹了几下。她扎好了头巾，又从灶膛里抓了一把灰，胡乱往脸上一抹，挥舞着破布条边唱边跳……

黑暗中，冬云蜷缩在炕角，把小宝紧紧搂在怀里，无比恐惧。当年老四被骡子踢死，头七时也是秋婵叫的魂儿，也是在晚上，但那是在老四去世的山弯儿，当时有十几个人壮胆，她没感到有多怕，可是现在，她是要多害怕有多害怕。

盆里的炭火越来越小，青烟托着灰烬向空中飘散，伴随着"啪啪啪"的响声，直到火盆只留下几点炭灰的残红，不再有了响动，屋子也渐渐地暗了下来。但是秋婵的呼叫、叨念，在冬云耳边仍然不停地回响着。她不知道秋婵是什么时候、怎么离开的，也不知道小宝是什么时候睡着的，这时的她，反倒希望听到小宝的哭声，她把脸贴在小宝的额头，怀里好像抱着一个火炭儿。

好不容易挨到天亮，天空中飘洒起淅淅沥沥的秋雨。一场秋雨一场寒。冬云给小宝换上小棉袄，打着油布伞准备叫冬彩陪她到乡卫生院。她突然想起前天冬彩说，到乡里开完干部工作会后，还要下乡，过几天才能回来。她从日历牌儿上撕下一张，看到那文生写的"今日回家"几个字，这让她心里出现了光亮，心想，还是等等他吧。孩子在她怀里发了一通汗，但烧还没退。中午时分，雨过天晴，由远而近传来一阵脚步声，冬云知道，那文生回来了。

"小宝病了？"那文生刚踏进门就急急地问。

"发高烧，现在刚好一点。"冬云回答，"哎，你怎么知道的？"

"刚才路过麻生家，是麻生媳妇说的。"那文生看着地上的火盆，顿时明白了，"我说傻冬云呀傻冬云，都啥年代了，你还信这一套。"

"我不是没了主意嘛，再说……"

"别说了，快上医院吧。"说着那文生抱起小宝就往外走，冬云跟在后面。

他们一路小跑赶到乡卫生院时，太阳已经落山，值班医生在给小宝做检查时发现小宝胸前布满了红点，他对护士说，快去请梅主任来看看。那文生感到一定是小宝的病不轻，也小跑着跟在护士后面，护士进了医院最东头的明亮的房子里，那文生停下脚步，被房门前牌子上"克山病普查办公室"几个字吸引。"克山病？这是啥病？没听说过。"他正纳闷儿的时候，只见一位女大夫边走边对两位脖子上挂着大瘤子的老人说："你们先等我一下，我看看就来。"

当这位女医生出现在眼前的时候，那文生愣住了，原来是梅莹主任！

"梅、梅主任，您好！"

"没想到在这儿又见面了！"梅莹也感到很是意外。

那文生心跳有些加快地和护士跟着梅莹快步向门诊走去。

梅莹仔细给孩子做了检查，果断地对值班医生说："孩子得的是猩红热，需要住院。"

顿时冬云脸色煞白，这种病虽然没听说过，但是也让她感到这是个要命的病。

那文生听了后，回想起小南门街上老关家的孩子就是得这个病没的，也一阵紧张，但看到梅莹胸有成竹地做着治疗安排，值班医生和护士有条不紊地配合时，心里踏实了许多，对冬云说："别着急，有梅主任在，一切都没问题。"很快护士安排好了病房。

住院部是一排十二间的平房。在小宝的哭闹中，护士好不容易把退烧药喂下。梅莹拿着一个药包进来，指导护士用炉甘石洗剂给孩子擦洗的方法，对冬云说："这样能有效缓解猩红热引起的皮疹，护士忙不过来时，你也可以给孩子擦洗。"

这个办法果然见效，不一会儿，小宝安静下来，冬云心里踏实了许多。

那文生送梅莹回办公室的路上，简单讲了自己一年多的生活工作情况，梅莹向他表示祝贺："真没想到您成了受人尊敬的人民教师，还有了一个幸福的家庭。祝福你们！"

"谢谢！谢谢！欢迎您到我们家里做客。"

梅莹告诉他，猩红热是一种传染性疾病，要勤给孩子喂水，避免油烟和柴火烟的刺激，保证空气清新和口腔卫生。那文生拿出总是随身带着的小本，认真记下。

半个月后，小宝痊愈，生活恢复了往日的平静。

初冬的夜晚，风在山间奔跑，告诉人们寒冬就要来了。冬云给灶火中添柴，灶火旺，烧热炕，那文生在炕上和小宝玩着羊嘎拉，让他感到适意与温暖。不一会儿，小宝睡着了。那文生想起一件大事，从书包里掏出一个红围巾，一层一层打开，一只翠绿色的手镯露了出来，"来，来，我给你戴上，这就是我妈留下的翡翠手镯，她交代说，这是祖宗传下来的，娶媳妇时一定要给戴上，它会给我们那家带来福气。"

"我一个干活的人，咋配戴这个呢？"冬云有些不好意思。

那文生有些责怪地说："你怎么这样说？这个就是你才配戴。"他语气有些沉重地又接着说，"听我妈说，本来这是一对儿来着，汤老二统治承德的时候，把老百姓的东西差不多都抢光了，那些兵痞子四处抢东西，我妈硬是把这一只夺回来了，为这还挨了一枪托。"

冬云把围巾披在肩膀上，在躺柜上的镜子里照着，那文生说："哎呀！忒好看啦！这可咋说说呢。"

冬云不搭茬儿，只是抿嘴笑。忽然她想起了什么，问道："那事办了吗？"

那文生拍了一下脑袋："哎，差点忘了告诉你，办了，办了，市长还表扬咱们呢，说咱们有爱国之心，这不，还让文化局开了收据。"说着从上衣兜里掏出收据，"文化局的同志说，现在还有不少要向国家捐献文物的人，过后还要统一表彰呢。"

冬云接过收据看了看说："哎，这就放心了，你在这儿待着也不用惦记承德家里这点事了，多踏实。"

那文生说："是啊，有咱家这个避风港，风啊雨呀的，我还怕啥呀？"

窗外的夜空被秋风吹得更加深邃，月亮如银盘悬挂，小院不再有寒蝉的鸣声，只留下一片温馨。

秋收后，冬彩带领青壮年在早已规划好的宅基地上开始盖房子。这是村西头的一处缓坡地段，今年初春，村里就在这里开出了几个高低错落的平台，还备了一些石料。今年夏天的一场洪水，把沟脑人冲醒了，他们明白了政府的用心，理解了石板营子人的好意。听说沟外给他们盖房子，沟脑的几个青壮年也下山一块干起来，拓土坯，垒院坝，起脊上梁，很快几处三开间的房子盖好了。那些天，石板营子热火朝天，人们张罗着迎接沟脑人的到来。

沟脑二嫂早早把分给她家的房子收拾好，又把老公公和儿子聪明接来。沟脑人陆陆续续搬进新家。这些天，石板营子如同过节一样热闹，车马队伍成了一道风景，人挑肩扛，扛起的是沟脑人对新生活的希望。

冬彩在村干部扩大会上说，按照市里的要求，乡里根据石板营子的实际情况，对"稳、保、增"做了具体安排：要稳住搬迁来的新农户，不能返流，更不能出现外流；要保证新农户的生产生活，让他们有地种、有活干；要开荒种田多打粮食，增产增收，让老百姓吃饱肚子。可是在讨论会上却出了异议，别的都好说，让下山的人都有地种可不是一两句话就行的事，在这荒沟野坡上谁也变不出地来。讨论了两天，也没研究出个四五六儿来，这让冬彩也犯了难，怎么让这二十多口子人有饭吃、有地种？

老齐看冬彩愁眉不展，对那文生说："咱们得帮着想想法子，现在村里出现不少抱怨和反对的声音，这样下去，什么

'稳、保、增'指定是一场空。"

那文生听着有些着急，"那怎么办呢？"

老齐说："困难再大，办法还是会有的。"

傍晚，冬彩和支委小霞从沟脑回到办公室，老齐说："这些年沟脑人栽的果树，也可以是一项好收入嘛。"

冬彩说："今晚咱们就研究研究沟脑果树的事，还有扩大互助组的事。"

小霞通知支委和互助组组长们开会。冬彩对那文生说："一会儿你也听听，大家集思广益，都出出主意。"

听说开会，有的人也不管自己是不是干部，都想听听，不一会儿，会议室就坐满了人，发牢骚的，抱怨的，提出退出互助组的，要把自家的骡子拉回家的，要求村里给补修理马车工钱的，因为自家的牲口给村里拉过活要补偿的……

冬彩开门见山地说："咱们今天先研究眼巴前儿的几件事：一是为沟脑人解决种地的问题；二是根据大家意愿，互助组重新组合的问题；三是怎么发展副业，扩大收入的问题；四是五保户的过冬补助问题。这几件事，我都请示过乡里，也有一些想法，大家先讨论讨论。再就是要做过冬备柴计划，不能像过去似的，想上哪儿砍柴就上哪儿砍，这可不行，要做个统一安排，砍柴和栽树结合起来，不能破坏林子。"

会议室里旱烟味道异常浓烈，云遮雾罩下，会场的气氛更是热烈。有大牲口的，主张解散互助组，还是各家干各家的；分地时抓阄儿抓到平整、能浇水的地块的，要求单干，但表示，村里需要时，一定出集体工；没分到果树的，要求从村集体用地中做出补偿；还有人提出，从库区来的和山上下来的搬迁户，不能挤了坐地老户的利益，起码不能和坐地户一样落好处；有人说，上山砍柴是老辈子留下的传统，祖祖辈辈都是这样过来的，砍那点柴也不挡山柴长，现在咋就得做计划？想不通！总之，群众的意见一堆一堆的，也有相互顶牛的。

冬彩把几个支委和村干部叫到一块儿说："在市里开三级干部会时（市、县、乡），领导一再说要广泛听取群众意见，正像武市长说的，'群众是我们工作的对象，也是我们做好工作的基础，把政策讲透，才能得到民众支持，尊重民意，才能改进工作'。看今天的阵势，一时半会儿也拿不出成形的方案，我们把大家提出的意见都记好，多开几次会，让大家把意见提充分，再请大家出主意，有人提出合理化建议，我们就采纳。"

支委和村干部们同意冬彩的意见。

于是，冬彩和大家说："大家透透亮亮地把心里想的话讲出来，这是好事，大家都希望让村里更好、更快地发展，家家户户过上好日子，这样的会我们还要开，不能出来开会的，我们要到家里征求意见，可现在是后半夜了，大家先回去休息吧。"

人们涌出会议室，腾腾烟雾也向门外面挤，在寒冷的秋风中飘散。冬彩望着清澈明净、洒满了星星的夜空，被大山托着的北斗星很是明亮，当地百姓叫它为勺子星，小时候在她心目中的勺子是与吃饭联系在一起的，后来北斗星成了她走夜路时的方向。在村子最东头的山顶，有几棵松树，松树下的几块大青石，就是他们儿童团站岗的岗位，她经常和成志在那里站岗，一到夜晚总有北斗星的陪伴，也让他们有了许多共同的话题。天上的星星数不过来，就数勺子星，成志总是从北斗星那似勺子柄的最后一颗数起，而她却总是从北斗星的勺子最顶端的一颗数起，他们争论着究竟谁数的顺序对，但是没有人给他们答案，还是成志说："只要咱俩都数的是七颗，就没啥对错。"今晚，勺子星仍然那么明亮，一如既往地钉在天幕上，睁着明亮的眼睛注视着江河山川，守护着万物众生。她想，这时的成志也在望着北斗星吧。她更思念起了成志："成志呀成志！六年多你吃了多少苦，遇过多少险，我猜得出来，可是，让我感到你过的每一天都很满足、快乐。"她想，成志回来的时候，她一定要到村东的山头上，他们一块站岗放哨的地方，看着成志向村子走来，她一定会飞跑下山，在村口给他一个突如其来的迎接，她一定会扑到成志那结实的肩膀上，再和儿时一样勾着他的脖子打个滴溜。

一年多前，当老齐把成志的来信交给她时，她就一直把信揣在衣服的口袋里，只要一有空闲她就拿出来看一看，几乎能背下。成志在信上说："自从来到朝鲜，日夜思念着祖国，思念咱们的家乡，可我最最想念的是你啊。朝鲜的云彩也和咱家乡的一样美丽，当它停在蓝天上一动不动的时候，我就以为它是从石板营子飞来的，可是战火硝烟经常把它染得很黑很黑，天也是黑灰色的……在战场上我没有给中国人丢脸，几次战斗敌人都被我们打得落花流水。"信上说，成志他们兵团的战士们士气旺盛，打了好几个大胜仗。冬彩每次打开信都注视着最后一句话："一位志愿军连长向冬彩同志的汇报。"冬彩看到这里既高兴又激动："成志当连长了！"在市里开会时，听军分区的首长说，志愿军英勇顽强，取得重大胜利，把侵略者打得落花流水，节节败退。冬彩想，成志胜利归来的时候，一定得好好庆贺庆贺。第一件事就是上东山顶看村里的新房子，看看石板营子人修出的梯田，看山上那些快要挂果的果树，还有一件特别重要的事，我俩再坐在东山头的大青石上一起数星星。可是《朝鲜停战协定》都签了这么长时间了，还没接到成志的来信，她心中又生出几分不安。"不不不，一定是成志要来个突然袭击，突然出现在他出发时的村街上，给全村人带来一个惊喜，那时候我就亲手把早就扎好的大红花戴在他胸前。"

冬彩踏着月光，走在村街上。解决沟脑人土地的事儿又钻进她的脑海，如果成志在，一定是她的主心骨，一定会告诉她怎样做。六年了，他一定长高了，穿上军装一定更英俊了。她想起市长在干部大会上的话："我们现在的工作如同打仗，你退缩了，不往前攻了，敌人就会占了上风。人的一生什么样的困难都会遇到，人生就是与困难战斗的一生。山洪冲了房子毁了地，我们就栽树、修水库；为消灭挂画地，我们就叠坝修梯田；土地少，口粮缺，我们就开荒扩大耕地面积。"想到这儿，冬彩好像从山洞里走出，又好像眼前的窗户纸被捅破，心里亮堂起来，开荒造地，山窝窝里能建出个米粮仓！

刚能吃饱饭的村民们，听说开荒扩大耕地面积，也来了精神，冬彩从县里请来土地规划技术人员，看了几个适合开荒扩地的山场，趁上冻之前全村齐上阵，青壮年炸石叠坝，男人们上山开垦荒地，妇女们推土起肥倒粪，将它们运到新开出的土地上。

妇女们说："薄地靠肥养，没有我们娘们儿，这地怕是不打粮！"

"顺杆爬"是男人们的一大本事，"可不咋的，没你们娘们儿这块地，就是生不出娃嘛！"

热热闹闹，打打闹闹，几个沟筒子，几座小山坡，成了大家出力、开心的地方。

每到这时，冬彩就笑道："难怪人说'男女搭配，干活不累呢'！"

沟脑人来到村里，也被人们的劳动热情感染，用二嫂的话说，在山上时，整天好像躲在洞里的猫子，现在好像重新活了一回。

沟脑人下山后，冬彩一直挂念着沟脑那些果树，沟脑人舍不得，搁到谁身上也放不下呀。她和村干部们商量，开了春，让沟脑的四位青壮年成立护林小队，给他们把山上的房子修理好，让他们轮流上山管理，林木保护得好，果树也能有收益，家里的地也不耽误。沟脑人听了十分高兴，二嫂说："大伙说了，早知道这样，我们早就下山啦。"

一天，冬彩到乡里开会，听人们议论说，第一批志愿军从前线回来了，看见东沟村老李家的大柱子帮着村里打场呢。冬彩心里一阵紧张，但是一想，他们所在的部队不同，一定是分期分批地回来。过了一个多月，下起了小雪，北风吹得人心里发凉，雪花打在脸上犹如小刀在刮，开荒的人全部收工了。村街中央的水井边被冰溜子铺盖，打水的人们小心翼翼地摇着新装上的辘轳。

学校放寒假了。冬彩和冬云说，那文生当过扫盲班的老师，现在村委会里还有几位同志不识字，村里也办个冬季扫盲班，村民们想来也可以报名，但是，老师是义务教学。那文生一听很是高兴，这些天可把他憋闷坏了，从承德带来的几本书看完了，掰玉米吧，冬云又不让他动手，说他的手是写字的。他整天不是陪着小宝推圈儿，就是打弹弓。有了扫盲班，学生们看那老师给大人们上课，也纷纷跑到学校凑热闹。那文生也来了精神头，在讲台上一本正经地教课，可是下了课就经常摆不对自己的位置，也忘了老师应有的威严，学生们打雪仗时有他，肩膀扛着学生上树摘冻柿子的人是他，躲在墙角拉筛子绳扣麻雀的指挥者是他。

一天，刚下课，几位扫盲班的妇女说："那老师教教我们孩子'二贵摔跤'吧。"

"对呀，教好了，我们姐儿几个帮你做行头。"

于是，那文生又多了一项教学内容，学校院子里更加热闹起来。

初春的塞外，乍暖还寒。武毅坐在办公桌前，桌上那一串名单让他心如刀绞，他一遍一遍地念着，他要把这些名字刻在心里。抗日战争和解放战争中，多少战友在枪林弹雨中倒下，他们的英名刻在中国革命历史的丰碑上。战场上，他们是英勇杀敌为国捐躯的革命战士，可是在每一个家庭中，他们是好儿子、好丈夫、好父亲。今天，当他接到第一批抗美援朝烈士名单时，感到这张纸是如此的沉重！这十二位烈士，每一位都是让亲人们时刻牵挂着的啊！可是如今，中国人民当家做了主人，刚开始过上好日子，他们却长眠在异国他乡！他禁不住热泪涌流。

听到敲门声，武毅赶紧了擦眼睛："进来！"

小张说："民政局的王局长和杨万新同志来了。"

"请他们进来。"

王局长说："报告市长，我们把十二位烈士的家乡地址都查清楚了，这十二位烈士中，除三位是承德市籍外，其余九位的家都在农村，一位烈士是孤儿。我们准备分成几个组，给烈士的家属送去慰问金和慰问信，家里生活有困难的，根据政策再做出具体的解决方案，经市政府批准后逐一落实。"武毅站起身，左手撑着后腰，习惯性地走到窗前，望着远处刚刚解冻的武烈河说："这事要抓紧，不能有半点闪失，一定要让烈士的家人满意。他们把亲人送上前线，虽然是做了亲人牺牲的准备，但是听到亲人牺牲的消息，还是如同摘心摘肺一般，一时难以接受。烈士的忠魂感动天地，烈士们的亲人一样值得我们敬重。后天市里召开'纪念抗美援朝英烈大会'，号召全市干部群众向英雄学习。英烈在保家卫国的战场上流尽最后一滴血，我们要在和平年代的社会主义建设事业中，拼出自己的一份力，请各界代表发言。如果有烈士家属代表参加大会，也可以请他们讲讲话。"

王局长和杨万新把市长的话记在小本子上。

武毅接着说："哦，那位孤儿烈士是什么地方的？"

彪子说："是水泉乡石板营子的，去年秋天，我到石板营子送粮食，听老百姓说，他们村有个叫成志的，参加抗美援朝去了，是冬彩的未婚夫。"

"冬彩是个好同志，优秀的妇女干部。虽然他们还不是夫妻，但是这对她的打击也是很大的，也要注意做好她的安抚工作。"武毅语重心长地说。

彪子从培训学校毕业后，经受了几个岗位的锻炼：调查长城损坏的情况，在长城沿线走访清理收集古长城砖，为修复长城提供了有价值的数据；在对绝对贫困户的摸底调查中，他几乎走遍了几个乡的深山沟、乱河滩，拿到了贫困人口的真实数字，不仅为政策扶贫、易地搬迁提供了数据，还为人口普查工作打下基础；他带队到内蒙古拉粮食，让他懂得了在不可控的情况下，面对群众要有耐心，还得机智灵活，团结依靠积极的力量。因为这几项工作完成得突出，他受到组织上的表扬。如今他不仅是民政局的正式干部，组织上还任命他为科长，这是他做梦也没想到的，他总觉得浑身有使不完的劲儿。

在民政局的工作会上，王局长说："从烈士家乡分布的情况来看，他们的原籍和家属住在六个乡的九个村，比较分散，我们分成三个组，一个组去两位同志。但是这样，局里的同志就都走光了，目前我们还有一项重要工作。"他拿起桌上的一份材料说，"这上面反映，有几个村又出现闹春荒的苗头，我们需要抓紧了解。"

这时，彪子说："这事交给我吧，我和小黄考察长城时，去过一些山高地少贫穷的偏僻山村，根据材料上的情况，在和当地乡镇、村进行核实后，尽快把意见拿回来。"

"好好，你和我想到一块去了，可是慰问烈士家属的人又少了两位。"王局长想了想说，"一会儿我向市长汇报，请妇联抽出两位同志参加慰问。"

秀燕过去是玉萱的助手，在玉萱的帮助下进步很快，加入了中国共产党，参加干部培训后，懂得了许多革命道理。她善于耐心细致地做群众工作，在团结妇女们参加爱国卫生义务劳动、组织妇女参加扫盲等工作中，锻炼得更加成熟，一个月前，被任命为市妇联副主任。这次去石板营子慰问的任务就落到秀燕身上，当她从市长手里接过成志的烈士证书和表彰决定时，顿时热泪盈眶。

彪子临行前来到武毅的办公室，他还没开口，武毅开门见山地说："马上开春了，一年之计在于春，抓好春耕生产是大事，究竟涉及多少户、多少人，实际缺口是多少，问题出在哪儿，看看用什么办法能度过这次春荒，这回就看你的了。"

彪子不停地点着头，"保证，保证完成任务。"他有些不好意思地说，"我把拴住交给玉萱嫂子，这一交就是三年多，我本想替志民把孩子养大再交给他，可是我却没出力，都让嫂子受累费心了。"

"哎！我还当什么事呢，这算啥，孩子平时上幼儿园，一个星期回来一天，我家那几个孩子带着拴住一块玩。再说了，一只羊是放，五只羊也是放，还热闹。"武毅看着彪子咧嘴笑，自己也笑了起来。他感到眼前的这位山东汉子是那样的朴实敦厚、让人信赖。他一本正经地对彪子说："下农村就一个心思做好调查研究，别七想八想地分心，把真实情况摸清楚后，政府采取定点解决的办法实施救济。"

彪子说："您放心。"这时彪子更感受到武毅身上担子的分量，看到这位把身家性命都交给党和人民的革命者的担当。每当他看到武毅忍受着疾病的折磨，依然不顾一切地工作的时候，心里不是滋味，直想流眼泪。

王局长和彪子离开办公室后，武毅再次细看烈士们的英勇事迹，虽然文字简洁，但是那激烈的战争场面如在眼前。他对成志的牺牲经过简介看得尤为仔细。

成志：中国人民志愿军第20集团军某连连长。1953年7月，第20集团军和第24集团军与敌人经过21个小时的激战，占领了金城以北的无名高地，但是由于连日降雨河水上涨，金城川上的桥梁全部被美军炸毁，道路难行，联合国军战役预备队已调进，准备反扑。成志率领全连坚守602.2高地，与联合国军展开激战，几次打退敌人的反扑，战斗打得十分惨烈。当敌机又一次疯狂轰炸时，成志为掩护战友壮烈牺牲。

初春的石板营子，人们忙着备耕，几个互助组的群众由于一些家长里短的事儿，或牲口使用不均，要求重新调换犁地的先后；或种子当粮食吃了，要求村里重新给配上；或妇女之间闹了矛盾，要求男人们换组。总之，大事小情都要到村里吵上一通。冬彩和支部的同志们逐一做着调解工作。原本说好的，把沟脑人分到几个互助组，可是这几个组都不要沟脑来的人，说他们不会种地，只会在山上刨坑。那些天，党支部和村委会挨家挨户地做工作，想方设法地进行调配，尽可能让大家满意，节气不等人啊！可是沟脑人却怎么也不能融入当地人中。

老齐说："沟脑老乡种地不大内行，但是他们莳弄林果可是有一套，不如把开出的荒地先让他们种着，集体山场上的林果和山货让他们管起来，卖林果、山货的收入，一半儿归集体，一半儿归他们。这么一来，开荒山打出来的粮食够他们几十口子吃半年，林果、山货的收入又可以补上缺空。"

老齐的一番话好像打开了一扇窗，大家心里亮了起来，也得到村民们的响应。于是这个一千多口人的村子暂时平静下来。

这几天，按照乡里的计划，石板营子利用耕种间隙，进入栽树季，每家每户都划好了山场，领了刨树坑计划。石板营子人珍惜解放后的平静生活，他们再也不用担忧日本鬼子的烧杀、土匪的抢劫、国民党兵的骚扰，他们感激共产党，感恩新社会。所以只要是政府号召的事，从来没有二话。那些日子，人们有点空就相互吆喝着到山上刨树坑，六道川、八道梁到处都是刨树坑的男女老少。

走了大半天的山路，秀燕和办公室的小胡终于到了水泉乡。郝乡长说，这阵子冬彩一直忙着安置移民搬迁的事，石板营子是林果大村，植树、栽果、修梯田治荒坡的任务很重，乡里除了重要的会议请她参加，现在尽量让她一扑纳心地在石板营子工作。于是郝乡长派了乡里的妇女主任关桐，陪她们一同前往。她们草草吃过午饭，即往石板营子赶。当她们赶到石板营子时，在阳坡的沟谷间隐隐约约可以看到片片青绿，从村中穿过的小河开始融化，清澈的河水哗哗流淌，亮晶晶的冰凌镶在河的两岸，在暖阳的照射与河水的冲击下，片片冰凌不停地掉入水中，或发出啪啪的声响，或发出碎裂的响声。

她们来到村委会时，日头已经偏西，学生们早已飞出了教室，飞出了学校。老齐帮助几个值日的学生正在摆放桌椅。看到秀燕、小胡和关桐来了，他迎出教室，感到有些意外："啊呀，今天是啥日子呀，你们怎么不提前给个信儿？"

"齐叔好，我们临时接到任务，先是到了乡里站了个脚儿，就赶过来了。"秀燕回答。

在办公室里，她们拿出成志的烈士证书，听了事情的经过，老齐心情十分沉重："哎！成志是个好孩子，也是个有大志向的好青年。打小鬼子那会儿，他就给游击队送信、送粮、站岗放哨，有几回小鬼子还在山弯儿那边，他就早早地从东山跑回村报信，救了村里几百号人。咱这里山深林子大，小鬼子不敢往里走。"泪水在老齐眼里打转，他一边给烟袋锅装烟一边说，"哎，这孩子命苦，不到十岁就没了爹娘，但是仁义、懂事，全村人都待见他。"

秀燕说："听说成志参军走前和冬彩主任订了婚，这事怎么和冬彩说呢？"

老齐想了想说："今天村里几个支委和村干部都帮各个互助小组刨树坑去了，这会儿也找不到人商量，要我说就直接和冬彩说吧，这姑娘是个刚强人。"

关桐说："冬彩主任和成志从小一块儿长大，不仅友情深，感情也很深，这一年多，只要到乡里开会，她都要把报纸找齐，了解朝鲜的战况，她真是日日夜夜在盼呀，可盼来的是这样的消息。"关桐主任说不下去了。

屋子里安静得让人不安起来。天渐渐暗下来，老齐说："我赶紧给你们做饭去，现成的玉米面饼子，再用冬储萝卜熬锅汤就行了。"说完，他向厨房走去。

"关主任，你把谁带来了？也不早点告诉我。"冬彩一边说着一边把镐头放在门口，用窗台上的旧毛巾掸了掸绿色解放鞋上的泥土，一身已经发白了的蓝粗布薄棉衣棉裤，显得很是干练。

三个女人一齐站起身说："快坐下歇会儿。"

"喝口水吧。"

关桐说："我们才来不一会儿，秀燕主任她们是早起从市里过来的。"

"好啊，好啊，大老远地来一趟不容易，今晚好好歇歇。明天到村里看看，这两年我们村有了一些变化。"冬彩对秀燕说，"去年市里开四级干部会，咱们在一个小组讨论，你讲了不少种牛痘的知识，我们还一块儿听梅医生讲预防克山病的方法，可开眼界呢。这回来，你再给我们讲讲妇女儿童防病的知识。"冬彩停了一下问道，"你们这次来一定有什么事要安排吧？我们一定落实好。"

几个人相互看了看，没人接茬儿。冬彩给火炉里添了一把柴说："今年是倒春寒，早晚还很凉呢。一会儿吃完饭都到我家住吧，我那铺炕一烧就热，咱们姐儿几个也好好聊聊。"

这时关桐向秀燕使了个眼色，秀燕也在琢磨，是今天说还是等明天说呢？一时也没了主意。

关桐说："我看看齐叔的萝卜熬熟了没有。"转身走了出去。

这时老齐正心事重重地给灶膛里添柴。

"齐叔，您看是今天说，还是明天说呢？"关桐问。

老齐眯着眼睛，沉思了片刻说："冲冬彩那急性子，肯定得知道你们是干什么来了，得今天说。"老齐停顿了一下说，"我是看着成志和冬彩长大的，冬彩性格刚强，她能承受得住。"

关桐说："那就吃完饭，请秀燕主任郑重其事地和她讲。"

"行，就这么办吧。"

小饭堂里一盆熬萝卜，几个贴饼子，几个人围坐在简易木头桌边，屋子里弥漫着热气，但是几个人的话题总是有点走节，相互对不上茬儿。冬彩觉得，今天不像往常，有点不大对劲儿。

大家草草吃完饭，冬彩对秀燕说："秀燕主任，你们这次来，需要我们做什么？我把几个支委叫来，让他们也听听。"

"不用，不用，就我们几个人说吧。"秀燕拿出一个大信封，又十分认真地抽出里面的证书，她小心翼翼地摆在桌子上。"革命烈士永垂不朽"几个字映入冬彩眼帘，她两眼死死地盯着这几个字，半天说不出话来。

秀燕说："成志是战斗英雄，战场上英勇杀敌为国争光。"

"姐姐节哀，成志哥是好样的，是咱石板营子人的骄傲。"关桐说。

冬彩双手把证书捧在手上，仔细端详着，紧紧地贴在胸口，泪水在眼里打转，她咬紧牙，但也没有阻止嘴唇的颤抖。

秀燕递上手绢："哭出来好受些。"几个人一时不知说什么才好。

老齐说："孩子，哭吧，别憋屈在心里，这样会得病的。"

冬彩站起身，擦干脸上的泪水说："走，咱们回家。"

一轮明月挂在天空，空气中弥漫着一股股的清冷。四个女人踩着村街的石子路，这一里多长的石子路上留下她们朦胧的身影，偶尔从柴门中传出几声犬吠，山林间飞出一两只捕食的猫头鹰。这条路是冬彩和成志常走的路，这样的夜晚是成志和冬彩经常在站岗放哨中度过的。往事如同一幕幕电影在冬彩眼前闪过，如同昨日。这几年她盼啊盼，盼来的竟是一张烈士证书！盼来的是成志为国捐躯的无上光荣！"大山啊，你看到了吗？你的儿子回来了！他威武的英魂永存。"冬彩心里默默念着，任泪水流个不停。

冬彩把证书恭恭敬敬地摆在躺柜的正中，用几把柴草把火炕烧得暖烘烘。四个人睡下，窗户纸被月光照得惨白。冬彩看几个姐妹睡熟，小心翼翼地走到屋外，好像有一块巨石堵在胸口，她抓起镐头，朝山上走去。镐头如雨点似的砸在荒坡上，砸在石头上，飞出点点火花，不一会儿，她的衣服湿透了，汗水和着泪水任意流淌，齐耳短发紧紧地贴在脸上。

一觉醒来，关桐看到冬彩被窝没人，赶忙推醒秀燕和小胡，三个人跑到村外寻找。

初春的黎明，山村是那样的安静，突然山上传来"咚咚咚"的响声，她们跑过去，朦胧中看到冬彩拼力刨树坑的身影……

早上，郝乡长一行人赶来了，村办公室里挤满了人。村民们听说成志牺牲的消息，都十分悲痛。老人们哭喊着他的名字，许多村民向孩子们讲着成志的往事。

郝乡长说："按照市政府的安排，在向烈士家属慰问的同时，发放慰问金，做好安抚工作，解决烈士家人的后顾之忧。成志同志在战场上数次立功，是人民的英雄，我们永远怀念他。"

老人们回忆，一次日本鬼子"清乡"，敌人快要进山的时候，被在东山上站岗的成志发现了，他飞快跑进村，乡亲们及时转移进山，敌人扑了个空，但又不敢进山，只好放火烧了几十间房子，抢走了十多头牲口，全村人的性命保住了。

冬彩说："成志在咱村是吃百家饭长大的，乡亲们都是他的亲人。"

"冬彩说得对！成志是我们全村人的骄傲，乡亲们怀念他。"老齐看了看大家接着说，"我们在东山岗上为成志立个碑，让成志看看我们乡村的发展变化，让后人永远记住这位战斗英雄。"

这时站在人群后面一直没讲话的柳队长挤到前面说："这石碑我们到青石沟去采，这字请那文生老师写，他毛笔字写得好，请石匠老石头来刻，他的刀法硬。"

"好！"

"同意！"

"这主意好！"

郝乡长和秀燕商量了一下，对大家说："赞成柳队长的提议，就这样定了。"

冬彩补充道："成志是国家的英雄，更是咱石板营子的儿子。今天市里和乡领导参加我们的会，村党支部和村委会的人都来齐了，还有这么多的父老乡亲都在，我建议，这笔抚恤金全部发放给五保户老人和残疾荣誉军人。"

人群中又是一阵赞赏声。秀燕激动地说："真是一方热土养育了一方人啊！回去后，我们向市里汇报，号召宣传英烈的精神，让更多的人在英烈精神的感召下，把国家建设好。"

几天后，在东山岗上，松柏林间耸立起一座花岗岩石碑，上书"抗美援朝烈士成志同志永垂不朽"十四个大字，石板营子的百姓为这十四个大字涂上了金色，大字在阳光下闪闪发光。

石碑立上的当天，那文生和几位老师就带着学生来到东山岗，在纪念仪式上，请来村里的老党员，讲述成志当年给游击队送信，半路上与敌人周旋；还有一次，为保护游击队伤员，把敌人引到相反的方向，又机警地逃脱；在敌人大扫荡时，提前报信，为全村人上山避险争得了时间。学生们被这些故事深深地打动，成志成为他们心中真正的英雄。

青山作证，英魂永驻。那文生在碑前默立良久，他突然想起在一本书上曾经看到的一句话："人最宝贵的是生命，生命只有一次。当他临死的时候，他能够说：我的整个生命和全部精力，都献给了世界上最壮丽的事业，为人类解放而斗争。"他用力想啊想，可是一时怎么也没想起来是谁说的，他习惯地拍打着自己的脑袋，心想，"成志不就是这样的人吗？一定得把这本书找到，念给学生们听"。

彪子和小黄在政府食堂买了自己半个月的口粮，各自背着十多斤玉米面上路了。农村正是缺粮的季节，他们去的村庄，家家户户都是数着玉米粒做饭，他们一家一家地走，对绝对贫困户和一般贫困户都有了基本了解，每个村对贫困户的帮扶力量也有了基本的测算，他们的分析也得到村干部们和老百姓的认可。他们经常借老乡的锅灶熬菜粥、贴野菜饼子，有时乡亲们看他们从早忙到晚，就把饭给他们做好。彪子有调查长城时的经验，出发前，他们换了许多毛票、分票，每次吃完饭，他们就把钱压在老乡的饭碗下。每当这个时候，彪子心里说不出的自豪，几次跟武毅下乡，他们都是这样，他总想起市长的话，"别小看这两毛钱，这可是共产党队伍铁打的纪律，'不拿群众一针一线'，和老百姓打成一片，这不是个小事，是立人、做事的根本，也是事业取得胜利的保障"。他想，这个"根本"自己是努力在守，可把事情做好，和组织的要求比，还差着一大截子呢。

转眼间，半个月过去了，他和小黄记了两大本子，还捎带着把在深山沟沟里生活的人数、男女老少等基本情况都做了认真记录。他们连夜做整理，为了早日解决农村最紧迫的问题，还要尽量减少国家的负担，不给国家找麻烦。但是怎么进行自救呢？各个村干部们也提不出个好办法。

武毅听了彪子的汇报说："你们调查得挺细，粮食缺口的基本情况也都写得很清楚。但是没有提出解决的办法，政府班子再开会研究一下。"

当天，政府召开解决春荒的专题会议。会上，武毅说："这几年为了少让老百姓吃探头粮，上级政府年年给新政策，可我们不能让百姓返销粮吃完了再吃代销粮，现在我们的目标是自给自足。大家集思广益再想想办法。"

佟副市长说："冬洼子、六里场、快活林几个村组织壮劳力去内蒙古剪羊毛去了，个把月可以见一些收入，但是村里剩下的大多是妇女老人，没有什么创收潜力。"

分管文化的王副市长说："我随文化局的同志到海儿沟、麻绳营等几个村调研时了解到，一百多年前，那里就有剪窗花的传统，现在还有一些老人会剪窗花，平时拿到集市上能换些钱，也很受城里人欢迎，这个传统技艺还引起了北京专家的重视。"

武毅说："这个项目好，把有这门手艺的老人、妇女组织起来，成立家庭作坊，文化局帮助设计，统一收购，集成套，向外地销售，让老人、妇女坐在家里挣钱。"

王副市长说："哦，对了，在丰宁还有一个流传在民间的艺术，叫布糊画，就是用各式各样的碎布、棉花，按照花样，剪成各种形状拼接起来，用糨糊粘贴，什么百鸟朝凤、鲤鱼跳龙门、观音送子、老寿星，样式多了去了，只要政策放开，政府支持，老百姓都会想出赚钱的门道。"

武毅听了喜出望外，说道："能让老百姓赚钱、吃饱饭，这不就是在落实党的政策嘛！我们一定支持！"

胡秘书长听得来劲，也深受启发说："我包的村老百姓手里的山货不少，我们和外地供销社联系，帮助百姓的山货走出去，活跃了市场，还能换回粮食。"

武毅很是兴奋："这也是个好办法！"

武毅对做记录的办公室主任说："都写进会议纪要，一项一项来。目前是需要解决'火上房'的问题。我们把这些有潜力可挖的项目分成长项和短项，先紧短的来，先解决眼前的问题。但是长项的事也不能松手。"

会场上传出赞赏声："好办法。"大家又是一阵交头接耳。

武毅站起来走着溜儿说："对了，昨晚想起当年我在山里养伤的时候，靠老百姓送的一只鸡，我硬是扛了五六天。等清乡的敌人走了，乡亲们来找我，我竟然还活着。看来，百姓的肚子里没油水，也是眼下扛不起饿的大问题。"

"对对，老百姓一年才吃一回肉。"

"杀了猪也舍不得吃，都换盐扯布了。"几位同志插话。

武毅说："已经开春了，山上的草、草里的小虫也都长出来了，不愁小鸡没吃的。老百姓养的鸡，在山上一放，小虫、蚂蚱就把它们养大了。"他看大家交头接耳，坚定地说，"今天的会开得很实在，大家分头下去，帮助农民解决眼前的问题，只要能让老百姓吃饱肚子，保住春耕生产，不要受其他的干扰，有事我顶着，散会！"

第二天，武毅带着彪子和农业局的几个人来到燕山深处的西坝河村。长城蜿蜒而上，烽火台在蓝天下高高耸立，残垣断壁，青山依旧……这里曾经是游击队与敌人打过仗的地方，那一次游击队在老百姓的支持下，给敌人以出其不意的打击，敌人丢下几具尸体落荒而逃，后来再也不敢进入深山老林。

西坝河村的史主任是当年的老交通员，见武毅来，别提有多高兴了，他兴冲冲地说："你们离开村子快十年了，这十年村里虽然变化不太大，可是老百姓过上了安生的日子，省吃俭用地生活也都过得去。"

武毅说："兄弟，这可不是我们的目标，让老百姓吃饱肚子是个小目标，今后要让老百姓过上富裕的日子才行啊。"

史主任明白市长的话，说："是应该想着朝大目标去，其实老百姓知道靠山吃山的道理，我们村的六婶儿是养鸡能手，她家刚孵出几窝小鸡。"

武毅说："走，去她家看看。"

六婶家在一个山洼处，四周是绿树杂花布满的丘陵，一条小路和小路边的溪流把他们引到一个四四方方的土墙院子，一排四间草房下，一群小鸡被草席围在一起。六婶儿只顾看她的小鸡，听到有人推开柴门，头也不回地说："谁呀？进来吧。"

"六婶，你家来且了。"随着史主任的话音，六婶抬起头，眯缝着眼睛看已经站在面前的几个人："这是刮的哪阵风呀！快快，快进屋。"

武毅说："不用了，我们看看您的劳动成果。"

六婶儿说："哎，我一个妇道人家，哪有成果呀。"

史主任指着毛茸茸的鸡雏说："这一百多只鸡不就是成果嘛！"

武毅问道："老嫂子，这一百多只鸡能出多少母鸡呀？"

六婶一边把一只飞出来的小鸡抓回围栏里一边回答："我估摸着，能出七八成。过些天，都把它们放到山上去，等它们长大了，公的卖集市，母的留着下蛋，这些事儿我都合计好啦。"

武毅笑着说："好好，你家可算得上靠山吃山的养殖大户了。"

六婶儿说："可不咋的，山上的小虫蚂蚱啥的就把它们喂饱了。"

武毅说："好啊！好啊！"

史主任接过话茬儿说："我们村像六婶儿这样的养鸡户有十多家，在我们村想法子搞副业的农户不少，真是八仙过海，各显神通呢。"

一行人来到村边的大树下，一老妇在石头上砸着什么。武毅走上前抓起几颗杏仁说："大娘，这干什么用啊？"

老妇说："当咸菜，好吃着哪，你们城里人最喜欢。"

史主任与武毅边走边说："其实这苦杏仁是好东西，有消炎败火的作用，咱这山上到处都是，而且是自然生长，到了山杏收获的那几天，老乡们半天就能收一口袋，就是收拾着麻烦，得先砸开，用水泡几天，挤掉杏仁皮，凉水拔拔毒，拿盐水泡些天就行了。"

武毅说："这山上到处都是宝，把乡亲们发动起来，也是换钱的一条路子嘛。"

史主任来了兴致："其实山里的好东西多着呢，蘑菇、栗子、榛子、蕨菜都可以卖钱，再换回粮食，只要肯出力，就饿不着。以前村里也帮助乡亲们收过，但是卖着有些难。"

武毅说："你们只管收，以后政府要把这些土特产列入供销社的收购计划。"

史主任长出了一口气说："这敢情好，吃饭的事儿就解决了一大半儿。"

这次下乡让彪子又有了新收获，让他明白了，光调查不研究不行，好的做法不推广等于土里埋金。在市政府工作分析会上，王局长让彪子把调查的情况作了正式汇报。大家讨论后认为，今年的缺口不再向上伸手，学习石板营子互助的办法，对出现断头粮的贫困户，本村能救济的，相互拆兑一下，对本村没有能力拆兑的，各乡供销社帮助解决。武毅提出，政府尤其要保证让回乡的参加了抗日战争、解放战争和抗美援朝负伤的荣誉军人们吃饱穿暖，绝不能让他们打天下时流了血，现在因为过不好生活而伤心流泪！

几天后，市工会主席找到武毅说："机关、学校和厂矿听说几个村闹春荒，纷纷要求捐粮、捐款，按照个人意愿一人交一斤粮，或者自愿交一元钱，大家的积极性很高。"

武毅说："从这件事上看到我们干部群众的觉悟，众人拾柴火焰高，只要大家心齐，就没有过不去的坎儿。"

这是一个忙碌而有成就的春天，也是让人充满信心的春

314

天。地都种上了，趁着暂时的农闲，家家户户想着法子搞副业，力气好的到石场采石，有马车的抓紧外出拉活，有手艺的也到城里打短工，守在家的妇女们薅苗、锄地也干得挺欢。"人勤地不懒"，绿油油的庄稼，让山里人看到了希望。特别让山里人高兴的是几座水库修好了！从水库通往各村的水渠也即将完工，政府帮助各村修好了能发电的水磨房。人们有空就跑到山上看水库。有的人把水库比成镜子，还说是王母娘娘照的镜子，有的小伙子把它们比成姑娘的眼睛，清澈明亮透着机灵。老人们盼着雨再多下几场，好把水库再蓄满些。电力局的队伍忙着给各家各户拉电线，许多山里人还不知道电灯什么样，有人说，就好像月亮那么大，晚上能把人吸进去。要让西杖子村的二奶奶说，是神龙把天上的闪电带进了水里，水库的水都带着电，流到哪亮到哪。总之，电的传说让山里的人产生各种各样的遐想。

水库开闸放水那天，一大早人们就到水渠边等着了，孩子们上下来回跑着喊着："来了！来了！"

"快看，水头过来了！"

"水头是打着滚，滚下来的！"

老人们说："龙王爷下山，福气满满。"

清流在渠中欢腾，人们无比兴奋。"我们的日子更亮堂啦！"

"这白花花的水，就是白花花的银啊！"

水流走到田里，小孩子们趴在地上听那"哗哗哗"的响声。

几个村在水库外的坝子口修建了水磨，水流让水磨转动起来，为农家送上欢乐与光明。

夏日的燕山腹地，苗青树绿，一派生机。玉米到了拔节抽穗的时候，武毅带着农业局的几个人来到西杖子村的一片玉米地边。

西杖子村的大弄主任说："今年是个旱年，要在过去，地裂口子，庄稼干叶子，那才叫没招呢。现在农民们都放心啦。"

农业局的同志说："过去山区最怕的是山洪，现在有了水库，随时把山上的水聚集起来，山洪也不会发生了。"

副主任小满说："有了水库，一个月不下雨咱也不用愁，照样大丰收。"

人们开始七嘴八舌地议论："有雨的时候，水库可以蓄水；大旱的时候，水库又可以救急。"

"靠山吃山靠不住，还是得靠我们的劳动。"

"是呀是呀，如果没有这几年的水库工程，我们还是要靠天吃饭，饿半年呢。"

可是武毅在一次市长办公会上说："目前的水库远远达不到需要，一是规模小，二是数量少，下一步还是要因地制宜地再修几座水库，解决山区经不起暴雨冲、扛不了遇大旱的问题。"

的确，在崇山峻岭中，也有一些植被不太理想的地方，山石裸露，水库的蓄水量偏少。不过百姓们说，这蓄水也是个慢功夫，只要有了水库就行，靠天吃饭的日子总算盼出头了。

转眼到了第二年的春耕时节，冬雪化得差不多了，农民们忙活着在湿了地皮的土地上犁地播种。到了春灌的时候，水库的水虽然还不太满，但是放下去的水，还是够让刚钻出地皮的小苗喝上一顿。可是到了6月下旬，大旱还是来了，已经一个月没下过雨了，庄稼的叶子眼见着枯黄，高坡上的土地裂出了口子，就是新开出的水稻田也和龟板似的能一片片捏成粉末。

东营子村在一条比较宽的大川上，营子西侧有一条自然形成的河，河的两边是连接到山上的田地，河的东岸是密密麻麻排列着的村舍。为了避免种下的种子受损失，村民们不敢在河边种地，所以这里的河床很宽，河的下面由沙石构成，每到夏季，河床里才会存下只能没过脚面的水。可是到了暴雨季节，山洪咆哮着从北顺流而下，河床便成了洪水任意肆虐之地。水留不住，还上岸毁了庄稼。可让人没想到的是，今年的旱情这样重。百姓们都心急火燎，水井见了底，村里人吃水都成了困难，更没有水浇庄稼。每天天蒙蒙亮，村里的男女老少就聚在村口的大槐树下祈雨。老人们说，这棵老槐树有一百多岁了，人们都把它视为神树，只要有什么许愿的事，就在树上挂上红布条，恭恭敬敬地向老槐树许下自己的心愿，或点上一炷香。虽然乡亲们明白，自己遇到的难事还得靠自己去努力解决，但是这个心愿表达后，自然心里得到一些慰藉。这样，时间久了，树上便挂上数不清的红布条，有的老人嘴里念叨着自己编的恭敬话语，让男孩子爬上树，把红布条挂得越高越好。于是这棵人们心中的神树便被装点得十分神圣，特别是一到夏天，这红色在绿叶的映衬下很是壮观。可是，如今这些红布条在人们的眼里竟如同在艳阳下舞动的一缕缕火苗，老树旁边大青石上刻着的"东营子"描红大字，也如同点燃的火，横竖撇捺地在石头上晃。每次祈雨，人们都是举着大扫把，拎着锣鼓镲，挥舞着彩色布条扎起来的拂尘来到树下，念叨着自己编的求雨的话，在村口宽阔的场地上点燃白色的条幅，顿时条幅化作灰色蝴蝶似的飞散开去。男人们穿着黑色或白色的衣服，舞动着扫把，敲起了锣鼓，拍响了铜镲。老人、妇女们把头昂起，直面蓝天，天上一朵云彩都没有，"哎，又是一个大晴天"。"一点雨丝都看不出来。"人们眼睛呆呆地不想离开天空，希望看到云彩，更盼望着黑色的云出现。妇女们抹着眼泪，尘土在她们脚下滚动，几位老人双手按在拐杖头上，眼睛盯着脚下干透了的尘土。

这时，一直守在大树下的贵爷爷说："常言道'小满不满，没水洗碗'，今年可真是要遇见旱灾了。可是，也有'四月十五月如盘，四十五天不见暴'的说法，四月十五那天晚上，我看是云遮月，怎么这老话儿都不灵了？"

这时候哪还有人听贵爷爷在说啥，贵爷爷只落得个自言自语罢了。

只听又有人说："老槐树还是太老了啊，神灵不济了，我们再到龙王庙去求求吧。"

"对对对！应该求求龙王爷！"

"龙王庙可得经常去拜拜！这两年我们心不诚，准是龙王挑眼啦！"

于是祈雨的队伍又向村北头的龙王庙走去。

在东营子西七八里开外，有一个叫"西杖子"的自然村，相传当年这里也是驻扎过八旗兵的地方，那一年雨水多，发了连月不退的大水。本来，这支队伍也驻扎在东营子，可是东营子地势低，大水淹了营帐，一支人马便西迁，一路找寻适宜安营扎寨的地方。在一个比较宽阔的高岗下，住着几户人家，高岗下有一株如九龙盘枝的古松，传说当年乾隆皇帝到坝上打猎，经过此地时在这棵松树下休息。后来松树越长越奇，枝蔓横生，如九条神龙展虬。部队与原本就有的几户人家聚集一处，开荒造田，农耕打猎，倒也和谐安静。随着时间的推移，这里形成了一个有着800多口人的村庄。

今年的大旱，让这个原本就缺水的村子，像有一股股滚地火，漫山遍野地流动。半个月来，每天早上人们就聚集到九龙古松下祈雨。

十人合围的古松主干高三米许处，随即分开九条向四面八方伸展着的巨枝，每一条松枝如屋之大椽，椽身又分出无数枝杈，树干表面似龙鳞斑驳，层层叠叠，每条松枝如龙的虬爪尽舞，使茂密的松针也舞动起来。古松的每根针叶足有半尺长，十分坚硬，可刺入皮肤，可扎入衣帛。龙松身上数不清的红布条在微风中舞动着，红布条上"风调雨顺""百病尽消""财运亨通"等吉利话语依稀可见。

今年的大旱是西杖子村百姓最为糟心的事，人们把能够下雨的希望都寄托在这棵神圣的九龙古松上。一个月前，人们就在树下摆了香案，供上了雨神神像。老人们怕孩童们淘气做出对雨神不敬的事情，就一遍一遍地讲赤松子的来历。相传很久很久以前，有位神农帝，是种庄稼的高手，他教会了人们种庄稼。但是天不下雨，庄稼长不出来，饿死了许多人。神农帝就请来了一位叫赤松子的木匠，他从来不食五谷，只吃百草中的精华。他发明了一个打猎的办法，在弓箭上系上用生丝做成的长长的细绳，猎人就可以沿着这根细绳取回猎物，人们管这细绳叫"缴"，也称赤松子为缴父。老人们说，这位缴父经常到昆仑山王母娘娘那里做客，炎帝的女儿还追赶着当了他的媳妇，在刮风下雨的时候，他就披着洁白的袍子在天上飞舞，他飞到哪儿，哪儿就会下雨。

那些天，听了这个故事的孩子们，整天仰着头看有没有披着白袍子的神仙飞来，看着天上飘过来一朵白云，便叫喊着："缴父，缴父飞起来！""雨师，雨师下凡来！"人们盼望着这位仙人的到来。可是呼唤了半个多月，天还是晴晴朗朗，没有一丝下雨的意思。九龙松树下的地皮也日渐干涸，在人们双脚的踩踏中尘土飞扬。

八十八岁的二奶奶在家里也坐不住了，拄着棍子来到树下训斥："看你们这些个没谱的孩子，尽瞎折腾，过去拜神求雨都得闹出动静，这没鼓没镲的，真神咋能来！"

村主任大弄跑过来说："二奶奶，您说该咋办我们就咋办。"他看了看身边的村妇女主任秋凤说："谁家有锣鼓镲什么的让他们拿出来敲。"

"老念儿、大肚、正午他们家都有，就是太陈旧了。"秋凤回答。

"可不，多少年不用了。不过，旧点没事儿，只要能出声儿就行。"大弄主任说。

二奶奶一听又火了，"这敬神还有凑合的？"

秋凤灵机一动说："要不这么着，我们弄个会，也按照仪式做，就郑重了。"

"好好好！"村主任连声赞成。

孩子们听说闹会，别提多高兴了，喊叫着："给赤松子办会喽！""雨快来喽！"

第二天，九龙松前的小广场上锣鼓镲响起来，音儿虽然不齐，但人们那庄重的神情好像很能感动神人呢。花里胡哨的男女混合的秧歌队，转着圈地扭啊走啊，两只旱船上盖着刚刚从秋凤家拆下来的花被面儿，摇啊晃啊。孩子们追着旱船跑，大人们尽量踩着锣鼓点跳。小广场上各种声音搅拌着飞腾滚滚的黄尘。

二奶奶坐不住了，起身说："我快回家去吧，闹得心里怦怦直跳，快要出来了。"

秋凤扶着二奶奶回家，把老人扶上炕。二奶奶说："哎，今天我想起民国九年（1920）那场大旱，死的人没数儿呀！现如今解放了，这老天爷可不管你解放不解放，说不下雨照样不下雨。修了水库管啥，人虽然有喝的，可地没了水，不打粮食，人就没了吃的，也会死人呢。"

秋凤说："是这个理儿，政府也在想办法。"

二奶奶刚要躺下，又坐直了身子说："你是村干部，和上面说说，那水库的水就不能往下放放？"

秋凤应承着。她眼前又出现一片片快要干黄的玉米地，心想，一定要向上级反映反映。

这些天，冬彩忙着组织村里人抗旱，从石板营子中流过的小河已经干涸，河两边的草摇着黄黄的尖尖，树林无精打采，失去了往日的生气。好在前年村里打了几口深水井，有两口轮流抽水灌溉农田，山上的庄稼和果树就靠大家挑水浇灌。

当西杖子的人们还在闹红火祈雨的时候，秋凤风风火火地跑了十多里路，好不容易在山上找到冬彩，把申请水库放水的事一股脑儿说了出来。

冬彩说："我去请示郝乡长，请他向上级反映。不过今年水库刚建好，库里的水太少，听市水利局的同志说，先保群众吃水，浇地的水恐怕就不够了。"

冬彩立刻跑到邻村，在山上找到和群众一块挑水抗旱的郝乡长说："时间不等人，把乡干部们叫回来开会又得等一天，您就做主向上级报告吧。"郝乡长一听，觉得也有道理，当干部就得在关键时刻能扛住事儿才行。

一个月来，旱情成了让武毅最焦心的事，这天一大早，从抗旱一线连夜赶回来的水利局付局长和农业局朱局长，来到市长办公室，武毅仔细询问了新建好的几座水库的蓄水情况，分析了旱情。付局长说，水库修好后，雨水很少，上游下来的水也补充不上，现在是保民众生活用水，还不能放水浇灌。他解释道："我们在通往各个村的水渠上游开了一个出水口，每天定时为农运水车放人畜用水，送到各村。"

武毅听了点了点头。农业局朱局长说，如果再不下雨，也不开闸放水，今年收成就会减少一半。

武毅走到地图前，两位局长也跟着走了过去。武毅用铅笔指着几个地方说："昨天接到这几个地方的旱情报告，十分严重，开闸放水抢救庄稼的群众呼声很高，你们看，主要是西北地区的这几个乡，东南地区的还可以再坚持几天，有许多村庄，在党支部的带领下已经全力投入抗旱。"

"但是这几个地方靠人工抗旱解决不了多大问题。"农业局局长说。

两位局长心里想，看来市长早就做了调研分析，一定也有了安排。

武毅说："今天几位市长已经分别下到村里组织抗旱，目前能采取自救的办法，就是发动群众挑水抗旱，稳定百姓情绪。但是对有放水条件的水库，一定要在关键时刻让水库发挥作用，否则我们修水库干什么？先把受旱情影响最为严重的庄稼救活，让百姓看到希望，下一步的事我们再想办法。"

武毅的话让两位局长心服口服。付局长立即带着两位技术员向雾灵水库和石洞水库赶去，做放水的准备。农业局局长带着三位农技人员，往没有水库只能搞抗旱自救的几个乡赶。武毅作出批示，向北部的几个县调集荞麦种子，对旱情实在严重的，庄稼救不活的，就赶种生长期短的荞麦，把旱情带来的损失降到最小范围，"不能让半亩土地出现绝收！"他向全市发出了命令。

"兵来将挡，水来土掩。"这也让武毅回忆起老人们讲述的1920年那场涉及河北、河南、山东、安徽、陕西等几个省的大旱，树皮草根都被吃完，到处是流浪的饥民。他在全市干部大会上说："现在是新社会了，我们排在第一位的任务就是要千方百计保住民生，还是那句话，一个老百姓都不能饿死，逃荒的事情也绝不能再出现。"干部们纷纷下乡组织抗旱。但是让他没有想到的是，建好了的几个水库，却不能在关键的时候派上用场，这让他心里十分郁闷。灾情到了这个节骨眼上，还能想什么法子呢？他思前想后，为了减少损失，让农民能树立起信心，他决定，尽管有的水库里的水才蓄了两三成，也要给旱情最重的村放水，保苗就是保住了民众的信心，也可以说是保住了老百姓对共产党的信任。

两天后，上庄水库闸门的水顺着渠往东营子村流，全村人守候在水渠两边，当水从眼前的渠中流过时，传来一阵阵欢呼声。清水流进七百亩玉米地，又进入一百多亩的大豆秧田，第二天，禾苗挺起了身子，渐渐地，田地间重现出应有的绿色。

那天，听说渠水准备往西杖子村开进的消息，西杖子村的男女老少一大早就来到九龙松下，锣鼓镲响了起来，大姑娘、小媳妇扭起了秧歌。不知谁喊："走！咱们看水去。""看水头去！"孩子们"哄"的一声向村北跑去。"来啦！""来啦！"孩子们高兴地连蹦带跳，有的直接跳到水渠里，水流冲刷着渠中沉淀的黄土，顿时清水变成一股黄色的洪流，"快看，龙，龙！""你们看像不像一条长龙？"孩子们大叫着，跟着这条

"龙"跑。

西杖子村九龙松下的热闹停了，人们看着水如何流进他们的田地里，年轻人早就在水流要经过的地方挖出了水口，盼望水流来的那一刻。可是，他们盼啊，等啊，一直等到日头偏西，水流还没有到来。几个年轻人扔掉铁锹，往水渠上游方向跑。

这时秋凤和村委会的几个人被激愤的村民们团团围住，"送这么点水，骗谁呢！"

"总共只浇了几十亩地。"

"我家的地皮都没湿着！"

"我们更惨！连水的影子都没见着！"

"这叫送水，还是送气！"

这时到东营子看水的几个小伙子气喘吁吁地跑来喊道："水……水都跑东营子了！"

"他们那里的地全灌上水了！"

"现在他们也不用到闸口拉水了，连人都喝上了渠水。"

去侦察水情的一个青年说："山雨贵如油，滴水也是金。上庄水库蓄的水多半放到了东营子，我们只能分两成，这不公道。"

"谁让咱地处高呢，这水也不能爬着坡往咱这流啊。"

"是啊，有啥法子！人家得八成水，我们只得两成，这收成可就差远了！"

"我们必须得想办法，既然是政府开闸放水，就得一碗水端平。"

"这时候喊政府，政府的人也赶不过来，还是得我们自己想办法。"一个叫七旺的小伙子说。他把几个兄弟叫过来，小声嘀咕着，"对对对，就这么办！"

天色渐亮。村中升起袅袅炊烟，朦胧之中可以听到犬吠鸡鸣。东营子村由于水的到来，显现出好久没有过的生机。这时正在打猪草的大贵来到水渠边，见渠中只剩下一小股黄色的水流，他好生疑惑，昨天还是满渠的水，一个晚上就变没了？"不对，一定是有人做了手脚。"他背起半筐猪草，飞也似的向村里跑。这时人们正准备下地干活，听了大贵的话，大家二话没说径直跑向水渠坝子口。人们急急地沿着水渠往上找，终于在总渠分岔的地方，找到被人用草把子塞得严严实实的通往东营子村的渠口。

"走！找他们说理去！"

"对对对！谁还怕打仗！"

"先把草把子扒开！"

人们七手八脚扒开了草把子。

一个晚上的水让西杖子的部分土地见了湿，也让挨了近一个月干旱的庄稼解了一下渴。看了一夜水的几个年轻人商量好，先回家睡一觉再来。

大贵是贵爷爷的孙子，他见大人们都到渠上去了，赶紧跑回家："爷爷，爷爷，水渠让人堵了！"

"啊！在哪儿？有这事？"贵爷爷胡子抖动着。

"上工的人去看了，可是去的人不多。"大贵说。

"真有这事？"贵爷爷情绪有些激动，给猪圈里扔了几把草，抄起枣木拐杖走出院门。

"抢水喽！"

"西杖子人抢水喽！"

"和他们说理去！"

一会儿工夫，东营子村的男女老少就聚集在大槐树下，二十多个壮汉向西杖子方向走去。

贵爷爷知道，自古以来，为争水打仗的事儿出了不少，可都是出人命的大事儿，现在有事得先找政府，一旦打起仗来，不仅仅是伤了和气，闹不好还会闹出人命！想到这儿，他大声喊着："快回来！该干啥干啥去。拱火能拱出个什么好？"他叫住向西杖子跑的几个半大孩子说："大贵！小虎！你们站住！听我说，告诉大人们，去西杖子是说理的，千万别打仗。"

"噢，知道啦！"

当孩子们跑到西杖子村口时，东营子的壮汉们正在九龙松树边叫号。

一个叫灿头的小伙子喊道："你们西杖子有种的都给我出来！"

"出来！"

"有种的出来！"

"评评理！"

这时西杖子村出来十几位老人和妇女。

秋凤大声说道："这水是政府让下来的，也不是你们一个村的，这大旱，渠里的水可劲地往你们地里流，合理吗？"

东营子村的蛮牛回道："每年你们山上下的洪水，可劲往我们村灌，咋不说了？"

东营子的人高声喊了起来："对对，和他们要损失！"

"让他们赔！"

"让他们赔！"

"和他们好好算算这笔账！"

西杖子村的人越聚越多，更不示弱，"要算和老天爷算去！"

"用水公平，这是天理！"

这时东营子一个叫混混头的小伙子指着秋凤的鼻子喊道："胡秋凤！你的良心让狗吃了！东营子把你养活这么大，嫁到西杖子就不认人啦。"

"她再回娘家就打断她的腿！"

秋凤委屈得想落泪，说道："修水渠那会儿，我也是出了力的呀。你们有能耐找我男人说理去呀！"

秋凤男人小满是村里的副主任，也是远近闻名的石匠，身强力壮，为人豪放，办事爽快，在村里是个一呼百应的人物，也是建水库修水渠的主力。自从昨晚给水渠口塞上草把子后，他就和小伙子们到地里看水的走向，帮助各互助组的地开豁，挖进水口子。水流小，走得慢，让大家很是着急，刚浇了不到一半儿，就听说东营子的人进村了。他想，东营子的人一定先到坝子口抽草把子。于是他和秋凤交代了一下，让秋凤先带着村里的妇女、老人到村口应承东营子的人，并嘱咐秋凤先稳住，千万别和东营子的人打架，等他们回来再说。于是，他带着几个人从山上小路绕到水渠的坝子口，他们到了坝子口上方的小山上，向下看时，东营子的几个人正在抽草把子。他们屏住呼吸，趴在山头，关注着山下人的一举一动。草把子全部被抽掉，大部分水流向另一条渠。待东营子村的几个人走远后，他们飞快地跳到坝子口，迅速把草把子缠紧，塞回原位。

与此同时，秋凤和几十个妇女、老人和东营子的人们应对着，秋凤知道自己说漏了嘴，只听东营子的人喊着："拿你男人吓唬谁呀！"

"把他叫出来呀！"

这时几个妇女把一张小桌子摆在老龙松下，一把大铜壶在桌上一蹾，十多个黑粗瓷碗往桌上一摆。秋凤故作镇静地说："来来来，天太热先喝口水吧。"

"好你个胡秋凤，你别来这一套。"

"我们不喝你们的水，东营子还有三百来亩地浇不上水，倒让你们给掐了，这我们就是不依！"

西杖子村的种粮把式丘叔听说东营子来人了，赶忙放下地里的活计跑来："哎哎，都是乡里乡亲的，大伙儿共同生活在一块天底下，你们的地弄个好收成，可我们的地成了硬板砖，眼见着苗子灌不上浆，到了秋天你们真就看我们喝西北风啊？"

"这时候了，谁管谁呀，这水也不听我们的，它不往上流，我们管得了吗？"东营子的人都不示弱。但是他们心里想，一会儿你们这里就断流，再喊叫一会儿就该打道回府了。

可是一听这话，西杖子村的人们情绪激动起来："收秋的时候，我们上东营子吃饭去！"

"对对对，上东营子吃饭去！"

两个村的人往一块凑，面对面地站着，互不示弱。

秋凤跑上村口的台阶想和大家说几句，正迎上挂着棍子的二奶奶出来。

秋凤说："二奶奶，你看咋办？"

二奶奶激动地说："不信他还反了！"

二奶奶手中的棍子挂得咚咚响，她走下台阶。

二奶奶喊道："混混头！你连姑奶奶也不认啦！别在这儿给我现眼！"

二奶奶的娘家也在东营子，她的辈分大，虽然嫁到西杖子几十年，但是东营子的人很敬重她，日本鬼子集家并村的时候，是二奶奶把藏在山洞里的粮食分给大家，救了东营子几十口人的命。可是看今天这阵势，二奶奶也感到，怎么娘家人一点盐精儿都不进，一点情分都不讲了呢？

东营子村叫混混头的壮汉走到二奶奶跟前说："你是我们成家姑奶奶不假，我叫你姑奶奶也不错，可是断了水不就是断了我们东营子的根吗？不也是断了成家的根吗？"

二奶奶生气地说："混混头，你良心让狗吃了！那年下大暴雨，水头下来把东营子地卷了个遍，东营子没了饭吃，还不是我们西杖子人接济你们！"

东营子的几个人喊道："你接济娘家人是天经地义。"

"对，谁把你养活大的？"

"秋凤，你倒说呀！"

"哈哈，嫁出去的姑娘泼出去的水，没良心的在这儿哪！"

二奶奶气得一下子晕倒了，多亏秋凤一把将老人抱住，顿时小广场上鸦雀无声了。

"不好不好，把二奶奶气晕了。"

"这要是出了人命可咋办。"

西杖子的妇女们议论着。秋凤把二奶奶搂在怀里，两个妇女给二奶奶解开领扣，按压人中，不一会儿二奶奶终于长出了一口气，醒过来了。

"可把人吓坏了。"

几个人连忙扶着二奶奶回去休息。

坝子口上，小满和几个小伙子准备回村，可他一想，如果他们一走，东营子的人又会抽掉草把子，他对一个小伙子说："二柱，你先回村里看看，有什么事儿赶紧回来告诉我们。"

九龙松下，两个村的人还在吵嚷着。

贵爷爷是经过大事的人，也是当年为游击队送信、送物资的主力。他来到九龙松下，看到人们脸上的怒火好像倾盆大雨也难浇灭。他的到来，并没引起人们的注意。他心想，这事可不能闹得太大，出了人命可不是小事。再者，前几天农业局和气象局的几位同志考察时，一再说政府一定会想办法，帮助百姓渡过难关。气象局的同志还说，根据历史和往年的情况，对燕山进行了实地分析，不久后会下一场雨。当时贵爷爷就想，这事听政府的，一准没错。

丘叔看到贵爷爷，赶紧跑过来，扶贵爷爷在小桌前坐下："贵爷爷别着急，喝口水。"

送二奶奶回家的秋风赶回来，看到贵爷爷，也跑了过来说："贵爷爷，这事把您也惊动了。"

"这事闹的，都好像在老虎嘴里夺食。"贵爷爷抬头看了看四周的人说，"乡里乡亲的，有话好好商量才对！"贵爷爷手里的拐杖打在地上啪啪响。

"贵爷爷！"

"让贵爷爷给我们评评理。"人们七嘴八舌。

贵爷爷说："我们东营子和西杖子百十年前就生活在这块地界上，遇到个什么灾呀难呀的，相互没少帮衬。这倒好，修了水渠，倒闹出了乱子。"他对着东营子的几个小伙子厉声道，"你们闲着没事是吧？都给我各回各家去！"

这时东营子的一个半大小子急急跑来："不好啦！水……水又流到西杖子大田里啦！"

东营子的人们抢起铁锹、镐头喊着："走走，守渠去！"

"对对，守坝子口去！"

西杖子的人们也不示弱："走走，我们也守着去！"

"谁怕谁呀！"

秋凤急了，喊道："咋的，想打仗咋的！平时都叫你们叔爷、叔叔好听的，今儿个咋就一点情分都没了？"

什么情分不情分的，这时的人们群情激奋，哪管这个，都涌向坝子口。

西杖子下地干活的男人们也加入奔跑的人群中。

此时贵爷爷看着这些如同脱了缰绳的野马，从眼前跑走的人，也没了办法。对秋凤说："快去上乡里叫人去。"

秋凤答应着，对村里的一个妇女说："兰姑，你陪着贵爷爷。"说完就跑走了。

两个村子的人都向坝子口涌去，山间小道被激动的人群踩踏着，扬起一溜黄尘，渐渐地，这股黄尘在山间弥漫。古松树下的老人和妇女们很担心："要出事了，这可咋办？"

"这一打仗哪有个准儿呀！"

"贵爷爷，您老发个话吧。"

这时，两个半大小子拎着棍子急急匆匆地跑来喊道："人呢？这顶事的人都上哪儿了？"

"我们快跑，肯定上坝子口了！"

贵爷爷高声喊道："小子们！站住！"两个人头也不回地跑走了。

几个妇女也着了急叮嘱着："千万别打仗呀！"

"到这份儿上，谁也压不住了。"

"这可咋整？"

"真没招儿了。"人们议论着。

"战争"的气氛在九龙松下弥漫，战争即将在二里地开外的坝子口打响。贵爷爷的胡子抖动着，眯缝着眼睛跺着脚，

"真没王法了！"他恨自己的腿脚不中用，他恨这些眼看着长起来的后生们不再听话，他恨老天爷为啥就不下点雨。他看着九龙松那伸展着的臂膀，密簇的针叶也失去了以往的精神。这些天，大家没少到村口的龙王庙烧香，可是这龙王就是不来，于是，村里人说，龙王也忙着呢，还没来到咱们这儿，要不就是咱们祈雨的心不诚，功夫没下到。在贵爷爷听来，这些只不过都是些聊天的话，他心目中想的是这新建的水库，库里的水怎么总是那么少。

这时，东营子村主任老福带着几个人跑来，贵爷爷喊道："你们咋才来！要出事了！"

"我们在山上浇红薯，听说后，撂下挑子就来了。"说完几个人奔向坝子口。

贵爷爷想，这一仗肯定是打定了，因为已经到了剑拔弩张的地步。的确，这时的坝子口已经乱作一团。铁锹、镐头、扁担在空中乱舞，发出叮叮当当的响声，这响声与叫骂声混杂着，在大山间回荡着。草把子被拽散了，有的被抛向空中，稻草飞扬。

"老福主任来了！"东营子的几个人一下子好像有了底气，出手更猛了。

"住手！别打了！"打斗声淹没了老福的叫喊声。

"我们人少，他们势众，不打就要吃亏啦！"一个叫大好的小伙子回应。西杖子的小满以为老福是来为东营子助阵的，使出浑身力气，挥舞着大木棍，只听"咔嚓"一声，木棍断裂，东营子的大好"哎哟"一声倒地不起。与此同时，不知是谁抢起的铁锹向小满砍来，顿时小满的头上鲜血直流，白粗布褂子殷红一片。十几个受了轻伤的坐在地上大喘气，有的还相互叫骂着。

"不教训教训这个秃驴，他不知道姓啥。"东营子的人哪里还管小满头上流不流血，不住地叫骂。

"看这个大好，他还真下死手了。"西杖子的人则毫不示弱，"咱们也打，打跑他们！"

"放残了他，看他还敢发威不？"

棍棒朝着大好的腿打去，大好抱着头在地上滚，他的一条腿不能动了。

眼前的惨烈情景让老福心惊肉跳，"还不赶紧救人！"他不知道小满伤得怎么样，光看那血就够吓人的。几个小伙子把草把子编成草垫子，小满被抬走了。大好疼得叫骂着，也被人们手忙脚乱地抬下了山。

老福对西杖子的人喊道："你们村主任呢？"

"上乡里找人去了。"西杖子的人回答。

"好好好！你们都给我下山，这地谁也别浇了，等乡里来人再说！"此时，乡里派来的放水员一屁股坐在山坡上。

老福感到，东营子没浇完地就让西杖子给劫走了，也是一肚子的气。但是毕竟自己是一村之长，不能从自己这儿再把事儿挑起来，他压住一肚子的火喊道："还看啥，都下山吧！"

两个村子的人纷纷地向山下走，黄尘飞起，一时间，从那一个个灰头土脸的人中，也分辨不出是哪个村的人了。四个人架起的草垫子上，坐着头用沾着血的衣服包着的小满，另一个被架在草把子上的是小腿肿得像个小缸似的大好。两个人"哎哟，哎哟"地叫着、骂着："老小子，让你也不好受！""你也好受不了！"几个受了伤的村民不是腿上划出个口子，就是被打得乌眼青，不是胳膊上擦掉一块皮，就是手腕子被拽脱臼……

一群人来到西杖子村口，两个独轮车已经停在九龙松下，送伤员的人们叫骂着向乡卫生院赶。

贵爷爷拄着拐杖站起身骂道："小兔崽子们，这是不见棺材不落泪呀！"

东营子的村主任老福说："我也没承想会出这么大的事儿。贵爷爷，一会儿让人送您回村吧，别伤着身子。我看小满和大好伤得不轻，我得送他们上乡卫生院。"说完他去追护送伤员的人群。

人们还聚集在小广场上，嚷嚷着刚才发生的事情，讲述着打架时的情景，谁也论不出个理来。

这时，几个人急急地向九龙松跑来。

"啊！前面的那不是郝乡长吗？"

"对对，后面的是水利局的小董。"

"还有农业局的老刘。"

"秋凤，秋凤，那不是秋凤嘛！"

人们向西张望，吵嚷声停止了。

秋凤向大家喊："我跑到半路，正好碰上郝乡长他们来看水库，准备做放水计划。"

郝乡长来到人们中间，他看到两个村的年轻人眼睛还瞪得乌眼鸡似的，火气不打一处来："你们这是吃饱了撑的，有劲儿没处使啊！想打仗今天有的是工夫，你们好好打，我给你们当评判。"郝乡长看到眼前的人们还没有消气的意思，劈头盖脸地一通骂。

这时几个妇女说："打人的、挨打的都上卫生院去了。"

"算我晚来了一步，你们回去告诉家里的老爷们儿，告诉那些好打仗的小子，有能耐回来再接着打，平常看着都像个人似的，怎么说变就变得牲口八道的了？"郝乡长一肚子气。

大家都安静下来，有的低着头，有的一个劲儿地往后躲，"躲啥呀躲，你们好拱事儿，把事儿拱这么大，出了人命你们一个也跑不了！"这位郝乡长四十多岁，当兵的出身，五大三粗的身材，为人正直、脾气火暴，当年也在燕山腹地打过游击，在老百姓中威信挺高。但是，让他没想到的是，两个被民间传为秦晋之好的村子，为了争水，竟发生了流血事件！

兰姑对秋凤说："小满和东营子的大好受了重伤，还有几个受了伤的都上卫生院去了。"

这让正在人群里到处找小满的秋凤心头一紧，她不知道丈夫伤得怎么样，对郝乡长说："我追他们去。"

兰姑说："我也去。"两人一溜烟儿地跑了。

"小满当了副主任也不像个村干部的样儿，心眼针鼻儿那么大，气量可像头牛。"郝乡长感到此时不是评价人的时候，他四下里看了看问道，"东营子的村主任老福在哪儿？"

"他跟着上卫生院了。"一直坐在老松树下抽闷烟的贵爷爷说了话。

这时郝乡长才发现贵爷爷，赶紧走上前说："贵爷爷，让您受惊了。"

贵爷爷感叹道："唉！人老了，压不住事儿了，你们说，这要是打出个人命来可咋好！"

小董连忙解释道："我们就是按照市长的要求，解决均衡用水问题赶过来的。"

郝乡长说："看来这放水的事儿得先搁一搁，赶快拿出个章程再说！"

在场的人你看看我，我看看你，谁也不敢说话，有的悄悄

335

地溜走了。

关水闸的人回来了。几个妇女说："这回谁也别想着放水的事儿了。"

"我们还是扎陵子，明天早上接着上龙王庙去求雨吧。"

人们散去，水渠干了，人们的心劲儿也随着干涸了。

这天，武毅在麻甸营乡看水库蓄水情况，按照设计，这是一个库容700万立方米的水库，由于干旱，水库中只蓄水100多万立方米，如果等着把水蓄上，庄稼就会因干旱歉收，虽然这里的地势比较低，但是还有大片土地需要送水浇灌。这让武毅举棋不定。如果用现在水库存蓄的水浇地，恐怕旱情不减，还会造成群众生活用水困难。如果不放水，眼看着几千亩庄稼就会严重减产，群众吃饭就成了问题。于是，他和水利局的同志走了几个乡，看了几座水库，征求当地百姓意见，决定还是把保粮食放在首位，适度放水浇地。他又嘱咐麻乡长和麻甸营乡的同志，在库容水量少的情况下，更要讲科学，首先保证村民生活用水，再就是尽量保住秧苗，实在保不住了，就做好补种荞麦的准备。

这时，一位老乡跑来："不好了！我刚才在卫生院看到东营子和西杖子的人因为争水，打得头破血流，折胳膊断腿，那叫一个惨！"

在场的人都惊呆了。

麻乡长问："真的？"

"真的！"

"一准儿真的？"

"一准儿真的，撒谎我不是人！听说有一个人脑袋打开了瓢，缝了二十多针。"

武毅没有讲话，但他听得真切。小张心里明白，当市长听到突如其来的不好的消息时，总是一言不发，但最为明显的是他两鬓青筋凸起，两眼微眯，手握得骨节咔咔响。每逢这时，大家就都不作声，甚至不敢与其对视。

几个人尾随着市长。突然，武毅回过头来，问小张："不是让郝乡长陪水利局同志去上庄水库看水去了吗？"

"昨天电话中郝乡长说，他把上山抗旱的事情安排一下就往上庄水库赶。"小张回答。

"修水库就是应急用的，科学放水、均衡用水，就是看有没有这个本事，怎么会发生这样的事情呢？"武毅说。

他们回到麻甸乡政府，武毅抓起电话："是水泉乡吗？通知郝乡长到上庄水库的坝子口，就说武毅一会儿就到！"

汽车在山间土路上飞奔，车轮后面扬起一团团被火灼烤着的黄尘。

黄昏时分，汽车停在九龙松下，武毅几个人沿着山间小路来到坝子口，郝乡长、小董、丘叔和农业局的老刘几个人等候在九龙松下，郝乡长很内疚地小声说："今天两个村打架，打伤了几个人，现在都在卫生院呢。"

"你还好意思说，真要是出了人命，我拿你是问。"武毅的拳头握得咯咯响。他走到九龙松下，看着一层层包裹、缠绕着的祈福红布条和红丝带，心中翻江倒海，政府修水库就是要尽量解决吃不饱饭的问题，可是这水库修上了，遇到天灾却借不上力。

武毅走到树下，抚摸那龙鳞斑驳的树干，他转过身，两眼炯炯："不行！现在这个节骨眼上，保庄稼，就是保性命！"小董看在场的人都把目光集中在他脸上，连忙低下头，不好意思地说："这事儿也怪我，事先没有把放水的计划讲清楚，要不也不至于……"

郝乡长接过小董的话说："不能怪你，是我们做的工作不细。以为只要安排一个人把水库闸门一放就完事儿了，只顾集中人力给山地浇水，忽视了对水浇地的合理安排。"

"以为，以为！自以为是，是不是？你是这盘棋上的将，也是这一盘棋里的帅，乡长、乡长、一乡之长，对乡里的大事小情心里都要有个谋划，顾了这头，忘了那头，那不成了无头的苍蝇！"

"是，是无头苍蝇，还是屎壳郎苍蝇。两头都应该顾。"郝乡长土得掉了渣的表态，让在场的人憋不住地笑。

武毅说："我不是说你就是苍蝇，是打个比喻。光会拉车不能算是好干部，这不是靠着会劳动就当劳模，而是在当百姓的领头人，要当好这个家，就要多到群众中走走，多听听群众意见，才能考虑全面，把工作干好，老百姓才信服你。"

"我听进去了。"郝乡长回应："可是我干的也是抗旱的事儿呀。"

"抓主要的事情干，知道不？这叫抓主要矛盾，捡了芝麻丢了西瓜，算什么本事？"武毅气哼哼地说。不过刚说完，他倒觉得有些不妥，救山上的庄稼也是个大事，毕竟这里是山区，山地也是农民的命根子。

在场的几个人看到市长发火，觉得应该表个态。

"我们也都记住了。"

"一定改进工作。"

"想得全面些，工作才能做好。"

表示决心的话武毅听得太多了，几个人的表态他没有再去多想，因为在他看来，嘴巴的甜、顺耳的风，不如脚下的力、眼见的实，这时他心里只有一个"水"字。他看了看天，在夕阳下还在弥漫着一团团热气，他说："我们到水库去看看。"

"市长，等我们回来天就黑了。"郝乡长说。

"那也得去！"武毅头也不回地往山上走。

这是一个建在山洼洼里的小水库，两侧的山势陡峭，形成自然落差，水库的堤坝就修建在只有两百多米宽的山谷间，从山下望去，水坝如同一面几丈高的山墙，墙底有两个闸门，如同两个咬紧牙关的大黑嘴巴，嘴下面有明显被水冲刷过的痕迹。一行人从坝的一侧拾级而上，在"人"字形的坝头往下看，一汪碧绿碧绿的水中映着两侧的山影。这是一座不规则的长形水库，上游靠着山根儿的地方，露出几块巨石，如狮，如熊罴，如龟，如鳄背。在这座水库选址、修建时，武毅来过几次，当时大家说，只要把山涧最窄处闸上，就是一个天然的小水库，建设费用少，山上植被好，山间有几个常年冒水的小泉眼，溪流汇聚快，库容量很快就会达到为两个村送水的标准。可是眼前的景象却让人感到失望啊！

"水太少了啊！"武毅叹了口气，问道，"现有的这些水大概有多少立方米？"

"现在蓄水量最多只有 30 多万立方米。"郝乡长回答。

"能浇多少地？"

小董说："大田每亩地最少需要 10 立方米，现在两个村旱情最重的有 2500 多亩，因为旱透了，每亩地需要 12 立方米，如果都浇一遍，最少需要 25 万立方米。"小董又解释说，"今年春天雨水太少，新修的水库存水量都达不到灌溉要求，只能暂时缓解一下旱情。"

其实，旱情开始的时候，水利局的同志把各个水库的情况摸排了一遍，根据各个水库库容情况和各个村的旱情，做了具体安排。在水泉乡，他们和乡干部们商议，按照上庄水库的存量，先往东营子放两天水，让大田里的苗缓一缓，接着就给西杖子放水。可是这个计划和安排没有及时让村民知道，于是，当东营子的地刚浇了一小半时，就发生了争水打仗事件。

"看来这回得和老天爷赌一把了。"武毅像是在自言自语，但是每个人都听得真真切切。

"乡里派的守库人员来了吗？"武毅问。

"来了来了，现在我们派了两个人，轮换值班。"郝乡长回答。

"这会儿两个村的人都还在气头上，这个梁子结得不浅。乡长也是怕再出点什么事儿。"丘叔说。

"那好，一会儿让守库员上来，今晚按计划正式开闸放水！"武毅停下话，想了想又问，"从科学上讲，先给哪个村送水合适？"

一直没有讲话的农业局老刘说："先补浇东营子没过水的地为好，他们村平地多，可以尽量保住大田产量，再者他们已经浇了一半，趁水渠还没渗干，再过水时就节约了渗水。"

大家听着有道理，表示同意。武毅说："那就这么定了。"

天渐渐黑了下来，虽然没在打架的现场，但是武毅仿佛看到那铁锹棍棒中夹杂着的野蛮，那不顾一切中附带着杀气的格斗场景。他知道，山里人的个性鲜明，犟起来九头牛都拉不回来，就是拼了命也要分出个真章儿来。得想办法帮他们把这个结解开。可是，怎么解呢？

小张开着汽车，坐在副驾驶座位的武毅看着天上的几颗星星，月亮在云层中行走，突然路边一堵高墙进入他的视野，"小张，停车！"他回过头对坐在后面的三个人说，"咱们下去看看。"郝乡长、小董和农业局的老刘相继跳下汽车。

昏暗的月光下，仍然可以看出足有一米厚的黄土墙，高约两米，断壁残垣处有一个大大的豁口，他们扒开墙外的荒草，几个人相互搀扶着站在半人高的残垣处。这是一个被高墙围着的圈子，占地足有十亩，圈内长满了杂草，黑乎乎的一片，大部分墙体虽然已经坍塌，但是在高墙的一个角上，还站立着的岗楼依稀可见。可能是听到了动静，草丛中蹿出的野兔四处逃着，圈子里的几棵树上飞鸟们也扑扑棱棱地飞走，空中飘荡着乌鸦的叫声。

"这是日本鬼子留下的人圈子。"郝乡长说。

"是啊，日本鬼子把附近村里的老百姓都赶到这里，过着集中营式的非人生活。"武毅说。

几个人很是唏嘘了一番。汽车在崎岖的山路上摇晃，武毅突然说："老郝，通知东营子和西杖子，明天一早，让村干部带着参加打架的和支持打架的人到人圈子开会。"

"好，好。"郝乡长应承着，"今天晚上就让人通知。"

几个人明白市长的意图，都表示这个办法挺好。

这一夜，几个人在乡里的招待所住下，说是招待所，其实就是乡政府院里的几间土坯房。天刚蒙蒙亮，武毅再也睡不着了，他把小张喊醒："咱们趁早去看看山上的旱情。"

山上一层层的土坝子上，已经有许多人在挑水浇地了，远远望去，好像有多条不规则的五线谱，每条线上则有几个移动着的音符，这音符似散发出一股无声的力量。武毅想起在读高中时，老师偷偷地教几个进步学生唱《黄河大合唱》和《松花江上》时，就是用五线谱让他们学唱的。如今，在这万山丛中，他又看到了抗旱英雄真不少。

郝乡长说："这一片种的是谷子和红薯，老乡们都要到两里地外的大山洼挑水，抢救苗子，现在大山洼的水也比往年少了，但是老乡们还不放弃，大家说，凭着力气，能救多少救多少。"

武毅听了感慨道："你们会唱那首歌吗？"

"啥歌？"郝乡长问。

"团结就是力量，这力量是铁，这力量是钢……"武毅低声唱着，几个人也跟着唱了起来。这歌声虽然不齐，还有些闷声闷气，但是它在大山中回响，意味深长。

郝乡长说："这个歌是在市里办的培训班上程校长教我们的，调儿我总把不准，词也记得不全。"

武毅说："我们上学那会儿也是老师教的。1942 年，毛泽东主席在延安作了一次讲话，专门讲了文艺要为人民服务的道理，号召文艺工作者到群众中去，为人民创作，写人民的作品，大家团结起来才能取得革命的胜利。老师说，1943 年这首歌就写成了，在抗日战争最艰苦的时候，不论是军队还是老百姓都唱这首歌，只有团结起来才能打败日本鬼子。什么时候都要讲团结，这样才有力量一块克服困难，这才是中国人真正的骨气。"

"我得让乡里的干部都学会这首歌。"郝乡长说。

武毅说："对，大家都应该会唱，虽然我们不是歌唱家，唱得不好，但是能唱出大家的心劲儿，唱出事业的成功。这首歌我们已经唱了十多年，以后还要继续唱下去。"

"上东头场人圈子开会"的消息很快在东营子和西杖子两

个村传开。

"上那儿干啥？吃饱撑的？"

"乡长通知的，指定和打架有关。"

"这可不是躲的事儿，谁让你们惹了祸，还是听听去吧。"人们议论纷纷。

东头场人圈子坐落在东营子和西杖子之间的一片开阔地上，过去是古河道，是鸟不拉屎的地方。由于离村庄远，没有什么遮挡，日本鬼子就把这里作为集中村民的地方，他们称为"部落"。人圈子只留前后两个门，都有日本兵把守，几百号人像牲口似的被赶到这里。抗日战争胜利后，当地的老百姓不愿意在这里停留，因为这里给他们留下了不尽的苦难，已经成了刻在人们心头的一块伤疤。而今天，两个村的人却一块向这个地方行进、聚拢。

"听说打架的事儿惊动了市长。"

"说是市长召集的这个会。"小伙子们议论着。

"你们可闯大祸了。"

"一个个的瞎逞能。"那天跟着助威的几个姑娘、媳妇们说。

"还不是你们鼓捣的？不去吧，说我们不像老爷们儿。"

"对呀，这去了吧，又把屎盆子都扣我们身上。"

几个小伙子不服气地和姑娘、媳妇们争讲着。

"我说我不来，单腿站都站不了，这不是现眼吗？"大壮说。

"快走吧，别让市长等着咱们。"

"对对，我们得早点到，这也是个态度。"

"听说今天先给我们村放水了，咱们占了便宜，可别再卖乖了。"老福怕再打架，一个劲儿地和稀泥。

武毅几个人站在梯田埂上，查看浇过水的红薯地，苗子已经挺直了身子，叶片盖住了田垄。郝乡长说："为救活这些秧苗，西杖子的人可出了大力气，他们平地少，这山地不能扔了，还指望着这些地吃饭，现在还有几十亩没浇上水。"

几千年来，农民们就是这样面朝黄土背朝天的，指望着遇上个风调雨顺的年景，他们只有这么简单的要求，可是我们怎么能达到农民们的这个要求呢？想到这儿，武毅心里很不是滋味。他沿着羊肠小道往山顶走。太阳已经冒出东山，向北望，层峦叠嶂，他曾经和部队在这一带打过游击，多次与敌人周旋，这里的百姓用生命掩护部队、保护伤员，一幕幕如同过电影。

这时，他们突然看到在西面山弯处的乡间土路上，一群人向东边走，看不出男女，但是武毅被这移动着的人群吸引住了。郝乡长说："西杖子还真不含糊，来了这么多人。"

武毅没有讲话，只是眯起眼睛盯着看。

"这些人是上东头场人圈子的。"郝乡长说。

"看这队人中还有一个推独轮车的，后面一个推，前面一个拉。"小董眼神儿好，看出了细节。

几个人下到半山腰，这时他们又看见一群人从东山脚下的村路往西走，小张说："市长您看，这一定是上东头场人圈子的东营子的人。"

"对对，前面那个不是老福主任嘛。"农业局的老刘有些兴奋。

"这里面也有一个独轮车，上面也坐着个人。"水利局的小董指着这群人说。

"看来大伙儿把这次的会真当回事儿了。"郝乡长刚说完觉得有点不对，补充道，"本来嘛，打仗就是撒野，这野性子是得扳扳，今天得让他们知道啥叫对，啥叫不对。"

"这仇啊，宜解不宜结，结仇容易，解仇难，还不知道这会的效果怎么样。"武毅说。

"不过怎么也得让他们打动打动心思，您不说团结就是力量嘛，有团结了，这生产也好搞上去了。"

说话间，他们下了山，几个人在乡政府食堂草草地喝了碗玉米面粥，就往人圈子赶。

两支队伍向人圈子方向聚拢，两个村里的人都憋着一肚子的气。

"你说，咱们本来就地势高，平时水都往他们东营子流，凭什么不先给我们放水？"那天打架时表现最勇猛的大旺说。

二柱接上话茬儿："这仗也是他们找上门儿才打起来的，今天要是开偏心会，我就是不服。"

"哎！别和茅坑石头似的又臭又硬，打架能打出个什么好？"丘叔是最怕惹事的人，"有啥大不了的仇。"

"说得轻巧，你看小满这脑袋，疼得他一宿没睡觉。"秋凤心疼男人，又补充道，"昨天要不是让我上乡里报信儿，小满何至于让人打成这样？"

"是呀，是呀，我们吃了亏，今天得好好说说。"几个也挂了彩的小伙子感到不平。

"对，让他们赔！"

"让他们赔！"

群情激奋，边走边嚷。走在最前面的村主任大弄一直没讲话。这些天冬彩组织石板营子的青壮年帮助西杖子的山地浇水，抢回来两坡红薯苗，但是，还不能从根本上解决问题。冬彩说，他们村有一台抽水泵，是日本鬼子丢在兴隆煤矿的。于是，昨天天不亮，他就到石板营子看那台抽水泵。还没站稳脚儿，就听说打起来了，差点打出人脑子，于是他只好径直向卫生院赶。这个时候他还能说什么呢？小满也是儿童团出身，是个吃软不吃硬的主儿，今天顾不得脑袋疼，硬撑着要参加这个会，非得说道说道不可。

二奶奶一大早就坐在村口大槐树下，叮嘱大家："千万别再打架了，咱有理走遍天下。哎，要不是头晕的毛病犯了，我指定得去。"

"别别别，您老好好歇着吧，回来一准全都向您报告。"秋风扶着小满坐在独轮车上，大肚推着车子吱吱扭扭响。

群山巍峨，山石壁立。人圈子好像一座毫无生命迹象的巨大坟墓，偶尔有几棵榆树从坍塌了的断墙处冒出头来。圈中杂草丛生，还可以看见当年人们居住过的土屋、土炕等痕迹。先到的人拔着荒草，拉扯开四处蔓延着的蒺藜藤。

当年日本鬼子把人圈子分成东西两片，东营子的人住东边，西杖子的人住西边。来到人圈子后，西杖子的人自然而然地往西边走，东营子的人则往东边去。他们在找自己曾经如牲口一样被关押着的地方，寻找着留在记忆中的苦难。

丘叔在残垣中找到了一处七八尺见方的土台子说："这就是我们一家四口住过的地方。我娘饿死后，尸体在这个角上停了好几天。"

"那个时候真叫惨，你家北边就是我家，在日本鬼子眼里，我们还不如一只小鸡子。"这场景也勾起老念儿的回忆。

七旺看到大家还在找寻，说："唉！别找啦，只能找回那些个痛苦，小日本儿把我们当成牲口，圈在这儿好几年，真不叫人活。"

"是啊，那几年，这一个圈子里就死了三百多口子，都是从那个北门抬出去的。"二柱指着北边那个如同张着大口的墙豁子说。

东营子的人也在寻找着苦难的记忆。

老福坐在一个低洼些的土台子边上难过地说："我家那口子，就是在这儿生产时死的，大人没了，孩子也没了。"说着说着泪水止不住地流。

"哎！贵爷爷家的大勇带着几个人偷跑被抓回来，生生被小日本儿吊死，刚才我看见南门口那个杆子窝还在呢。"蛮牛指着南门说。

这时，一块黑色的云飘了过来，人圈子突然阴了下来。

"快看，多少天没见过这样的云啦！"

"是不是快要下雨啦？"

"好兆头！这要下一场雨，庄稼就有救啦！"

两个村的人分东西两边坐下。刚才他们共同经历了一段对苦难的回忆，一块云的飘过，又让他们感受到同样的惊喜。

这时，大家坐下休息，有的抽烟，有的发呆，妇女们说着悄悄话，几个半大小子在圈子里跑来跑去地打闹。白纱布包着脑袋的小满，靠着小车坐在地上，大好打着石膏绑腿半躺在草垛边。这次打架，小满和大好伤得最重，两个人相互看了几眼，以前乡里组织民兵训练时，他们还一起研究打靶技巧，手榴弹怎么才能扔得更远。可这一仗打下来，气哼哼的谁也不服谁。同样，两个村的人火气也还没消，因为在他们看来，流血

347

就是大事件，谁服了软，那才是孬种。

"来了！来了！"一个小伙子从南门豁口跑进圈子。

"市长他们来了。"秋凤说完把草帽扣在小满的头上。

"快坐好，别吭气。"妇女们说。

汽车卷着黄尘，随风腾起一条"黄龙"。武毅一脸凝重地走在前头，几个人紧跟在后。百十号人的圈子里格外安静，南门豁口一直到北门豁口的荒草已经被拔掉，自然而然出来了一条通道。人们分坐东西，有的坐在草垛上，有的坐在土台上。听说市长来了，大家都站起身，于是一片拍打屁股的声音，尘土也在他们的两只手间四散飞扬着。

东营子的老福和西杖子的大弄走上前，几乎同一个声调说："市长来了。我们的人差不多到齐了。"

"市长，我们的人也都到了。"

武毅走到中间，郝乡长高举着胳膊说："坐在远处的往前挪。"人们围成了一个大圈儿坐好。

武毅环顾四周，眼前出现当年打游击时那些老乡的模样，他们是那样的朴实，黑脸膛，粗布衣，为给游击队送信，攀岩壁，钻密林；为给游击队送吃的，把小米灌在裤腿里，在山间小路上一走就是百十里；为给游击队送药品，牺牲了几个壮小伙子；为在敌人的虎口中救下游击队伤员，他们可以让自己的儿子顶替……多好的百姓啊！

当面对这些老百姓时，武毅竟一时不知怎样讲这个开场白了。一阵风吹过，他的腰突然钻心地痛，他左手习惯地支着腰，走到小满的跟前，摘下小满头上的草帽儿，问道："缝了几针？"

秋凤赶紧上前说："16针。"

"这回可得吃些苦了，没开瓢儿还算是好的！"他又走到靠在独轮车边的大好跟前问道："骨头接上了？"

"接是接上了，就是疼，哎！不值得。"老福说。

"是啊，过去受伤是因为打鬼子，可如今没有鬼子可打了，你们倒打起来了。"

妇女们在市长面前倒敢说话："对呀，我说这伤受得真叫不值。"

"这要是打出个人命来可咋办呢？"

秋凤说："昨晚小满一个劲地叫唤脑袋疼。正是大忙的时候，啥也指望不上他了。"

"您没看着，他们仗着人多，手里的家伙可吓人呢。"东营子的人喊了起来。

"是你们找上门来打仗的。"西杖子的人也不示弱。

顿时场面有些混乱。

"别嚷了！听你们的还是听市长的？"郝乡长举着两条胳膊在空中左右划拉着，人们安静下来。十多个受轻伤的，把纱布包扎着的胳膊、腿尽量藏起来，脸上挂了花的几个人坐在地上，几乎把头埋在两腿中间。

武毅说："知道为啥叫你们上这儿来不？"

武毅问话时，正好走到东营子村混混头身边，混混头以为是在问他，头也没抬就说："我……我，我哪知道？"

武毅停下脚步，看了看盘腿坐在一团乱草上的混混头说："什么叫两败俱伤？这总该知道吧！"他接着说，"水是金贵，可有什么比兄弟情分更金贵的？"

武毅看看手上缠着纱布的蛮牛，这蛮牛也是东营子村从来不服输的愣小子，蛮牛赶紧往后躲。

武毅说："你往哪躲也没用！"

武毅转过身来，目光落在两位老者身上："老福、老丘，你们都说说，当年小鬼子把两个村里的老百姓圈到这里来，大家是怎么过来的？"

老福说："那年月的事儿，提起来让人心疼啊。"

武毅说："乡里乡亲的下手这么狠，不是一样让人心疼吗？"

西杖子的丘叔说："是，打架确确实实不对。"

武毅："十多年前，你们都让小鬼子拿枪逼到这里，那过的是啥日子？"

人群中鸦雀无声，每个人的表情都十分复杂，在这个圈子里有过多少生离死别，有过多少悲愤与屈辱，妇女们有的抹眼泪，有的背过脸抽泣。

武毅说："你们别不说话，都得说说。谁先说？"

七叔站起身："我先说。小鬼子抢走了我们的东西，烧了我们的房子，把人像牲口似的赶到这里。"

丘叔把手指握得直响说："一家只给一条裤子，男女老少都挤在一块，经常是一天也吃不上一顿饭，喝不上一口水。"

秋凤指着北豁口说："那时候，差不多天天从人圈子往外拖死人，光我们家就死了四口。"说着说着哭了起来。

七叔也忍不住了，说道："我哥看人家实在饿不起了，偷着跑圈子外找吃的，结果惨死在小鬼子的刺刀底下。"

丘叔回忆道："有一回趁小鬼子清乡，我爹和东营子村的八爷爷带上几个人到玉米地里抢庄稼，让小鬼子发现了，我爹为了掩护大家朝山上跑，被小鬼子追上打死了。"

这时，东营子村的大贵陪着贵爷爷走进人圈子，人们自动让出一条路，贵爷爷的山羊胡子抖动着，黑布鞋上满是灰尘。

武毅迎上前说："您老怎么也来了？"

"我看看这帮小子到这儿还打仗不！"贵爷爷一脸的怒火。

武毅把贵爷爷扶到一个土台边坐下："您老来了，好！"

贵爷爷四下里看了看说："真是无法无天了，苦日子的时候都相互帮衬着，谁家有一口吃的，都想着拿出来，大伙儿分。现在可好，动不动就想打打杀杀的，过去有句话叫什么来着？对了，叫'祸起萧墙'，兄弟们都打成这样，对得起谁呀？"

大家沉默不语。

贵爷爷接着说："我知道市长让大家来这里的用意，窝里斗，只能斗出生分，只能斗出仇气，还会斗出人命！"老人越说越生气，山羊胡子继续抖动着。

武毅说："贵叔，您也消消气。"他站起来说，"大家想想，你们哪一家没有死在这人圈里的？那时候日本鬼子把百姓不当人看，一天只让喝一顿粥，他们用刺刀逼着男人们出苦力，妇女、老人和孩子被圈着经常是没吃没喝、受冻挨饿，他们就是让人都没有反抗的力气，断了与游击队的往来。可就是这样，大家团结起来相互帮助，寻求生的希望。记得有一年秋天，鬼子端着刺刀押着男劳力到地里掐高粱头，老福和关良一人装了两裤筒高粱粒，偷着跑出来，走了几十里山路，送给游击队。那时两个村子的人相互掩护着、支撑着，团结得像一个人似的和敌人斗争。现在过上安生的日子了，为了争水，就打成这个样儿，真是让人想不到，这叫不争气，叫只知道争利！"

武毅缓和了一下语气说："说水分得不均，但是有意见可以提，我们可以想办法，动了武，伤了人，如果出了人命，那是啥性质？是不是还得坐大牢？人不能鼠目寸光，如果总是想着自己门口那点事儿，人心就要散了，人心一散，什么搞建设、建家园、为国家做贡献，一切都是胡扯淡！"

人们点头，纷纷议论道："可也是，在敌人刺刀底下，大家团结得像一个人似的，现在却成了仇人。"

"真是伤天害理呀。"

想起那时候的苦难，老福泪水不住地流："我媳妇和孩子都没了，还是众乡亲和敌人斗争，争取了一口薄棺材，好歹入了土。那时候我什么念想都没了，就是一个心思逃出去找游击队。可惜后来关良被日本鬼子发现，至死都不说游击队在哪，最后被小鬼子吊死了。"

秋凤用衣袖抹了把泪水说："二奶奶失去了关良这个大儿子，和摘她的心一样，晕死过去好几次。"

武毅接着说："这些事不能忘记，把人圈子保存下来，让它成为教育年轻人的场所。今天让大家来这里，就是让你们想想，不管住在哪个村子，那儿都是生你养你的根。大家都是国家的主人。山有高低，土地也有好坏，可都是咱国家的，也都是属于咱们自己的。每个人都要把心装在自个儿的胸腔子里，把中华民族的根脉连在一块。有什么比这情更重的吗？"

人群中发出一阵唏嘘声："过去从来没这么想过。"

"可不，今天听了市长的话让人开窍儿。"

武毅说："至于打架的事，你们各自回去都好好想想，大忙的时候，不开长会。"

秋凤扶着小满走到武毅跟前，小满说："我听见了，也记住了。您放心。"

东营子叫混混头的小伙子也走上前说："市长，您的话我记住了，以后不再到处逞能，总想占上风，其实这就是闹不团结。"

群众纷纷表示："市长说得对。"

"市长让我们搞好团结，全是为了我们好。"

"对，团结就是力量。"武毅回过头，对小董说，"你和郝乡长一块带着大伙唱《团结就是力量》这首歌吧。"

郝乡长拉着小董，找了一个高些的土台站上去，教大家唱起来。人们跟着学唱，虽然调子高高低低，声音粗粗细细，但是钢铁的力量唱出来了，这是比钢铁还强的硬骨气喷发出的力量，让大家热血沸腾。

"没想到，在战争年代，这首歌凝聚起军队的力量，如今，这首歌仍然让人们以团结为荣，树立争取胜利的信心。"武毅心情很是激动。

贵爷爷说："常言道，分为罪，合为贵，抱团儿是个宝。"

兰姑凑到贵爷爷耳边说："团结是个宝。"

贵爷爷说："对对，团结是个宝。以后啊，我们两个村子乡里乡亲，抬头不见低头见的，得搞好团结，相互帮助。"

蛮牛说："团结就是力量，这话说得好，我们要团结好了，力气还会小吗？"

"是啊！"

"是啊，指定啥困难都不在话下啦。"

混混头对秋凤说："我团结你，你家小满让我团结吗？"

秋凤白了混混头一眼说道："说你是混混头一点不假，老大不小的，给你点脸，就上墙了是不？"

两个村的人开始有说有笑地向圈子外走。

贵爷爷和武毅一行人走在后面。

贵爷爷说："这几年搞建设，哪个村里的姑娘都没少出力，可是大部分嫁到外村了。就说这秋凤吧，当姑娘的时候，是我们村里的劳动模范，挑水上山，栽树育苗，抢锄头榜地，泥里水里不比小伙子差，可是自从嫁到西杖子，东营子的人慢慢地就把她的功劳给忘了。"

大弄主任回过头说："嫁出去的姑娘泼出去的水，小满接了秋凤这盆水，她在我们西杖子也是好样的。"

"过去的事了，娘家把我养大，给娘家干活还有啥好说的？再说了谁还老记着那会儿的事儿呀！"秋凤两手紧紧地握着车把，两只胳膊直直地撑着，推起独轮车大步流星，很难慢下来，一边搭着话儿，一边快速从武毅和贵爷爷身边走过。大草帽遮住了头的小满正正当当地坐在小独轮车车背上，一言不发。

西杖子叫大肚的青年赶紧走了几步，凑到贵爷爷跟前大声说："你们东营子的姑奶奶可不好惹，小满在秋凤跟前跟小鸡子似的。"

丘叔朝大肚训斥道："有媳妇管着是福气，你胡咧咧啥。"

还没顾上和武毅一行人打招呼告别，两个半大小子就把贵爷爷抬上独轮车，贵爷爷的孙子大贵推着车一溜烟儿地向东跑了。

人们说笑着到了岔路口，分别向自己村子的方向走。

在汽车前，武毅对老福和大弄说："今天的会来的人不少，说明你们干部在大家心里是占分量的，在团结的问题上大家都有些触动，因为有了团结，互助组才能干好。两个村子团结了，以后可以合作干一些大事，如果哪一天拖拉机开进来，土地连成片，会节省下许多劳动力，腾出手来把房子、村街修理得漂漂亮亮的，还有什么可争竞的，全是社会主义大家庭的。"

"以后就照您说的去努力。"大弄说。

"今天您把团结的道理讲到了乡亲们的心里，我们村干部带头作表率。"老福诚恳表态。

郝乡长说："今天会的精神我们要让其他几个村的人也知道，不能把好传统丢了。"

这时又一片云飘在了他们的头顶，风变得凉了起来，武毅感到腰疼得更加厉害。他想，这一定是天气变化的前兆，这时候他多么盼着下一场大雨啊。

"看样子，快要下雨了。"农业局的老刘看着天上不断增厚的云说。

"好啊！好啊！"几个人异口同声，"就盼着这场雨哪。"

小董和老刘因为还有几个水库要去查看，还要和老农们研究遭受过旱灾的庄稼如何恢复的办法，于是他们和郝乡长又到下一个点儿去了。

汽车在山路上急驰，雷声在后面紧跟。武毅的腰腿连成一片地钻心疼，他牙关紧咬，随着汽车的颠簸，时而发出"咯咯"的响声。小张紧握方向盘，盯着路上的坑坑洼洼，小心躲闪，加油、松油门儿，稳稳地收放离合，以尽量减轻市长的痛苦。

天渐渐暗下来，豆大的雨点打在汽车篷上。本来山里的天气变化无常，可是连月的干旱更改变了它无常的性子。等得人心焦时，雨还是来了，这让武毅很是欣慰，他脱口说道："好啊！好雨！好好下吧。"小张应承着，他此时想的是，一定要直接把市长送到医院。而此时，武毅眼前好像看到乡亲们在雨中高兴地奔跑，孩子们仰着头张着嘴，大口大口喝着这神圣的天水，老人、媳妇们在院子当中摆满了锅碗瓢盆，男人们到地里扶起倒了的苗子。九龙松针叶绿了，老榆树的枝叶伸展开了，向日葵的花瓣准备开放，一条条水流从山林间穿行，一直流进水库……

"五日不雨则无麦""十日不雨则无禾"，农民就盼个风调雨顺的好年景。当雷声响起的时候，人们跑着跳着或聚集在神树下，或跪拜在龙王庙前，他们围着神树转啊转，喜雨的心情通过互相不大能听懂的语言，做着虔诚的表达。人们为庆贺雨水的到来，东营子和西杖子的百姓又把锣鼓镲敲打起来，成了一道热闹的风景。

傍晚，吉普车喘着粗气爬上双峰岭，雨幕中隐隐约约可以看见一条黄色的带子，从山脚下努力地翻滚、伸展着，在自然力量的推动下，把武烈河的河床拓宽，涌动的波涛发出轰隆隆的响声。山里的天，孩子的脸，雨小了，"哭"着、"哭"着，天就晴了，和什么事都没发生似的，可是"哭"大发了，再大的山也会收不住它，它就变成了洪水，老百姓们祈求而来的喜雨，瞬间变成了害患。洪水毁了田地，冲垮了房屋，摧灭了多少人的希望。但是，让武毅感到些许释然的是，他仿佛看到，十几座镶嵌在大山中的水库派上了用场，它们有了蓄水功能，它们接纳着千千万万立方米的雨水，以及那千万条山石缝里钻出来的溪流，它们还可以管住肆意泛滥的山洪，山洪在它的怀抱里聚合起来，造福百姓。想到这儿，他自言自语地说："现在终于可以放心啦！"小张没有搭话，他只有一个念头，赶快开到医院！剧烈的疼痛让武毅没有了再挺起身体的力气，他斜靠着车窗，双目紧闭，不让自己发出痛苦的呻吟。

车轮卷着泥泞，终于到了医院。

已经昏迷的武毅被担架抬进了急救室，走廊里是小跑着的医生、护士们的身影。经过战争考验的崔福院长立即向省委领导报告，并和梅莹几位医生研究救治方案，这是由过度劳累、多次血尿后引起的失血性休克，必须立即补充血容量！

鲜血点点滴滴进入武毅体内，当武毅睁开眼睛的时候，朦胧中他看到守候在病床边的省委领导，看到精心看护他的护士，声音微弱地说："我怎么上这儿来了？怎么把首长也惊动了？"

省委书记说："你又在吓唬大家了。让你好好休息，就是不听话。"他把两位护士叫到跟前说，"这回你们可得把他看好了，从现在开始他归你们管了。"

这时崔福院长和梅莹等几位医生，根据武毅前几次的住院报告，做出进一步分析："左肾肿瘤增大！"

"这可是唯一的一只肾了啊！"

大家心里都压上了一块大石头。

"已经不可逆转，只有保守治疗，延缓发展。"

省委书记看着报告说："把病历尽量写详细，我报告给军委首长和国家卫生部，请专家会诊，做出最佳治疗方案，保障必备用药。"

崔福院长说："现在我们得和时间赛跑了。"

"是啊，解放几年了，医院虽然有了一些发展，但是还有许多医学难题攻克不了。"省委书记心情异常沉重。

战争年代，各个部队成立了卫生小分队，哪里有战事，哪里就是医生、护士的战场。1945年9月，抗日战争胜利，承德终于迎来短暂的和平。但是到了1946年6月，国民党发动全面内战，中共中央提出"让开大路，占领两厢"的战略方针，部队医院以化整为零的方式，随市委、市政府进行战略转移。1948年，人民解放军冀察热辽部队通过夏季攻势、承德外围攻势，国民党十三军仓皇撤离，被国民党统治两年零两个月的承德，又回到了人民的怀抱。

承德解放了，人们欢欣鼓舞。就是在这个时候，在野战医院的基础上，冀东军区卫生学校在承德成立，一批爱国医生、医学专家积极参加建校和教学工作，经受过战争考验的一大批医护人员得到系统的学习深造。崔福院长在解放战争中参加过无数次战地救护、治疗，积累了丰富的经验，经过系统学习、刻苦钻研，凭着一腔报国之情，全身心投入教学工作。当学校易名为"中国医科大学第四分校"后，医院正式更名为"承德附属医院"，承担起教学实践任务。崔福既是学校的老师，同时还兼任医院院长。此时，当他看到曾经在战场上叱咤风云，让敌人闻风丧胆，屡立战功的英雄，如今竟……他不敢往下想，只有一个信念，无论如何要尽最大努力，延长这位战斗英雄的生命。

当玉萱不顾一切地跑到武毅的病床前时，武毅已经醒来，一瓶液体输完，他的脸上有了血色，玉萱紧握着他的手，泪水再也忍不住了："你这是咋了？"

武毅笑笑说："放心，这回阎王爷还是不要我，那里没有我能干得了的活儿。"

玉萱抹去脸上的泪水说："千万别再这么吓唬人了啊！"

院长办公室里，崔福院长向省委领导讲了武毅历次的病历报告和病情发展情况，目前，武毅已经到了肾癌中晚期，淋巴结出现转移扩散，由于他的右肾已经摘除，唯一的选择就是保守治疗、免疫治疗，同时采取中医治疗。特别需要强调的是休息！两个月内一定要全天卧床休息！

省委书记来到病房，虽然声音压得很低，但是仍然像宣布命令一样："武毅同志，现在我正式对你提出要求，按照目前的情况，最少卧床休息两个月，一切听医生护士的，按时打针吃药。"这时玉萱端着一盆洗好的衣服进来，省委书记说："对了，生活上的事你得听玉萱同志的指挥。"

武毅虽然没有讲话，但是看表情是接受的。

玉萱说："这是首长的指示，以后只要听话就好。"

武毅习惯性地扬起手做出赞成的示意。

武毅躺在病床上，感到从来没有过的舒服，吗啡打过，疼痛止住了，就是放在床上的两条腿不像是自己的，但它们不用再为支撑身体而做出努力。昨天早上，在水泉乡的山上看日出时，他问小张，这次下乡多少天了？小张告诉他，已经16天了。他想，现在是该好好睡一觉啦。镇静剂让他的眼皮沉沉，朦胧中他看到身边的人们纷纷离开，只有玉萱坐在床边的椅子上，注视着输液管中药水的滴落。玉萱是他唯一的、战友般的妻子，她瘦削的脸庞，微闭着的杏核眼，直直的眉毛，小巧的鼻子，红红的嘴唇好像一颗饱满厚实的樱桃，过耳短发转头时一甩一甩的，显出洒脱和利索。四年了，武毅从来没有这么近地、这么认真地看玉萱。他眼前又出现长山哥的身影……玉萱、长山两个面孔叠加着，他慢慢进入梦乡。喷着火舌的机枪、密林中穿行的游击队、林海雪原中追赶土匪的奔马、如明镜般的水库……一幕一幕场景在他脑海中闪过。后来，他竟飘了起来，飘啊飘，飘到磬锤峰的顶上，他看到了仙山海浪，他看到了一辆辆装满谷子的马车……

躺在病床上，武毅有了充分思考的时间，天花板上被雨水渗透过的地方，出现了许许多多各式各样的图案，有的像高山，有的又好像一头卷着尾巴的老牛，有的好像被雨水浸泡过的梯田……雨下了两天，救活了庄稼，让农民们看到了希望，这是让武毅感到最踏实的事情。水库蓄上水，管住了山洪，灌溉出良田，他心里还惦记着给几个乡接电线的事。哎，总躺在这儿可不是个事儿。

这几天，东营子和西杖子的人们都好像吃了"心里美"大萝卜，孩子们在雨地里奔跑嬉闹，大人们忙着下地莳弄庄稼、疏通渠沟，青壮年上山管护梯田……二奶奶对这雨喜欢得像孩子似的，非叫秋风接了半瓢雨水，一饮而尽。贵爷爷扶着大贵站在东洼地头，指挥着几个小伙子挖开引水通道，当田地里淤积的水流向河滩时，他说："咱这块儿地势洼，涝了也不行。"

雨下了一天，农业局的老刘找到郝乡长说："现在的雨量不小，而且还没停，庄稼干旱的问题得到了解决。"

同行的水利局小董也说："上庄水库的闸门关上了，坝子口也堵上了，这样，水库的水蓄上来，今后就可以随时调节使用。"

可是这回的雨好像收不住脚儿了似的，一连下了两天三夜还是断断续续。农业局的老刘向水泉乡的同志传达市政府的指示："天气预报说，这两天还会出现大雨，市里来电话，让我们还要注意做好防洪工作。"

小董补充道："我们建在山区的水库更要承担起调节洪水的作用，为保护村庄，该开闸的时候要决策果断。"大家表示赞成。一阵闷雷从人们头上滚过，又有一场大雨要来了。

虽然刚过晌午，但天已经黑了下来，豆大的雨点砸下，形成密密的雨帘。这让郝乡长想起"过犹不及"这句话，现在这雨太多了啊！他想起补习班上老师讲到农业灌溉时说，雨水超过土地吸水饱和性后，会带走土壤中的养分，还会造成土壤板结、粮食减产。他决定派乡镇干部分别到各个村察看水情，把灾情的影响降到最低。

东营子村的人们已经对这雨没有了兴趣，甚至都在念叨着希望早点停下来，庄稼早就受不起这焦渴与猛灌的折腾了。贵爷爷坐在院子的门楼儿底下，任雨水聚合起来的"小河"在脚边流淌，他想："这要是涝了，可又是一场灾啊。"他仰着头冲屋里喊道："大贵，快把你老福叔叫来！"

一会儿工夫，老福跑来："贵叔，您有啥事儿？"

"赶快叫上大伙儿，把地里的围堰都扒了，抓紧放水。如果水库满了溢出来，可就出大事了。"

"谁承想这雨还下个没完了。"老福话没说完就跑没影儿了。

不一会儿，灿头、蛮牛、混混头等一群戴着草帽的小伙子从村街跑过，也从贵爷爷眼皮底下跑过。

地上旱得冒烟的那些日子，上庄水库提前放了四天水，让仅蓄存了两成水的水库几乎见底。现在这场连阴雨，也没能把它蓄满，当小董和乡里的人冒着雨，踩着泥爬到水坝上时，只见库里蓄了不到六成水，这倒让大家放心了。

当西杖子的人们还在为喜雨的到来而庆幸的时候，二奶奶的心揪了起来，这雨再下两天，东营子可就要遭殃了。还是五十多年前，她就听老人们说："大旱接洪灾，过分便成害，旱涝两相生，难求遂人愿。"在她十一岁那年，旱了一个月，庄稼都成了柴草，村里一半儿的人都逃走了。可是没几天，像有人把天捅了个大窟窿，村里人说，这一准儿是二郎神干的，她也和村里人一块到龙王庙，请龙王爷出来收雨。雨没收住，就传出个故事，说是一个小孩在龙王庙前撒尿，龙王生气了，结果村里的地都冲成了光板儿，还冲了几十间房子，死了人，村里人把小孩子一家赶出了村，再也没有回来。

雨还在下。郝乡长和小董、大弄查看完水库，在洪流的追赶下，他们在山崖边，沿着山石小路艰难地往山下走。他们来到村北头的小满家，这时的小满脸还肿着，头上的纱布还包着，显得脑袋挺大，正冲秋风发着无名火。

大弄说："郝乡长和董技术员不放心水库，现在水库没大事儿，咱们村提前修整的堤坝，这回可管事儿了，可是东营子那边的地全泡汤了。"

这时丘叔、正午、老念儿、七旺、大肚等几个人也来到小满家。

小董说："这次西伯利亚的寒流来得很猛，水汽太充足了不说，还源源不断地往这里聚，不刮风，就形成越来越厚的积雨云，这云在高山中盘绕，气象局的人说，短时间还不会散。"

"那就是说，寒牛不走，这雨就不停呗。"小满本来就性子急，出不了门，心里更急（他把"寒流"听成了"寒牛"）。

"是这么回事。"郝乡长看了看大家说。

几个人议论开了，特别对这"寒牛"的到来疑惑不解："寒牛来了，一时半会儿走不了，这雨就一时半会儿停不下来。"二柱有些担心。

"不是旱就是涝，这老天爷只管送什么牛，也算是对我们关照到家了。"大肚有些抱怨。

"快别瞎说了，你再说，老天爷该让寒牛住咱们这儿不走了。"大弄吓唬着大肚。

"是寒流，寒冷的寒，流水的流，不是什么牛。"小董解释道。

"什么寒不寒，牛不牛的，反正不是好东西。"小满有些不耐烦。

"有时是好现象，这是气象学上的事儿。"小董一本正经地说。

郝乡长拉过烟笸箩卷了根旱烟打断了小董的话："咱们说正经的，西杖子村地势比较高，堤坝也提前修好了，不会有太大的伤耗。可是东营子就惨了。现在只有一个办法，把村东漫水桥的防洪堤坝打开，让山水改道，减少往东去的水，东营子的八百亩地就有救。"

郝乡长话音刚落，小满说："那我们就快扒呗！"

"是呀，是呀，我们去扒。"几个人都表示支持。

农业局的老刘说："我们看过了，东营子还有几处洼地的水流不出去，得挖渠往西导水，这样西杖子下游的二百多亩高粱地就会受损。"

"高粱秆高，抗涝，只要把往东流的水堵上不就行了。"丘叔说，"这片地是我们和七旺他们互助组的。"

"昨天乡里研究了，为防涝做出牺牲的，受损部分乡里协调想办法补。"郝乡长的话让大家吃了个定心丸。

老念儿说："对了，春天修坝时还剩下几十立方米石头，正好能做个小拦洪坝。"大家觉得老念儿的提议有道理。

秋凤看大家心挺齐，别提多高兴了，如果娘家的地泡了汤，她心里同样不是滋味。

西杖子的汉子们聚集到村东头的漫水桥外，把防洪堤坝打开了一个口子，顿时，从山上滚滚而来的水流转头，沿着河滩向西漫延，二百多亩高粱地被水入侵。东营子那八百亩地，水流明显减少，眼看要泡倒的庄稼慢慢挺立起来。

东营子的老福带着村里年轻人在几个互助组的地里排水，突然感到水流减少，"雨没停，怎么水小了？"在大家纳闷儿的时候，郝乡长和农业局的老刘来了，说明缘由。大家向西眺望雨雾紧锁着的西山，让大家重新认识了西山脚下这群同甘共苦的兄弟们。

老福说："咱们东营子的人知恩图报，秋收时，一定把西杖子的损失给补上！"

"对对，我们小组同意！"

"好好好，我们也同意，给补上！"

"补上补上！这不能含糊！"

"寒牛"终于走了，两个村的几千亩庄稼在大家的相互支撑下保住了，人们在与大自然的斗智斗勇中准备迎接丰收。

人勤地不懒，雨润秧苗青。转眼两个月过去了，看着庄稼拔节，看着玉米秀穗，看着白中泛青的土豆小花铺满了田垄，看着一片片举着红火把的高粱地，山里人心里美极了。

要说在这山里还有一个心里最美的人，那就是那文生了，他和冬云的女儿云格格周岁了，一家四口和和美美地过着日子。当他抱着女儿走在街上，人们叫"云格格"的时候，他总是要一本正经地纠正："以后叫我们官名，我们叫那云格！"他总把这个"那"字拖得长长的，也总会引起人们的笑声与祝福。这两年，他家三亩半地的春种夏锄秋收，几乎都是互助组的乡亲们帮助莳弄，但是抗旱那会儿，那文生也没少往地里挑水，因为冬云的话儿好像小锤儿直敲打着他："不会挑担子，就不是老爷们儿。"

乡亲们对冬云说："千万别让那老师下地，庄稼都怕他。"

"他一锄头下去就得给苗子判个'死刑'。"

"让他教孩子们念书就行。"

乡亲们的话让那文生有了理所当然的不用下地干活的理由。于是好干净的那文生，总是一副白面书生的模样，这也让冬云更喜欢。

刚住院那些天，武毅听到滚滚的雷声，看着窗外如注的大雨，心里又在记挂着如何抗洪排涝的事儿。农业局和水利局的同志经常被叫到病房，向他作汇报，他刨根问底地提问，让他们有时竟张口结舌、面红耳赤，很是尴尬。玉萱劝他："以后别那么紧逼紧问的，给人留点情面。"

"情面？啥情面，讲情面就是讲妥协，调查不细致，分析跟不上，或者胡猜测，只对付我好说，坏了风气，也就坏了事业。"武毅越说越来劲儿，"不行，我得和他们要具体数字，这样就糊弄不了我了。"

玉萱看他认真的样子，又好气又好笑："这不是在医院吗？你的任务就是好好休息，梅主任不是说了嘛，在这儿，你还是得听我的。"

"哦，对了，现在你是我的领导，这记性，差点忘了。"武毅拍了拍脑门儿，坐在沙发上看报纸。

一群秋蝉在窗外那几棵梧桐树上比着个儿地唱，没有抑扬顿挫，只有连绵不断的长长的吱吱声，让打吊针的武毅更加地枯燥无聊。趁玉萱洗衣服，他一手举着吊瓶，一手撑着腰，走到窗前，几片巴掌大的梧桐树叶片在窗外摇晃，他仔细数着，

"一片、两片、三片……"突然，他看到一个熟悉的身影绕过院子中间的花坛，急急地走来，"哦！是彪子！"他返身朝病房门口走。

"哎呀，兄弟来啦！"

"您这……这怎么？"彪子连忙接过他举着的输液瓶，小心翼翼地挂好，扶武毅躺下。

"哎，老毛病，其实也没啥。"

"这段时间我们做贫困户普查，今天刚从龙头山回来，听说您住这儿，就赶过来。"

武毅说："查出个眉目来没有？走不出贫困，就吃不饱肚子，连饭都吃不饱，哪来的幸福。不过能让人们都吃饱饭可不是个容易事呀。"

彪子说："真是这么回事，越往深查，越觉得要解决的各种问题就越多，所以，我们做了一下细致的分析，把不同地方造成贫困的不同情况，怎样解决最基本的吃饭问题，怎么不让饿死人的事情出现研究了一下，哎，要研究的事情多了。"

武毅笑着说："没想到现在你真成了民政工作的内行了。"

"这还称不上，不过听到许多好建议，我都记在小本子上，回去理一理，看能不能定出个解决问题的好办法。"

"对，就是要从群众中来到群众中去，听听老百姓的意见，这才能把问题处理好，很多困难就会迎刃而解。"

彪子告诉他，城市里在册的1.8万多口人中，按照月支出能力在6元钱以下的有7100多人，如果平均每人达到6元，就能够吃八九成饱，如果收入能再提高一块钱，吃饭就不成问题了。可是，这月收入只有6元，或者在这以下的人中，好多是越穷越没有劳动积极性，需要政府扶持。当听到彪子说，他们在滦河下游，看到一片河流改道冲出来的上万亩滩地，农业专家说可以改造成水稻田时，武毅兴奋无比："这是个好点子！从这一批低收入的人中选出有劳动能力的，开荒造田，种上水稻，就可以提高一些城市人口的收入！"武毅兴奋地坐了起来，"明天让农业局的朱局长来，我们好好商量这件事。"彪子赶紧起身扶住了乱晃的吊瓶。

这时玉萱跑了进来："该添液体了吧？"她放下洗好的衣服，"哦，彪子兄弟来啦。"

武毅看着护士为吊瓶中注上新药后走出房门，对彪子说："你还记得不？我曾经要求你，只要下乡回来向局长汇报完，就要到我这儿好好聊聊。"

"记着哪。"

"那你说说还有什么新鲜事儿？你可别舍不得，保留起来噢。"

彪子说："那是一定的。"

这天下午，武毅可捞着说话的人了，梅莹来查看，他说："请主任宽容，我们是聊聊天儿。"护士来换药，他答非所问："我哪都不疼。"玉萱扶他躺下说话，他说："躺下看不清楚人。"彪子知道说是汇报，其实就是和他聊一些基层的事儿。谁提过什么意见，群众对哪些问题不满意，都是他想听的。彪子的到来，让武毅还真知道了许多新鲜事儿：荣军疗养院新来了六位荣军，他们在朝鲜战场上受了重伤，经过野战医院的全力救治，来到这里开始了新的生活。他对彪子说："要像对待亲兄弟一样对待他们，让他们把这里当成自己的家。"

彪子告诉他，去年一场暴雨，把上营子村的三百多亩地冲毁了，到了青黄不接的时候，政府救灾粮及时送到村里，解了百姓的燃眉之急。经过一个冬春的修建，堤坝发挥了作用，扛住了今年夏天的大雨，今年丰收在望。这个消息，让武毅更有了好心情。他听说许多农村互助组在党员的发动下联合起来，把土地连成了片，合伙买了拖拉机。在农业技术员的指导下统一耕种，集中管理，不仅劳动效率提高了，还聚出团结和人气。这真是让武毅高兴的事儿。他说："你和王局长说，这个经验值得总结推广！不，你告诉王局长，明天一早让他上我这办公……哦，不是，上我这里来一趟。"

彪子体会到自己从来没有过的成就感，想起来的事儿也越来越多。国家的征兵原则是，一个男孩子的家庭不参加征兵，但是百姓抢着报名，报名那几天，征兵办公室里三层外三层，纷纷要求要在保家卫国中出把力，人们说，中国自古以来就有送儿参军的传统。武毅听到这儿，眼睛湿润了："多好的老百姓啊！我们的一言一行都不能对不起他们啊。"

在医院里住了一个多月，武毅好像被憋出了犄角，不输液的时候就满地转悠，玉萱催他躺下休息，他批评玉萱是限制人的自由。梅莹劝他一定要静养，他说这是教条主义。护士让他看导出的血尿，他说红色的血他见多了，别拿这个吓唬人。

"哎，对这种人，我应该怎么办呢？"玉萱向梅莹诉说着，"他就是这么一个不听话、什么盐酱儿都不进的孩子脾气。"

梅莹和程前说："刚刚一个多月，市长的身体才有了些好转，他就几次三番地要出院，但是血尿没消，怎么能出院呢？"

程前说："这两天我也琢磨着这件事，看来得把他稳住，让他在不影响治疗、休息的情况下，在医院里能听到更多外面的情况。今天我把农业局、民政局、教育局、文化局、文物局、剧团的同志召集到一块儿，准备做一个分头向他汇报的计划，用讲故事、提建议的办法，一天只安排两个人，每人只汇报半个小时。但是，具体时间由你安排。"

程前的一番话让梅莹脑洞大开："太好了！这个主意太妙了！我们一定做好配合。"

第二天，梅莹嘱咐护士把一个红丝绒包皮的硬壳本子和一支钢笔送给武毅。护士对武毅说："这是程前部长派人送来的，方便您在这上面写写画画。"

武毅抚摸着本子："这么好的本子，怎么舍得用啊。"

护士笑笑出去了。坐在沙发上的武毅，看着窗外几只在梧桐树间飞来飞去的麻雀，羡慕着它们的自由。不一会儿，程前和梅莹一前一后走进病房。

武毅有些纳闷儿："你怎么来了？"说着想站起来。

程前赶忙上前，扶武毅重新坐好。

梅莹说："我们刚从崔院长那里来，他上午有两台手术，下午他过来看您。"

"哎，我知道，他行政、业务双肩挑，忙啊。"

程前说："您现在身体恢复得不错，但是院长的意见是还得治疗、休息一段时间，梅莹说，您总想提前出院……"

"哦，原来是您这位大主任背后打小报告了！"武毅开玩笑地说。梅莹有些不好意思。

"不是报告，是'悄悄话'，"程前打趣道，"我们商量了一下，每个星期安排三次，一次一个小时。"

"干吗？"武毅不知这两个人葫芦里卖的什么药。

程前看看梅莹，梅莹说："你就直接说吧，还卖什么关子？"

程前清了清嗓子说："按计划，各个单位要向市委、市政府作汇报，大家也很想借这个机会来看望您，梅莹做了一个安排，每星期的周一、三、五上午抽出一个小时，让各单位的负责同志轮流向您汇报，讲讲工作情况，和您聊聊天，听听您的指示。"

　　武毅连忙说："好啊好啊！"他拿起那个漂亮的红丝绒皮笔记本说，"哈哈，原来这是你给我布置的作业啊！"

　　程前说："就算是吧，您在上面写写画画方便。"

　　从那以后，武毅不觉得那么烦闷无聊了，今年庄稼的长势、预计的收成情况、农村互助组的壮大发展、体育场的使用、回民学校的建立，等等，他听到来自各方面的情况，还听到不少新鲜故事。前来的人无拘无束，他们有问有答，不时也有一些思想上和见解上的不一致，那就再考虑考虑，考虑出个眉目了，下回来了继续讨论。

　　一次，程前和武毅说起群众文化活动的事，让武毅想起前年由热河省文工团改建的承德话剧团，武毅说："听说话剧团到机关学校和街道演出很受欢迎。"

　　"是啊，最近剧团排了几个新剧，《胆剑篇》《小二黑结婚》《白毛女》都演了几十场。哦，对了，剧团新排的《钢铁是怎样炼成的》特别受欢迎，各个学校都排着队来请，第一中学的老师说，自从看了这个话剧，同学们都被保尔·柯察金的革命英雄主义精神感动，不仅刻苦学习，还积极报名参军，要做有文化知识的当代军人。"程前讲起这些很是兴奋。

　　"好啊！好啊！"这让武毅回忆起这支文艺工作队伍的历史。

　　还是在部队的时候，他就知道有一支晋察热辽十八分区文工团的演出队伍，这支活跃在前线的文艺队伍中，大都是刚刚参加革命的年轻人，战斗间隙或部队休整的时候，他们就进行慰问演出，话剧《血祭九一八》《扫射》《放下你的鞭子》至今还让武毅记忆犹新。后来文工团随部队参加了辽沈战役，锦州解放，文工团还在锦州电台直播了庆祝解放的节目。在热河省文工团成立那天，他见到了从前线回来的文工团团长赵正清，省领导和他说，别看这位团长三十出头，他可是个老革命了，在延安还聆听过毛泽东主席在文艺座谈会上的讲话，写了许多革命歌曲和话剧，还带领同志们制作了几十种乐器。

"他放弃了西安家乡富足的生活，申请到塞北山区工作，仅两年时间，就带出了一支几十人的演出队伍。"武毅对程前说："不知这位团长在哪儿，我真想见见他。"

程前回答："他带队到几个矿山巡回演出去了。"

"我们就是要建立这样一支文艺队伍，不仅要为人民群众演出，给百姓送去欢乐的同时，还要能鼓舞人的精神，宣传人民群众为国家做出的丰功伟业，也要反映人民群众的生活，这让人看了真是那么回事儿，向好人好事学习，对坏人坏事批评，这社会风气就更好了。"

这时护士进来查体温，武毅看了看手表说："不好意思，说过头了，延长了规定时间的五分钟。"

程前说："您想了解哪方面的情况，我都会把人请来，或者希望看什么材料，我都会尽量准备好。"

"好啊，我是天南海北什么都想知道，难怪古人说，'秀才不出门，便知天下事'，原来还是得依靠群众建立通道呀。"

自从武毅定时能和各方面的同志见面，听他们讲工作上的情况和一些新近发生的事情，他好像长了"顺风耳""千里眼"，心里豁亮了，眼界宽广了。那个红丝绒皮本子被他记得密密麻麻，有工作进展情况，有当地的风俗，有方言俚语，有发生在农村的传说和故事，有大家提出的政策性问题，有各种数字，等等，再加上他自己的见解与思考，更让他对这个本子爱不释手。他还把自己最喜欢的两首词工工整整地抄在上面，一首是岳飞的《满江红》，另一首是辛弃疾的《破阵子·为陈同甫赋壮词以寄之》，这是他读中学时最喜欢的两首词。现在有时间了，他不仅每天看，而且在没有人的时候，他就念出声来，每当这时，玉萱就坐在病房外间静静地听，有护士进来时，就摆摆手示意暂时不要打扰。

怒发冲冠，凭栏处、潇潇雨歇。抬望眼、仰天长啸，壮怀激烈。三十功名尘与土，八千里路云和月。莫等闲、白了少年头，空悲切。

靖康耻，犹未雪。臣子恨，何时灭。驾长车，踏破贺兰山缺。壮志饥餐胡虏肉，笑谈渴饮匈奴血。待从头、收拾旧山河，朝天阙。

醉里挑灯看剑，梦回吹角连营。八百里分麾下炙，五十弦翻塞外声，沙场秋点兵。马作的卢飞快，弓如霹雳弦惊。了却君王天下事，赢得生前身后名。可怜白发生！

武毅睡着了的时候，玉萱就拿出来看，很快也能背诵了。

武毅说："这两首词对我产生很大的影响，十八岁那年，我就是受'待从头、收拾旧山河'这种气势的鼓舞参加革命队伍的。党和国家给了我这么多荣誉，还委以重任，这是从来没有想过的，也算是没白过了。"

玉萱好像小学生似的仰头看着他，认真地听着他说："可是这人呀，是会老的，年轻的时候生龙活虎，那可是什么都不在话下，心里只要装着百姓，辛弃疾说'了却君王天下事，赢得生前身后名'，其实我理解，这里说的'君王'，可不是皇上，而是国家，是至高无上的人民大众。至于什么名不名的，对我来说，一钱不值，只要不枉活一生，对得起自己的良心就行。只是在我还有许多事情没干的时候，就……就行将就木了，不甘心啊！"

玉萱眼含泪水说："快别这样说，你的日子长着呢，好多事还等着你呢。"

秋日的夕阳照在武毅的脸上、身上，暖洋洋的。也许是讲话有些多，也许是镇静剂的作用，他睡着了，玉萱轻轻地给他盖上毛毯。收拾床铺的时候，在枕头下发现那张写有"肾癌晚期"的病历报告单！这张单子一直藏在小客厅她枕头底下的呀，怎么跑到这里来了？怪不得刚才她进屋时，老武快步走向里间屋，又好像没事儿人似的，坐在沙发上讲起了古诗词。玉萱想，一定是在她换枕头套时不小心把单子带了出来，没再查看一下就去洗衣服了。她懊恼、自责，不知如何是好。

梅莹告诉玉萱："你只当不知道，一如既往。我们再请中医想些办法。"

自从那天以后，武毅不再接受镇痛药，他说："我现在不怎么疼了，这么贵的药留着给需要的病人用吧。"

但是这天晚上，玉萱就发现他的枕巾咬出了一个洞，她强忍着眼泪说："老武，应该用的药就得用，要听医生的。"

"我心里有数。"武毅不为所动。玉萱把实情告诉了梅莹。

在会诊分析会上，崔福院长肯定了梅莹增加中医治疗的提议，同时让医生们连夜查阅文献资料，找出中药抑制肿瘤生长增殖、防止转移、缓解疼痛等的理论依据和病案例证，特别是要采取中西医相结合的办法，通过中药在细胞中产生的毒性作用，杀伤部分肿瘤细胞而诱导凋亡。对不能手术的患者来说，这是最佳方案了。散会后，崔福院长立即把新的治疗方案向省委领导作了汇报。

第二天，梅莹陪着小溪沟的老中医张先生和一个学徒小伙儿来到病房。这位老中医就是前几年玉萱拜访过的那位医生，但是由于日子久了，这位张先生早已忘记当年的事儿，这让玉萱不再难为情。趁张先生给武毅仔细把脉的时候，梅莹对玉萱说："我们进行了了解，这位老先生祖上曾经是皇帝的御医，传说他的曾祖爷还给乾隆皇帝把过脉，皇上在小溪沟赐给他家一处大院子。听说在承德一带，这位张先生也是出了名的神医。"玉萱不停地点头。

其实从前玉萱在长山家时也接触过中草药，对中医很信服。武毅当年打游击时，战士们受了伤，也都是在山上撸把中草药敷伤口，条件允许时也熬些清热解毒的汤喝。所以，武毅很痛快地接受了中医治疗，这对学习西医的梅莹来说，真是出乎意料呢。

此时，老中医说着药味名称，让学徒小伙儿写药方，蟾酥、马钱子、西洋参、姜黄、三七、重楼、元胡、山慈姑……大都是武毅没听过的药名，这让他觉得中医还是很神奇的。

就这样，三天一小调，五天一大调，老先生那个守时、认真劲儿，让武毅很是感慨，更让玉萱十分感动。

一次，老先生对学徒小伙子说："你知道这人是谁？他是为老百姓打过江山的英雄！现在我们不用提心吊胆地生活，过上和平的日子，都是他们这些人的功劳，这个人是国家的宝贝啊！"老先生做着自己的努力。可是，武毅的病让老先生实在感到力不从心，他对梅莹说："我是有什么招用什么招，顾全整体，纠正气血失衡，难哪。能让肿瘤长得慢点，就是最好的，实在……我就没法子了。"

经过一个多月中西医相互配合的治疗，武毅身体恢复了许多，血尿暂时没有了，腰的疼痛也减轻了。

一天，玉萱正在叠衣服，俊英好像小燕子似的跑到病房："妈妈！我回来啦。"

没等玉萱说话，俊英迫不及待地向里间屋走去："武爸爸！"

武毅放下手中的报纸说："俊英！啥时候回来的？"

"今天中午。我才两年没回来，现在咱这儿变化真大呀。火车通了，运动场建好了，学校的三层楼也立起来了，越来越好了。"

玉萱说："你也不先问候你爸爸，只管自己说。"

"听听姑娘的，不是更好。"武毅笑着说，"你是办事还是……"

没等武毅说完，俊英说："爸，我这回就不走了。医院通知说，我完成了基层锻炼期，接替我的医生也到岗了，考评中，我还得了优秀呢。"

"得了优秀好哇！俊英真是好样的。"武毅问道："到院里报到了吗？"

"还没，刚才看到梅主任，她说您住院了，我就跑来看您。"

"好哇好哇，你给我讲讲乡村医院的情况和农村的新鲜事儿。"

"讲什么呢？"俊英一时不知从何讲起。

武毅笑着说："什么我都想听。"说着习惯性地拿出红丝绒皮笔记本。

"哦，真漂亮！"俊英拿过本子看，"噢，您已经记了这么多呀！"

"对呀，你讲的我也得记下来，一定也很重要。"武毅拧开钢笔，把笔尖伸进墨水瓶里，捏着钢笔胆，几下子就吸满了墨水，他做好了记录的准备，端坐在沙发上。这倒更让俊英有些不知所措了。

玉萱说："我说老武，你干吗那么一本正经的，一个小孩子家家的能说出个啥？"

"我们俊英二十出头了，也是个大人啦。"

这一下午，爷儿俩足足说了两个多钟头。刚到农村时俊英很是不习惯，住的是临时搭建的土坯房，身上被跳蚤咬得一排排的包，硕大的老鼠在屋梁上和她们几个女孩子对着眼睛看。赶上夜晚出诊，路过坟地时，飞动的"鬼火"恨不得让她们喘气的胆量都没了。农村缺医少药，更缺少医生，有的村子离卫生院百十里地，80%以上的农村老百姓有了病就是硬扛，实在扛不过去了，才去乡卫生院，有的没等到卫生院人就不行了。

俊英难过地回忆："去年冬天，我和小美医生跑了四十多里，到花岗子村接生，那个孕妇难产已经折腾了两天，我们赶到时大人孩子已经不行了。"说到这里俊英眼睛里含着泪水。她接着说，"老百姓说'生孩子就和阎王爷隔着一层纸'，这样的事多了。还有那个克山病村，有的一家五六口子，都是粗脖子大肚子，丧失了劳动能力，就靠政府救济。"

武毅时而皱着眉头听，时而做笔记。玉萱一个劲儿地给俊英使眼色，让她少说点，可是俊英根本不看母亲。

"听你讲的都是实实在在的东西，你在基层这两年真正和群众打成了一片，也建立了感情，这才是做好工作的基础。"

俊英像想起了什么似的，打断了武毅的话："对了，我还得向您报告，今年七月一日，我加入了中国共产党！"

"啊！啊！"这个消息武毅是没有想到的，他兴奋得一时不知说什么才好，他平静了一下心情说："这可是件大事，大大的喜事！你的政治生命开始了，一生都要像入党誓词中说的那样，为共产主义事业奋斗终身！"

玉萱高兴得泪水直流："我们三个人可以建立一个党小组啦！"

"这个小组长就选我们俊英！"

这时梅莹在门外就听到三个人正说得热闹，走进来说："俊英回来，医院又增加了一个干将。"

"她可不敢当啊，还得好好学习。"玉萱说。

"在农村锻炼的机会多，内科、外科、妇产科都得一个人拿起来才行，不过医学可是没有止境的，在工作中学吧。"梅莹说。

"对，学习是没有止境的，我们国家要解决缺医少药的问题，就要靠你们这一代人来完成。"武毅鼓励着女儿。

梅莹接着说："明天向院长报告，看分配到哪个科，现在各科都缺少医生，不过也看俊英的意愿。"

"这事挺突然，我们再商量商量吧。"武毅说。

"那好，我再到科里看看。"梅莹如白衣仙子，一阵风地出了门。

第二天一早，玉萱照顾完武毅的洗漱，打好了饭放在小桌上，武毅对玉萱说："我想和你商量个事儿。"

"啥事？"

"昨晚我一直在琢磨，俊英回来是好事，她在乡卫生院工作了两年，立功获了奖，还入了党，这孩子真是争气。但是现在农村缺医少药，老百姓还没摆脱贫困，只能说勉强能吃上饭了，但是看不起病更是农民的难事，要找大夫得跑上百八十里，很多人把小病拖成了大病，得了大病只能等死，这成了农民们共同的心病。昨天俊英讲起农民们看病难的情况，我听出来，这姑娘对农民有感情。"

听到这儿玉萱明白了："你的意思是说让俊英还回到乡卫生院工作？"

"不过，按规定俊英是应该回来了，但是，我有个想法，以后让卫生学校毕业的学生自愿报名下农村，为农民送医送药上门，再挑选一批有培养前途的到进修班学习、深造。学医的人多了，让他们分期分批轮流下乡，再在农村多建一些卫生院，就近为百姓服务。"武毅讲得津津有味。

玉萱把粥碗往武毅面前推了推说："先把饭吃了吧，你说得有道理，但是，难得俊英刚回来，就让她又走，我还真有些舍不得，这孩子受了不少苦，她爸走了以后，她要帮我照顾三个弟弟妹妹，兵荒马乱的年月，东躲西藏，有几次背着妹妹差点从山砬子滚下去，两条腿摔得像血葫芦，都没吭一声。"

"是啊，从医院和咱们家里来说都需要俊英回来，你要工作又带着几个孩子，她回来也是你的帮手。可是我们号召为农村送医送药，总得有人去，我们应该带这个头。俊英性格泼辣，经摔打，能吃苦，又掌握了一些医疗技术……"

玉萱打断武毅的话说："我是没意见，但是姑娘大了，听听她的想法。"

"对对对，一定得征求俊英的意见，这十分重要，而且是最为首要。"武毅喝了口粥，又放下碗说，"那你和俊英说说？"

"行！既然领导发出了命令，一定执行！"玉萱半开玩笑地说。

武毅端起粥碗"咕噜、咕噜"一口气喝了下去。

这天上午，武毅把程前和崔福院长叫到一起，讨论卫生学校开办医师培训班的事。他的提议让这两位革命队伍出身的文化人脑洞大开。

"我们不能坐着等病人上门，特别是农村的病人等是等不来的，90%的农民一辈子都进不了一次城，进城看病好比登天了。送医下乡是一条为人民服务的正路子，我们要坚定不移地走下去。"崔院长讲话斩钉截铁。

程前说："我召集教育局和卫生学校的负责同志开个研讨会，大家好好议一下医师培训的事，尽快把工作推动起来。"

"请崔院长也派有关科室的同志参加，教学离不开实践，让学生在临床、手术、化验等实际工作中提高技术水平。"武毅的这个提议在市政府办公会上通过了。

很快，卫生学校第一期医师培训班开班，半年后42名毕业学生奔赴农村的广阔天地。

重返水泉乡卫生院的俊英让百姓们喜出望外，十里八乡的人们相互传递着这个消息。

"俊英大夫回来啦！"

"有俊英大夫在这儿，我这个老胃病犯了也不怕啦。"

"儿媳妇下个月生养，有俊英接生，我们都放心啦。"

经过两个多月的治疗，武毅身体好多了，用他的话说，"现在我哪像病人？能吃能喝，长了好几斤秤，整天坐着、躺着，个子却矬了一大截。再这么下去不得了！不得了！"

"你真会聊天，想出院也得听梅主任的呀。"玉萱一边为他整理床铺一边说。

一个秋高气爽的周日，武毅终于走出医院，并执意不坐汽车。他走在迎水坝上，东山茂密的树木黄了一片、红了一层，罗汉山又披起了彩色花衣，武烈河水仍然在山脚下绕着弯子，向南静静地流淌。运动场里，学生们在开秋季运动会，"加油"的喊声连成一片。避暑山庄丽正门的威严、德汇门的古朴，关不住伸展着的古松、红枫，山庄内盘卧在苍山之巅的四面云山、锤峰落照亭与东山上的棒槌山、蛤蟆石遥相呼应。他注意到山城的道路拓宽了，路边还修了排水沟，散乱的棚户有些已经改造成了红砖房，在南营子大街正中间，全市仅有的一座交通指挥岗，穿一身深蓝色服装的警察站在一米高的台子上指挥着车马、行人，城市鲜亮了许多，也热闹了许多。

玉萱说："现在上上下下都在大搞社会主义建设，前些天，在丽正门大街两边修排水沟的时候，就连我们街道的老太太们都积极参加义务劳动呢。"

"是啊，只要群众发动起来了，团结一致，齐心协力加油干，就没有干不成的事。"

"爸爸、妈妈回来啦！"

"爸爸，您可回来啦！"

孩子们跑出栅栏院门高兴地跳着。

"俊梅、俊凤！哦，长个儿啦！"

这时，抱着蛐蛐罐儿的小山跑了进来喊道："武爸爸！你看我又有了'战利品'。"说着把蛐蛐罐儿送到武毅面前。看着眼前的孩子，武毅感叹道："站在自己面前的不就是一个小长山吗。"他把孩子揽在怀里，坐在堂屋的沙发上，孩子们围在武毅身边，要听他讲打仗的故事。

俊梅说："前天老师带着我们去看电影，在那里面我还看见爸爸了呢。"

"哦？是真的吗？"武毅笑着问，"电影叫什么名字呀？"

"叫……叫《南征北战》。"

"对对，叫《南征北战》。爸爸就是那里的营长。"

俊梅和俊凤争着讲电影里的故事。

"妈妈说，您现在还'南征北战'。"

"坏人都让您打跑了吧？"小山问。

"是啊，现在我们需要'南征北战'，但是，可和打仗时不一样啦。"

"不一样？"

"怎么不一样？"

两个姑娘眼睛瞪得大大的。

"比如你们的姐姐俊英，不就是……"

"不，不是，她是给农村的老乡看病去了。"

正在武毅不知道怎么给孩子做解释时，玉萱把一盆面条放在桌上喊道："快，你们洗洗手，马上开饭啦。"

"哎，拴住呢？"武毅问。

玉萱说："忘了告诉你，万新说，他要给拴住照张相，好给志民寄去。今天一大早就把拴住接走了。"

塞北的秋天，风总是那么爽爽的，武毅觉得身体完全恢复了，心情也爽爽的。夕阳把他的影子拉得老长，他来到熟悉的但好久没有来过的小南门。吊炉火烧的招牌在秋风中摇摆着，炮儿在炉膛前忙活着，盼坐在门槛上纳鞋底，她眼神不好，鞋底几乎贴在了脸上，他们的儿子新生，坐在旁边的小马扎上啃烧饼。看见武毅，盼向屋里喊："炮儿，来人啦。"说着站起身，领着孩子进屋。

炮儿拎着铁铲子走出来，嗓子眼儿发出"哇哇"的声音，眼睛笑成了缝儿，他示意武毅进屋坐。

武毅说："买卖咋样?"他摸摸孩子的头说，"这小子，虎头虎脑的，长得不错。"

"您过奖了。"盼这才看清楚来人是谁，"啊! 是您啊! 快屋里坐"。

"不啦，买几个烧饼，到彪子家看看。"

"他们爷儿俩刚从这儿过，回家了。"盼儿说。

"好好，这就好。"

说话的工夫炮儿把四个烧饼用毛头纸包好，武毅把钱放在装钱的小盘了里，炮儿执意不收，武毅把他手摁住说："你做的是买卖，我当的是顾客，各尽其职，理所应当。"盼不好意思地说："您客气了。"

武毅对炮儿说："我看咱们这儿的烧饼有特色，听那文生说，还是皇宫里传出来的，这个牌子得守住，以后好好宣传宣传，让更多的人知道。就像丰润的麻糖似的，给咱承德也创个品牌。"

"哎哎，听您的。说起这，炮儿的心劲大着呢。"盼和炮儿目送着武毅向彪子家走去。

武毅看到小南门街上还是过去的模样，青石板铺的街道，车辙印子更深了，有的地方露出了泥土，显得越发的凹凸不平。彪子还住在街道南侧，永远见不到阳光的房子里。有两次市政府分房子，彪子说，自己就一个人，常年下乡，没必要为房子去争讲，虽然他也希望住着有阳光的房子，对老伤腿也有些益处，但是他想，等房子富余了，大家的住房都改善了，特别是自己说上媳妇了……想到这儿，他就有些不好意思，尽管心里还是挺着急，"咱一个外地人，说话还土了吧唧的，这相不好对"。

　　"门怎么开着？"武毅跨过一尺高的门槛，屋里有些暗，"哎，人呢？"

　　"谁呀？"在屋子最里面的桌子底下，传出彪子的声音。武毅定了定神，把眼睛尽量睁大，以适应眼前的黑暗。只见彪子费劲地从地上爬起来，接着拴住也从他身后站了起来，手里抱着一个小玻璃瓶。

　　"你们这是……"

　　"哎，蛐蛐跑到桌子底下，没抓着，不知道跑哪儿去了。"彪子边拍打着裤子上的土边说，"您出院了？快快，坐坐。"

　　"今天出来的，让他们硬把我多扣了半个月。"武毅熟练地拉过又黑又亮的凳子坐下。

　　拴住很久没见武爸爸了，有些怯生生的，被武毅拢在怀里有些不自在，又不敢挣脱，但是看见手里空空的小瓶，嘟囔着说："小山哥给我的，跑了。"

　　彪子笑着说："这孩子，小山给他抓了个蛐蛐，走哪带到哪。"

　　"这么多年了，你还住在这儿，也应该改善改善了。"武毅抬头看了看黑乎乎的房梁说。

"哎，一个人住，还行，习惯了。"彪子给门口的小火炉中加了一铲煤，坐上水壶说，"上午带拴住照了张相，过几天取出来给志民寄去，这已经是第七张了。"

"时间真快，一晃拴住都快上学了。"

"我应了个爹的名，其实拴住是玉萱大嫂一手带大的，他现在就是武家的一员。"彪子用吹火棍把火吹旺，接着说，"照完相，我带着拴住顺便到街上转了转，回来在迎水坝根儿，您猜我们看见什么了？"

"看见什么了？"武毅低头问拴住。

"看见……看见骆驼。"拴住掩不住的兴奋，"它们身上长着两个山，吃饭时嘴巴一歪一歪的，吃盐嘎巴嘎巴的。"

彪子兴奋地说："听内蒙古的老乡说，他们以后也不用再经营拉骆驼的活儿了，现在通往内蒙古的班车和货车都开通了，一天一趟，对头开，这就方便多了。"

"哦，提前通车了。可以让志民父子俩过来住几天。"

"是啊，我也这么想。"彪子笑得嘴咧得老大。

天色暗了下来，彪子拧开电灯，拴住坐在炕上吃起了烧饼。

"听说民政局对各乡镇的贫困户又做了一次详细统计，以便对真正的贫困户进行补助。"

"对，王局长要求我们分片下乡了解真实情况，还搞了抽查。不能再出现不应该补的补了，应该补的却没得到。"彪子给武毅倒了碗水接着说，"就拿我去的几个村子看，确实有报得不准的，一是个别村干部偏向自己的亲戚，二是互助组之间的相互攀比，不比富，想着法子比穷，出现砸死自己家牲口的事。后来村里人说，那牲口都老掉牙了，早就该杀了。其实真正困难的还是那些失去劳动能力的五保户，还有因为有病造成返贫的人家。这人呀，过穷日子、苦日子时拧得像一股绳儿似的，可这还没全过上富日子、好日子呢，就互不相让。有的村互助组之间闹不团结，为争一垄地，也能打上一天，为早浇一天水，也会打得头破血流。过去有人说我们山东人好干仗，其实干仗可能是人的天性。"

彪子看武毅听得认真，接着说："不过今年大部分乡镇的收成不错，农民们的心劲儿挺高，尽管还有些亟须解决的问题，但是让农民提高觉悟的工作还不能断。"

"这段时间我也一直在考虑这个问题，不仅要就事论事，各个击破，一个扣一个扣地解，还要把工作做到大家心坎上，让他们反思反思，都生活在一块土地上，闹不团结，心不齐，人的心散了，什么事也干不好。我们要注意总结这方面的经验教训。"

彪子说："对了，您把东营子、西杖子打架的人聚到人圈子的事，传得可远了，只要有闹不团结的，下乡的干部和乡村干部都会讲起这件事。开始，这两个村的干部反对提起这件事，就连郝乡长都有些不愿意，觉得让他们丢了脸面。"

"我们的胜利成果需要巩固，今年是个丰收年，农村有个传统，收秋后都要庆贺庆贺。"武毅没想好怎么个庆贺为好，想听听彪子的意见。

"说起庆贺的事，我倒想起来了，过去，在我们老家，过节或者有喜事儿的时候都兴闹社火，就是办庙会，十里八村的人都往一块聚。还不如也趁八月十五办个庙会，让附近村里的人一块热闹热闹，一闹红火，平时恩恩怨怨的事儿就翻篇儿了。"

彪子话音没落，武毅大巴掌在大腿上一拍说道："这个主意好！老弟真有你的！八月十五过个农民丰收节，双喜双喜！"他停了一下说，"那还得做个准备，眼看秋收结束，农民们开始打场，不等粮食全部归仓，就是八月十五了，我们只有这半个多月的筹备时间。"

"赶趟赶趟，其实农村人就是要个热闹，只要有热闹，人马上就会聚合起来，唱唱跳跳、扭达扭达，大伙儿高兴高兴，这就是社火。"彪子拍了拍脑门，忽然想起一件事儿，"等等，我拿一样东西给您看看。"他把夹袄盖在睡着了的拴住身上。从炕角落的小柜里掏出一个布包，小心翼翼地解开，露出一个金黄色的唢呐。

武毅问："你会这个？"

彪子有些得意地说："不瞒您说，我不仅会，还是行家嘞。"

武毅问道："怎么从来没见你吹过呢？我看看。"他仔细端详这金色的唢呐，"工艺挺精致，音色一定纯正。"

彪子讲着这把唢呐的故事，往事一幕一幕地从眼前走过。"这是爷爷给我留下的唯一念想，以前没机会吹它。"彪子从武毅手中接过唢呐说，"民间吹唢呐的曲子有讲究，有专门在红事上吹的，有在白事上吹的，没事不能随便吹。现在想起来，爷爷让我等世道好了再吹，他是盼着我能过上好日子，吹红事。以后请文化馆的同志帮我选几个曲子，有机会时也和大家凑个热闹。"

武毅说："上学时看别人吹过，但听不出什么曲子，觉得音调很高很亮，如果在热闹的场面里一定能显出它的特点，把人吸引过来。闹社火完全是群众性的自发活动，靠基层的热情，但也需要有个联络组织的人，明天我和民政局王局长商量一下，借你下乡的时候联系这件事，征求一下基层的意见，避免增加群众的负担。"

彪子希望接受这项工作，但是他不能急于表态，这两年走上工作岗位后，耳濡目染地让他知道了干什么都要讲规矩，听从组织调遣。他更了解武毅有的放矢、唯才是用、民主决策的工作作风。第二天，王局长找到他说："经过研究，安排你带一位同志到水泉、麻地、小营等几个乡走访贫困户，再收集一下群众的意见，以便与去其他乡调研的几位同志的方案做综合分析，提早解决困难群众过冬的问题。还有，同时把庆丰收社火的事和乡干部们商量一下，过去水泉乡就有闹社火的习俗，今年丰收了，让老百姓们好好热闹热闹，这也是今天早上市长和我讲的意思。"

"好好。"彪子答应着。

王局长笑着对他说："这就叫一事两勾当，啥也不耽误。"

彪子来到武毅家，正好玉萱刚下班回来，问道："万新同志有事啊？"

彪子说："明天我下乡，拴住的照片后天才能取出来，您帮我取一下。"

玉萱说："哎，就这点事儿，你放心吧。"

彪子把装照片的信封交给玉萱，接着说："现在去内蒙古的汽车通了，我想让志民带着小平来住几天，也看看拴住。"

"你这个主意太好了！真是应该让志民来住些天，他一定也想拴住了，一晃快四年啦。"玉萱很是高兴。

彪子背着唢呐，带着小黄下乡了。

办社火的事很快在十里八乡传开了，人们收秋的进度加快了，老人、孩子、姑娘、媳妇们都盼着这一天早些到来。郝乡长把乡干部和附近几个村的干部召集在一块，大家异口同声表示赞成，社火的主场地选在东营子和西杖子中间的中洼子，历史上这里是一条自然形成的古河套，人们经年累月陆陆续续开发出一片两千多亩的田地，土质虽薄，但这在大山里也实属难得了。很久以前，遇上年景好的时候，人们也在这里办过社火。一说要办社火，大家马上想到了这里。

郝乡长说："咱们分分工，一边收着庄稼，一边在中洼子的东头压场院，有互助组想在这儿就近打场的，可以先用上。"

东营子的村主任老福说："那得压二十亩的场院。"

"小了小了！"西杖子的村主任大弄说，"咋也得压出三十亩，可以分出片儿，让大伙儿集中在这里打场，避免人力分散，进度不一。"

"就是，得大点儿，小了不行。"秋凤附和着。

这时小满来了精神："咱们要干就干得大气点儿，别抠抠唆唆的，要我说压它五十亩，左近地里的庄稼都在这儿打场。"

郝乡长说："咱们取个中吧，就压四十来亩的场院，谁愿意在哪儿打就在哪儿打，但是，得把各家的打场时间排好。打完场，粮归仓，各村出义务工把戏台搭上。"

议论纷纷、嚷嚷吵吵中，大家形成了统一意见。

冬彩说："主场地虽然不在我们石板营子，但是在表演节目上我们可不能落后，趁学校放秋假，把主排练场设在我们学校，那老师可以做排练指导。"

于是，在如何提高节目质量上，会场里又是一阵热烈讨论，各村争着报节目。冬彩说："我先都记下来，接着再编排，各村都有演出的节目，这回可是八仙过海，各显神通了啊。"

郝乡长看着一直没讲话的彪子说："听听杨科长的意见。"

彪子站起来说："没想到大家热情这么高，会议讨论得详细，有谋划，好操作，反映出老百姓庆丰收的喜悦心情。正像武毅市长说的，也借着热火劲儿，把农村文化活动搞起来，团结一心，鼓起干劲，搞好生产，提高大家社会主义建设的积极性。我们回去好好向领导汇报。"

"杨科长讲得好！"

"讲得好！"

郝乡长和冬彩带头鼓掌，会场上响起一片掌声。

那些天，水泉乡到处充满了节日气氛，秋收的队伍浩浩荡荡，田野中间的道路上车水马龙，平整土地的、压场院的、搭戏台的、赶着驴马骡子们在场院上拉石磙子的、搂耙子的、挥舞着大木板儿锨神气扬场的、灌口袋的、装车的、媳妇们带着孩子送水送饭的……

那些天，那文生特别地来了精神，他把"二贵摔跤"的队伍组织起来，锣鼓镲响起来，"二贵"们舞起来，秧歌队扭起来，旱船也游起来，骑着"驴子"回娘家的"媳妇"也跑起来……

那些天，东营子大榆树下、西杖子九龙松边，聚集着为闹社火做准备的人们。

那些天，各个村的姑娘、媳妇们洗晒出的被子面儿成了山村里的风景，花花绿绿的，在台上、坡下、房前、树间飘动着……

"这个主意谁出的？挺实在。"

"这样一来，解决了社火上道具的问题。"

"可不是，要不上哪买这么多花布呀。社火上用完，回头还不耽误做被子用。"

"还不是冬彩副乡长心里想事透亮。"

"你看我娘家陪送的大红被面是双丝纩的，结实着呢。"

"我家的被面和褥面是百鸟朝凤，好看得邪乎。"

姑娘媳妇们展示过后，围坐在一起扎花的、做演员服装的、蒙旱船、做跑驴的……

"二贵摔跤"是石板营子的重头戏，冬云在那文生的指导下带着一帮妇女做服装，三十套一码的红衣服绿裤子，演员都是三年级到五年级的学生，穿着服装排练那天，这些半大小子往学校当院一站，锣鼓镲一响，闪转腾挪的舞步一跳，还真是壮观！

那些天，只要一有时间，彪子就带着小黄往山洼里跑，这么多年他第一回吹唢呐，这唢呐吹起来音量太高，人离近了耳朵受不了，特别是吹奏欢快音乐的时候声音更大，传得更远。彪子小时候见过爷爷教徒弟识的"工尺谱"，当时爷爷说他太小，不教他。后来战乱频仍，爷爷更不让他学习吹唢呐了。但是耳濡目染，唢呐已经融入了他的生活，留下了抹不掉的记忆。在那个单调而低沉的唢呐"王国"里，他竟掌握了吹气用气的要领，在他看来，只要摁准了那几个窟窿，不管什么曲子，听几遍、练几遍就能吹个差不多。但是白事上的曲子爷爷无论如何是不让他吹的，所以他只学会了《抬花轿》《一枝花》《百鸟朝凤》《全家福》等几支让人听了高兴的曲子。今天，他又有机会拿起唢呐，在这山野间尽情地吹，他心情别提有多高兴了。当这唢呐声响起来时，孩子们循着声音找。彪子就解释说："等我练好了，好好给你们吹。"冬彩和他商量，闹社火那天，请彪子加入村里的锣鼓镲乐队，让演出更丰富多彩一些。彪子欣然同意。

在五保户和荣誉军人的座谈会上，彪子和冬彩说，因为明天他们就回去了，他想走之前见见那文生。

那文生听说彪子来到乡里，但不是下村就是开会，一直没见面。他还听说彪子唢呐吹得好。这天下午，当冬彩告诉他彪子的想法时，他让几个学生带着，在山洼沟找到正在练习吹唢呐的彪子，他大步流星地跑上前说："没想到，你还会这一手儿！我们演出节目的时候你可一定要助兴啊。"

"这有啥说的？咱们吹的和演出的节目一样，都是积极向上的曲子。不过，今晚和乡里同志加班核完材料，明天我们就回去了，等闹社火时我们再过来。"

"明天就走？"

彪子说："这把唢呐先给你留下，你也试试，你有音乐基础，一学准会。到时候让它好好发挥作用。"

那文生接过唢呐，爱不释手地说："你教我要领，我也好好练练。以后买几把回来，让学生也学学，这是咱的传统文化，以后开展农村文化活动真用得着呢。"

"但是有一条，咱们传统文化要继承，还要注意去掉那些不好的，比如吹白事的曲子，太悲了，不仅听了惨得慌，还让人消沉，要吹就吹积极向上的、高兴的。"

"你说得对，有道理！要吹就吹像样的，让人提精神的。"那文生说。

随后的那些天，石板营子学校边的河滩上、树林中，经常有唢呐的响声，后来，又多了几个唢呐声，再后来，又出现了笛子的声音。这丰富多彩的声音在黄红相间的树林和闪着金光的小河上传出，在山间回荡。

听了彪子和小黄的汇报，王局长拿起他们汇报的材料说："刚才市长还问，你们什么时候回来。走，我们上市长那儿去。"

武毅听了彪子的汇报说："这次下乡你们收获不小，这个材料不错，明天在各局委办同志参加的会上和其他地方的调研情况一块讨论。今年夏天发生了旱灾和水灾，又出现了一些需要帮扶的贫困户，所以得拿出具体的救助方案。昨天文化局带队到矿山演出的李局长他们回来了，听说水泉乡要举办庆丰收社火，他们也积极做准备。评剧团、话剧团的同志们积极性挺高，他们说，这也是文化下乡的好机会。这一回，有文化部门的同志们参加，活动内容会更丰富，人民群众也更欢迎。"

八月十五这天，玉萱早早地把饭准备好，把新做的薄棉袄、棉裤帮武毅穿上："山里凉，一早一晚的记得加衣裳。"

"下乡是我的老本行了，你放心吧。"武毅边说边走到饭桌前，突然一阵眩晕，腰间如同插进一把刀子，他瘫坐在椅子上，脑门上豆大的汁珠滚落。玉萱一时急得手足无措。

她忽然想起武毅出院时，崔院长把一盒药郑重其事地交到她手里说："到万不得已时再用，但一次只能吃一片。"她立即找出药让武毅吃下。她一边给武毅擦汗一边劝道："这回就别去了，好好歇歇吧。"

"不行，不行，这次我一定得去。"他停了一下说，"这件事千万别和任何人说，你见了彪子兄弟也不要和他说。"

玉萱知道，彪子让人给志民捎信儿，让他带着小平直接到中洼子。武毅也说，这样不用让志民绕道，看完社火后再一块儿回承德，挺好。前两天彪子就接上拴住随慰问烈军属的马车下乡了。

玉萱泪水在眼眶里打转，她理解武毅此时的心情，他是一心把火地盼着见那些乡亲们哪。她点头答应着："这回说啥我也得跟你去，你这么走了，我怎么能放心呢，再说有什么事儿你支使我也方便。"

武毅终于答应了。

汽车在山野间飞奔，秋日的山川景色让玉萱有些目不暇接，蓝天白云下是层层叠叠的山峦，秋风把树木染成五彩色，田地间不时还有收拾庄稼的农民。马车上摇晃着像小山似的秸秆，吱吱扭扭的独轮车上结结实实地码着高粱头，山坡上不时有起红薯的人。秋天是农民们最高兴的季节，也是收获生活新希望的季节。

玉萱说："离开农村这么多年了，好多农活都不会干了。"

武毅看玉萱对眼前的一切感到新奇说："这人呀是得时常到农村看看，和农民交朋友，只要放下架子，尽量帮助他们解决困难，他们能把心都掏给你。革命取得胜利离不开老百姓，现在搞建设更要靠老百姓。"

"是啊，俊英这条路就走对了，以后让俊梅她们也到农村锻炼锻炼。"玉萱说。

"哎，你还得留下一个孩子在身边啊。"这是玉萱第一次听到武毅说这样的话，心里突然沉重起来。武毅也感到这话有些刺激，他赶紧找补道："一晃我们都老啦，身边没有子女哪行。"

玉萱也赶紧打岔："今天起得太早了，你闭着眼先休息一会儿吧。"

思绪与惆怅在玉萱脑海里翻腾，自从拖儿带女地来到塞外，得知丈夫牺牲的消息，她承受着失去亲人的打击。当得知两年多收到的生活费，竟来自一位不曾相识的同志的体恤，她曾经对这个人产生过抱怨，好心隐瞒就等同于欺骗啊。那两年里，当她接到一家人生活费的时候，心里是多么的踏实啊。施人者厚德，收受者有愧。这个情永远也还不清啊。她绝不会再嫁，为对得起长山，更要对得起长山留下的四个孩子，她要把他们抚养成人。当她一病不起的时候，是长山的战友们竭尽全力的救治，保住了自己的性命。为了让她解除精神压力，武毅向她说出了实情："嫂子，我是独身主义者，要钱没一点用，这钱是国家的，孩子们也是国家的，花在他们身上才是正地方。"慢慢地，她感受到革命者爱人民的伟大情怀，这种大爱才是人世间真正的爱，透着无穷力量的爱，可以融化千尺冰雪的爱！在这样纯洁无瑕的敬慕中，她和武毅建立起革命的情谊。武毅鼓励她学习文化知识，指导她参加扫盲工作，在新中国的建设事业中，懂得了党的方针政策，掌握了工作方法，成长为基层党务工作者。而这个时候，由于超负荷的工作，武毅本来就受过损伤的身体出现异常，体质极速变差，组织上了解这种情况后，劝他减少工作，但是他反而成了拼命三郎，他生活上亟须有人照顾。组织上找到自己，革命的需要胜过儿女情长，革命人的结合没有半点个人的私念。孩子们离不开他们的"武爸爸"，这个"武爸爸"也和孩子们建立了父子般的感情。几年的往事，在玉萱脑海里一幕幕地像过电影，"是我没有照顾好他呀！"她自责、愧疚过多少次，但是现在她摸着书包中那盒"救命药"，泪水再也止不住了。"千万记住，到了万不得已的时候再用。"院长的话又在耳边响起。她转过头，看着车窗外，一切都变得模糊不清，大山像一位巨人昂首挺立。

武毅迷迷糊糊地睡了一会儿，他醒来，但是眼皮沉沉的。山路越来越窄，以前走这条路的时候，他没感到汽车摇晃得这样厉害，他想，可能是自己的原因，几个月不下乡，身体变得虚弱了。他感到第一次和玉萱离得这样近，而且时间又这样长，他几次想表白一下自己的心情，感谢她这几年的照顾，让他感受到家庭的温暖，让他享受过天伦之乐。可是，话到嘴边一直没有说出来，总想着有机会，可是他现在感到，机会不多了啊。他又想，现在不是感谢的时候，我们是去参加庆丰收活动的，也是玉萱第一次出远门，可不能扫她的兴，只是不知道她哪来的那个"神药"，怎么吃上就不疼了？不知她带来没有？武毅对自己的坚强也产生了怀疑……

出家门时，玉萱把武毅早上的情况悄悄告诉了小张。一路上，小张小心翼翼地踩着离合器，稳稳地加油、踩制动，生怕有半点闪失。

转过一道山弯，嚯！中洼子已经聚满了人。人们还从四面八方向这里聚拢着，东营子村的舞龙队被秧歌队簇拥着来了，小伙子们举着长龙，姑娘媳妇们甩着红红绿绿的腰带，被人群团团围住。西杖子的旱船、跑驴在锣鼓镲家伙什儿的闹火中，蹦着、跳着、扭着、晃着在场子外面做预热。石板营子来了六驾马车，车上坐着的几乎全是学生和老人，年轻人天不亮就朝中洼子进发了。那文生跳下车，招呼着老人们下车，帮助学生们穿上服装，几十个红袄绿裤子的"娃娃"吸引了人们的目光。麻营、胡家庙几个村的百姓们也都带来了闹社火的节目，齐营帐村变戏法的老手大齐，穿着一个藏蓝色大袍子，在他舞胳膊蹬腿中，袍子底下一会儿变出一个小姑娘，一会儿变出一把大花束。最让人不可思议的是，他竟在众目睽睽下变出一个有几条金鱼游动的大鱼缸！场子北边闹着红火，南边的戏台棚子里评剧团正唱着《小二黑结婚》《小女婿》《十五贯》折子戏。另一个台子上正在演《三岔口》。这天，集市也开张了，在场子东边，卖小猪的、卖瓜果梨桃的、卖水缸瓢勺的、卖烟叶大蒜的、卖脸盆手巾香胰子的……一里多长的集市，看得人眼花缭乱。

西杖子的二柱赶着马车来了，几个姑娘媳妇想把二奶奶扶下车，大家齐用力，把老人家抬下了车，二奶奶咧着没了门牙的嘴，笑得前仰后合说："没承想，我这个土埋脖子的人了，还能看上社火！"

"二奶奶，现在呀，让你想不到的事儿多着呢！"秋凤说。

"是呀，我可得好好活着，可是舍不得这个好日子。"

东营子的贵爷爷走起路来腾腾的，嗓音也比以前宽绰洪亮了，他对二奶奶说："你是咱东营子嫁过去的闺女，要在过去，又旱又涝的年景，我们这几个村的人不又得出外讨活路去？"

"那可不是！我们赶上了好社会，有福啦！"

"是政府帮助咱们修了水库，保住了山场保住了地，也保住了我们的好生活。"老福感慨道，"我这个当村主任的也觉得光荣。"

"这就是国家好了，这社会就好，这社会好了，我们老百姓的日子就跟着劲儿地好。"丘叔把马车停好，也凑了上来。

"唉，你们都说得好，其实呀是因为我们有一个好市长，是他带领大伙战胜困难，发展生产，让老百姓过上了好日子！"石板营子学校的老齐不知什么时候来到人群中间："我们翻身当家做主人，吃水不忘打井人。"

一直在会场上忙碌的冬彩向几位老人跑来："老人家们请到前面坐，那里准备了蒲墩。"

"好哇好哇。"老人们被扶着走向观众席。

只见冬彩跑上台，用大喇叭报节目："乡亲们！现在开场锣鼓敲响！"

"社火演出的开场锣鼓开始啦！"人们围成一个大大的圆圈。

人群中开出了一条路，石头台儿村的大秧歌扭着跳着进了场。小满和大好组成了一个东营子、西杖子联合秧歌队，三十多个小伙子，穿着花衣服，系着黑腰带，扎着黑裤腿儿。那文生指挥着操着锣鼓镲的三十个演"二贵摔跤"的学生，咚咚锵锵地打了起来，于是偌大个场子沸腾了。

这天一大早，彪子和小黄赶着马车，从汽车站接上志民和小平，往中洼子赶。彪子把志民父子安顿坐好，他抱着拴住也坐上了车。枣红色大马在小黄的吆喝声和那一声脆响的鞭子声中四蹄扬起，向前飞奔。志民告诉彪子，自从他们前年分手后，他给骡子挂掌时右侧胯骨轴又被踢伤，好在几个赶车的朋友把他及时送到医院，做了手术，在炕上躺了几个月后，虽然能走路了，但是落下重度残疾，他对彪子说："你看我这一瘸一拐的，怎么见人啊。"

这时，彪子注意到志民比前年苍老了许多，他说："受伤是常事，新社会不能再歧视残疾人。这回你好好看看拴住，也让小平他们兄弟俩见见。"马车上下颠簸把拴住又颠着了，小平拉着拴住的手，看着这个他也说不明白，也从来没有人向他说明白的弟弟，他问志民："爹，我应该叫他弟弟是吗？"志民看了看拴住没有说话。

"是啊，他就是你弟弟。"彪子回答小平的问话。

"那我们把他接回家好吗？"小平仰起头又问志民。

志民对彪子说："看把这孩子养活得多好啊！真是不知道怎么谢谢你啦。"

彪子说："你要谢就应该谢市长和玉萱大嫂一家。"

"是啊，好人哪！这恩情几辈子都报不完呢。"志民感叹着。

"快看，那不是市长的汽车吗？"小黄指着前面说，"还有几十驾马车呢。"

这时，他们已经听到社火场上传出的鼓乐声，彪子说："社火开始了。"

几个村的人们走到一块，演员们身上穿着鲜艳的衣服，有的是妇女们缝制的戏装，有的披着鲜艳的花被面，有的头戴自制的彩色帽，条条穗穗地在脸前晃悠，不论男女，脸蛋和嘴唇都擦得红红的。

踩高跷的人们都抱着各自的跷棍，长长短短的，棍子上缠绕着彩色布条。旱船、跑驴、猪八戒背媳妇、打渔杀家、嫦娥奔月、姑嫂拜月等戏出的演员在一块儿嬉闹着。不一会儿，四个人抬着两座花彩高桌，缓缓地走来，每个上面都坐着一男一女两少年，打扮得十分俊俏。

"快看！东营子和西杖子的抬歌过来啦！"

西杖子村和东营子村又分别走出两支背歌队伍，每支队伍四台背歌，每台背歌由两人组成，下面的大人肩上都站立一个三四岁的穿着戏装、打着粉彩的小孩子。原来，一根半人高的木杆把下面的人和上面站立的小孩子连在一起，大人晃动，上面的小孩子也在自然地扭动着，衣裙起舞，飘然若仙。人群中，有看出门道的人喊道："这不是蓝采和吗？"那一群人里有人喊道："啊，这个是'铁拐李'！"一老者终于看明白了说："这是两个村组成的一个'八仙过海'背歌队！一个村出了四个神仙。"人们被这阵势折服了，大家欢笑着，指点着围着看。

东营子人："我们的社火队足足一百人，你们呢？"

西杖子人："我们一百二，这下你们还说啥？"

东营子人："我们节目多。"

西杖子人："你当我们少呀？连你们村嫁过来的二奶奶都出来了，还嚷着要扭秧歌呢。"

东营子人："我们的贵爷爷还要跑旱船呢！"

"你们这是关公战秦琼，哪一出戏也不挨哪一出呀！"

人们说说笑笑，孩子们打打闹闹，山沟沟里好不热闹。

武毅和玉萱下车后，来到集市的最北头，集市上的人几乎都围过去看社火了。小张找来两个小马扎，让武毅和玉萱坐下。秋风吹拂，带来几分寒气，玉萱赶紧把呢子军大衣披在武毅身上。他们这次来没有告诉任何人，武毅和玉萱说："有生以来，这是第一次无组织无纪律，你也要替我保密，以后不会再犯了。"玉萱知道他的脾气，更了解他的心情，他是舍不得大山里的百姓啊！尽管她知道，这样的长途奔波，是首长和医生们绝对不能允许的，但是，为让自己最敬重的爱人不留下遗憾，她忍受千般痛苦，承受万般的无奈，也一定要答应他的这个要求。

这时只见几个人从大路上跳下田坎，向他们跑来，"可算找到你们了！"跑在前面的是郝乡长，他上气不接下气地说，"市里打来电话，问是不是武市长上水泉乡来了，我说，没接到通知。"

武毅笑着说："你没问问他们上公安局报案了没有？"

"哎！您不知道，市委办公室的同志说，您身体还没恢复，平时坐坐办公室，医生说还能勉强允许，但是下乡，这让省委领导同志知道了，不管是谁也是犯了纪律。"郝乡长解释。

"哈哈，哪有这么严重，让你一说邪乎了，我又不是纸皮做的。"武毅和大家打着哈哈，为的是让他们放松一下。他向几个人介绍了玉萱，这倒让郝乡长心里踏实了许多。

"既然您来了，您就和乡亲们见个面，给大家鼓鼓劲儿。"郝乡长说。

"是啊，今年大丰收，老百姓别提多高兴了，都说是共产党领导得好。"

"都说多亏了有您这样的好领导，乡亲们都想您呢。"

武毅听了几个人的话，笑着说："是啊，我这次来就是想看看乡亲们，看看这里的山山水水和丰收的景象。"

彪子听说武毅的到来，有些吃惊，但是转念一想，这是和乡亲们见面的好机会啊。他拉着志民和小平，小黄抱着拴住跑来。拴住看见玉萱，把手里的糖葫芦往玉萱嘴里送。玉萱掏出手帕把孩子粘在脸上的糖糊擦拭干净，心想，老爷们儿就是不会照顾孩子。彪子拉过志民，对武毅说："这就是我常和您说的付志民。"

"哦，你的大名早就如雷贯耳。"武毅仔细端详着志民，好像想起一件事来，"你就是剿土匪那年，往龙头山送信儿的小伙子？"

"对呀对呀，那天就是您骑马带队打退了'抓里飞'那帮土匪，可是后来听说……就是那回您受了重伤。"志民说不下去了。

"过去的事儿，就不提它了。你来一次不容易，回承德后带着小平好好转转，看看承德的变化。"

一行人向会场走去。郝乡长向武毅介绍着秋收的情况，讲述建设扬水站的进程和移民搬迁工作的进展情况。当武毅听到山地灌溉的问题基本解决，许多群众争相交公粮的情况时，高兴地说："滴水之恩，涌泉相报，这就是中国人，这就是咱们中国的农民。我们平时做的工作，老百姓都看在眼里、记在心上，只要心里有人民，一心一意为老百姓办实事，就能征得民心，得到民众的拥护。"说话间他们来到会场。

"市长！市长！"

"市长来啦！"

"武市长也来看社火啦！"

人们传递着这个让所有人都感到兴奋的喜讯。

在夹道欢迎中，武毅边走边和身边的老乡握手。

冬彩迎上前激动地说："市长，您的到来，真是给社火添大彩啦！"

文化局的李局长一行，和打着脸儿、穿着戏装的演员们也列队欢迎，武毅说："你们这是送戏下乡送欢乐，人民群众最欢迎啊。"

武毅走到人群最前面的二奶奶、贵爷爷和几位长者跟前说："祝老人家们节日快乐！"

"快乐！快乐！"

"我们赶上好时候啦！"

老人们笑得让核桃纹般的脸更加生动，让少了牙齿的嘴巴更关不住心里的快乐。武毅转过身对冬彩说："我在这坐一会儿，和大家一块儿把这场戏听完。"

小平和拴住来了精神，跑到花会的人群中看热闹，彪子、志民、玉萱、小黄几个人被孩子们拽着淹没在人群中。

戏台上正在演评剧《花为媒》中阮妈给张五可报花名的一段戏。在这一带，这可是一出最受老百姓欢迎的折子戏。只见阮妈穿一身包着金边的绿衣服，黑色的绣花坎肩，头上插着银色花饰。闺门小姐张五可身着粉红色绣花绲边衣裳，长长的粉色花褶裙，头上插着各种头花，更是鲜艳夺目。小姐活泼俊俏，阮妈则机敏幽默。阮妈舞动着手中的长烟袋，在小姐的要求下，大门大嗓地唱着，"春季里开花十四五六。六月六看谷秀，春打六九头，头上擦的本是桂花油，油了裤油了袄油了我的花枕头。夏季里开花热得难受，受不了到河里去打跟头，头上顶着荷花，花底下生藕，藕坑里去摸鱼我就摸呀，我就摸呀，我就摸了一个大泥鳅"。其间小姐不满意她的词句，阮妈就编排着唱。可是唱到这儿，台下的乡亲们也不满意了，喊道："再从二月里唱，不能一开头就十四五六！""对对，这花名得多报一会儿！"于是，演员示意乐队，音乐重又响起，阮妈又一边表演一边唱了起来，"二月里开杏花，杏子如豆，豆腐脑就切糕还有两个大馒头。三月里开桃花，清明以后，后门里路太滑我摔了一个大跟头。四月里开梨花，大雨没下透，下不透种高粱尽出些茬头。五月里开石榴，锅底漏，漏了锅洒了米呀，没有法子熬粥。六月里开荷花荷莲生藕。"这时扮演公子的演员上场，阮妈让他先藏在假山后面。台子上的假山只不过是一个人扶着的一块木板，木板上涂抹着墨色，就当是假山了。阮妈又开始编排着唱了起来："七月里，七月里开菱花，八月里开桂花，九月里开菊花，十月里也开花，十一月，十一月，大树后面假山石，假山石里头也开花。"唱得这位小姐直摸不着头脑，于是阮妈只好承认，"十二月就不开花"。观众们笑得前仰后合，但还有些不过瘾。这时，对面另一个戏台上京剧《三岔口》的锣鼓声响了起来。

武毅坐在乡亲们中间看戏，感到从来没有过的快乐。看到百姓的热情劲儿，他对坐在身边的文化局李局长说："农民群众不仅需要物质生活，文化生活也是不能少的，以后你们做个送戏下乡计划，形成一种制度。要熟悉农村，和农民交朋友，再编排一些反映农村生活、反映农民的戏。"

李局长说："好好，其实演员们也有这方面的热情，我们回去好好研究一下，多排些小折子戏。这样不仅能轻装上阵，场地条件差些也不受影响，观众少的时候也能演出。"

他们悄悄走出人群，看到对面戏台上两位演员在桌子上闪展腾挪地表演，观众的叫好声与锣鼓声连成一片。武毅问郝乡长，修建水库的柳队长他们来了没有，郝乡长说，他们也组织了一支花会队伍。

武毅说："找他们去。"

在场子最北边的空地上，只见全部是穿着花衣彩裤的人，他们拎着腰间各种颜色的绸带笨手笨脚地扭动着，"您看，那个穿着一身红的不是老柳吗？"

"市长！"

"真的是市长！"

"市长来啦！"大家高兴地迎了上来。

柳队长说："在这里看到您，真是让我们没想到，太高兴啦！"

"我也高兴！都高兴！"武毅笑着和身边的几个人握手，"嚯！这手硬邦邦的，和石头似的。"

柳队长说："听老人说，咱这儿社火停了三十多年了，这回我们怎么也得和乡亲们一块热闹热闹。"

打着花脸儿的麻生从人群中挤过来，他拽了拽有些小的花衣服说："您看我媳妇把结婚时候压箱底儿的衣服都让我穿来了。"

这时，一个裹着花被面的高大女人快步走来，麻生指着"花被面"说："这就是我媳妇黄秋婵。"黄秋婵瘦高的身子被百鸟朝凤图案的花被面裹着，胸前、背后紧束着的几个硕大花球被团成了一个筒状，她两只手从腰两侧的缝隙中伸出，白而细长的脖子如同花丛中长出的一株蘑菇梗，顶着一个晃着许多花布绳、扎着小辫儿的蘑菇头，苹果红的大脸蛋儿上两条黑黑的卧蚕眉，再加上直直的白鼻梁和画出来的樱桃小嘴，在场的人都被这个"景观"震住了。只见"花被面"半捂着脸说："我那些姐妹们非要给我化妆，都走样了，怪砢碜的。"

秋婵从来不惧生，哪儿热闹就往哪儿凑，并且总要和人搭讪搭讪，见了市长也不例外。

"闹社火的人就得夸张，这样才热闹。"武毅的话让她得到了安慰，秋婵没话找话说："您还没见我们村的'二贵摔跤'，那才叫好看呢。我就当串场子的'怪婆'儿。"

这里的人们早已见怪不怪了，倒是让武毅忍俊不禁。"我们看看'二贵'们去。"武毅说完就和郝乡长循着唢呐声向南边走。只见一群红衣绿裤的半大小子在翻腾着摔跤，彪子吹着他那把金闪闪的唢呐，那文生穿着一身镶着红边儿的黑衣服，系着红腰带，带着几个学生也吹着唢呐。

郝乡长说："那老师自己掏钱买来唢呐，不到一个月的工夫就教这些孩子吹出调调来了。"

"这都是历史留下来的文化，应该教给孩子们，要继承下去。"武毅又仔细听了一下说，"他们吹的这个叫《抬花轿》，是个喜庆的曲子。只是吹得不太齐，一下子还听不出来。"

　　拴住和小平一人手里举着一串糖葫芦跑了过来，小黄和玉萱紧随其后，玉萱说："这俩孩子玩得可高兴了。"武毅笑笑，可能是锣鼓唢呐声音太大，他没有讲话。他走过去和志民坐在一起看热闹。前年从内蒙古拉粮食回来后，彪子和他讲了许多志民的情况，他知道这次彪子请志民来，一是想让志民看看拴住，二是商量孩子将来的去留问题。看着志民残疾的腿，武毅心情沉重，他想："得让彪子说服志民，把拴住留下，十八岁以后再让孩子自己选择。"这是他曾经和玉萱商量过的。玉萱说："彪子兄弟没有带小孩子的经验，拴住已经是这个家庭的一员，再说，几个姐姐和小山也离不开他。"

　　拴住跑过来爬到武毅的背上不下来，玉萱赶紧抱起了拴住说："让武爸爸歇会儿，我们看'二贵'去。"

　　志民说："拴住可是掉进福窝窝里了，彪子兄弟说了，这些年全靠您和嫂子抚养孩子，这个恩情几辈子也报不完啊。"

　　武毅说："这就说远了，小拴住为这个家庭增添了不少欢乐，特别是让我感受到了天伦之乐。"他看到志民眉头紧锁，好像有许多的心事，他说："拴住是你的亲生骨肉，彪子兄弟是孩子的救命恩人，我只不过是一个挂名的爸爸，拴住现在有三个父亲，这样的事情还真不多见。可是我们也要从实际考虑，你身体不好，小平还顶不起事，我建议拴住还是由我们抚养，他懂事后，让彪子兄弟带上他去正式认亲生父亲。"

　　志民眼含泪水说："我也这样想过，可是添人进口的，要给你们增加多少负担啊。"

"唉，拴住已经融入我们的生活，真把他接走玉萱还不得想坏了，那几个孩子也不干呢。这件事我和彪子兄弟还有玉萱早就商量好了。你放心，这次在承德好好检查一下身体，你还要把小平培养好，你的好日子还在后头呢。"武毅的一番话，让志民心里宽敞了许多。阳光照在身上暖洋洋的，他心里感到热烘烘的。

那文生拉着穿着"二贵摔跤"服装的大儿子小宝，冬云抱着穿着红衣服红裤、头上扎着一个朝天辫儿的那云格来到武毅面前，那文生说："那文生一家四口向您报到！"这让武毅又是一阵高兴："啊哈！才记得把你送来，看着乡亲们张罗着给你办婚事，一转眼孩子都这么大啦！好啊好啊！"

武毅示意冬云把孩子放到他的怀里，小姑娘坐在武毅腿上歪着头看这个陌生人，武毅问："她叫什么名字？"

"叫那云格！"那文生说，"是我起的，您说行不？"

"哦！好！这个名字起得好，这又是一个漂亮的小格格。"

老齐笑着说："这回我们不担心那老师飞了，那老师在石板营子找到了他的幸福生活。"

在人们的笑声中，武毅感到无比的欣慰，那些为革命献出生命的战友们不就为的这一天吗？他们不会想到，革命胜利后人民群众的生活场景，但是他们知道共产党、解放军就是为人民大众谋幸福的队伍，就是要为子孙后代造出一片新天地。他说："这个新天地我们活着的人都看到了，人民群众的幸福生活才刚刚开始。"

这时，冬彩跑来拉着郝乡长说："大家听说市长来了，都想见见市长，请市长和大家讲讲话吧。"

"好啊，太好啦！走，去和市长说说去。"郝乡长和冬彩拨拉开那文生带来的那些小"二贵"们。冬彩快言快语地说："市长，现在折子戏演完了，接下来就是正式的花会了，借着这个空当，大家都想见见您，听听您的讲话。"

"您再给乡亲们鼓鼓劲儿！"郝乡长说。

"好，那我就借着这个好日子和乡亲们见见面，说几句。"说着，武毅从小板凳上站起来，突然一阵眩晕，他定了定神，慢慢迈开脚步，一直关注着他的玉萱赶紧上前，扶着他的手臂说："起得猛了点，我们慢些走。"武毅被人们簇拥着向人群走去。郝乡长、冬彩、柳队长和从市里来的几位同志陪同武毅走上戏台。

放眼望去，起起伏伏的群山如同天幕下张开的巨大荷花，中洼子里涌动着的人流花海，就像色彩斑斓的花蕊，夹杂在中间的各种花会道具、人流，就是飞在花蕊间的蝴蝶、蜜蜂。对武毅来说，这是一次特殊场合中与乡亲们的会面，也是具有特殊意义的一次讲话，会场顿时安静下来。

武毅清了清嗓子说："乡亲们！今天是中秋节，是阖家团圆的大喜日子，也是庆祝丰收的日子。和乡亲们一块儿过这么一个节是我有生以来的第一次，心里别提有多高兴了！我们几个村的乡亲在一块儿，把这个节过得热热闹闹的，也预示着我们今后的日子会更加红红火火！"

会场上响起热烈的掌声、欢呼声。

武毅等群众声音平静下来说："今年遇上了大旱，有的地方又遇上了洪涝灾害，可通过乡亲们团结一心的奋力拼搏，我们硬是获得了大丰收。毛主席教导我们，要自力更生，艰苦奋斗，我们就是靠的这种艰苦奋斗精神，在党的领导下，我们几个乡的人民群众齐心协力，修了几座水库，不仅解决了百姓吃水难的问题，避免了山洪的威胁，还让一万多亩庄稼地成了水浇地，提高了粮食产量，产量高了，乡亲们就能吃饱肚子了！"这时东营子村和西杖子村的人拍起巴掌，武毅看看大家说："咱们山区的水和油一样金贵，可咱百姓的心如果拧成一股绳儿，比什么都金贵。刚才听郝乡长说，今天乡里还特意把你们几个村嫁到外村的姑奶奶们请来了。她们当姑娘的时候，在种田、栽树、修水库、修大坝工程上出了大力，现在我们受益了，不能忘了她们。"

武毅的话音刚落，人群中传来一片欢笑声，大家都争着表扬自家的姑娘："我们村的姑奶奶们在娘家都是好样的。"

"她们嫁到婆家也和小伙子似的呀！"

"是不能忘了她们，后山那片山楂树，都是她们一锹一镐刨坑栽出来的。"

"那些挂了果的树也是她们一桶水一桶水浇出来的！"各村的媳妇被乡亲们推到台上，顿时三十多个妇女站在了武毅两侧。武毅一一和她们握手说："今天也是你们的庆功会。"

人群中传出了惊喜，"你看那不是王家二闺女吗？"

"那是我们村嫁到东营子的桂珠。"

"那不是八爷爷的孙女吗？"

"咱村嫁到西杖子的秋凤还当了妇女主任呢。"

台上台下笑成一片。

这时武毅突然看见程前、崔福院长和梅莹站在人群后面，玉萱陪着他们说话。他想，他们怎么来了？忽然他想起，出院的时候，也是这三个人代表组织向他郑重其事地宣布：坚决不允许下乡，更不能有任何劳累，唯一的要求就是卧床休息。可是，今天他违背了自己的承诺。哎！也罢也罢，反正已经出来了，也就违反这一次纪律吧。

他意识到要尽快结束今天的即席讲话，便往台前走了一步说："乡亲们！今天能和大家一块儿参加庆丰收大会，是我的荣幸，对我来说，也是有生以来的第一次啊，也是……"他停顿了一下，把声音再次提高了说，"今天的丰收成果来之不易，乡亲们的劳动汗水没有白流，在这片土地上曾经洒下过革命先烈的鲜血，也记载着乡亲们冒着生命危险支援革命队伍的丰功伟绩，如今乡亲们成了新中国的主人。今年的旱、涝灾害都让我们赶上了，可是我们没有被灾害吓倒，乡亲们日夜奋战，流血流汗创造了奇迹，获得了丰收！但这才是创造新生活的开始，还会有更多想不到的困难等着我们去战胜它。人的生命是短暂的，但是我们要过好每一天，要过得有意义，在共产党的领导下，为这片土地描绘出更加美丽的画卷！"

会场上响起热烈的掌声和欢呼声："说得好！"

"我们有的是力气，跟党走，加油干！"

"劳动光荣！"

武毅按捺住激动的心情，此时，他多想再到庄稼地里看一看，再到老乡的炕头上坐一坐啊！他提高了嗓音："我们的生活大有希望、希望、希望……生活的前景更加辉煌、辉煌、辉煌……"这声音在大山中久久回响……

冬彩宣布："社火演出现在开始！"

彪子和那文生带着唢呐队站在一人高的戏台上，吹响了《金蛇狂舞》，这嘹亮的唢呐声在山间回荡，东营子、西杖子组成的舞龙在旱船、秧歌队伍中穿行，孩子们跟着龙头跑，把人们的心搅动起来。当一曲《庆丰收》吹响时，各种乐器都奏起来，人群沸腾了，唢呐声如同诉说着丰收后农民们的心声，也似诉说着一年来辛苦的付出与丰收的来之不易，吹出了乡亲们的喜悦，让人不得不为之动情。彪子边吹边走，把十几个人引导到花会队伍中，偌大的广场上，一台抬歌一出戏，《嫦娥飞天》《西天取经》《打渔杀家》让人眼花缭乱，八架背歌上的八仙也扭了起来，小"二贵"们的跤也比着个地摔了起来，高跷、旱船、跑驴满场子闹腾着，把金色的秋天搅动得绚丽斑斓。

武毅朦朦胧胧中听到病房的外间有说话声，隐隐约约听到玉萱说："我接受您的批评，这事应该向组织报告。"

"不过老武的心情我们十分理解，他心里只装着百姓，他也时刻离不开百姓，他从枪林弹雨中过来，战场上立过大功，可他从不居功自傲，早已把自己置之度外，他更不把自己当作病人，可是这次下乡却是违反了纪律啊。"武毅听出来是省委书记的声音，随即又听到书记说："也怪我对他关心得太少。"

"不不，是我没有尽到责任。"玉萱声音有些颤抖。

"我已经吩咐膳食科，适当增加一些营养。"武毅听出这是崔福院长的声音，"市长还出现了严重的贫血。"

程前说："国家按伤残军人标准，每个月为市长特批有肉、油和豆类，怎么还会……"

玉萱眼泪汪汪地说："老武全都让我送到荣军疗养院了，家里一点也不许留。"

"首长，我们讨论了治疗方案，目前亟须解决的是镇痛的问题。"崔福院长说。

"按崔院长说的办，要抓主要矛盾。"省委书记停了一下说，"我们说话不要影响老武休息。"武毅赶紧闭上眼睛，玉萱轻轻地走到套房里间的病床前，看他还在睡着，放下心来。

"打过镇静剂后，老武睡得很熟。"玉萱轻轻关上房门说。

"过两天我再来看他。"省委书记说着从沙发上站起，一行人走出病房。

窗外的梧桐树上，金黄色的叶子顽强地在风中上下飞舞，武毅盯着它们，好像叶子在向他招手。这些叶子对他来说是那样的熟悉，从夏看到了秋，从秋看到了落，叶子离开了它的树枝，是暂时的，待到明年春来时，它们又会在春风和阳光中逐渐发芽长大，开始新的生命，这种轮回经年往复，生生不息。

他又想，"人固有一死"，死而不可复生，自己曾经羡慕过那循环往复的万物，但是人与物异，人的生命是有限的，唯物主义者要敢于面对死亡。他想，自己的死或重于泰山？不敢，不敢这样评价自己，但是这几十年还是努力为社会做了一些事情，是无愧于心的；或轻于鸿毛？不行不行，自己毕竟干过革命，打过敌人。那么在评价人生价值的天平上，自己究竟是几斤几两呢？哎！常言说"半斤八两"，就是半斤八两吧。想到这儿，他暗自笑了，怎么住院住得变成痴人了？

武毅又被接回去住院的消息让彪子的心情极为沉重，他悄悄地把那文生拉到会场外，尽量离开人们的视线，那文生一听，眼泪唰唰的："还有什么好办法没有？"

"我问玉萱大嫂了，这次是吃了吗啡硬顶着来的，再也没有好办法了。"

彪子红着眼圈儿，唢呐在手里拧着："我还没好好地给他吹一首呢，以前总觉着有机会、有机会，我怎么这么傻呢！"说着说着抹起了眼泪。

开始，志民以为两个人在商量事，但感觉不太对劲，他一瘸一拐地朝他们走来。彪子想，这事儿不能瞒着志民，志民坐在田埂上竟呜呜地哭了起来："我亏欠他的太多太多了！他的恩几生几世也报不完啊！"

大雪中武毅带领剿匪小分队策马飞奔的身影，已经成为英雄的标志，他对百姓的关怀备至和乡亲们对他的衷心爱戴，让他看到了共产党人的完美人格与高大形象。

志民说："怪不得武市长特地和我讲了抚养拴住的事，他是让我放心，拴住在你们身边，特别是有玉萱大嫂照顾着，我是一百个放心。现在我的身体是一天不如一天了，这回见着大家，就是见到了亲人，看到拴住长得那么结实聪明，感恩的话好像天上的星啊！我没有什么挂念的了，今天我和小平直接回家。"

这时，彪子突然想起一件事，他从胸前的内衣口袋掏出拴住的照片说："差点忘了，以后我还是把拴住的照片按时给你寄去，你要积极面对生活，把身体养好，我抽空带着拴住去看你。"

彪子和那文生把志民父子送上去内蒙古的最后一趟班车，直到那绿底红条纹的班车消失在大山褶皱中……

第一场冬雪让山城变得朦朦胧胧，彪子完成了民政局易地搬迁的调研，急急忙忙往回赶，恨不得一步迈到武毅身边。这半个多月，每到一个地方，那里的百姓都在打听市长的情况。

"他可是个少有的好人啊！"

"他把我们这些平民百姓装在心里。"

人们惦记着武毅的身体，盼望他再来山村看看。

这次下乡，让彪子有一个意想不到的收获。那天一大早，冬彩带着他和小黄到深花沟走访，这是一个离乡政府五十多里地远、四面被大山包围着的小村子，他们沿着羊肠小路，攀着山崖走到中午，才看到几座石头房子。

在和这里仅有的四户人家交谈时，一位老妇人说："我住的这房子还是当年游击队帮助我盖的，政府的人几次动员我搬下山，我就是舍不得走，现在腿脚不听使唤了，更不想动啦。"

当问起老人的姓名时，冬彩说："这里的人都叫她冰儿娘。"

"冰儿？这不是武市长一直在找的人吗？"彪子说，"您老是不是认识一位叫武毅的游击队战士？"

老人想了想说："是有这么一个人，当时我住在头道沟，但是我男人给游击队送信，被二狗子报告给日本鬼子了，我带着孩子连夜跑到这儿来，再也没下过山。孩子现在在镇里的矿上上班。"

"当年您救的游击队队员现在是我们的市长，他找您找得好苦呢！"彪子说。

"哎，过去的事了，他打小鬼子时受了那么多的苦，差一点命都没了，我们应该好好报答他们才对呀。"老人通情达理。

可是说起往山下搬迁时，老人却想不通了，"我住得好好的，年岁大了不想折腾啦。"

冬彩说："大娘，您一辈子听党的话，共产党打天下就是想让老百姓过上好日子，可是您看看您住的房子，吃的用的还和解放前一个样，赶上山洪，有个好歹可怎么办呢？这可是武市长老挂在心上的大事啊。"

"可也是，那我得和儿子商量商量。"老人笑着说，"年纪大了，得听孩子的。"

"好，您放心，他指定同意，我们去找他。"冬彩对彪子说，"只要老人同意了，那几户也没问题了。接下来就看大家想落到哪个村子，我们立即做好准备。"

告别了老人和深花沟的乡亲们，他们到矿上找到了冰儿，冰儿告诉他们，他早就有搬出大山的打算，正犯愁怎么做老母亲的工作呢。

临走时彪子告诉冰儿，最近一定抽时间去看看武市长。年轻人答应了。

彪子说："你去之前一定告诉我，因为市长正在住院。"冰儿明白了几分，认真地点着头。

彪子放下行李就往医院跑，他要第一时间把见到冰儿母子的事儿告诉武毅。他轻轻推开病房门，玉萱放下手里织的毛线活说："兄弟，啥时候回来的？"

"刚到，睡着啦？这几天咋样？"彪子放下背包。

玉萱轻轻叹了口气说："不见轻，还是得靠止疼药顶着，他的手脚总是冰凉凉的，看看穿上毛线袜子能好点不。"

里间屋里传来武毅的咳嗽声，"谁来啦？"

"是我。"彪子赶紧推开房门走到病床前。

武毅顿时来了精神，"哦，是你呀！"他撑起了身子，彪子把他扶起坐好，玉萱给他垫上靠枕。

"这么坐着舒服。"武毅拍拍床，示意彪子坐在他跟前，"你走了有半个月了吧？"

"十二天。"彪子说，"看您的精神还不错。"

"哎，马马虎虎，整天贴床'站着'，张开嘴吃着，成废物啦。"武毅转过话题，"说说这次下乡的见闻。"

"那天我们到深花沟见到了冰儿娘。"

"麻利嫂？是那个男人做地下交通牺牲了的麻利嫂？"武毅

异常兴奋，大巴掌在被子上拍。

"是啊，就是她！"彪子说，"冰儿父亲牺牲后，她暴露了身份，就带着孩子从头道沟村跑出来，在人迹罕至的深花沟隐姓埋名落了脚。我和冬彩副乡长动员老人家搬到交通方便的村里，任她选地方，到哪个村都行。一开始，老人不同意，说是在那儿住习惯了。冬彩说，她早就做过老人的工作，这回看我在跟前，冬彩说：'这是武市长派来专门接您下山的杨同志，您如果还住在鸟不拉屎的山洼里，那就请市长做您的工作啦。'这一招儿还真灵，老人连忙说：'千万别，这石头把跄的，他腿受过伤，咋走得了这山道儿哇。'后来，老人真的就答应搬下山啦。"

武毅泪水在眼里打转，"这么多年啦，她还记得我的腿伤，可这么多年我一次都没能去看她，在她心里留下的却是无形的伤啊！"

"老人家说，她还是想回头道沟，因为冰儿爹埋在那里。但是头道沟属于快活林乡，下山后，我们直接就到快活林，林乡长特别支持，马上叫来负责搬迁工作的有关同志落实这件事，让老人选盖房子的地方。"彪子补充说，"我们和老人说，'等搬了新家，武市长一定会去看您。'老人可高兴了。"

武毅说："好哇好哇！现在她家冰儿在哪儿？"

"现在在寿王坟铜矿工作，大名叫朱必胜，选新房址那天，我们在头道沟又见到了他，他还记得您在山洞里养伤的事情。"

"我真想见见他啊。"

"我有他单位电话，这事交给我办吧。"彪子说，"您好好休息，明天我再来看您。"

很长一段时间，庆丰收大会和热闹的社火成为方圆几十里的百姓们最好的谈资，它让人们在精神上筑起了追求幸福的乐园。那一天的聚会上，几十对男女青年结成连理。彪子告诉武毅，近一个月，各村几乎天天办喜事，迎亲送亲，三天回门，虽然喜事新办，但是旧的传统习俗有的还是保留了下来，也让乡里乡亲走得越来越近。

武毅的病情，一直是郝乡长和冬彩惦记着的事情。一天，郝乡长对冬彩说："趁着上市民政局报搬迁计划表的机会，你代表我们去看看市长。"

于是，冬彩来到冬云家，那文生听说后跑到鸡窝拎出两只老母鸡说："带上活的，彪子兄弟会收拾。"

冬云说："市长爱吃咱这儿的豆腐，今天晚上我们就做，明天带上几块儿。"

这一夜，冬云家的堂屋里灯火通明，那文生起劲儿地磨着小磨，接着两姐妹熬豆浆、点卤水、压豆包，每个环节都掌握得恰到好处。天放亮的时候，冬云用新做的小棉被把白玉般的豆腐块包好，放在一个柳条筐里，对那文生说："这样路上就冻不了了。"

那文生挑着鸡和豆腐把冬彩送到汽车站，对冬彩说："妹妹呀，你见了市长就说，我可想他了，真的，等学校放了假就去看他。"

"好好，我一定把话带到，放心吧。"那文生目送着远去的汽车，泪水止不住地流。

冬彩把东西寄放到市政府的传达室，径直来到民政局，彪子接过她报来的材料说："等另外两个乡的材料来了，就齐了，整理好后再报财政局，市里统一安排搬迁资金。"他把一杯热水递到冬彩手上说，"先喝口水，一会儿朱必胜就到，我们一块儿去看市长。"

冬彩问："听快活林的林乡长说，老人对选的房址很满意，等开春儿房子盖好了，她就下山。"

说话间，传达室的同志打来电话说，有人在门口等候，彪子说："朱必胜来了。"

当三个人来到病房门口的时候，玉萱迎出来，"听说你们要来，老武一个劲儿地念叨，等护士给他打完针你们再进去。"

彪子说："正好，趁这工夫，我把他们带来的东西送到食堂。"

玉萱说："这让老武知道了会批评的。"

冬彩说："这豆腐是那老师他们两口子连夜做出来的，鸡是他们自家养的。"

必胜说："我娘说，这是市长最爱吃的黏豆包。"

玉萱接过来说："好好，回头我告诉老武。"

很快彪子就从食堂跑了回来，玉萱请他们先坐在外间屋等候。护士端着托盘出来，对玉萱低声说："现在镇痛剂刚起作用，请客人一定控制好时间。"

冬日的阳光照在武毅明显消瘦的脸上，他感到在全身噬咬着的毒虫慢慢游走，走得不知去向，却留下一片空虚。他想坐起来，但有些力不从心，这时，他听到外间屋的窃窃私语，"谁来啦？"

话音刚落，玉萱即刻出现在他眼前，"他们来了。"

"哦，来了，好啊好啊！"

玉萱把他扶起来坐好，给后背垫上靠垫，一切动作都那么熟悉麻利。

"听说你们要来，真的来了，好啊好啊！"

彪子说："这就是朱必胜同志。"

"市长好！我娘向您问好！"朱必胜有些拘束地说。

武毅眯起眼睛，仔细端详眼前穿着一身土黄色工作服的小伙子说："你就是冰儿？"

"是，那是我小名，解放后我娘给我起了这个大号，叫朱必胜。"

"好啊好啊！必胜必胜，这名字取得好！"武毅停了一下问，"老嫂子身体好吧？"当武毅听说老人家准备从山上搬到头道沟的新家时，对彪子和冬彩说："山区的搬迁任务重，你们要把底数摸清楚，细节问题要考虑周到，这样才能把党的为民政策落实好。"

彪子和冬彩答应着。当听到冬彩说起，各个乡的干部利用冬闲时间到深山老林的百姓家做动员，签承诺书、选落户新址，山下群众做好迎接准备，一开春就为他们盖新房时，武毅很是欣慰地说："这就能够把各个环节的工作做细做好啦！"

他和这几个人还谈到建设村办学校的事，修建扬水站解决高山梯田灌溉的事，增加农村卫生院方便群众就医的事，以及丰富农村文体活动的事……

一晃，半个小时的探视时间到了，冬彩说："郝乡长让我代表乡里的同志向您问候，正月十五……"

没等冬彩说完，武毅说："谢谢大家！"他还想说"等我病好了，一定再去……"这句话时，他咽了回去。他知道，这已经是不能实现的奢望了。

他清了清嗓子对玉萱说："请小张代替我买一些吊炉烧饼，给麻利嫂和那老师的孩子们带去。"

西边天际一抹残阳，屋顶上、树枝上的残雪被寒风吹起，一团团、一片片，打在脸上还有些生疼。几个人默默地走在迎水坝上，天气寒冷的缘故，水磨已经不再转动，如同一座雕塑，已经变得秃头秃脑的罗汉山依旧坐视着山城的一切。天渐渐暗了下来，风也吹得紧了起来，从避暑山庄的树林中穿行，呜呜咽咽的声音紧一阵慢一阵地在天空中呼号、游走。

玉萱把冬彩安顿在自己家里住下，家里来了客人，而且是位漂亮的大姐姐，俊梅、俊凤异常高兴，三个人睡在一张床上，天南海北地聊到半夜。

从医院出来，彪子心情无比沉重，他把朱必胜送到铜矿办事处的招待所住下，回到家，把小泥炉烧旺，多少次他和武毅围着这小炉取暖，多少回他在小炉旁听武毅讲战斗故事、讲解革命道理。武毅那有棱有角的脸庞和那炯炯有神的眼睛在他面前萦绕，一件件往事如电影似的在脑海里一幕幕拉开……

打过镇静剂的武毅一觉醒来，阳光已经来到了他的床上。玉萱扶他坐好，用热毛巾为他擦脸。

"第一件规定性项目完成，新的一天开始。"武毅经常这样对病房中的生活揶揄一番。

"太阳又早早地来看你了。"玉萱搭着有些对不上茬儿的话儿，耐心地喂武毅吃鸡蛋羹。吃什么对武毅来说已经没有了胃口，他一点一点地咽下，对玉萱说："一会儿请梅主任再给我打上'神针'，今天我想和几个局的同志说点事。"

"好，好。"玉萱心里明白，从一天的一针，到现在已经一天三针，才能勉强止住他的疼痛。"你先躺下歇一会儿，我就去和她说。"玉萱来到外间，穿过病区间的空地，寒风卷着残雪飞舞。七年前，也是在这样一个寒冷的冬天，是武毅把他们娘儿五个接回来，把生命垂危的她送到这个医院救治。从此，一家人开始了新的生活,"这个恩还没报,他就要走了啊……"想到这,玉萱眼泪一个劲地往下流。

打过针后,武毅精神好了许多,疼痛减轻,玉萱扶他坐起,阳光照在他脸上,勉强显出一些血色,他示意玉萱在他身边坐下说:"这几个月,只顾和疾病战斗了,都没好好说说话。"

玉萱看看武毅说:"我们说点啥?"

"你知道吗?自从来到这个世上,我就没想活着回去。"

玉萱认真听着,愣了一下,回过味来说:"要能活着回去,那才叫本事呢。"

"咱们搭伙过日子几年了?"

玉萱掰着手指说:"五年多了。"

"哎!这五年是我一生中最幸福的五年,你看,党和国家不仅给了我荣誉,还给了我这么大的信任。这些天躺着有工夫想这些事儿,在我们那些出生入死的战友中,能当上市长的有几个?我向前走的每一步,都是从那些革命者和牺牲了的战友们用生命铺出的路走过来的,想到这,心里愧得慌。"

"别这么想,你为革命事业也是拼了命的,也是问心无愧的啊。"

"话是这么说,可是我现在已经是个残废人了,有心无力又无能。"武毅的话语让玉萱更加伤感。

"哎!可是让我感到心里好受的一件事,你猜是啥?"

"我还真猜不出来。"

"我和别人一样,是个全和人。你看,我有一个完整的家庭,有亲人,有孩子,有和其他人一样的家庭温暖。这里有组织的关怀,有你无微不至、不离不弃的照顾,这可不是用缘分这个词能解释清楚的。所以想起这些，我心里踏实，感到有依有靠，我不是孤家寡人，而是有人疼的人。"

"要说幸福，我才是最幸福的，我们夫妻一场，是天地作合，也是我一生一世的福分，孩子们在你眼里哪个都像宝儿似的，你对我的那份爱，像蜜罐似的，时时刻刻装在我心里。"玉萱再也掩不住泪水，"我去打点热水，给你擦擦脸舒服舒服。"

"好。"武毅目送玉萱走出房门。

热毛巾的擦敷，让武毅感到神清气爽了许多。

"俊英到乡卫生院又快两年了吧？"

"是，快两年了。"

"听说她干得不错，她经常到村里给乡亲们看病，听梅主任说，她是全地区少有的几个全科医生，像阑尾炎、剖宫产、胃切除这样的手术她都拿得下来，很受老百姓的欢迎。"

"俊梅也是个有爱心的姑娘，她不仅学习用功，懂得照顾弟弟妹妹，不惜力，还有耐心。"

"可不，这几年接送拴住和小山的事几乎都是她包下来了。去年下大雨，她硬是一手拽着小山、一手抱着拴住从学校回家。"

"这孩子厚道，以后也是个好材料，有一回，她和我说，将来想当老师。小小年纪就有理想，从这方面好好发展，将来按照她的意愿，肯定差不了。"

"小俊凤，这孩子特别聪明，那天我问她，'先天下之忧而忧，后天下之乐而乐'是谁说的来着？她马上回答，这不是范仲淹《岳阳楼记》中说的吗？您教我的咋还忘了？你看这孩子多用心，她字写得也工整、漂亮。"

"还不是你给她做出了样子？有一回，姐仨拿着你给她们抄写的《谁是最可爱的人》里的那段话，都照着练字，说将来写字一定得超过武爸爸。"

武毅笑着说："哦，没想到还有人暗中和我比试较劲儿哪，好事好事！"

玉萱把水杯送到武毅嘴边说："喝口水吧。"

说了这么多话，武毅也感到有些口干舌燥，玉萱说："只喝三小口。"

"哎，一切行动听指挥。"

玉萱收起水杯，武毅知道为减轻肾脏的负担，这是医生的要求。他抹抹嘴接着说："说起小山我还真的有说不上来的喜欢，你看他滴溜溜的两只大眼睛，那叫机灵，不仅长相俊，个子也比一般大的孩子高出半头，还会动脑子问问题，天上为啥会闪电，为啥一闪电跟着就打雷，月亮为啥有时候是圆的，有时候就半拉，小猪会尿尿，为啥小鸡不尿尿。有一回，他自己跑到水磨房问彪子，为啥那个大木轮子一转就能出水？哎，他看着什么都好奇，好好培养，以后当个科学家。"

玉萱没有想到武毅对几个孩子了解得这样细致，她从来没有注意过的事，全装在武毅的心里，怪不得孩子们和他那样亲，有什么话都要等爸爸回来说，得了奖状也得让爸爸先看。

"半年前，我和彪子深谈了一次，那时候，他想把拴住接过去，怕给咱们添太多的麻烦。可是我说，他的工作得跑基层，要常年下乡，带个孩子不现实。我说就让拴住在咱家，有哥哥姐姐做伴，还有利于孩子身心成长，再说哥哥姐姐们也舍不得拴住离开这个家。彪子同意了，但是他说要按月给孩子的抚养费。我说，除了幼儿园的费用，一切都不用他管，他总算同意了。"

　　玉萱说："这就好了，孩子是国家的，我们有这个义务，再说我也离不开这个孩子了。"

　　"我琢磨，以后孩子长大了，要让他回内蒙古看志民，认志民这个亲生父亲，彪子也是这样想的，孩子成人后，在哪儿生活由他自己选择。拴住这孩子活泼厚道，也有股子钢骨劲儿，以后干什么都错不了。"

　　"没想到你把啥事都想得这么周全。"

　　"哎，咱们一起搭伙过日子五年多了，你对我的情分几辈子都报答不完。"

　　"快别再说了，革命夫妻不分你我。"玉萱停了停说，"其实你在我心里就像是亲弟弟，这话我早想告诉你，可一直没机会。"

　　"我何尝不是把你当亲姐姐呢。每次下乡，看到乡亲们对自己家看得那么重，劳动了一天，回到家里是那么的快活，我就想，我也有一个暖烘烘的、热热闹闹的家，心里很是幸福。我有一个要求。"

　　"你说。"

　　"我想拍一张全家福，留个纪念。"

　　"好好，请梅主任给俊英单位打电话，让她请假回来一趟。"

　　"这样好，四个孩子聚齐了，再加上拴住，咱们一共七个人。"

　　"对对，是七个人的全家福。"

　　玉萱扶武毅躺下，"坐的时间长了，好好休息一下吧。"

　　"今天我感觉着挺好，哪也不疼不痒的，心里有很多话想和你说，东拉西扯地说了这么多。"

"都是我想听的，明天咱们再好好聊。"

"现在国家正是第一个五年计划建设高潮的时候，咱们这个小山城和农村变化也不小，前景会越来越好。那时候城市盖起了高楼，公路上跑的是汽车，农村里拖拉机代替了老黄牛，山上到处是林呀果的，老百姓都过上不愁吃不愁穿的幸福生活……太……太好了。"

玉萱看到武毅睡着了，轻轻走出病房，来到梅莹的办公室，把想让俊英请两天假的事告诉了梅莹。梅莹说："俊英早应该休假的，为了参加克山病的普查，她又申请参加普查队，我马上给他们卫生院院长打电话。"

一夜的大雪下了半尺厚，太阳为山城洒下一片金色。窗外，蓝天下的梧桐树枝杈上镶着一层白雪，几只觅食的小雀在枝杈间飞来飞去，搅得细碎的雪花飘飘落落。院子里传来铲雪的声音，武毅脑海里出现挥动着扫把的人群……他也仿佛又来到人群当中……挥动着不停地往高里长着的、已经顶着天的大扫把，扫啊、扫啊……终于再也挥不动了……

武毅急转直下的病情虽然在预料之中，但是当它真的到来的时候，还是让每个人心情无比沉重。各种抢救措施跟上了，没有效果；北京的专家们赶来了，拿不出更有效的救治办法；人们的期盼与呼唤，还是没能留下他远去的脚步……

市长去世的消息不胫而走，人们自发来到坐落在城南小山上的烈士陵园，高高的台阶上是30多米高的烈士纪念碑，耸立蓝天，气势宏伟，"革命烈士永垂不朽"八个金色大字，迎着朝阳播撒着熠熠光芒……

那几日，每天天不亮，烈士陵园南侧的山坡上就传出凄婉悲凉的唢呐声，如泣如诉，好像诉说着百姓不尽的哀思，让多少人听了泪流满面，抑扬顿挫间，道不尽小城人们此时的悲情。古有泣血杜鹃，而今在彪子的唢呐声中，让人们仿佛看到的是血染寒梅。

噩耗传到石板营子，那文生不顾一切地向承德奔去，他循着唢呐声，来到烈士陵园的南山坡，与彪子泪眼相看，举起唢呐不约而同地吹起了《哭灵调》。这声音在寒风中翻滚着、飘散着，穿透人们的心，呼唤英烈的名。这声音，激起民众对逝者的无限怀念。民众们从各地赶来，或献上纸扎的花圈，或敬上用谷穗编起的花环，学生们向烈士宣誓：为共产主义事业奋斗终身！干部、工人和各界民众组成的吊唁队伍络绎不绝，连延数日。

朔风呼啸，山河呜咽。烈士虽逝，精神永存。

尾声·后面的故事

　　武毅走后，玉萱振作起精神，她牢记武毅经常和她讲的话："学会坚强，战胜困难。把几个孩子抚养成人，是对长山兄最好的报答，也是你对社会的一份贡献。"俊英经过几年的基层锻炼，后来调回医学院任临床系主任，经常带领学生到农村为农民群众看病，在农村办短期培训班，培养出许多乡村医生。俊梅师范学校毕业后，在一所中学教书，成了一名人民教师。俊凤大学毕业后，在北京一个医学科研机构工作。小山参军后，考入军校，后来在一个空军部队任政委。玉萱退休后，身体硬朗，经常帮助街道做一些社会宣传工作。

　　拴住十七岁那年，彪子接到小平的来信，说志民检查出胃癌，而且是晚期。彪子立即带着拴住去内蒙古，路上彪子和拴住讲起了他的身世。病榻前，父子相认，感慨万分，志民拉着拴住的手说："要记住彪子爸爸和武爸爸、玉萱妈妈一家的养育之恩，这是一百辈子都还不清的啊！你还要记着在你只有尺把长时，把你一次次从死神手中抢回来的格格奶奶。"虽然这些人与拴住没有一点血缘关系，却在朴素的感情中渗透着无尽的人间大爱。在拴住照顾志民的一个多月里，志民给拴住取了个大号，叫付玉柱。一个多雪的冬天，志民安详地走了。四年后，付玉柱从警官学校毕业，成了一名公安干警。小平在挂掌店的基础上开了一家金属配件加工厂，生意很红火。

那文生和冬云的小日子过得红红火火，他们又生了一对双胞胎男孩，那文生给孩子取名字，一个叫那云文，一个叫那云武，两个孩子很是聪明，后来都考上了北京的大学，一个学文学，一个学理工。

武毅的去世对彪子的精神打击很大，很长一段时间他都从悲痛中走不出来。一次下乡，他从崖壁间的小路上滚下，幸亏被一丛山荆拦住，冬彩和小黄把他拉上来后，他已经多处擦伤，胳膊上划开了一道三寸长的口子，他们为他简单包扎后，又继续赶路。从那以后冬彩发现，很少见他再有以前的健步如飞。于是，抽空她就扛着镐头到山上挖黄芪，在河里洗干净晾干，切成小段包好送给彪子。这让彪子感到生活上有人关心的幸福、温暖。他们虽然只是工作上有接触，但是，他们特殊的友好之情与相互关心的深情厚谊，逃不过老齐的眼睛。后来，在老齐、那文生和几位老师的张罗下，彪子和冬彩在学校举行了简单的婚礼。和冬彩走到一起，是彪子做梦都不曾想到的事情。那文生说："没想到咱俩还成了'一担挑'，我娶冬云的时候就好像做梦，现在轮到你做梦了，其实咱们的好梦还在后头呢。"再后来，彪子和冬彩先后生了一个男孩和一个女孩，男孩叫杨冬山，女孩叫杨冬东。彪子对冬彩说："虽然在关外扎下了根，可是山东是我出生的源，'山东'这两字永远刻在心里。"冬彩说："是不能忘了根本，以后也得带上孩子们去老家寻根拜祖，只要孩子名字当间那个字是我的'冬'就行。"

程前和梅莹在小城扎下了根，也干出了好成绩，程前看上去文质彬彬，但是干起工作来有股子火辣劲儿。他提出，建立一支学习型干部队伍，还定下了制度，各级各部门的人都比着劲儿地学习，工作效率和质量都提高了不少。梅莹也走上了医院副院长的岗位，他们的儿子程梅生聪颖过人，清华大学毕业后在中国科学院工作。

小城的人口不太多，可故事一扫一笸笸。这故事虽平淡得如同白开水，可是最能品出滋味的、最能解渴的还得靠它。听故事的人呢，也生活在这故事里，有意无意地编织着平常而神奇的佳话，不经意间对人性本善进行着发扬、开掘，每个人都走在人生的"五线谱"上，踩出的是一首画着时代符号的"交响曲"……

跋·永不消失的记忆

故乡，是让人魂牵梦绕的地方，那里有永远抹不去的记忆，有铭刻于心的一段段往事，更有时常浮现在眼前的亲人故友……

随着年龄的增长，思乡怀旧情结越发强烈，有对曾经养育过自己的这片热土的眷恋，有对家乡父老的不尽思念，有对淳朴勤劳极具包容民风的感怀……

于是，自从三十二年前离开承德那天起，就产生了要把故乡的人、故乡的事记录下来的想法，唯恐随着时间的流逝，把他们淡忘，唯恐因松懈与懒惰，让往事在自己的记忆中如云烟飘散。闲暇之时，就做些零散笔记，儿时玩耍过的地方、街坊邻居们充满乐趣的生活小事、故乡人的无私善良、具有特色的风土人情、曾经留下我们足迹的山岭河坝……故人频入梦，思乡寸草心。

随着近些年道路交通的便捷，回承德的机会多了，看到故乡翻天覆地发展变化的时候，更加感念那些默默无闻的建设者，他们将汗水甚至鲜血洒在了这片土地上，把这段厚重的历史和他们的英雄事迹记录下来，将是多么有意义的一件事啊。但是对于时空跨度这样大、故事如此繁多的素材，对于从没写过长篇小说的人来说，难度实在不小。这样就产生了以新中国成立后第一个五年计划为时间主线，写一部中篇小说的想法。新中国成立后的几年，是在一穷二白的基础上社会主义建设最为艰苦的时期，但是有共产党的坚强领导，有人民群众的团结一心艰苦奋斗，有一群随新中国成长起来的党的基层干部，更有那些心系百姓、民众热爱的党的好领导，任何奇迹都会发生。于是，这个长城内外的建设者的群像，如同一座座雕像立在了眼前、刻进了脑海。由于故事发展时间缩短了，人物活动主线只限于七年时间，往事的回忆则随着进展穿插在故事中间，本以为这样就可以铺展开来讲故事了，但是当拟写人物小传的时候，却卡了壳。故事中的人物都有着鲜明的时代印记，比如，如何塑造战斗英雄、人民好市长武毅的形象？我们查阅了一批记述抗战时期的书籍、资料，以及冀热辽抗日斗争史，在历史背景的衬托下，尽可能地把这位疾恶如仇、直率刚烈、坚忍不拔、英勇杀敌、屡立战功，且对百姓视若亲人、柔情似水、关心备至的特定人物形象刻画出来。

小说离不开人物关系和矛盾冲突，故事以武毅与彪子、彪子与志民、武毅与崔长山三条脉络为主线推进，采用往事回忆、巧妙穿插的手法，讲述几位不同身世、不同经历、不同性格的人物患难与共、情同手足，不是亲人胜似亲人的相互关系。虽然崔长山始终不曾出现，但是这位英雄却永远活在武毅和玉萱的心里，也令读者对其有一定的印象。在设计武毅与玉萱结合的情节时，十分纠结，于是向妇联的同志请教，在得知他们的结合不涉及伦理道德问题，更不与婚姻法相违背时，使我们感到释然。

如何艺术地呈现承德这一历史文化圣地的山川风貌、风土人情，原来以为自己在承德土生土长，写这些应该不在话下。可是故事中的人物需要出现在特定场景的时候，感到眼前一片空白，脑海中那山、那水、那街、那村的样子，全部是模糊的，可不敢懈怠了这片土地之魂，更不能辱没了承德人之精神。于是，借助假期到丰宁的窟窿山，兴隆的快活林、大水泉、六里坪、花山，滦平的金山岭长城，承德市的双峰寺、朝阳洞等地走访，这样才感到书中的一些人物有了地方安放，努力让他们的形象在山水间活起来、立起来。

承德是著名历史文化名城，非物质文化遗产众多，根据故事情节和人物形象塑造的需要，闹社火、吹唢呐、二贵摔跤、布糊画、萨满教、钉马掌等都有涉及。有的作为伏笔贯穿始终（唢呐），有的为展示深厚历史文化，预示非物质文化遗产项目后继有人（二贵摔跤），有的为满足故事情节和人物生活需要（钉马掌），有的为增加生活气息（打吊炉烧饼），等等。但是，从承德列入非物质文化遗产目录的数量来说，这只是其中极小的一部分，只能留有遗憾了。

在写作过程中，思绪往往回到几十年前的故乡，特别是那座曾盘卧在迎水坝下面的水磨和那片树林中的小菜园，一次次如入梦境。常常想，如果那座水磨被保留下来，一定是展示劳动人民智慧与工匠精神的稀世之宝啊！在这种执念的支配下，在故事发生地点的设计和表现人物情感细节时，便顺理成章地将它"安置"其中，让这座水磨一次次进入读者的视野。从避暑山庄五孔闸涌流而出，仅行进了一里长的热河，也是世界上最短的河，它在水磨锲而不舍的转动下，向武烈河进发，并一路向东，奔向大海。希望它能唤起承德人对美好事物的记忆，让这记忆中的悦耳水流之声，歌赞那圣雅高洁的纯真时代。

在写作过程中得到诸多朋友的鼓励和支持，长辈和家人们在各自记忆的长河中搜寻着粒粒锱铢，如牛痘的来源与种法、克山病与猩红热的防治、燕山地区的地质构造、水库的规模与承载量、钉马掌的技巧，等等。这一切都成为我们增长知识的机会，也是鼓舞我们写下去的决心。随着故事情节的发展，文字突破了中篇的设计，成了三十多万字的长篇。

当把初稿传给承德亲友们的时候，得到的是大家的肯定和鼓励，并提出许多修改建议，特别是得到承德日报社领导的热情支持，在他们的建议下，将书的题目从《山魂》改为《燕山魂》! 仅仅增加了一个"燕"字，却为作品注入了灵魂! 我们为此而感动不已，体会到承德报人对家乡深邃如海的感情，在感叹一字之师之珍贵的同时，理解了为什么承德人不论走到哪里，都展现出深邃的文明底蕴与时代赋予的自豪感。守魂固本，敢于创新，踔厉奋发，建设美好家园，这就是承德人永远坚守的中国精神!

文学也如影视，是遗憾的艺术。由于深入生活的不足、驾驭文字能力的欠缺，书中还有许多不足之处，希望得到大家的批评指正。

谢谢!

2024 年 6 月 6 日于北京同福斋

图书在版编目（CIP）数据

燕山魂 / 葛玉清, 张文祥著. —北京：文化艺术
出版社，2024.6
ISBN 978-7-5039-7598-1

Ⅰ.①燕… Ⅱ.①葛… ②张… Ⅲ.①长篇小说—中
国—当代 Ⅳ.①I247.5

中国国家版本馆CIP数据核字（2024）第083855号

燕山魂

著　　者	葛玉清　张文祥	
责任编辑	贾　茜	
责任校对	陈秀芹	
书籍设计	顾咏梅	
出版发行	文化艺术出版社	
地　　址	北京市东城区东四八条52号（100700）	
网　　址	www.caaph.com	
电子邮箱	s@caaph.com	

电　　话　（010）84057666（总编室）　84057667（办公室）
　　　　　　　　　　84057696—84057699（发行部）
传　　真　（010）84057660（总编室）　84057670（办公室）
　　　　　　　　　　84057690（发行部）

经　　销	新华书店
印　　刷	国英印务有限公司
版　　次	2024年8月第1版
印　　次	2024年8月第1次印刷
开　　本	880毫米×1230毫米　1/32
印　　张	13.75
字　　数	240千字
书　　号	ISBN 978-7-5039-7598-1
定　　价	68.00元